我和这个世界不一样

THIS IS HOW IT ALWAYS IS

LAURIE FRANKEL

[美]萝瑞·弗兰克尔 著　张春敏 高鑫 译

中国致公出版社

图书在版编目（CIP）数据

我和这个世界不一样 /（美）萝瑞·弗兰克尔著；张春敏，高鑫译. -- 北京：中国致公出版社，2022
书名原文：THIS IS HOW IT ALWAYS IS
ISBN 978-7-5145-1984-6

Ⅰ.①我… Ⅱ.①萝…②张…③高… Ⅲ.①长篇小说—美国—现代 Ⅳ.①I712.45

中国版本图书馆 CIP 数据核字 (2022) 第 080496 号

THIS IS HOW IT ALWAYS IS
Text Copyright © 2017 by Laurie Frankel
Published by arrangement with St. Martin's Press. All rights reserved.

著作权合同登记图字：01-2022-5333 号

我和这个世界不一样 /（美）萝瑞·弗兰克尔 著　张春敏 高鑫 译
WO HE ZHEGE SHIJIE BU YIYANG

出　　版	中国致公出版社
	（北京市朝阳区八里庄西里 100 号住邦 2000 大厦 1 号楼西区 21 层）
发　　行	中国致公出版社（010-66121708）
责任编辑	程　英
责任校对	魏志军
装帧设计	尚燕平
责任印制	邵卜硕
印　　刷	三河市金泰源印务有限公司
版　　次	2022 年 12 月第 1 版
印　　次	2022 年 12 月第 1 次印刷
开　　本	880 mm × 1230 mm　1/32
印　　张	10.25
字　　数	300 千字
书　　号	ISBN 978-7-5145-1984-6
定　　价	55.00 元

（版权所有，盗版必究，举报电话：010-82259658）
（如发现印装质量问题，请寄本公司调换，电话：010-82259658）

献给

R.M.H.M.F.
我的某人

为什么总纠结于"或者"?

这世上真的没有"兼得"?

——史蒂芬·桑德海姆《走进树林》

我自相矛盾吗?

很好,我就是自相矛盾吧,

(我辽阔广大,我包罗万象。)

——沃尔特·惠特曼《自我之歌》

目 录
CONTENTS

第一部分

002 _ 很久以前，克劳德出生了

011 _ 第一次约会

015 _ 实习

025 _ 睡前故事

030 _ 说给医生的那些事

037 _ 失败者

050 _ 气流和风

058 _ 万圣节

066 _ 也许

076 _ 发明

089 _ 起名的权利

096 _ 决心

104 _ 推

112 _ 地图

第二部分

118 _ 一件事情
122 _ 邻居公主
133 _ 每个人?
140 _ 裸露策略
148 _ 小隔间
154 _ 对半的概率
161 _ 奇迹之年
168 _ 预防性的生气
176 _ 转变
184 _ 暴躁的罗
193 _ 火
196 _ 树篱的敌人们
207 _ 谁知道了?
209 _ 黑暗中摸索
217 _ 我谁都不是!你是谁?
225 _ 变性手术

第三部分

238 _ 紧急出口
244 _ 远方
249 _ 救助的启发
260 _ 新手
267 _ 正骨专家
272 _ 口述传统
281 _ 裤子下面
287 _ 星期一的颜色
294 _ 结尾

第四部分

302 _ 曾经
306 _ 后来

第一部分

PART ONE

很久以前,克劳德出生了

其实第一个出生的是小罗,罗斯福·沃尔什 – 亚当斯。出于很多原因,父母在他名字里加了连字符。主要还是因为想让长子用祖父的名字,而且听起来还不能太像罗斯福总统。如果取了总统的名字,对于这样一个六磅两盎司重、初来世界的小人儿,未免压力太大。罗斯福出生时,粉嫩的身体湿漉漉的,哭声特别大,不同凡响。之后本出生了。几经争论和深思熟虑之后,他们决定再要一个,结果却生了双胞胎——瑞吉尔①和俄里翁②。他们长到四岁之后,绝对会对自己的名字不满,尤其是当瑞吉尔发现自己的名字还是星座名时。然而他们现在都还太小,只会大声哭闹。孩子一下子从两个变成四个,这变化太大了,他们索性就随便给孩子们起了名字。

罗西·沃尔什很讲科学,她崇尚逻辑和理性,是一个理智得不能再理智的人。此外,她还是个医生,在生产方面懂得也比别人多。尽管如此,在生克劳德之前,她为了把床的朝向从南北向改为东西向,竟花了十五分钟把床从墙边拖到了屋子中央。她母亲说,据《塔木德经》③明确记载,如果生产时床头朝北就能生男孩。罗西虽然十分怀疑这种说法,也不赞同这本书里的大部分内容,但也不敢冒这个险。她也曾悄悄地在丈夫的午餐里加上鲑鱼和巧克力曲奇,虽然他们都是成年人,不应该这样乱吃,但根据德国民间传说,男人午饭时吃了红肉和咸点心,下午行房就能生女儿。某个网站上还说,如果想生女儿,就在床底下放把木勺子,她也照做了,但觉得自己像个傻瓜,便把勺子拿出来扔到梳妆台上,又转念一想,丈夫佩恩看到勺子一

---

① 瑞吉尔:瑞吉尔(Rigel)有参宿七(猎户座星名)之意。
② 俄里翁:俄里翁(Orion)有猎户星座之意。
③ 《塔木德经》:是犹太律法、思想和传统的集大成之作,以后各个时代的判例和新思想都会汇入到这个"大海"之中,被誉为犹太人的"圣经"。

定会肆无忌惮地笑话她，她干脆就把勺子顺手藏在床下了，反正也没什么坏处。

很久以前，罗西·沃尔什医生和她丈夫总是情不自禁地亲热，除了身体的生理需求，也因为他们除此之外真没其他事可做了。而现在，他们有了四个儿子，各自还有工作，虽然亲热技巧愈加熟练了，但这件事却不那么必需了。尽量不做吗？不，还是会做的，只不过不会再疯狂撕扯衣服，把人推到墙上，而是事前稍作计划，做的时候还会聊聊天。怀上克劳德那周，罗西在医院上夜班，佩恩一直在家工作。吃完午饭后，佩恩去为他的书查些资料，而罗西开始了她的计划，她把勺子放好，把床推到卧室中央，并脱光了衣服。

佩恩坐在床边，还戴着老花镜，一手拿着荧光笔，一手拿着一篇写二战时期粮食短缺的文章。"我劝你还是接受现实吧！"他放下文章，取下了放大镜，脱掉衣服爬上了床，躺在罗西身边，"你要知道，我们第一次把这事儿搞得一团糟。"

"来要个女孩儿吧。"这是罗西的真心话。生完本之后，夫妻俩对自己说得最多的就是"这次一定是个女孩儿"。

"所以要大白天的就光着身子吗？"佩恩说。

"那又怎么了？"她笑道。

"你这周去过孩子们的娱乐室吗？"

"我从没去过那里。"

"说那里是一团乱都算是宽容的了，一团乱只代表糟糕的程度，却表示不了有多危险。如果娱乐室是个机场，那早就该拉响红色警报了。"

"一直都是红色。"她说，亲了他的嘴巴，然后是脖子，又回到嘴唇。

"一直是。"他表示同意，回应她的吻。

过了一会儿，但也不止一小会儿，在这些偏方的作用下，克劳德出现了，虽然那时罗西、佩恩和克劳德自己都浑然不知。罗西总是想，如果女性能感受到精子进入卵细胞的过程，那会是多有用的人类进化啊。那样的话，她就可以提前一个月甚至更早不再喝酒，吃寿司和上好的奶酪了。受孕是人生中非常重要的一部分，可惜人们完全错过了。曾经，激情过后，她和佩恩两个人还会相拥小睡，纠缠的双腿仍在隐隐作痛；或者在深夜讨论些深刻而有意义的哲学问题，有时还会接着亲热。而现在完事儿后，佩恩靠在床头光着身子花七分钟读完那篇粮食短缺的文章，然后下楼花三十五分钟做了晚餐，之后开车去幼儿园接瑞吉尔和俄里翁放学。罗西穿上衣服，准备去上班，但先要去公交车站接罗和本。在这期间，克劳德一直在安静地奔跑，成了第一个进入卵子的精子。之后的每一天里，他都在不断地分裂成长。

人们总是问罗西："你是天主教徒吗？"①虽然他们的语气并不是疑问，他们还假装开玩笑说"有很多法子都能避孕的"，或者说"你可比我们厉害多啦"。这些话不用他们说，罗西自己也知道。他们还问："这些都是你的孩子吗？""是的，都是。"在去年的家庭教师协会会议上，一位母亲站到罗西边上，建议她不要为了图省事就不用避孕套，罗西朝坐在角落里舔手指的一年级的儿子点了点头，她得承认，自己是经过了一番艰难才认识到这一点的。对罗西来说，组建家庭就跟夫妻生活一样私密，和熟人讨论都很不礼貌，更不用说去公开评判了，但罗西每周都会被这样问上几次，她在公交车站等罗和本时，又遇上了这事儿。此时，她身体里一半的克劳德正在快速地向另一半飞奔。

"真不知道你们是怎么生这么多孩子的。"她的邻居希瑟说。人们总是喜欢这样明夸暗讽。

罗西假笑着说："你知道的。"

"不，我真不知道。"但其实她明白，"我是说，我知道佩恩没工作，但你有。"

"佩恩在家工作。"罗西重申了一遍。这不是第一回了，每次校车晚点，她们都这样尴尬地聊天。只要下雪，校车就会晚点。有几个月甚至天天下雪。她觉得麦迪逊的公立学校应该专门训练校车司机怎么在雪天开车——这难道不是常识吗？——但显然只有她一个人这么想，可现在还是炎热的九

---

① 天主教传统上来说反对人工避孕，这里这么问是暗示罗西生了这么多孩子，是否从不避孕。

月，空气中弥漫着傍晚大雨将至的味道，谁又知道校车会晚点。

"我是说，我知道他有工作。"希瑟每句话前几乎都有一个"我是说"，罗西觉得她话里有话，"但不是什么正经工作。"

"写作也是正经工作啊。"佩恩在写小说，他叫它《烦书》，虽然现在还没挣钱，但他每天都在勤奋地写作，"只不过不是朝九晚五罢了。"

"那真算是个工作吗？"

"我的工作也不是朝九晚五的。"罗西看了看手表，她必须在一个多小时后赶到医院，夜班很折磨人，但更方便排班。在孩子提前放学、节假日、教职工培训和家长会时找人托管有时可比熬夜痛苦多了。在急诊室里的夜晚比与家人在一起要更安静，有时头破血流的伤者也少些。

"是，但我是说，你是个医生。"希瑟说。

"所以呢？"

"医生是个正经工作。"

"作家也是。"

"真不知道你们怎么过的。"希瑟摇摇头，又重复了一遍，然后咯咯地笑着说，"还有为什么要生呢？"

其实，怎么过比为什么要生容易回答多了。和我们平时所做的事情一样，无非就是一天做一次，一直坚持，一直努力，但这听起来容易，真正做起来才知道有多难。罗西把罗和本赶进车里，早知道每天都得和希瑟在公交站聊天，她宁愿直接去学校接孩子。罗西很不明白为什么要开车去车站接送孩子，校车难道不应该把孩子从学校直接送到家吗？她爱他们的家——长满藤蔓的旧农舍，十五英亩宽广辽阔又杂草丛生的大农场，他们还有一个不再储粮的谷仓，和一条神秘且丰沛的小溪，很好玩，而且水不深，水流也不快，不用担心有危险。这房子原本是为一家农民设计的，农民家里有很多孩子，他们在黎明前就得起来帮着挤牛奶、喂牲畜，或者干其他的活。罗西和佩恩不用挤奶，除了小狗丘比特（双胞胎四岁生日的礼物）以外也没养任何动物，但他们常常天还没亮就把孩子叫醒。农场的孩子们需要很多卧室，这里的卧室可多着呢，主卧楼下还有一个极好的育儿室，里面永远有一股滑石粉的味道，佩恩把墙刷成黄色，心想如果生了一个女孩也可以用。① 房子里地板不平整，墙也不隔音，连烧个水都要很久，但罗西喜欢这个不精致的房子，符合她家粗犷的风格。哪怕装饰用的嵌线被划了——其实真的被划了，也没人会在意。可实际上，住在老旧的郊区和死胡同，去公交车终点站接孩子更方便点。有些时候，罗西会觉得自己没有足够的精力，比如今天，她不知为何很累，但她还是要打起精神，工作还没有开始呢。

回到家，罗西继续她这样的生活，一直坚持，一直努力。佩恩亲了亲罗和本，与罗西吻别，然后出门接瑞吉尔和俄里翁。她开始接手做晚饭，先把佩恩切好的蔬菜炒一下，往他煮好的饭里加点调料，再烤一下他卤过的虾（她当时还不知道自己怀了克劳德，再吃多少红肉也怀不上女儿）。在炖豆子的空当，她洗了午餐盒，检查并归类了文件夹。豆子里的酱汁开始变得黏稠时，罗西洗完了昨晚的盘子。在擦盘子时，她第三次打断了罗和本在客厅进行的旱冰比赛，但见他俩根本不听，她就索性不管了。

之后罗摆好桌子，本把水倒进杯子里。佩恩、瑞吉尔和俄里翁回来了，他们浑身湿透，一个个都气呼呼的。佩恩生气是因为外面下暴雨，交通一团糟。瑞吉尔和俄里翁则是因为一个沙盘闹脾气，罗西虽然不知道那是什么，但还是同情地叹了口气。如果交通状况不佳，她就得早点去上班，那现在就得走了。佩恩从烤架上拿起虾，从锅里舀了饭，全部扔进放着蔬菜的锅里，再倒入酱汁和豆子，随后把食物全都装进一个巨大的餐盒里，添了把勺子，塞到罗西手里。而罗西在检查有没有落下什么东西，她飞快地吻了他们，便朝汽车走去。如果交通像佩恩说的那样糟，她就只能在去医院的路上吃晚饭了。

他们平时的生活就是这样，日复一日，一直坚持。倒不是说她和佩恩在追求禅学中所谓的"平等婚姻"，或者两人在带孩子方面分工明确，只是因为要做的事实在太多，他们只有用所有空闲的时间尽力去做。

付出总是会有收获的，两个人一起为家庭努力总比一个人好。

为什么生这么多孩子这个问题就更难说了。257 天之后，也就是克劳德

---

① 一般来说，如果怀孕时不知道孩子是男是女，父母会把育儿室漆成黄色。

出生的那一天，罗西在去医院的路上一直在想这个问题。尽管她白天一直在阵痛，但直到晚餐时才正式开始分娩。宫缩开始前，罗西的脚特别痒，她从长期的经验判断，孩子要到明天或者后天才会生出来。所以即便宫缩越来越剧烈，她还是做了晚餐。然而，就在她把沙拉端上桌，意大利面刚好熟了时，宫缩由每七分钟一次缩短为每三分钟一次。佩恩问："甜点呢？"罗西说："先别管了，我觉得要去医院了。"

那时一家人全都挤在了一辆车里，也不知道他们后来是怎么又挤在这辆车里回家的。罗西很镇静，毫不费力地就坐到了前排。佩恩拿着大包小包，但这些并不是为罗西准备的，她不怎么需要这些东西。她从不在产房里准备唱片、拼贴画或特制枕头，而且她发现，前几回生产时带的那一点东西也根本没派上用场。不，多带点东西是她妈妈那一辈人的想法。四个让人分辨不清的小男孩也许要在候诊室里待上几个小时甚至是几天，包里的东西全是供他们消遣的——书、玩具火车、乐高、胶水、果汁盒、燕麦棒、平底拖鞋、毯子和特制的枕头。罗西并不需要在医院用特制的枕头，这是她和儿子的区别。

一个孩子玩腻了的东西却被另一个孩子视若珍宝，如此循环往复。

去医院的路上，孩子们坐在儿童座椅上唱着《小飞侠》——他们的保姆曾在高中出演过这个音乐剧，因而教给了他们。佩恩握着罗西的手，规规矩矩地开车，想装出一副若无其事的样子，但没成功。罗西忍着没催佩恩开快点，脑中反反复复想着一个词：波比。如果这孩子是个女孩，当然，肯定是女孩，她要给孩子起名叫波比——之前她给丈夫吃了鱼和饼干，她在下午行房时床头朝东，她还放了勺子。而且，生了这么多男孩也该生个女孩了吧。

罗西第一次怀孕时，夫妻俩就选中了这个名字。其实罗西很久以前就想好了，自那一天起——那是阴暗的一天，罗西坐在她妹妹的病床边，她们的父母在自助餐厅休息。她编着波比的假发，而波比在给自己的洋娃娃编头发，突然波比说："我永远都不会有女儿，不能给她编辫子了。"她的声音听起来很刺耳，罗西后来知道那是因为化疗的缘故，但当时在她的眼里，就像是有什么东西想从她妹妹身体里挣脱出来——一个妖精、女巫或是恶魔——还成功了。那东西已经断断续续地蔓延开来,哇哇乱叫,红色的眼珠转来转去,瘀青慢慢出现,并不断扩散,繁殖,就像是在波比永远精致的皮肤下掀起一片紫色的风浪。罗西并没有害怕,反而觉得这个想法令人感到宽慰。她欢迎恶魔从妹妹身体里出来,因为波比自己肯定战胜不了这种可怕、无法形容、难以想象的疾病,但也许这个恶魔可以。恶魔波比似乎更强壮、更有斗志。

"你能帮我照顾三叶草吗?"波比低声问。和沃尔什家的所有孩子一样,她洋娃娃的名字也是一朵花。

罗西点点头,她只能做到这些了。但是接着波比又恢复了正常的声音:"我们要去哪里度假呀?"

"什么时候去?"

"等我离开这里。"

"我不知道。"她们只去过祖父母家度假,那房子闻起来像地下室,"你想去哪里?"

"暹罗。"波比马上说。

"暹罗?"

"就像《国王与我》①里一样。"医院的视频库里没有多少影片,这个片子算是比较好看的了,波比有大把空闲的时间看这些电影。

"我们可以去任何地方。"罗西答应她,"你一出院我们就去。嗯,可能要等四年,因为那时我才能拿到驾照。开车能到暹罗吗?"

"我不知道,也许吧。"波比开心地笑着,"你真会编辫子。"得癌症最"好"的事就是能戴假发,波比的假发比真发更长,也没有那么乱,"你以后的女儿可真幸运。"

在那一刻,十二岁的罗莎琳德·沃尔什做了两个决定:她以后的女儿一定要留一头及腰的长发,还要取名叫波比。直到后来,她才知道暹罗现在

---

① 《国王与我》:是一部根据戏剧改编的美国电影,讲述了英国教师安娜来到暹罗(泰国旧称),成为该国国王第58个孩子的家庭教师,通过安娜,国王了解到西方现代文明的精华和内涵,安娜也知晓了对于一个东方国家的国王,最重要的事是维持自己的尊严和他的子民的风俗习惯。

叫泰国,很久之后她去了那儿,但并不是去度假。那是她最后一次和妹妹单独在一起。

去医院的路上,佩恩一直在低声说:"呼吸,呼吸。"罗在唱着:"我抓了只乌鸦。"本、瑞吉尔和俄里翁扯着嗓子学着乌鸦叫:"呃——呃——呃。"罗西小声念:"波比,波比,波比,波比。"

他们在医院前门停好车,二十分钟之后,罗西就快要生了。

"用力。"医生说。

"深呼吸。"佩恩说。

"波比,"罗西念着,"波比,波比,波比。"

这就是为什么要生这么多孩子吗?罗西这样不停地生,真的只是为了圆她妹妹多年前的梦吗?她真的相信这个女儿会长大,变成她曾失去的那个十岁小女孩波比?相信她的女儿会延续波比的生命,兑现对那个曾生活艰难、经历痛苦、熄灭了的小生命的承诺吗?是不是只要她不让自己的子宫空着,也许波比,或者某个不同的波比——那个等待着、警惕着、游荡着的恶魔波比就能将散落的波比聚集起来,并带她回家?想象一下死去的妹妹住在你肚子里,难道不可怕吗?怀揣着不同的期许一直做着同一件事,不是一件很疯狂的事吗?

甲板缺了一块,一摞华夫饼少了一片,一群马少了一匹,就不再是完整的了。

或许是出于他们长期以来根深蒂固的理念,觉得孩子越多越好,因为你永远不知道什么时候可能会失去一个孩子。波比去世的时候,罗西和她父母都很伤心。生一个是不够的,一个并不能维持平衡。再也没有两个孩子的身影了,再也没有人和罗西玩,陪她追逐嬉戏,一起度过剩下的时光。但罗西知道,她母亲一直能看到她们两个人,能在罗西的影子里看到波比的轮廓。罗西在学校演戏剧、跳舞、参加毕业典礼时,波比都在她身边;在罗西和佩恩的婚礼上,波比就在他们身后;罗西生孩子时,波比静静地待在她旁边。罗西的父亲去世时,那时小罗快出生了,她的母亲在坟墓边看到波比的灵魂站在大着肚子的罗西旁边。罗西在低声啜泣,不仅仅为她们的父亲,也为她失去的一切。但至少在那时，她们又是两个人，又维持了平衡。

"一"是最孤独的数字。永远不要只生一个小孩。

也许这才是为什么生这么多的原因。可也许是因为他俩都喜欢小孩儿，孩子是希望，他们喜欢孩子们吵吵闹闹、乱七八糟的样子。婴儿们刚出生时都差不多，但几乎立刻就会长成完全不同的样子。罗西喜欢她吵吵闹闹、不断壮大的大家庭。他们的农舍里满满当当的全是爱，只有罗西知道孩子们在尖叫什么。夫妻俩置身于家中的风暴中心，在里面一起笑，一起旋转。

"用力。"医生说。

"呼吸。"佩恩说。

"波比。"罗西说。

很快就生出来了。"是个男孩！是个健康漂亮的小急性子，"医生说，"小伙子出来得真快，幸好你们过来的时候没堵车。"

一下子就生出来了，罗西想。这是很久很久以前的事了。

男生总是懂男生的，生了一个小弟弟，男孩子们至少知道怎么跟他玩。

第一次约会

佩恩是家里的独生子，罗西和他第一次约会时问："你有兄弟姐妹吗？""没有，家里就我一个。""哎呀，真抱歉。"罗西的语气仿佛是佩恩只能活三个月，又仿佛他是被素食者用泡菜养大的一样。

"哦，谢谢，没关系。"佩恩说，过了几秒，他才意识到刚才的回答错得离谱。他心跳加速，特别紧张，没法集中精神，什么都做不了，自他开车接罗西出去开始，他就一直是这种状态。佩恩怎么也不理解自己为什么会这样。罗西不过是他一个朋友的朋友的朋友而已，他俩在一个夜晚的派对上偶然相遇，那天罗西喝醉了，脑袋也晕乎乎的。佩恩那时在攻读艺术硕士，但每天醒来都在想自己为什么要读这个专业。一个和他一起上中世纪文学课的女孩（佩恩不明白这课跟写小说有什么关系），拖着一个他不认识的女孩到他面前，先打量了他一下，然后才开口问："想和医生约会吗？"

"什么？"

"我认识一个喜欢诗人的单身女医生。"

"我又不是诗人。"

"就是文青呗，你懂的。"

"我不懂。"

"她很可爱，你俩一定合得来。"

"你们都不知道我叫什么。"

"她对名字没有什么特殊的偏好。"

"我不是这个意思。"

"哎呀，别想那么多啦。"

佩恩怎么会为了这种逻辑争辩，真是不知道要如何回答，他耸了耸肩。但他在那时有个想法，为了以后有东西写，他愿意接受一切新奇和特殊的经历。就因为这个未曾谋面的女孩觉得他和她会很合拍，他就要和那个喜欢诗人的医生约会,这也算是个奇妙的经历。

两人就这样相识。这是佩恩的写作素材,他积攒写作素材,改变以前的生活节奏,并接受所有的未知,他并不害怕,但也不期待。他不怎么在意约会这件事,觉得就像去杂货店买牛奶一样平常。然而,当他坐在公寓的沙发上看但丁的《地狱篇》①时,心突然开始怦怦乱跳。一小时之后,他去洗了澡,穿好衣服。他感觉自己的脸变得通红,嘴唇发干,手心冒汗,连着试了好几件衬衫,觉得自己很奇怪,突然间又很紧张,但自己也不明白这是怎么了。佩恩觉得自己可能得了流感,他真的想打电话给罗西取消这次约会,怕自己会传染给她,但转念一想,这个女人在医院工作,也许她会有预防措施。

他把车停在她的公寓前,坐在车里,努力深呼吸,控制自己颤抖的膝盖,但根本没用。于是他放弃了,下了车,按响了她家的门铃。罗西打开门,佩恩看见她时,赞叹了一声:"哇。"

佩恩有这样的反应并不是因为罗西真的美到不行(虽然她确实漂亮),而是佩恩主观上认为她很美,或者说,感觉她很美。因为不敢直视她,他只能靠自己模糊的感觉来勾勒她的长相,就好像她是背光的,明亮的太阳在她身后,他不用适应光线就能看到真正的她;又好像他昏过去了一样,眼睛慢慢合上,像折叠纸盒一样,视野越缩越小。但真正准确的描述是,这就像你的车在结冰的路面上打滑,你的感觉会变得很灵敏,你会注意到每件事,感觉时间似乎都变慢了,但你只能坐在车里等着,看自己是不是能摆脱困境。佩恩不敢看她,因为每分每秒,他所有的感官、身体的所有细胞都爱着她,这太奇怪了。

佩恩的确在念艺术硕士,但他是写小说的,不是诗人,他不相信一见钟情,也很骄傲自己从来都是注重思想而不是肤浅的"外貌协会成员"。可哪怕这个女人还没对他说过一句话(虽然他觉得医生应该都挺聪明的),自

---

① 《地狱篇》:《神曲·地狱篇》的作者是但丁,《神曲》分为《地狱篇》《炼狱篇》《天堂篇》三部分。主要故事为:但丁在黑森林里迷路,危急时获维吉尔之助,跟随他穿过地狱和炼狱,后来获贝缇丽彩亲自引导游历天堂,最后得见上帝一面。是魔幻、新奇、恐怖、历险、智慧的奇境之旅。

己也从没仔细看过她的模样,佩恩就爱上了她。罗西戴着帽子,系着围巾,穿着一件四英寸厚的大衣,衣服一直垂到靴子处——在威斯康星州的一月份,你不会因为一个女人的身材而对她动心,因为你根本看不到。佩恩傻乎乎地站在门口,在心里告诫自己并没有对她一见钟情。但一个半小时前坐在沙发上读《第五章》①时,他似乎就已经对这个素未谋面的女人动心了,他的身体比他的心更早洞悉到。然而他自己还没有意识到这个确定无疑的事实——他爱上她了。但很快,他就不再为此烦心了。

所以在吃饭的时候,佩恩有些不在状态。一来,他心烦意乱;二来,他明白了自己的心意,他爱她——他们都可以交心了。而热情开朗的罗西却仍然对佩恩有所伪装,只害羞地对他笑了笑,还对他是独生子表达同情,佩恩立马表示没关系,过了几秒钟,他才反应过来:"等一下,怎么了?为什么因为我是独生子就可怜我?"

罗西脸红了,佩恩的脸也一直红着,还特别紧张。

"对不起,"她说,"我一直觉得……我妹妹……你不孤独吗?"

"不啊。"

"你跟父母很亲吗?"

"也没有啊。"

"那是因为你是个作家?你喜欢独自在黑暗中思考?"

"不是!"佩恩大笑,"也许吧,我不知道,但我可没独自在黑暗中思考过,我也不觉得孤独。你呢?我猜你一定有兄弟姐妹吧。"

罗西的神色黯了下来,佩恩立马感到很抱歉,情绪低落下来。"我有一个妹妹,她在我十二岁时去世了,那时候她才十岁。"

"哦,罗西,我很抱歉。"佩恩知道自己说错话了。

她摇摇头:"癌症,糟透了。"

佩恩努力想说些什么,但什么也说不出来,只能握住她的手。罗西紧紧地抓着他,就像从高处坠落的人想努力抓住一些东西。佩恩感觉到一阵疼痛,但当罗西尴尬地想要松开他的手时,他却更用力地握住。"她叫什么?"

---

① 《第五章》:《神曲·地狱》第五章。

他轻轻问。

"波比。"罗西有点尴尬地笑了笑,"我父母喜欢园艺,所以给我们起名罗西和波比,分别是玫瑰和罂粟的意思,懂了吧?幸好他们没给波比起名叫格拉迪奥拉,就是剑兰,他们可真差点就起了这个名字。"

"所以就因为这样,你才觉得独生子女不快乐?"看到她又笑了,佩恩也开心了起来,从未有人因为他是独生子而可怜过他,"因为你的童年不开心?"

"我猜是吧。"罗西耸耸肩,"也许这就是为什么我会喜欢你,因为我们都是独生子女。"

佩恩想和罗西在一起,他也听到了她说喜欢自己。很久以后,罗西也向佩恩承认,自己还没见到他就爱上了他,约会那天她一整个白天都在走来走去,隐隐地觉得这个人就是自己的真命天子。佩恩因为约会紧张得要命,但罗西很冷静。佩恩急切得不愿浪费时间闲聊,而罗西却知道他们有一辈子的时间好好相处——其实并不是这样。

晚些时候,佩恩躺在自己的床上,在黑暗中对着天花板咧着嘴笑。他想停下,觉得自己这样像个白痴,但根本控制不住。佩恩没法控制自己不去想波比,她就像个秘密的小种子,像某种知识,像稳定的惰性气体,像闪闪发光的金子。我以后的女儿会叫波比。佩恩不是在做决定,他那时还浑然不知,自己是在实现罗西的愿望:罗西从十二岁开始——也就是十多年前,就一直怀揣着这个愿望。

实　习

佩恩记不起那个朋友的朋友的名字，就是那个认识罗西的人。也许他根本就不知道那人叫什么，也不记得她是谁，但显然他欠那位朋友一个人情。罗西是个医生，她那年刚开始在急诊室实习，根本没时间，也没精力去交男朋友。佩恩不知道谈个恋爱还要占据脑容量，不过他的确看到罗西脑子里装了不少东西：案例、医学术语、药物、治疗方案和病人的情况。每一样都事关生死。他一点都不熟悉，但这些东西确实让人压力颇大。

"你为什么想和诗人约会呢？"佩恩问她。罗西解释说，她不是真的喜欢诗人，这不过是没时间谈恋爱的借口罢了。他是她命中注定的恋人，但那时她并没有准备谈恋爱。

"我没说想跟诗人约会，我只是说过人们应该和诗人约会，这是理论上讲的，理论上的诗人。我们项目里的每个人都会和这里的人勾搭，而你却选中了我这个拿咖啡当水喝，忙得焦头烂额、精疲力竭的极端自我主义者，好不容易休息一天，我还会想着用那天来学习。我觉得，我应该要和一个睡眠充足的人约会，那种思考得很慢很深入的人，平时说话都会用单词卡片上的术语。最符合这些特点的就是诗人了。但我不是真有这个打算，我根本没有精力和时间。这就是为什么住院医生都只和同事们交往，因为他们的时间安排是一致的。"

"那你为什么答应跟我约会呢？"佩恩问。

"你打电话来的时候，我感觉你还不错。"罗西耸耸肩，"天天写病历卡的日子我也觉得腻了。"

佩恩有点生气，但想到自己当初的动机也只是为了积累素材，就消气了。另外，罗西这话表明她想被人追，这让他很高兴。佩恩在学写故事，他知道女孩是要追的，恋爱关系也是要主动争取的，他明白能轻易赢得的东西要么很快就会失去，要么本身就不值得追寻。虽然他还在犹豫罗西值不值得追，但他准备好迎接挑战了，这是他一直以来的想法——体验生活，积累好的写作素材。罗西可能一直在研究心脏，他何尝又不是呢——一个是生理上的研究，另一个则是心理上的研究。

要拿一个创作型写作学位似乎要做大量的写作练习，但其实并非如此，而是需要大量的阅读，读的都不是佩恩想读的，也不是他想写的书——大多是文学理论，晦涩难懂，里面全是术语，和他自己的写作没半分关系。这些书虽不像化学、解剖学和人类生理学那样难，却更浪费时间。好在在哪里都能读这些东西，佩恩就带着书去罗西的候诊室里读。

高二暑假时，佩恩的同学要么打暑期工或实习，要么参加了一些打着补习班幌子的夏令营，而他却每天早早坐通勤火车去纽瓦克国际机场。那时，不需要登机牌就可以通过那道金属探测门在登机口随便逛。佩恩每天都一个人去机场，他没有行李和机票，也不想去任何地方。他穿着黑色连帽衫，在一个笔记本上不停地写写画画，安安静静地坐着，不打扰别人。他坐在一个登机口边，观察、倾听乘客们的一言一行，并把所见所闻编成故事。商人们大腹便便，胳膊下夹着公文包，一直推着眼镜；老人们穿着破旧的鞋子，带着成堆的礼物。在他的故事里，那些独自旅行的人，总是要去做一些违法的勾当，或者是去赴一场浪漫的约会。看腻了这些离别的场景，他就会去行李认领处，看看泪流满面的人们重聚，紧紧相拥，似乎想把自己塞进对方身体里一样。佩恩还会坐在前门里面的长凳上，看着那些因为离别而哭泣的人们。这里有离别和出行的场景，乘客们吸着鼻子，挤在长长的队伍里拿登机牌，检查行李。一个女人在她男友怀中啜泣，与他度过登机前最后的时光，下一位则站在队里，不耐烦地看着手表，不停地交换支撑脚，冲着前面挡住其他人的老夫妇皱眉头。对十五岁的佩恩而言，这些不同的情绪意味深长。

《机场观察》是佩恩的第一份手稿。他将这些故事拷贝到一张光盘里打印出来，并用黑色胶线圈装订好。但他的指导老师觉得在机场乱逛编故事算不上真正的实习，佩恩自己却觉得，比起第二年夏天在《洛克威公报》校对广告语的实习，在机场所见所闻更多，自己也能写出更多东西。

所以他觉得在罗西医院的候诊室里写作和读书的感觉非常熟悉：这里有许多哭泣的人，许多悲伤的场景；这里有无尽的悲剧和抚慰，甚至连抚慰看上去都十分可怜。佩恩在医院里也发现了曾在纽瓦克国际机场观察到的等待者冲突的心情：即使在等待生命中最坏的或最好的消息时，即使心情无比沉重，人们还是会变成暴躁的孩子，没耐心地皱着眉头，见自动售货机出错了东西，他们就红着脸大发脾气，大吵大闹。你可能会以为在医院候诊室里，人们是互相理解的，以为他们同病相怜，是一个战壕的战友，是共同活在空虚痛苦世界的可怜人；但其实不是，他们大多都不看其他人。如果有人厚着脸皮想博得护士的照顾，其他人就会带着攻击性地故意朝他打个哈欠。

为了追求罗西，佩恩在医院待着，顺便观察、聆听、研究这里的人，为自己的故事积累素材，并在这里读书写作。罗西每隔几个小时过来一次，有时身上还沾着血迹或呕吐物。她总是疲惫不堪，眼里布满血丝。但她每次来时脸都是通红的。尽管她不让佩恩来找自己，但看到他来还是很开心。她总是有许多担心：你有哪里不舒服吗？这些椅子坐着不舒服，医院的东西也不好吃；你知道候诊室里有多少细菌吗？在这里看文学理论不奇怪吗？我不是跟你说了我没时间谈恋爱吗？怎么不回家睡觉？家里不比这里舒服多了吗？你放心，不会有受枪伤的人来的。

起初，佩恩不会去写那些生病的孩子和他们的父母，那些孩子得了癌症、心脏病，出了意外，遭遇家暴，他们的父母为此而痛心。在这些生病的孩子身上，他所有的叙事理论都用不上，什么都救不了一个垂死的孩子，无论他能够从这些孩子身上汲取什么素材，孩子们都不应该被殴打或受枪伤。佩恩每次看《罗密欧与朱丽叶》都特别生气，这本书结局很平淡，两家平息了世仇，但代价却是失去自己的孩子，好像罗密欧与朱丽叶愿意为了他们父母和好而死一样。

罗西凌晨两点多过来找佩恩，瘫坐在他旁边的座位上。她疲惫不堪，哪怕发现他还在这儿，也没力气惊讶或感激了。佩恩温柔地握住她的手："罗密欧与朱丽叶根本不在乎他们的父母相处得如何。"

"当然。"她闭着眼睛，可能根本没在听。

"其实，罗密欧与朱丽叶甚至觉得他们两家是世仇这件事挺刺激的。"

"谁不会这样想呢？"

"罗密欧和朱丽叶都不愿意以死来结束家族的世仇，他们会不顾一切地活下去。单单是朱丽叶或罗密欧死了，对方都会活下去。"

罗西点点头："你想说什么？"

"孩子生病是最惨的事了。"

"确实。"

"这不公平，也不值得。"

"是啊，不值得。"

"整个故事完全说不通。"佩恩解释道。

"真奇怪，医院里的事情体现不出什么叙事理论，"罗西说，"你在医院写的故事就可以体现所有的叙事理论了。"

"幸好我在这里。"佩恩说。

然而，候诊室的故事并没有卡在这里。过了几个晚上，罗西下班来找佩恩，发现他已经在候诊室里了。佩恩在飞快地敲着键盘，甚至没有抬头看从他身边走过的罗西。

"想出新的叙事理论了吗？"罗西路过的时候问。

"新体裁，"他甚至都没抬头，"童话故事。"

"挺好的，"罗西说，"童话故事里的孩子们总是好好的。"

罗西每二十四小时轮一次班，她上班时，佩恩就坐在候诊室里写东西。他俩一起喝咖啡、吃早餐，迎接黎明。佩恩把自动售货机里面所有口味的玉米片都试了一遍。第二天晚上罗西换回了普通的衣服，刘海上有个黏糊糊的东西。她过来时，佩恩合上笔记本，标注一下《天路历程》写到了哪里。

"走吧。"罗西说。

佩恩抬起头来，睡眼惺忪，他可能已经小睡了一会儿。

"去哪儿？"

"吃晚饭，"罗西说，"然后睡觉。"

佩恩一下子就清醒了。他们去了"鸡蛋渣"餐厅，那里的咖啡不仅和宣传的一样好喝，还在午夜供应城里最好吃的华夫饼。罗西聊到了她的病人、项目、同事，还有主治医师和护士。她谈到了医学院和医学实践之间的区别,以及她想象中的医生和实际的区别、解剖教科书和实际解剖的区别。

"你以前是干什么的?"她问道。

"一样的。"佩恩尽可能少说点话。他喜欢听罗西说话,而且他已经累得不想说话了。

"和我一样?"罗西尽可能多说点话,这样自己就不会趴在桌上睡着了。

"你最近确实总待在医院,但不是这样你就能给病人看病了。"

"我不是要来给病人治病的,我要在这里思考读书和实践、书本和生活的区别,思考对事物的想象和它们本来的面貌之间有什么出入。"

"你生活中的一切都是隐喻吗?"

"挺多都是。"佩恩承认,"现在干什么去?"

"去睡觉。"

佩恩的表情一点也不淡定。他的眼睛、眉毛、嘴巴和脸颊都僵住了,恨不得昏过去。

"别那么兴奋,"她说,"我太累了,只能去睡觉,你也是。"

"为什么?"

"你都三十七个小时没合眼了,眼神呆滞,满眼血丝,我们说话的时候,你脑子都迟钝了,我看得出这是疲惫的迹象,我可是个医生。"

"我没有。"

"你在他们做鸡蛋的时候打了个盹,这是疲惫的第一个迹象,我们在医学院的第一年里就学过。"

"我可以打起精神来的,"佩恩说,"我能恢复元气的。"

"你该休息了。"罗西坚持道,"我们先睡觉,其他的再看吧。"佩恩觉得"再看吧"听起来是个好的开始,他同意了。以前佩恩把女生哄上床,从来不会单纯地只是为了睡觉,但和罗西在一起,他愿意这样做。罗西的床单上印着巴吉度猎犬,床单的触感柔软,并不是因为织物紧密程度高,而是因为罗西一遍一遍地清洗。床单很可爱,佩恩躺在这些巴吉度猎犬里头,闭上了眼。罗西突然说:"说说你的故事吧。"

"什么故事?"

"在候诊室里写的故事。"

"你刚才明明就在那里。"

"我又没有像病人一样闲坐在外面,"她说,"我在另一边忙活着啊。"

佩恩睁不开眼,他觉得自己也没必要睁着。"讲个睡前故事怎么样?"

"很好啊。"罗西说道。

"很久以前……"

"又是这种老套的开头。"

"有个王子。"

"你不该从公主开始讲起吗?"

"他叫格林沃尔德。"

"格林沃尔德?"

"他住在一个遥远的国度,在那里当王子不怎么开心,也不是很光鲜。他不是被推选出来的,也不是因为他有什么丰功伟绩、灵光的脑子、巧妙解决问题的能力或曾艰苦地劳动过。他是王子,因为王子就是王子,因为王子的父亲是国王,母亲是王后。是的,他在城堡里有他自己的侧厅,就是那种屋顶轮廓像坏掉的牙齿的城堡。"

"是锯齿形。"

"是的。他还有长袍、皇冠,以及那种顶端有球的棍子。"

"那是权杖。天哪,佩恩,我还以为你很精通词汇。"

"我太累了。"

"这些东西是干什么用的?"

"格林沃尔德也有这种疑问,这些东西有什么意义?他卧室外面的大厅里有一套真正的盔甲,但除此之外,他也就是个普通人,他甚至还要自己打扫浴室。他看不出顶端带个球的棍子有什么用处,皇冠更是压得他头疼。"

"皮肤神经的持续刺激造成了脑神经痛。"

"而他那些朋友,过着普通人的生活,打暑期工,住着平顶的房子,屋顶至少有个正常屋顶的样子,他们似乎比王子开心多了。"

"王子是怎么和那些过着普通生活、住在那种房子里的人交上朋友的?"

"他们一起念高中。"佩恩说。

"他在公立学校？"

"他父母——"

"国王和王后。"

"他们是进步人士，不认为一个孩子能因为财富、阶级或王室地位就得到其他孩子享受不到的良好教育。他们觉得，如果所有的孩子都拥有知识、智慧、解决问题的能力和批判性思维的技巧，在经济和精神上都公平地享有支持他们开创事业的机会，世界将会变得更美好。"

"受教了。"

"是的，但格林沃尔德却生活得很艰难，他没想过去工作，也不会去上大学。王子想不论他父母多开明，不论他喜欢的女孩有多美，如果她是农民，父母肯定会极力阻拦。他可以去参加体育运动，但根本没法儿玩，因为没有人传球给王子，也不会封盖他的投篮。他的朋友们对学校的舞会兴奋不已，只有在舞会上才有机会穿华丽的衣服，坐豪华轿车，还能吃上一顿大餐，而对可怜的格林沃尔德来说，这不过就是个普通的周二夜晚罢了。所有的毕业典礼他都没有参加，因为他再也受不了这种盛大隆重的排场。王子的世界虽然美丽，却笼罩在一层紫色的薄雾中，阳光似乎只照在他身上，散发着森林的气息，仿佛给他冒险的希望和无限的可能，然而这些基本上都不会发生。上学只能让他知道外面的世界是什么样的，却无法让他去亲身经历。"

"可鸟儿不是他的朋友吗？"罗西虽然很困，但还是满怀希望地问道，"他没有和自己的好朋友小老鼠彻夜畅谈过吗？"

"这是个童话故事，罗西。一个真正的童话故事，不是迪士尼的那种。老鼠不会说话，鸟儿也仿佛在嘲笑他不如它们自由。当然，他在学校有朋友——他曾是学生自治会主席，因此认识了好多人。他还是奥数队队长。但直到他穿上那套盔甲，大家才知道他的真实身份。"

"什么盔甲？"

"就卧室外面大厅里的那套。"

"你讲过这个吗？"

"讲过的，注意听。"

"我认真听着呢，你说这是个睡前故事，所以我都睡着了。早知道有那么多隐藏信息,我肯定努力打起精神听。"

"故事里没什么隐藏信息。我给你讲的那些:牙齿一样的屋顶、权杖上的小球、大厅里那套盔甲、他自己清理的浴室,故事里就这些东西,这些都是你要知道的。"

"那套盔甲里面是什么?"罗西双手托腮,像贺卡上要睡着的小女孩一样。她疲倦地向佩恩微笑,虽然强撑着,但还是困得睁不开眼睛了。

佩恩伸出手,摸摸她的头发和额头:"明早再给你讲剩下的故事。"

"你想用这招让我留下来?"

"你本来就住这儿。"

"你就像谢赫拉莎德一样?①"

"谢赫拉莎德也住这里吗?"

"别忘了今晚你讲到哪儿了,"罗西说完便睡了,"醒了之后,我想接着听。"

他们醒了之后,却做起了其他事。

"我们之前说过这个,"佩恩提醒她,"你说'再看吧'。"

"好吧,那我们就来'看看'吧。"罗西说。

罗西的医师实习排班表帮了佩恩不少,这也一直是他们两人关系中很讽刺的一件事。甚至佩恩把罗西追到手后,他仍在候诊室里"安营扎寨",在这里阅读、写作,在罗西休息的空当把自己的故事分段讲给她听。她在工作或不得不熬夜时,他就开开心心地去睡觉。为了结束连着四十个小时的班,罗西愿意付出一切——她在项目中的位置、她的职业前景、她的视力,甚至是佩恩——来换八小时的睡眠。罗西知道他们角色互换了,她本可以舒舒服服地躺在家里的床上,而他本应该夜以继日、不辞辛苦地工作。

这样的相处方式倒是为以后育儿做了很好的准备,罗西也是很多年后才意识到这点。小罗出生的第一个月,晚上睡得不安稳,常常醒来,照顾他

---

① 谢赫拉沙德:是《天方夜谭》中苏丹新娘的名字,以夜复一夜地给苏丹讲饶有趣味的故事而幸免一死。

的时候，罗西想到了曾经在候诊室的实习经历。那时的排班表真的很成功地帮她挑选了一个好丈夫。她知道佩恩半夜每两个小时就起来一次哄孩子，天还没亮就要起来给两个大点的孩子做早饭，也不介意昨晚半夜还起来哄那两个小的。虽然这并不是罗西选择佩恩的原因，但这个理由也不算荒谬。

如今，这么多年过去了，罗西仍独自在医院度过凌晨时分，但再没人过来给她讲故事了。做实习医师已经是好多年前的事了，丑陋的地毯和令人不适的家具已经换过了一拨又一拨，但罗西还是会习惯性地穿过旋转门走到候诊室，期待能看到佩恩坐在那里。这么多年过去了，她仍留在当年实习的地方，这确实很奇怪。长年驻扎在候诊室的人们根本不看罗西现在的头衔或成就，仍然觉得她是一个实习医生。不变的总是比不断轮转变化的更重要。佩恩的身影不再出现在候诊室角落的椅子上，却出现在她的房子、她的家、她的床和她的生命里，并且从未停止追随她的脚步。

要不是佩恩追她，她不会想留在这里。罗西来自亚利桑那州，她对威斯康星的二月毫无准备。在医学院上学的第二学期，有天她的汽车被冻住了，似乎在提醒她：这种天气还是待在家里吧。因此她好多节课都没去，内分泌课差一点就不及格了。其实她并不想逃课，但她就是没办法出门。罗西是一个视觉学习者，闭上眼睛就能描绘出神经图、骨骼布局和肌肉图。有一天早上，她从停车场出发去考试，眼睛闭得太久都冻僵了，当时她就发誓毕业后要离开威斯康星。

但这个项目太好了，她的老师们想让她留下一起工作，她感觉备受抬举，无法拒绝。佩恩也喜欢在候诊室待着，见他这样热烈地追求自己，于是她就留了下来。罗西对自己说，留在这里只是为了奖学金，就当一段时间的主治医师，之后不管谁再怎么挽留都要走。她想去其他地方体验生活，在世界的另一个地方磨炼自己的能力，在那里不会被冻伤，脚趾也不会冻得没知觉，也不会有傻瓜在冰面上钓鱼。

但孩子一个接一个地出生，先有了罗，之后有了本，再之后是瑞吉尔和俄里翁。孩子的出生阻止了罗西的计划，他们是这个计划和外面新鲜世界的敌人。威斯康星大学医院知晓罗西的职业道德和优秀的履历，因此不在乎她休了一个又一个产假。理解她在快生产的那些日子下不了床；因为怀孕搬不动病人和其他东西；体谅她早上因为太恶心而不能工作；批准她晚上值班请病假——因为唯一比医院细菌多的地方就是小学了，而她家又有不少上学的孩子。她值得这些优待，但在这所医院外却没人知道。她就这样留了下来。

她配得上这些。罗西怀上克劳德的那天晚上，她接诊了一个得了肺栓塞，但以为自己不过是背部酸痛的病人——就像是有人早孕，她们会极力否认，宁愿以为这是自己的幻觉，怀疑不过是肠道综合征；就像中风的人也会说"除了我的舌头感觉有点怪，其他都挺正常的"；就像第一年的实习医师也能伪装成一个知识渊博的外科咨询医师。罗西在养育孩子的过程中训练出了非常敏锐的嗅觉。怀上克劳德的那天晚上，罗西和一个小女孩待在医院。那个女孩在和朋友们通宵聚会时在楼梯上摔了一跤，腿和胳膊都受了伤，但罗西知道，她不是因为这个哭，她哭是因为她一个人很害怕。因为女孩今晚去了别人家过夜，她父母借此机会外出一晚，现在还要几个小时才能赶回来。派对的主人把她送到医院，可家里还有一个六岁的小女孩需要照顾，必须赶回家里。罗西知道这个哭泣的小姑娘不会有事，她父母也在赶来的路上，但她还是非常难受。生产结束的痛苦，那些她无法控制的痛苦，她无能为力的，她不得不放手的，都没有像小女孩那样把她击倒。她喊了医务人员来把小女孩送走，但过了一个小时也没人来，于是她干脆自己带着小女孩去做 X 光，技术人员让她和这个孩子待在一起，这样虽然小女孩的手腕扭伤了，胫骨也骨折了，但罗西可以握着她的另一只手。罗西知晓了她的病情后，就知道自己可以为她做什么了。她给了小女孩止痛药和三块燕麦饼干，还哄她开心。罗西怀上克劳德的那一晚，她担任了不同的角色：母亲、妻子、急诊室医生和探秘者，还是安慰小女孩的好心人和 X 光技术人员。

罗西知道这不是她留下来的原因，但她总是在想，兴许就是这个原因呢。

睡前故事

怀上克劳德的那一晚，罗西和肚子里的他在医院给病人拍 X 光片，佩恩则在家哄孩子睡觉。哄孩子上床睡觉是门吵吵闹闹的学问。小罗喜欢泡澡，这却惹恼了俄里翁，因为他觉得本的那些毛绒玩具都喜欢在浴缸里潜水，而小罗占了它们的位置。本喝了热牛奶，安静了下来，罗光着身子（他就只在肩膀上搭了条毛巾）跑过厨房的时候却撞到了本，把奶溅到了瑞吉尔的鼻子上，他唱着"小鸡鸡呀呀呀！能飞跃高楼……他技能满满哪，不会被避雷针缠住哇"。

佩恩闭上眼，深吸几口气，脱掉瑞吉尔沾着牛奶的睡衣。虽然俄里翁还坐在浴盆里，但他放掉了泡澡水，从杂物抽屉里找出几个衣夹，夹住了本的拖鞋，把它们挂在"试验场"里晾干（就是洗衣房的别称，罗西觉得这里应该有个特别点的名字）。佩恩的四个孩子中，有三个现在都是光着身子的，唯一一个穿着睡衣的看上去还不想上床睡觉：本的确穿着睡衣，但他还穿着雨靴和雨衣，戴着雨帽，拿着雨伞，扔着湿透了的毛绒玩具，在水滴中唱着吉恩·凯利的《雨中曲》①。

为了区分，佩恩让孩子们按高矮次序站好，然后依次把睡衣、睡裤、毯子和吸管杯从一个男孩手中传递到另一个男孩手中，直到大家都拿到了。但俄里翁错拿了罗的睡衣，罗只能光着上身，而俄里翁则穿着一件像维多利亚时代的睡衣，长长地拖在地上。瑞吉尔不愿穿睡裤，但想穿袜子，他觉得这样他的内裤就不会感到孤独。罗抓着本的毯子当披风，在楼梯上跑上跑下了三个来回，嘴里唱着"小鸡鸡呀呀呀，能滑下楼梯扶手哇……做事从不多加考虑呀"。虽然还是一团乱，但佩恩觉得收拾得差不多了，宣布可以上床

---

① 《雨中曲》：是米高梅电影公司出品的歌舞片，由斯坦利·多南、吉恩·凯利执导，吉恩·凯利、黛比·雷诺斯等主演。

睡觉了。

"今晚去谁的房间?"

"鲨鱼洞!"四个男孩齐声喊。罗西怀上克劳德的这天晚上,罗已经八岁了,他给自己的房间取了这个名字。瑞吉尔和俄里翁四岁半,住在隔壁叫"POH"①的房间里,虽然每个人都叫它POH,但只有佩恩和罗西知道这是"地狱深渊"的意思,这也是罗西起的名字。本七岁了,住在"本的房间"里,他起名的风格很写实。

即使罗西不去工作,和佩恩都待在家,即使在罗西每次生完孩子后,她母亲过来帮忙的那几个月里,他们也根本不敢想象给每个孩子单独讲睡前故事,因此睡前故事一直是集体活动。佩恩每次给孩子们看故事图片时,他们都会乱爬、推搡、乱挤,嘴里喊着"你挡着我了""他在我身上放屁""你看的时间比我长",因此佩恩不再读故事书,而是自己给他们讲故事。他说自己读的是一本魔法书,其实就是一本空的线圈本。他把空空的本子给孩子们看,这样他们就再也不会吵着要看图了。佩恩就拿着空本子读故事,就像施了魔法一样。

佩恩以前也给罗西讲过这个故事,但那时的故事中,王子卧室外面的盔甲里满是玫瑰花。王子很惊讶,发现盛开的玫瑰花蔓延而出。那是因为佩恩知道,如果他醒来后发现身边睡着一位名叫罗西,还坚称自己没时间谈恋爱的急诊室实习医生,就必须把故事讲得符合女生的口味才行。王子不止一次地偷看帽檐下的这些花,炽热的红色、粉红色和黄色的花朵竞相开放,走廊里弥漫着玫瑰花的香味。但是对于男孩们来说,盔甲里会有比玫瑰花更好的东西。"王子拉开帽檐往盔甲里面看,他看见了……他什么都没看见。"

"什么都没有吗?"小罗尖叫道。

"是的。"佩恩冷静地回答。

"不好玩。"瑞吉尔说。

"'不好玩。'格林沃尔德说,'我才发现我卧室外面一直放着一大块铁,我还期待里面会有个魔法骑士或者木乃伊,或者至少有个精灵鼠之类

---

① POH: Pit of Hell 的缩写,意为"地狱深渊"。

的吧。'"

"也许有只会说话的蜘蛛。"本说,他最近在读《夏洛特的网》①。

"'也许有只会说话的蜘蛛,'格林沃尔德想,'或者有一些玫瑰。'"

"玫瑰?"罗问,"盔甲里怎么会有玫瑰?"

"是啊。"瑞吉尔说。

"是啊。"俄里翁说。

"过几年你们就懂了。总之呢,盔甲里什么都没有。格林沃尔德准备合上帽檐,从凳子上下来(他要站在凳子上才能碰到帽檐),突然他听见了一阵响动。"

"是鬼吗?"本问。

"是僵尸吗?"小罗问。

"是人的声音,"佩恩说,"这个声音说……"

"哈!"瑞吉尔尖叫。

"罗!"小罗大喊。

"'很久以前……'"佩恩说。

"很久以前?"本问。

"盔甲里并非空空如也,它里面满满当当地装着一个故事,一个想要逃出去的故事。"

"它为什么想出去呀?"

"其实所有的故事都想出来,想跑出来,想被人们讲出来,被人们听到。要不然故事还有什么意义呢?它们想帮小男孩们进入梦乡,想帮固执的妈妈爱上爸爸,想教给人们一些东西,想让他们大哭大笑。"

"一个小小的故事怎么会想把人惹哭呢?"本听得最认真。

"和你哭的原因一样啊。"佩恩说,"你哭一哭就会感觉好一点,不再那么痛苦,也不那么苦恼了。就比如你伤心或害怕的时候,听一个忧伤或恐怖的故事,就会感觉心情好一点。"

"这说不通啊。"本说。

---

① 《夏洛特的网》:美国作家 E.B. 怀特的作品,是一部描写友情的童话。

"就是这样。"佩恩解释道。

"这个故事就这样了吗?"俄里翁回想着之前那句话,"很久以前?"

"不,这是一个魔法故事,它无穷无尽,永远也讲不完。每次看似要作个小结,开始讲道理或要结尾时,它就换个走向,重新开始。"

"那最后一页写了什么?"本问,凭着自己的写实主义风格,他对佩恩丰富的想象力刨根问底,"结局在哪里呢?"

"没有最后一页,这是魔法。"佩恩又把空白的线圈本给他们看了一遍,但怎么可能一直翻页,还永远翻不到头呢?

"像一个圈?"本问。

"对,就像一个圈。"

"故事可不是圈啊。"小罗说。

"每个故事都是一个圈。"佩恩说。

"我不明白,爸爸。"瑞吉尔和俄里翁一齐说。

"没人明白。"佩恩说,"故事都非常神秘,这就是它们存在的另一个意义,故事自己讲述自己,以保持神秘。"

"接下来发生了什么?"小罗问,"在故事里?"

"哪一个?"

"什么哪一个?"

"哪一个故事?是格林沃尔德的故事?还是盔甲里出来的故事?"

"都有。"

"很多,这两个故事里都发生了很多很多事。"

"给我们讲!快给我们讲!"

佩恩觉得能生出个小"希腊合唱队"听自己讲故事,真的是很了不起。"明天再讲,现在我们该睡觉了。"

讲故事哄孩子睡觉花了四十五分钟,之后佩恩去楼下浴室,把天花板上的牙膏擦干净,收拾好走廊地板上一堆乱丢的衣服,还不小心踩坏了一个丛林恐龙城堡的乐高玩具——他知道明早自己会付出惨痛的代价。总之,讲出成功的睡前故事的难度系数和写完一个特别困难的章节,或填好纳税申报单一样。佩恩做的工作虽不起眼,但只有他在家把孩子哄好,罗西才能好好去工作，才能去给病人诊断肺栓塞。但不幸的是，他必须先做完工作和家务，洗好碗，打包好午餐盒，锻炼完和做好其他事情后，才能给孩子们讲睡前故事。讲完之后，也只能看看电视，喝点小酒，就睡了。罗西怀上克劳德的那一晚——这孩子只会让以后上床睡觉变得更难——佩恩心想边看电视边喝酒是个不错的睡前活动，但他刚这么做没一会儿，就躺在沙发上睡着了。

说给医生的那些事

克劳德九个月一周零三天大时,他说出了人生的第一个词——大红肠。没错,的确是这个词。他也曾咿咿呀呀地发出类似"麻""大""巴"的声音。他在浴缸里拍着水,哇哇哇地喊,可能是在说话,但也可能只是巧合。但他说"大红肠"时发音清晰,就像一个公共广播员。他们填写的很多表格中,经常会被问到这个问题:孩子是什么时候学会说话的。但医学专家觉得这不过是个随机事件罢了,每当罗西跟医生讲九个月的克劳德说话这件怪事时,医生总是戏谑地看着她。因此,罗西不得不听医生又讲一遍:

"这位妈妈,宝宝们在六个月或者更早就开始咿呀学语了。"医生无疑会这样说。很少会有医生叫佩恩"这位爸爸",但总是会叫罗西"这位妈妈"。在儿科,医生们在当研究员的时候就学会这么说话了,但在罗西的教育生涯中,从没有谁告诉她要管病人的母亲叫妈妈。如果有人这么喊她,她肯定这样解读医生的潜台词:我比你更了解你的孩子,我是个经过训练的专业医生,而且作为一个女人,你的反应有点过了——有些唐突、不真实,让作为医生的我感到很尴尬。

医生们还会接着说:"当然,咿呀学语是很重要的开始,但这不是我们所说的'讲话','麻''巴'并不算是讲话。"

"他说的是'大红肠'。"罗西说。

"不,恐怕不是。"医生们回答。

克劳德学说话的那几周,他们家总是因为肉这个事闹矛盾。瑞吉尔只吃熟食,其他什么都不吃,他早饭和午饭要吃大红肠,晚饭和甜点吃烤牛肉,还要蒜味腊肠当小吃。从幼儿园回家时,他带着自己的画,把卤牛肉画成彩虹的形状,里面的翻斗车和宇宙飞船都是用来运火腿的。俄里翁似乎跟他形成了互补,只吃胡萝卜或者胡萝卜形状的食物,尽管他的父母赞赏这种营养的饮食方式,允许他吃素食热狗和两边是锥子形的格兰诺拉麦片,但不能一直总吃这些。佩恩想告诉医生的是,一个九个月大的婴儿张口说"大红肠"是件不得了的事,确实如此,但在争论中,这种不寻常的事情也不一定能说清。罗西的观点更为激进,她认为各种异常的行为才是孩子的常态,所以很难分辨他们做了什么不同寻常的事。

克劳德九个月大的时候说出了"大红肠",而且在一岁生日前就会说完整的句子了。

"他有哥哥吗?"医生们问。

"有啊。"佩恩回答。

医生们似乎很满意。

克劳德在其他方面也很早熟,六个月会爬,九个月会走。三岁时,克劳德写了一系列神秘故事,还配了插画,讲的是一只小狗和一只熊猫合作破案的故事。他自己只用烤箱就给瑞吉尔和俄里翁做了一个三层的生日蛋糕,他说长大后想当个厨师,也说过以后想当只猫。除了厨师和猫,他还说过长大后要当兽医、恐龙、火车、农民、电唱机、科学家、蛋卷冰激凌、一垒手,或者是当美食发明家,能发明一种尝起来像巧克力冰激凌却有营养,能让他妈妈允许当作早餐的食物。可当他再长大一些时,他说自己想变成一个女孩。

"可以啊,"每次克劳德说自己想成为什么,佩恩都会这么回答,包括蛋卷冰激凌,"听上去不错。"

罗西也说:"宝贝,等你长大了,你想成为谁就成为谁,谁都可以。"

当然,罗西这么做是想鼓励他。她觉得她给了孩子一种信念:克劳德聪明、有才华、有思想,而且很勤奋,他的未来有无限可能,总之他能做任何他想做的事情。罗西是这么想的:等他大些了,就不会再想当猫、火车或蛋卷冰激凌,也就不会因为成为不了这些东西而沮丧。

但克劳德再怎么了不起,他也不过只有三岁。"妈妈?"

"怎么了,宝贝?"

"等我长大后变成女孩子,我能重新来过吗?"

"从哪里重新来过?"

"从一个婴儿开始。"

"你是什么意思,宝贝?"

"如果我变成女孩子,我是不是要重新从婴儿开始成长起来?还是说等我长大了就可以变成一个女孩子了?"

"你把我搞蒙了。"罗西说。

"我想长大后变成个小女孩,但是等我长大了,我就不再是个小孩了。"

"哦,我明白了。"但其实罗西会错了意,"我觉得你长大以后就不会想变成个小女孩了,也不想变成火车、猫、蛋卷冰激凌啦。"

"因为这些想法很傻。"克劳德说。

"你会想要个工作,也许会想当个农民或当个科学家,又或者是你现在还没想到的什么,都很好啊。你还有很长时间去决定做什么。"

"有女农民和女科学家吗?"克劳德问。

"当然了,"罗西说,"我就是一个女科学家。"

"我就想成为这样的人,一个女科学家。"克劳德果断地说,"我能吃个冰棒吗?"

"当然。"罗西说。

后来(不管是那天之后,还是那周或那个月之后)和在过去的许多年里,佩恩和罗西都记不清他们一遍遍地问克劳德时,他是多么固执、多么笃定。罗西在半夜睁开眼睛,发现克劳德站在她的床边。

"嗨,妈妈。"

"宝贝,你吓我一跳。"

"等我成了女科学家,是不是可以穿裙子去上班?"

罗西抬眼看了看表,又马上后悔去看了时间:"现在三点过四分了,克劳德。"

"是的。"

"凌晨三点过四分。"

"当然。"

"我估计你得穿实验室白大褂。"

"跟我雨衣一样的那种衣服吗?"

"是的,但这种衣服一般都是白色的,也不防水,也没有帽子。"

"好吧,晚安。"

"晚安。"

罗西早上睡过了头,下来吃早饭时,佩恩说:"克劳德想问问我们,等他成为女科学家后,能不能在白大褂里穿裙子。"

"我没意见。"罗西热着咖啡,一副睡眼惺忪、刚起床的模样。

"我问他为什么不想当科学家,而想当女科学家。"

"他怎么说?"

"因为可以在白大褂里面穿裙子。"

十一月是本的生日,后来,有医生建议他们把生活的点点滴滴记录下来,佩恩和罗西就觉得战战兢兢、神经紧张。只有当某件事恰好和生日或假期撞上了,他俩才会觉得开心,因为这样就可以记起来这些日子了。克劳德想给本做一个蛋糕,但本想要他在感恩节时在杂货店里看到的山核桃和南瓜派,可克劳德还不会做派,于是他给本写了个音乐剧,让兄弟们来演,但是一些小细节有点乱——故事里有一位公主、一个农民,还有两朵带着马桶撅子的云。罗西和佩恩永远也搞不懂克劳德在想什么,但这个音乐剧感情真挚,配乐动人。

"克劳德自己做好了公主裙,"罗西说,"用我的旧裙子改的。我们有那么多现成的礼服能给他们用,但他非要用旧裙子,还在上面加了丝带、亮片和垫肩。"

"我们家全是小伙子,"佩恩总是说,"总得有人在短剧和游戏里扮女孩,又不是什么大事。"

"可他要穿到明天早上。"罗西说,"为了音乐剧,他穿裙子穿了一个星期,说是在排练,可音乐剧演完了他也不脱。不止是他,俄里翁也不愿意脱掉他的'云'戏服。穿戏服是很有意思,可克劳德连睡觉也要穿着裙子,但明天他要去幼儿园了。我得让他脱下来,他肯定不愿意。"

罗西低估了这件事的严重性,克劳德坚决不愿意脱裙子。罗西猜对了,第二天早上,都快要到上班时间了,她也没给克劳德换好衣服。罗西六点起床时,克劳德已经起来了,自己做了麦片吃,穿着皱巴巴的公主裙坐在沙发上看《芝麻街》①。罗西亲了亲他的额头,说:"去换上上学穿的衣服。"佩恩负责做早饭,罗西做午饭。"克劳德,"罗西封上了她第五包迷你椒盐饼干,朝沙发喊,"换衣服去,快点。"幸好佩恩煮了咖啡,谢天谢地,罗西关上了洗碗机。"克劳德,宝贝。"她边喊着,边打开折叠椅,准备站上去拿架子上的果酱。"上学穿的衣服。"之后她又上楼去喊大家起床。罗在洗澡,本也在洗澡,瑞吉尔和俄里翁在互相扔着衣服,不想去洗澡。罗西妥协了,就让双胞胎脏着去学校吧。"克劳德,快。"她说。佩恩把衣服从烘干机里拿了出来,罗西把孩子放学后穿的便服叠好,又上楼去洗澡穿衣。"克劳德,"她朝楼下喊,"我下来后就要出门了。"七点五十九分,罗西在楼下,穿戴整齐,拿好了东西,对自己的造型很满意。她准备送俄里翁去车站,送克劳德去幼儿园,最后再把罗送到学校,最晚八点二十九分就能到医院。

克劳德还是穿着裙子坐在沙发上。

"克劳德!"罗西尖叫,"你怎么还没换去学校的衣服?"

"我穿的就是去学校的衣服。"

"你还穿着裙子!"

"我要穿它去学校。"

"克劳德,宝贝,今天早上没时间了。你哥哥们快赶不上校车了,快去换衣服。"

"不。"

"换衣服去!"

"不要。"

"克劳德,"佩恩说,"妈咪说了,要准备去上学啦。"

"说了好几次了。"罗西说。

"你不能对她说'不'。"

"不。"克劳德说。

"克劳德,我不会再说第二遍。赶紧把裙子脱了,准——备——去——

---

① 《芝麻街》:是美国公共广播协会(PBS)制作播出的儿童教育电视节目,该节目于1969年11月10日在全国教育电视台(PBS的前身)上首次播出。它是迄今为止,获得艾美奖奖项最多的一个儿童节目(153项,截至2009年)。

上——学！"

克劳德从沙发上站起来,手背到后面握紧拳头,像个小火箭一样,用最大的声音喊道:"我准备好了!"然后倒在地毯上哭了起来。

罗西和佩恩用眼神进行了短暂的交流,之后佩恩换上大衣,送孩子们去车站;罗西坐在地板上,挨着啜泣的克劳德,轻轻地抚摩着他的背。

"克劳德,我的宝贝,该去上学了。你还好吗?你不想去见丹妮尔女士和特蕾莎小姐吗?不想看见乔茜、汤娅、皮雅和李安吗?"

"我要穿裙子。"

"宝贝,你不能穿裙子去幼儿园。"

"为什么?乔茜就穿着裙子去幼儿园,汤娅、皮雅和李安也穿。"

"所以你就想穿裙子去幼儿园吗?因为你的朋友们都穿?"

"我觉得是。"克劳德说,"还有紧身裤。"

"这个嘛,男孩子一般不穿裙子去幼儿园的,"罗西小心翼翼地解释,"或是紧身裤。"

"我又不是天天穿。"克劳德说。罗西后来回想起来,即便在当时,这话说得也没错。

"我觉得穿这个裙子去上学有点长了。"罗西试图说服他,"这种茶会长度的裙子有点太正式了,不适合在幼儿园穿。"

"什么是茶会长度的裙子?"

"就是长度到你脚踝的裙子,你穿着它在操场上都不好跑步啊。你的朋友们是不是都穿短一点的裙子,很方便玩耍?"

"但我只有这一条裙子。"克劳德低声说,"我不知道它太正式了。"

"你还连着穿了一个星期,太脏了。"

"不,没有。"克劳德还在低着头抽泣。

"淑女们不会穿皱巴巴、脏兮兮的裙子的。"

"不穿吗?"

"是啊。她们会穿干净、平整的裙子。"

"所有女生都这样吗?"

"嗯,真正的淑女都这样。"罗西厚着脸皮编着。这一天才刚开始,她就精疲力竭了。然而这个谎却适得其反。

"哦，"克劳德说，"好吧。"他走进自己的房间，换了运动衫和牛仔裤。

但是在车里，克劳德小小尖尖的声音突然又从后座传来："妈妈？"

"怎么了，宝贝？"

"我想再要一条裙子，一条短一点，不那么正式，适合在学校穿的裙子。"

"好的，亲爱的，等你放学回来我们再讨论。"

"妈妈，谢谢你。"

"没事的，宝贝。"

"妈妈？"

"怎么了？"

"你能教我怎么用洗衣机吗？还有烘干机和熨斗。"

"那是爸爸的活儿。"罗西说。

"不，我应该干的，"克劳德说，"为了我的新裙子。真正的淑女都会穿干净、平整的裙子。"

失败者

那天晚上睡前,克劳德忧心忡忡:"爸爸,穿这个睡觉是不是太正式了?"

佩恩正哄着俄里翁把牙齿背面也刷刷,抬头就看到克劳德穿着罗西的淡紫色衬衫式长睡衣,领子和下摆上还点缀着蕾丝。罗西穿着短,只能将将盖住内裤,所以她每次伸手要拿东西,走得太快或在床上翻个身时,内裤都会露出来些。但克劳德穿上都快到脚踝了。

"这是茶会长度。"克劳德补了一句,还是一脸忧虑。

"我觉得上床睡觉没什么着装要求吧,"佩恩说,"不要担心这个。俄里翁小朋友,臼齿也是牙齿哦。"俄里翁为了模仿绿巨人,穿了件又小又破的绿色睡衣,边缘剪得破破烂烂,而瑞吉尔在浴室里裸奔。

"孩子们,"佩恩喊,"今天是星期一,我们去罗的房间。"于是光着身子的、半裸着的、穿着奇怪睡衣的男孩子们从房间里的每个角落(就像是从世界上的每个角落)跑出来,到罗的床上打滚。他们背抵着墙,肩并着肩,膝盖和手肘像卤面条一样缠绕叠在一起。

"把你的光屁股从我的枕头上挪开。"罗冲着瑞吉尔尖叫。

"不许说'屁股',罗。"

"但他坐在我的枕头上,"罗说,"我要枕着枕头睡觉的啊。"

"瑞吉尔,把你的屁股从哥哥的枕头上挪开。"佩恩说。于是瑞吉尔光着屁股从床上溜下来,就像丘比特那样沿着毯子溜下来一样,但他更滑稽一点,却把罗逗得消气了。

"你的头发闻起来像香蕉。"本向克劳德抱怨。

"我用的是无泪配方的洗发水。"

"你闭上眼睛洗不就行了,"本说,"这样你就可以用大男孩用的洗发水了,也不会闻起来像香蕉。"

"我不想成为大男孩。"克劳德说。

"我可不想闻着香蕉味儿听故事。"本说。

"打倒香蕉屁股巨人!"俄里翁喊。

"打倒香蕉巨人男孩!"俄里翁从床中间跳起来,拿起罗的枕头随意地扔向自己的兄弟们。

"呃哦,闻上去有瑞吉尔屁股的味道。"罗抱怨。

"我的屁股超棒的。"瑞吉尔说。

"不要说'屁股'。"佩恩说。

"打倒香蕉屁股巨人!"俄里翁喊。

"够了!"佩恩大喊,这是警告他们闭嘴,赶紧铺毯子坐好的信号。日复一日,年复一年,连佩恩都很惊讶所有人竟然都还期待着他的睡前故事。本都十一岁了,罗十二岁了,他们实际上都算是青少年了。其实现在每个人都能自己读故事了,但他们仍很乐意把自己手里的书扔开,听佩恩接着讲故事——真的是接着讲——格林沃尔德和穿着闪亮盔甲的说书人的探险故事,他们既兴奋又期待。佩恩想,这就是讲故事的意义啊。"上回讲到哪里了?"

"格林沃尔德正用蕨叶来捉每晚来他窗前的午夜仙女。

"然后他点燃绿色、蓝色和粉色的叶子,那颜色就像瑞吉尔吃吐了的那家比萨店的霓虹灯招牌。

"因为他要用霓虹午夜仙女的头发来给女巫做药水。

"那个女巫这么喊:'格林沃尔德,我要那个头发,你要是弄不到,我就给你下咒!'

"蕨叶的边都烧卷了,但午夜仙女还是逃脱了,王子保证过不会伤害她们,只不过是给她们稍稍剪下头发——

"反正对她来说无所谓,她们本身就有点邋遢,但她们根本不会听王子解释——

"格林沃尔德在担忧怎么能让午夜仙女停留——

"以及怎么让句子押韵。

"对,他也担心这个。"

和这一整个希腊合唱队的孩子们在一起绝对是一天中最快乐的时光,

除了……

"我们今晚能讲个女孩的故事吗？"克劳德打断说。

"不讲午夜仙女了？"佩恩问。

"不讲格林沃尔德了，"克劳德说，"王子好无聊，我想要个公主当主角。"

"格林瓦尔德娅？"佩恩问。

"对！格林瓦尔德娅！"克劳德说。

"'格林瓦尔德娅'听着像佛蒙特州的一个湖。"罗从没去过那里，但他说得没错。

"公主的故事都很无聊。"瑞吉尔发牢骚。

"童话里的女孩子们都是失败者。"罗说。

"不，不是的。"克劳德反驳。

"是，她们就是。不是一般的失败，而是非常失败，她们总在丢东西。"

"才不是！"克劳德说。

"就是！她们在森林里迷路，把鞋丢在台阶上，她们都住在连门都没有的塔上，头发还紧紧贴在头皮上，就这样还能把头发丢了。"

"或者是失去了声音，"本插嘴，"要么就是失去了自由、家人、自己的名字，或者是身份，比如'她再也不是美人鱼了'。"

"或者是再也醒不来了，"罗说，"她们就一直睡啊，睡啊，睡啊，真无聊。"

克劳德大喊："公主也能做很酷的事，公主比格林沃尔德厉害多了，她才不会老是睡觉或者丢鞋子。"

男孩子们怕惹哭小弟弟而惹上麻烦，也为睡前故事而坐立不安，担心还剩多长时间，还有多少故事没有讲，这两件事影响着他们的情绪。也许他们并不是忧虑，更像是因为惹上了麻烦而懊恼，还担心会有更多麻烦。

"不公平，"克劳德哭诉，"我们从没讲过公主。"

"不公平，"瑞吉尔和俄里翁也在哀怨，"我们还不知道午夜仙女怎么了呢。"

"不公平，"克劳德又说了一遍，"就因为他俩是双胞胎，就能为所欲为。"

"够了！"佩恩重复道，"我们可以同时满足所有人。"

"可以吗？"本不信。

"可以，因为女巫让格林沃尔德抓的这些午夜仙女们哪，她们的首领是格林瓦尔德娅公主。"

"斯蒂芬妮。"克劳德纠正。

"格林瓦尔德娅·斯蒂芬妮公主。"佩恩修正道。

"她穿什么衣服？"克劳德问。

"她穿着短短的淡紫色睡衣，不到茶会长度，这样她的腿就能露出来，不影响自由飞行。她觉得格林沃尔德是个长不大的孩子，因为他总抱怨自己要统治自己的小国家，同时还得学习他觉得很难的代数第二册。自从财政部部长解雇了社会协调员，秘书长也辞职了，王子不得不在课余时间为政府做很多工作。当然啦，斯蒂芬妮公主这种午夜仙女从来不用念高中，她的王国也比格林沃尔德的大得多。格林沃尔德的王国从森林北边延伸到东边大海的地平线；斯蒂芬妮的呢……她拥有整个夜晚的天空。"

"所有的天空吗？"克劳德很震惊。

"也不是所有——"

"看见了吧？"瑞吉尔和俄里翁说，"队长们，这是格林沃尔德舰队。"

"她只管星星。"

"哇哦。"克劳德依偎着佩恩，向他表示感激。

"斯蒂芬妮公主管午夜仙女，午夜仙女们管星星。"

"听上去有点像真人秀。"罗说。

"你不相信天空能管理自己吗？你不觉得所有午夜仙女都在嘲笑可怜的格林沃尔德吗？午夜仙女们要监督星星们准时上岗，保持合适的亮度，为了不惹月亮生气，满月的时候要变暗一些，人们许愿时它们要落下。这工作压力可大了，比当学生会主席，甚至当王子压力都要大。因为星星太多了，斯蒂芬妮不仅要保证它们正常工作，还要让大家过得开心。"

"怎么能让星星开心呢？"克劳德低声问。

"嗯，"佩恩说，"这可是个大工程呢。斯蒂芬妮和其他午夜仙女们在黄昏就开始工作了，快到黎明才把所有工作都安排好。'振作点，天狼星；请再亮一点,半人马座;罗斯248,你感觉怎么样?我们还能为你做些什么吗?'所以每到破晓时,格林瓦尔德娅·斯蒂芬妮公主往往精疲力竭,准备上床睡觉,就像你们一样。"

本和罗去写作业,那几个小的都准备去睡觉了,尤其是克劳德,已经昏昏欲睡了。佩恩把他抱上床时,克劳德突然醒了过来,他问:"爸爸,我能也熬到天亮吗?可以帮忙去管理星星吗?"

"当然可以,宝贝。"佩恩摸索着去开夜灯,就这几秒钟,克劳德已经睡着。淡紫色的睡裙翻到了他的腰上,不是茶会长度了。

罗西找不到自己平时穿的睡衣,于是拿了件佩恩的睡衣穿上。她穿上就像斯蒂芬妮公主,短短的,腿能露出来,不妨碍自由飞行。罗西也没穿内裤,和她两个儿子一样。

一整个冬天和春天,克劳德一从幼儿园回来,就赶紧脱下衣服,穿上自己的公主裙。开始那一两天,克劳德、他的兄弟们和他的父母都没觉得这裙子有什么,因为克劳德永远都是克劳德。罗在一楼浴室里扮女巫,瑞吉尔舔遍了家里所有书的书脊,就为了证明他能够分辨哪本是小说。跟他们比,克劳德的打扮奇怪吗?一点都不奇怪。

夏天来了,孩子们的外祖母也过来了,一切都在慢慢变好。罗西的母亲叫卡梅洛,听着像个假名字。

"糖果店?"佩恩第一次听到时问。

"不是卡拉梅洛①,是卡梅洛。"罗西解释,似乎前者听上去很滑稽,后者则再正常不过了,就像安或者芭芭拉一样普通。

罗是最大的孩子,他就直接用更正常的名字喊自己的外祖母——卡米,听起来像是卡梅洛和外祖母两个词的结合,也像盖了层巧克力的甜点。但卡米可不是那种巧克力味儿的外祖母,她不搞烘焙,也不总给小孩子发糖吃。她用另一种方式爱着孩子们,这种爱还不会伤牙齿。她甚至老说要搬到离罗西和孩子们近一点的地方来,但是威斯康星太冷了,这是显而易见、无可置

---

① 卡拉梅洛:一种意大利冰激凌。

疑、不言而喻的。所以卡米还是待在凤凰城，那里的天气就是她心脏的护身符，她可以捂着胸口跟所有小贩讨价还价。

但她夏天还是会来罗西这里，不用留在凤凰城在六月到九月炎热的天气中捂着胸口了。每年这个时候，卡梅洛都会租罗西同事的那间湖边小屋，这个同事很愿意把屋子修一修租给游客。每天早上，卡米都站在前廊，抽着骆驼牌香烟，看着太阳从湖上升起。每一个男孩的朋友们都知道，卡梅洛很乐意，而且真的能一次带上他们六七个人，划着古老的绿色小船去她的房子。她是唯一一个会这样做的外祖母。她每天都游到湖中那块仿佛是刚形成的冰川岩石那里，爬到它巨大的平面上，晒晒太阳，驱赶骨头里的寒意，之后再游回来。她是孩子们心中最迷人的风景。

那是湿热、多虫的威斯康星的夏日。短短十天内，下雪天就变成了桑拿天，高温还一直在持续。男孩们在湖边玩，他们还有洒水器，罗还别出心裁地用垃圾袋在卡米房前的草地上建了个水滑梯，因此他们总是湿漉漉的。卡梅洛还教瑞吉尔怎么编东西。一开始，她以为可能是因为忍者用的暗器和针有些相似——也许是真的很像，所以瑞吉尔才喜欢编，但他缝得很认真，就像给沙子涂防晒霜。一整个夏天，瑞吉尔到哪儿都在练习织围巾，掉落的线团像扑朔迷离的情节线一样展开。本把围巾流苏当书签用，让丘比特在这些不要的布上睡觉。而俄里翁则拿这些围巾当头巾、防汗带、帕巾、裹胸、腰带和古罗马人穿的那种宽外袍，像布鲁斯·斯普林斯汀[1]和盖乌斯·尤利乌斯·凯撒[2]（在他眼里这两人一样古老），或者是"50美分"[3]和弗雷德·阿斯泰尔[4]一样，他穿着它慵懒地享用夏日的早餐。克劳德把这些破布当成飘逸的长发，像瀑布一样从背后垂下来，也可以用头巾连起来，然后扎成马尾

---

[1] 布鲁斯·斯普林斯汀（Bruce Springsteen），1949年9月23日出生于美国新泽西州费里霍尔德，美国摇滚歌手、作词家、作曲家。

[2] 盖乌斯·尤利乌斯·恺撒（Gaius Julius Caesar，公元前100—公元前44），罗马共和国末期的军事统帅、政治家，儒略家族成员。

[3] 50美分（50 Cent），原名柯蒂斯·詹姆斯·杰克逊三世（Curtis James Jackson III），1975年7月6日出生于美国纽约皇后区，美国说唱歌手、演员、投资商。

[4] 弗雷德·阿斯泰尔（Fred Astaire，1899年5月10日—1987年6月22日），美国电影演员、舞者、舞台剧演员、编舞家、歌手。

辫。罗开始练习假装不认识他们,久而久之,他就非常熟练了。

卡米让克劳德试她的裙子、珠宝和鞋子。克劳德泡了杯茶,自己穿上茶会长度的裙子,卡米拿出了曲奇、奶酪和咸饼干,还换上了T恤和短裤,和克劳德一起沉浸在幻想的场景里。

克劳德一直有些疑惑:"卡米?"

"怎么了,亲爱的?"

"如果我一直穿着裙子,你还会爱我吗?"

"就算你穿着小狗做成的裙子,我也会一直爱你。"卡梅洛用鼻子碰了一下克劳德的脖子,他咯咯地笑了起来,"哪怕你戴了一顶脚趾奶酪做成的帽子,我也会爱你的。"

克劳德吸了吸鼻子:"你会吗?"

"当然。"

"为什么呢?"

"因为我是你的外祖母,外祖母就是来爱你的。"

"不管我穿什么,你都会爱我吗?"

"不管你是什么样子,我都会爱你。"

克劳德仔细想着这两句话的差别。"所以俄里翁不管什么样子,你也喜欢他咯?"俄里翁把一个棕色的锅背在腰上当缠腰带,闲逛着穿过厨房。

卡梅洛挤了挤眼睛:"不管什么样子。"

卡梅洛还带克劳德去买了一套泳衣,让他自己选,当作他幼儿园毕业的礼物。一天,罗西下班回家,看到自己的小儿子穿着印着白色和黄色雏菊的粉色比基尼,跑过洒水车。

"这身泳衣从哪儿来的?"罗西弯下腰亲吻克劳德,但和他保持一定距离,这样她身上就不会被弄湿了。

"是不是很好看?"克劳德身上像是发着光,罗西刚开始以为他晒黑了,但其实他的皮肤确实在闪着光,"卡米送给我的毕业礼物。"

"毕业?"

"我明年就从幼儿园毕业啦。"

"我明白了。"

"这是我自己选的。"

"看出来了。"

"是不是很好看?"

克劳德穿上确实挺好看。他的身材又扁又平,就像小罗改吹长笛之后就再也没调过音的那架钢琴一样。他身上还有一些小伤口,表明快五岁的他已经是一个小男子汉了。

"不好意思。"克劳德又跑走了,卡梅洛耸了耸肩,"我跟他说:'你长大了,能自己挑衣服了。'这话说出口就收不回来了。"

"给小孩权利,"罗西叹了口气,"就是不对的。"

"你很担心吗?"卡梅洛这么问,不知道是因为罗西看上去很忧虑,还是觉得自己太大意了。

"还好吧。"罗西自己也不知道。傍晚时分很闷热,没有云,也没有风。她眯起眼睛,看着阳光照在洒水车喷出的水上。该担心了吗?裙子是一回事,比基尼又是另一回事吗?小飞虫在她眼前飞来飞去,但是她突然很累,都懒得摆手把它们赶走。"也许有点。"她向母亲承认。

"服说。"卡梅洛狠狠地抽了口烟,罗西想着也许烟雾能把小飞虫引开。

"服说?"

"虎说。"

"我猜你想说'胡说'。"

"胡说八道。"卡梅洛不是那种会纠结语义学的人,"看看他,他好着呢!这么开心,这么愉快。"

"这是暂时的。"

卡梅洛看着她的女儿:"至少暂时是这样,我的宝贝。"

"你说话像个纵容孩子的外祖母。"罗西说。但她内心知道,不是这样的,她说话的语气就像自己还没长大一样。

"他很开心。"卡梅洛说,好像只要他开心就行,好像就是这么简单,"开心、健康、漂亮。你还想要什么?"

"其他孩子会笑话他的。"

"哪些孩子?"卡梅洛问。

"我不知道，反正就是其他孩子。"

"孩子们才不会关心这种事情。"

"不关心吗？"

"嗯，你为什么这么关心呢？"

"你明白的，"罗西转向她母亲，"本来应该是我来安抚你，本来是我要劝你想开点，应该是你惊慌失措，拖着他去教堂之类的地方。"

"现在可没几个犹太人去教堂了。"

"你这把年纪，思想怎么这么开放？"罗西说。

"就是因为我活了这么多年，才不会那么老古板。"她冷冷地吸了口烟，夹着烟的手指了指罗西，罗西还挺羡慕吸烟的人能用这么酷的动作来表达情感，"我活了一辈子，我知道活着最重要的是什么。我这辈子什么都见过了，你以为他是我见过的第一个穿比基尼的男孩吗？他不是。你以为你这一代人的孩子很与众不同吗？"

"那是不一样的与众不同。"罗西咬着拇指指甲说。

"胡说。"卡梅洛说。

那个夏天，让全家最担心的并不是克劳德，在某些方面，最让人担心的是本，他比以前更安静了。他的兄弟们都去游泳，而这个才十一岁的小书呆子却读了一个夏天的莎士比亚。罗西和佩恩都觉得他应该从六年级直接跳到七年级，这样他比同级的学生小一岁，但领先了他们不止一两年。反正待在六年级已经没有任何意义了。佩恩觉得，最好在地狱般的小学少待几年，这样读中学会更顺利。罗西觉得让本和罗在一个班上能弥补他曾错过的那些社交活动。他俩温柔地和两个最大的男孩儿商量这事。他们担心罗会觉得自己的世界很狭小，有人闯了进来；担心本会比周围其他的人聪明四五倍而不只是两三倍。罗很开心，马上开始策划哥儿俩偷偷互换身份的事情，这样一来本就可以帮他考试，就好像他们变成了双胞胎一样。但是本并没有发表意见，他有些担心，罗西或者佩恩也不知道他担心什么，太阳、夏天，甚至莎士比亚也不知道。

开学前最后一个周日下午，孩子们在池塘边野餐：有炖锅热狗、美式奶酪片、软泡菜,还有切片西瓜——切瓜的人显然天生就不会切瓜,瓜被切得乱七八糟。他们一家在湖边度过了整个夏天,这是他们第一次,也是最后一次在这个季节去公共池塘玩。俄里翁穿着橘色的脚蹼,戴着彩虹色的潜水通气管和一个假的鳍,本穿了一件领子上带纽扣的衬衫和一条卡其色的短裤,仿佛在昭告天下:我肯定不会下水游泳的。克劳德穿着自己的比基尼,佩恩张不开口跟克劳德说:"这衣服你在家随便穿,但别在公开场合穿。"罗西也说不出口:"在家里,你是我们的骄傲,但在池塘边这么穿,我们会嫌你丢人。"

他们给椅子、一张桌子和一块草地做了标记,用来放毛巾、游泳眼镜和夹指拖鞋这些东西,每一个平面上似乎都粘着融化的冰激凌。夏末的蜜蜂不怎么怕人,绕着他们的防晒霜瓶子飞来飞去。人行道上就连阴影处都热得不行,光脚的话根本走不了路,整个世界都弥漫着氯气和糖的味道。几个孩子偷偷盯着克劳德,有几个指着他笑,也有几个大人——或许不止几个——捂着嘴和同伴偷偷说话,人们在盯着他们一家看,佩恩知道别人在说什么。这时,瑞吉尔和俄里翁的一个同学跑了过来。

"我从跳水板上跳下来,肚子先着水,动静准比你们两个的大,赌不赌?"

"你做不到的。"

"我也这么觉得。"

因此他们马上就跑去比试了。

大人们可没有那么快就转移话题,但他们也没什么可多说的,原因也是一样的:到底要说什么?罗西在公共汽车站的死对头希瑟毫无预兆地跑过来问:"克劳德在哪里买的那套衣服?我是说,你们家可只有男孩啊。"

"他外婆给他买的,"罗西如实回答,还真诚地加了一句,"克劳德是个女孩。"

几个爸爸走到佩恩那里,阴阳怪气地对他说"粉色比基尼真好看",仿佛是佩恩穿着它一样,然而佩恩却感谢了他们,反倒让他们不知道该说什么了。

救生员经理说:"哇,你儿子们的穿着可真够独特的。"

"那倒是。"佩恩同意,"我跟俄里翁说,假鳍只有去海里穿着才好玩,但我们在威斯康星,所以你们是要干什么?"

有人往池子里倒了一袋子的塑料杯和一堆金鱼,孩子们一起跳进去,在水中像波浪一样,努力地去抓金鱼,想带它们回家。仿佛每个在池子里追着金鱼的孩子都像金鱼一样,在里面游上二十英里。甚至连还不会潜泳的克劳德也用狗刨式划着水追着一条金鱼。但是本懒懒地躲在帐篷里,把头和脚抬向空中,就像翅膀一样,爬进用塑料束带划定的自己的三角形领域里。佩恩跟着他爬了进去,尽最大力把自己蜷成个球潮虫,但毛毛的大脚还是进不来,只能搁在帐篷外面。

"你还好吗,宝贝?"

"还好。"

"你为什么不去游泳?"

"我不想去。"

"你在担心学校的事吗?"

本耸耸肩,没说话。

"你是不是担心上初中的事?跳级的事?是不是担心谁都不认识?自己比别人年龄都小?还是担心你要和罗一起去上学?"

本还是沉默不语。

"是不是我太热情了?"

"是。"

"是我问太多了?"

"是的,我就是担心这个。"

"担心哪个?"

"你说的所有事,还有其他的事。"

"还有其他的事吗?"

"我担心去上中学、跳级、谁也不认识、年龄太小、比罗聪明太多,怕他跟老师说我是他弟弟老师不信;我还担心朋友们觉得我比他们聪明太多,虽然我没这么想,虽然确实是这样;我担心上完体育课要和其他人一起洗澡,我还担心艺术课,虽然它是必修课,但我讨厌艺术;我还担心克劳德,因为其他孩子会嘲笑他,对他刻薄,甚至想去伤害他——但克劳德甚至都不在乎这些,你和妈妈也都不在乎。"

"我们在乎。"佩恩轻轻地说。

"那你们为什么允许他穿那种泳衣?"

"因为他喜欢。"

"如果在卡米家,周围只有我们,那他可以这么穿,但是在这里……所有人都在偷偷议论他,每个人都看着他,太奇怪了。"

"我觉得克劳德其实没注意到这些。"佩恩看向泳池另一边的克劳德,他正对着自己的小鱼唱歌,弯着胳膊晃着装鱼的塑料杯,就像哄一个婴儿一样,"这样不是更好吗?"

"我不知道。"本说。

"我也不知道,"佩恩承认,"这就是所有了吗?"

"所有什么?"

"所有你担心的事情吗?"

"我还担心那些金鱼。"夏末的夕阳晃得本睁不开眼,他朝泳池的方向望去,池子里的鱼在拼命逃,就像被猎狗追捕的狐狸一样,"金鱼不应该承受这么多漂白粉和这么大的压力。"

"你也是。"佩恩说。

"承受漂白粉和压力?"

"也许你洗澡的水里是会有些漂白粉,但我想说的是你承受的压力太大了。"

"我没办法啊。"本说。

"选一个。"

"一个什么?"

"从你担心的事情里选一件出来,把其他担心的事都放在这件事里,然后使劲去担心它,但只能担心这一件事,不管以后有什么忧虑掠过你的脑海,都把它扔进这一件事里头。"

"可担心的总量没有变啊,只不过集中起来了而已。"本说。

"把它们聚在一起会好很多。"佩恩说,"如果你把所有的担心汇聚于一件事上,不久你就会意识到似乎担心过头了,就会不那么焦虑,之后你会感觉自己能在脑中更好地掌控这些事物,这会有助于减少你的忧虑。所以接下来要怎么做呢?你的担忧能列出一条长长的单子,其中哪件是最让你担心的?"佩恩期待他说是跟大家一起洗澡,或者是害怕罗在学校里表现得奇怪,又或者是害怕自己虽然是年龄最小和个头最小的孩子,却是最聪明的。

但本毫不犹豫地说:"克劳德,现在我最担心的就是今年克劳德就要去上学了,他在学校里会遭遇什么呢?"

佩恩也隐隐地越来越担心,但他还是相信自己的直觉。那些盯着克劳德看的孩子们、窃窃私语的父母们、大笑的同学们、开玩笑的邻居们,那些肆无忌惮评论着根本与自己无关的事情的熟人们,皱着眉头的陌生人,还有克劳德焦躁的兄弟们,佩恩把这些担忧统统放进冰箱后面的那个果冻罐子里并抛之脑后,这样他就没那么担心了。人们很容易相信,随着夏天的消逝和学校开学,所有的事情都将重新开始,旧的烦恼会像秋叶一样干枯并飘散而去。这样做很容易,但事情并不一定能这样发展。

第二天是克劳德幼儿园开学的日子,早晨他走下楼,穿着干净平整的茶会长度的裙子,罗西没办法否认,他这一身确实挺喜庆,适合今天穿。但他脸上挂着泪水,手里捧着的杯子里装着一只颠倒着的金鱼。

气流和风

罗西正在想如何说服克劳德脱下裙子时,克劳德因为太悲伤,不小心将死鱼撒在了自己面前。克劳德痛哭流涕,十分失望,不得不把裙子换掉了,勉强接受带着卡梅洛用旧的一个红色漆皮钱包去上学,罗西觉得这是种妥协,她希望克劳德能接受这个不是很合适的"午餐盒"。她把他的花生酱、果冻、香蕉、椒盐卷饼,以及第一天的零食——巧克力饼干,外加一张便条放入这个用来做午餐盒子的钱包里。克劳德的幼儿园是全日制的,整整六个小时都必须静静地坐着,遵守规则。幼儿园离家很远,不像在家里,家里每个人都爱他。本和罗出门了,今天是他们初中的第一天。俄里翁下来吃早饭,他的眉毛之间贴着眼球贴纸,罗西问他这是什么东西,他朝她眨了眨眼睛。所以克劳德的午餐钱包在罗西当天早上所操心的事情里面也就排第七或第八。

但是,一天结束,当罗西下班后去学校接孩子时,没见克劳德。铃声一响,俄里翁和瑞吉尔就冲了出来:"克劳德有麻烦了,克劳德有麻烦了。"然后,幼儿园的门开了,孩子们纷纷冲进父母们热切的怀抱里,唯独不见克劳德,他站在新老师身边,老师的手坚定地放在他头上。

"亚当斯夫人?"幼儿园老师的名字叫贝基·阿普尔顿,迎新介绍的时候,她告诉父母们叫她贝基就行了,但罗西做不到。首先,贝基是一个孩子的名字,一个负责照顾和教育她儿子的人不应该叫这个。尽管老师看起来仿佛只有十四岁,但罗西仍觉得出于礼貌,应该叫她丽贝卡。但多数时候,幼儿园的教室总是让罗西觉得自己不像五个孩子的母亲,而更像一个孩子。她还能清楚地记得自己上幼儿园的第一天,按理来说这些记忆在那么多年之后应该已经模糊不清。这是她第四次迎来孩子上幼儿园的第一天,想想也是不可思议。小桌子、小椅子,装着尖头蜡笔和铅笔的盒子,新橡皮擦的味道,罗西想坐下来学习字母表,而不是和老师相互直呼其名。"你是亚当斯夫人?

克劳德的母亲?"

"是沃尔什。"还有,应该是女士而非夫人,是医生而不是女士,但罗西懒得纠正了。

"克劳德第一天过得很好,沃尔什夫人。"但克劳德的表情可不像贝基的语气那么轻松,"但他在午餐时遇到了一些麻烦。学校不允许带花生酱,所以克劳德只能坐在自己的桌子前面一个人安安静静地吃饭。"

"我把幼儿园的资料从头到尾都读了一遍,"罗西说,"没有任何不能把花生酱带到学校的规定。"

"哦,我们以为大家都知道。可能是我们忘了,并不是每个人都像我们一样知道现在孩子们对花生的过敏状况,不能带花生酱是大家默认的规定。"

"克劳德是我送来这所学校上学的第五个孩子。我今天给他做的那个也许是我送到这里的第八百或第九百个花生酱果冻三明治,所以这是一个新规定吗?"

"我们不检查他们的三明治,"阿普尔顿小姐解释说,"但这关乎诚信和尊重。己所不欲勿施于人,这是黄金法则。"

"那这是无花生荣誉系统?"

"是的。要不是克劳德向他的新朋友吹嘘女士们是怎么用手指捏着三明治吃午餐——通常是黄瓜,因为加了黄瓜,他的花生酱三明治必须马上吃掉,否则就湿透了——不然我们都不知道克劳德带了一个不该带的三明治。"

"是这样啊。"罗西含糊地答道,不管现在的问题是花生酱还是漆皮钱包,还是女士应怎样吃午餐,她接下来的问题指明了要点,"克劳德班上有人对花生过敏吗?"

"这是预防措施。"

"那他在教室里吃三明治是不是要比在食堂里吃更安全些,能够更好地保护那些花生过敏的孩子?"

"这个,"阿普尔顿小姐不情愿地说,"那是因为我牺牲了自己的休息时间,在教室里监督克劳德吃饭,才能保证他什么都没碰。"

"孩子,我们回家。"罗西对克劳德说。

"拜拜,克劳德。"阿普尔顿小姐说,"今天很高兴见到你,接下来这一年，我充满兴奋和期待。"

克劳德却一直低着头。

"对了，亚当斯太太——沃尔什太太，还有件事儿，我们一般不鼓励孩子在学校佩戴装饰品，尤其是他这种年纪。"

"装饰品？"

"珠宝、帽子、亮亮的衬衫、钱包。"

"亮亮的衬衫？"

"任何会分散注意力的东西都不建议，我们希望孩子们在课堂上可以集中注意力。"

"是的，但是——"

"如果孩子们拿着这些东西玩，就很难专注学习。"

"克劳德玩什么了？"

"没有，他没有。但是其他孩子因为那个钱包分心了。"

"他做过什么让人分心的事情吗？"

"钱包的存在就会让人分心。"

"就像花生酱一样？"

"你是什么意思？"

"你这是未雨绸缪吗？"罗西说。

阿普尔顿小姐从头到脚都红了。"未雨绸缪？就像，"她低声说，"是不是就像用安全套那样起到预防的作用？"

"未雨绸缪就是预防，或者是防范的意思，你愿意这么说也行。"

"是的。"

"为了避免可能因此导致的问题，你们还是要禁止学生带花生酱吃，禁止他们带钱包，即使任何问题都没发生，但这样做可能会侵犯你的学生的权利和幸福。"

"我想我们希望你做点别的午餐。还有，我们真的不认为男孩，呃，孩子，应该带个钱包上学。"

"这不是钱包。"克劳德打断她的话。听到他的声音，罗西松了口气。"这是一个午餐手袋。"

"来吧，亲爱的。"罗西说，"真是漫长的一天，我们回家吧。"瑞吉尔和俄里翁在操场上等着他们，俄里翁倒挂在儿童猴架上面，头发擦着地面，他的脸看起来像一个（三眼）草莓，瑞吉尔爬上滑梯，然后坐着滑了下来。他们朝着汽车和家的方向走去，回家看看罗和本在中学是否有更好的表现。十岁的俄里翁把他的胳膊搭在他的小兄弟身上："孩子，幼儿园不好念，但我们会一直爱你。"

"是的，我们爱你。"瑞吉尔重复道，"还有你的钱包。"

"它是个午餐袋。"

"还有你的午餐袋。"

第二天罗西给每个人都做了奶酪三明治。佩恩把它们装进不同的午餐袋、盒子和漆皮袋子里时，克劳德下了楼，一言不发地吃早餐。他本来就短短的头发又剪短了一些，头发上夹着四个彩虹发夹，他穿着一条"连衣裙"，外边套着浅蓝色的T恤，上面印着独角兽在自行车上吃着热狗，里边是一件佩恩的长T恤。所以，在他的腰底下，这衣服就成了一件短裙。

"小伙子，裙子不错。"罗嘴巴里塞的都是麦圈，所以很难猜出他到底是什么语气。

"谢谢。"克劳德朝着自己的麦片笑了一下。

瑞吉尔从他正在织的蹼足上抬起头来："你不会穿这个去学校吧？"

罗西屏住呼吸，等待着答案。

"有点想。"克劳德说。

"别人会踢你屁股的。"瑞吉尔说。

"屁股，屁股，屁股。"俄里翁傻笑着说，扭着自己脚趾上已经织好的蹼足。

"不是说这衣服不好看，"本试着温和地说，"但它不像是给男人穿的，不是吗？"

"他还不是个男人呢，"佩恩说，"他才五岁，就只是个小男孩儿。"

"他甚至连小男孩还不是呢。"罗说。

"罗！"罗西的声音听起来像是在警告，但他说的不合适吗？不对吗？

不友善吗？她不知道。克劳德现在当然还是个小男孩，如果他不是一个小男孩，他还能是什么？这似乎是一个非常简单的问题，但她为人母前从未遇到过这样的问题，但这些疑问确实反映出了一些事情。这似乎是一个很简单的问题，但不知为何，它让人觉得害怕。"如果你不是一个小男孩，那你是什么？"可能是罗西上午排名第四的困扰，她把它列进了"困扰的事"的表格里。"没人会踢克劳德的任何地方，如果有人敢踢克劳德的任何地方，我也会以牙还牙的。"

佩恩心里清楚，克劳德就应该做自己。但他也知道，如果大家不去注意克劳德的衣服、三明治和袋子，他会开心许多。他还担忧一件事——克劳德的遭遇远比表面上看起来的复杂得多。五岁的俄里翁穿戴各种奇怪的东西上学，但别人除了皱皱眉头以外，也不会去特别注意。"俄里翁是一个想象力丰富的男孩子，"他的老师说，"他开朗的精神感染着身边的人。"如果眼球贴纸都算是创造性的自我表达，那克劳德也应该可以穿他想穿的去上学。你怎么能同意穿蹼脚，而不同意穿裙子呢？怎么能同意他做自己，而不能接受他穿裙子？在这个每个人都注重外表的时代里，该怎样教导孩子们认识到内在也一样重要呢？

这些是佩恩二十九件"担心的事"中排名第二的问题，他感到仿佛有蜜蜂在胸腔后面嗡嗡作响。但是，在佩恩没决定好怎么教育孩子之前，克劳德从椅子上溜了下来，轻轻地走上楼，然后闷不吭声地又跑回来。他脱去了衣服，摘下了发夹，佩恩的长T恤也不见了，他的海军短裤上面只留了件自己的T恤。克劳德背着他没放花生酱的钱包（午餐袋），和每个人一样去上学了，这一天他过得顺利了许多。放学回家后，他直奔自己的房间，将佩恩的长T恤套在自己的衣服底下，将发夹夹在头发后面，戴了一对卡梅洛的夹式耳环，然后坐在餐桌边与其他人一起做作业。佩恩咬了咬嘴唇，他并不怎么担心这套衣服本身，它可能只排在"担心的事"里的第三十名，但是它的存在可能会使事情发展进入前十名。但他也没再多想，转去辅导孩子们的家庭作业了。

佩恩负责家庭作业，他有自己的规则。吃完零食后（而且必须是好吃的零食），才能开始写家庭作业，在此之前连抱怨家庭作业都不行。佩恩觉得芹菜棒上蘸花生酱简直难吃至极,因此他们的零食常常是诸如蓝莓煎饼、巧克力香蕉汽水、迷你南瓜披萨之类的东西。然后,他们把餐厅的桌子清理干净,以用于工作。所有的男孩们——包括佩恩——都坐在桌前,安静地做作业或者工作,大家都保持安静以集中注意力,只在必要时提出问题或寻求帮助。大家一起学习和工作是很有趣的事情,佩恩回忆起小时候在自己房间里度过的漫长时光:他在解数学题或是写科学实验的报告书,还有背法语单词时,他的父母在楼下看电视,或者开心地诉说着自己的一天是怎么过的,而他则在楼上忍受着一个人的无聊时光和使人不得安宁的烦恼。然而,在他与孩子们坐在餐桌旁时,他可以像吃晚餐一样适应地在这里工作。他们什么都可以分享,包括麻烦或成功,每个人都根据自己的能力来提供相应的帮助。罗可能会问:"有谁可以想出另一种说'社会'的方式吗?"或者本可能会说:"'soufflé'①这个词用西班牙语怎么说啊?"瑞吉尔和俄里翁可能会一起制造火箭,他们的父亲希望这是个科学实验,而不仅仅是为了把东西喷上天。

这么多年来,幼儿园的作业增加了许多。罗西觉得这是孩子们的压力比以前大了,而佩恩则认为是"屁事儿"太多了。罗上幼儿园的时候,只用玩玩积木和沙箱,学习安安静静地坐在地毯上听故事。现在克劳德却有他自己的幼儿园作业,在上幼儿园的第二天晚上,他的作业是画张自画像,并写下希望自己今年能学到什么句子。克劳德写道:我想学习科学——学习星星,了解威斯康星州生活着什么样的青蛙,学习为什么海水是咸的,还有气流和风,还有为什么学校不许带花生酱。佩恩对他小儿子感到惊讶,经常和大孩子玩的小孩子会长得更快,爱因斯坦那些玄玄乎乎的相对论似乎还说得挺对的。克劳德的自画像把全家人都画了下来,佩恩不知道这到底是好是坏。在画中,佩恩、罗西和卡梅洛三人瘦长的手臂依次搭在对方瘦长的肩上,他们的头顶稍稍高过云层,天空中的蓝色偶尔不小心涂到了他们的脸上,这样他们的脸颊就泛起了天空的颜色。在他们前面,五个小男孩在草地上排成不规则的十字坐着:罗的卷发比他的身体还要宽;本戴着眼镜,黑色的眼

---

① Soufflé:疏松的,起酥的。

睛凝视着前方；瑞吉尔和俄里翁的耳朵呈直角的形状竖在他俩并排在一起尖尖的头上；克劳德却待在角落里。是因为他没地方画了吗？他在大家庭里迷路了，还是在浩瀚宇宙的面前觉得自己微不足道？长着波浪棕色头发的克劳德穿着茶会长度的裙子和红宝石拖鞋站在地上，一打发夹遮住了他的脸，这些发夹弯弯曲曲，由各种颜色的彩带组成，它们飘向四处，如瀑布般绕在他的兄弟和父母、云层和树木、草地和天空之间。而那个小小的、被风吹起的小孩置身于自己引起的风暴之中，在气流和风里烦恼着，在他所属的世界里烦恼着，那阵风就在那里，在他想象的地方袭击了佩恩。之后，佩恩把对这幅画的担忧抛在脑后，又去想其他孩子的烦心事了。

阿普尔顿小姐没对这幅画发表任何评论，只说这幅画是匆匆忙忙完成的，以及一句没有说服力的"不错的作品"和一个笑脸标记。佩恩不知道标一个检查符号有什么费劲的。不过，她对不放花生酱的午餐包也没再说什么。而克劳德呢，他现在每天换四次衣服：醒来时穿上睡衣，早餐后换上校服，回家后又穿上裙子和高跟鞋，戴上珠宝，然后在睡觉前又换回睡衣。

一天晚上说晚安的时候，罗西抚平了克劳德额头上的头发，听着他用可爱又有些懒散的声音告诉他们他这一天是怎么过的。罗西紧紧握着佩恩的手寻求支持，她深吸一口气，"老这么换衣服，你不累吗？"她温柔地问。

克劳德皱了皱眉，耸耸小小的肩膀："没关系。"

"你知道，"佩恩小心翼翼地说，"如果你想，你可以穿连衣裙或'衬衫裙子'上学，没事的。"

"不，有事。"克劳德说。

克劳德没有立刻接受这个提议，罗西因此眼里含泪，如释重负，但她仍在坚持："当然没事儿的。"

"别的孩子会笑话我的。"克劳德也眼泪汪汪的。

"是的，"佩恩承认，"他们会的，但是那也没关系，他们不是这个意思，他们也就是笑话你一两天，以后就会忘记的，转而去笑话别的人。"

"他们永远都不会忘记的，他们每一天都会想笑话我。"

"我们会帮助你，"罗西说道，"我们会去反驳他们，我们可以想办法不去在乎他们。"

"我们不能。"

"我们可以和阿普尔顿小姐谈谈。"

"阿普尔顿小姐不喜欢我。"

"她当然喜欢你啊!"

"不,她觉得我是个怪人。如果我穿了条裙子去上学,她会觉得我是个怪人。"

"你不会变成怪人,即便穿了裙子,你还是你,是那个聪明、亲切、友善又有趣的你,没事的。"

"不,"克劳德说,"没关系,在家穿真正的衣服,在学校穿校服,我可以换的。"

这个"真正的"一直回荡在佩恩脑中,震耳欲聋。"当然,这样也行。但你可以做自己,穿上喜欢的衣服。其他的孩子、你的老师、你的朋友,每个人都会理解,每个人都喜欢真实的你。"

"不是的,只有你们喜欢我,"克劳德说,"除我们家里的人之外没有人喜欢我,就只有我们家里的人喜欢我。"

"只有你们喜欢我"这句话纠缠着罗西,让她难以逃脱。

这件事取代了其他一些担忧,成了第三或第四"担心的事"。罗西很高兴克劳德能够感受到家里对他的大力支持。但她常常也有很矛盾的情绪,因为她是一个母亲,她知道世界上没有人能够像她一样爱护、珍惜和培育她的孩子们,但是,她仍然需要把他们送到外面的世界。

罗西"担心的事"第一名是:怎么能让克劳德快乐呢?

佩恩"担心的事"第一名是:怎么能让克劳德快乐呢?

但是真正的快乐实现起来比嘴上说说要难多了。

万圣节

克劳德换掉了他的裙子，但罗西和佩恩还是很担心，他俩还洗了很多衣服。几个月过去了，克劳德在幼儿园再没发生其他的事。现在家里的五个孩子都上学了，罗西在医院尽量上白班，夜班少一点。佩恩的《烦书》又写了很多，虽然有些写得没那么好，但已经挺不错了。天气转凉，空气中有下雪的味道，屋子里却弥漫着壁炉里的柴火味，还有锅里炖汤的香甜。一切都很平静安宁。

对于即将到来的万圣节，罗想简单地扮成个海盗，本也想扮海盗，但想比罗还省事；瑞吉尔和俄里翁想扮成一对连体双胞胎，虽然他们不用扮就是。全家人都盼着克劳德说他想扮成一个公主、一条美人鱼或者猪小妹，但克劳德一直都还没想好。在许多个寒冷的早晨，全家早餐时一直在讨论这个话题。

"幼儿园的孩子以前都扮成南瓜。"罗西给出了自己的建议。这几年，罗西他们不再指望孩子们能重复利用以前的戏服了，因为一般来说，孩子的戏服很难保留到传给下一个弟弟。"你会是最可爱的小南瓜。"

"我能给你编一个南瓜茎，"瑞吉尔也建言献策，"或者编一片树叶，但是橘红色的部分我编不完。"

"我能帮你扮成一个警员，"俄里翁说，"或者救火员、捕鱼员，这些人物的道具我都有。"

"是警官，"罗西纠正他，"消防员，捕鱼的……人？水手？你们是怎么称呼这种职业的？"

"女生不捕鱼。"小罗说。

"谁说的？"佩恩纠正。

"但是不会以此为生。"小罗说，"克劳德是个男人，所以如果他要当警官，他就是个警员。"

"克劳德还是个男孩,不是男人。"

"那就是警察男孩,"俄里翁说,"救火男孩,捕鱼男孩!"

"为什么他不直接穿得像个女孩就行了?"罗说,仿佛克劳德不在这里,"这样多简单,他本来天天就这么穿。"

"克劳德,你想在万圣节扮成个女孩子吗?"罗西小心翼翼地让自己的声音不带任何感情。如果克劳德还想穿裙子,那万圣节这天全世界都允许他穿,这个点子也许还不赖,也许克劳德能自己整出一套来。

"女装又不是戏服。"克劳德说得很有道理,"我想扮成格林沃尔德。"

"格林沃尔德?"佩恩问。

"是的,格林沃尔德。"

"你不能当格林沃尔德。"

"为什么不行?"

"因为格林沃尔德什么都不是,他只是我们编的故事里的人物,并不是真实存在的肉体。"

"肉……什么?"克劳德虽然早熟,但他也仅仅只有五岁。

"格林沃尔德只存在于我们的脑子里。"佩恩改口。

"那这样挺好,"俄里翁说,"这样戏服做起来就很简单啦。"

"我不需要帮忙。"克劳德说,"我要自己做,爸爸,你觉得他长什么样子?"

"他长得就像你一样。"佩恩说。

"为什么长得像他?"罗问。

"好吧,他也像你。"佩恩对罗说,"他既像你们每一个人,又像你们所有人的结合。"

万圣节那天早晨,克劳德从楼梯上走下来,这是他数月以来第一次没有穿裙子,他穿了一件灰色T恤和牛仔裤,头上戴了一顶用红色纸裁的王冠。看到这样的克劳德,罗西吃了一惊,上次克劳德穿着男生的衣服下楼吃早餐已经是很久以前的事情了。

"哇哦,这不是个装扮哦。"罗突然出现,他戴着瑞吉尔给他织的眼罩,注视着自己的弟弟。

"这是啊。"

"你穿的和平时一样啊。"

"没穿女孩子的衣服。"本补充道。

"克劳德变回原来的样子,不去当'克劳迪娅',但这可不算是个装扮。"罗说。

"爸爸说格林沃尔德长得就像我一样。"克劳德说。

"你要是不穿戏服,可没人会给你糖哟。"瑞吉尔说。佩恩怀疑是不是真的有这么严格,但他的确担心看到学校里大家都盛装打扮,克劳德会觉得自己被笑话(这在佩恩"担心的事"中排名十七左右)。

"这只是我的部分装扮。"克劳德说。

"其余的在哪里?"俄里翁问道。

"这是个惊喜。"

"好,明白了!"所有人说。

克劳德咧着嘴笑了笑,噔噔噔地跑上楼,又跑下来。他手里拿着一个硬纸板做的人,手拎着纸板一角,有一英尺多长,比他自己还高,虽然做得很粗糙,但能看出来是个人形:圆圆的脑袋下没有脖子,溜肩膀,顺着肩往下是两条过长且曲线不平滑的手臂,上面连着两只小手(克劳德似乎是按着自己的手描画并裁剪下来的),这副躯干下连着两条粗壮的腿,脚却与之呈90度地弯到了完全相反的方向。从上往下看,所有的脚趾都叠在一起,纸板从头到脚都包裹着铝箔,嘴巴那里被挖了个洞,下面绑着气球,气球上粘满了纸条,肯定是克劳德从购物广告目录上剪下来的,因为纸条上零碎地写着"S、M、L和XL号均有货",或是"十二月二十一号前的订单保证圣诞节交货",或"斜纹棉粗布有蜂蜜淡紫色、鼠尾草绿、南瓜橘和杂色可供挑选",或"现在有防泄漏技术"……

"这是个什么鬼东西?"罗问。

"罗!"佩恩和罗西一齐喝止他,哪怕这个问题提得也合理。

克劳德把他的纸板人靠在厨房的墙上,踮着脚去看纸板嘴里的气球。**佩恩一下子恍然大悟**:这不就是格林沃尔德王子看着自己卧室外的那套盔甲,源源不断地讲着故事,那不就是这些无穷无尽的词语——购物广告上的描述吗?他突然流下了眼泪,这是他见过的最完美的万圣节装扮。

"这是个男同性恋。"罗说。

"罗!"

"它好吓人。"瑞吉尔和俄里翁齐声说。

"这就是万圣节啊。"克劳德耸耸肩。

"这倒是。"众人附和。

"你拿着这个东西,手里还怎么拿糖果?"罗问。

克劳德咧嘴一笑,拿出一个空心的塑料南瓜,上面还盖着铝箔,把它挂在骑士右手后面的挂钩上。

"没人会知道你扮演的是谁。"本警告道。

"从来就没有人知道。"克劳德说。

学校早上有个聚会,之后孩子们会去社区游行。所有的父母和祖父母们都可以站在街边,激动地颤抖着给他们的孩子拍照片,再之后孩子们会跳舞。大家对这群小学生的舞蹈的印象就是所有人都绕着沥青马路手舞足蹈,嘴里喝着热苹果汁,吃着布朗尼蛋糕和南瓜蛋糕,唱着《土豆怪兽》[①]里的歌,佩恩不理解这首歌怎么还在流行。罗和本有他们自己的万圣节舞蹈,这两个在中学快速长大的孩子,此刻又变回天真烂漫的孩童。佩恩曾想过,作为一个父亲,他应该给孩子们的舞蹈提供合适的建议,最后发现不插手是最明智的选择,况且他也很开心自己不用看他们跳了。现在他和其他孩子的家长站在一起闲聊,看着家里那两个小不点跳舞。瑞吉尔和俄里翁把自己一同塞进了一件特大号的T恤里,用特制的超宽橙色和黑色头带把头绑在一起,他俩正在争论要不要再一起要点苹果汁喝。而克劳德则被落在篮筐下,带着自己的锡箔骑士慢慢地跳舞,贴满了购物单的气球轻轻地碰着他的头。

"你还在这儿?"佩恩的背后传来一个声音,是小学校长德怀特·哈蒙。

"是啊。"

"罗西在上班吗?"

[①]《土豆怪兽》:是一款策略射击游戏。在遥远的童话世界的宁静山谷中,大大小小的土豆怪兽向居住在这里的村民们发起了进攻,玩家需要充分发挥策略,建设坚固的防御设施,保护人们的安全。

"万圣节的急诊室可忙了。"

"我知道。"校长说,"你家的男孩子们怎么样?"

"哪些?"

"罗和本,他俩在中学怎么样?"

"目前……"佩恩的声音低了下去,他本来想说"还挺好",但也不太确定。佩恩和德怀特认识很久了,他们俩在等佩恩的第五个孩子过来,佩恩其实不太想在这里和校长废话。

"今天的舞会盛大吧?"

佩恩点点头。

"你不去陪他们?"

"我得留在这儿啊,不是吗?"佩恩问。

德怀特咧嘴笑了笑:"你一直生孩子,是不是就是为了不用去中学看孩子跳舞?知足吧。"

"你不也是嘛。"佩恩微笑着说。主管办公室曾想调德怀特去中学当老师,但他喜欢现在待的地方。

"说到跳舞,他可跳得真可爱。"校长朝克劳德和他歪歪扭扭的骑士点点头,"你家老幺很喜欢他的机器人嘛。"

"初恋嘛,"佩恩回答,"次次都让你心碎。"

"他扮演的是谁?工程师,还是发明家?"

"你想听真话?"佩恩问,"他谁都没扮。"这个凉爽的秋日下午,不是太冷,天仍然大亮着,空气中有曲奇和苹果汁的香甜味,树叶渐渐枯萎,秋天马上要结束了。

"他还好吗?"校长问,"他开心吗?"

这也是佩恩最关心的问题,他的眼神从克劳德身上转向校长:"我觉得是吧。"

"我不那么确定。"德怀特轻轻地说。

"他……犯了什么错,还是落后了?"

"不不,不是这样的,他聪明开朗,表现得也很好,是个优秀的学生。"

"但是?"

"但是作为一个五岁的孩子,他太安静了。"

"太敏感了?"

"也许是的,但他似乎并没有很多朋友。"

"他太害羞了?"

"也许是的,但他画的画儿吓了我们一跳,一个开朗的孩子不会把自己的自画像画成那样。"

"是他缺乏艺术天赋吗?"

"也许是的,但他能用硬纸板、锡箔和一个气球造出一个比生活中看到的时髦多了的机器人。"

"这是个骑士,"佩恩说,"而且我爱它,我也不觉得它就能体现出克劳德的艺术能力,也许我的孩子就是不会画画而已。"

"也许吧,"校长说,"但我打赌不是。"

"你要赌什么?"

"你说呢,佩恩?不管你和罗西什么时候会发现,不管克劳德什么时候会发现,你得清楚,不管你家孩子们需要什么,你都得让我知道。也许现在一切都还好,真的,但现在已经出现一些预兆了,这种事情还是越早注意到越好。"

万圣节这晚出现的那么多事情中,这件事对佩恩来说是最可怕的。

孩子们的家庭作业都准备留到假期再做,他们吃多了布朗尼蛋糕和南瓜蛋糕,不太吃得下其他小吃了。胡乱地吃完晚餐后,便是激动人心的"不给糖就捣乱"时间。因为吃了太多糖,孩子们晚上都比平时睡得晚些。罗西终于精疲力竭地回了家,佩恩抹去了嘴边的花生酱,递给了罗西一个文件夹。

"这是什么?"

"克劳德去年还是什么时候的画。"

"学校给你的?"

"有些是学校给的,有些是我在他卧室里找到的,还有一些是散落在房子里的,我以前都没多看过它们一眼。"

罗西拿着文件夹,回应着佩恩的注视,两人都没说什么。她试图从佩恩的眼神里寻找一些确定的事情，比如这太糟了，或是我们真的遇到大麻烦了，又或是一切会变好的，但她什么都没有找到，她觉得这也许是个好事。"我能先吃个饭吗？"

佩恩把锡箔纸包着的南瓜递给了罗西，转身去把剩饭热一热。罗西着急地撕开了一小包 M&M's 巧克力豆，打开了文件夹。

罗西在里面发现了几十张画，她微笑着看着它们，这些画有的是用铅笔画的，有的是用可洗水彩笔，还有几张用的全是绿色铅笔。画中的人有的没有鼻子，但是有大大的眼睛和大大的微笑，有的头发比他们的身体还长。小狗都咧着嘴露出牙齿大笑，画纸的最上面全是深蓝色的天空。佩恩走了过来，手里端着热好的意大利面，上面还盖着黄油和热狗片，而罗西已经顾不上吃了。

她朝佩恩笑着："我喜欢它们。"

"这些画吗？"

"我真是长舒一口气，你给我这些画时，我还以为……也许克劳德不会成为伟大的艺术家，但他有其他的天赋，他现在才五岁，我喜欢他的怪念头，还有他看待这个世界的方式。"

"那他是怎么看待自己的？"

"你的意思是？"

佩恩朝那一堆画点点头："看。"

罗西去看这些画，找寻每张画里克劳德画的自己。画中的他穿着裙子，准确地说是舞会的礼服，脚踩四英寸的高跟鞋，留着长长的棕发、金发或紫发，甚至是彩虹般的七色头发。有时他是个带尾巴的小美人鱼，有时他和妈妈戴着一样的银项链。但佩恩并不担心这些，他小心翼翼地一张一张地翻着，好让罗西看清变化。在每张画里，克劳德似乎都在缩小。确实，他身处一个大家庭里，很难把家里每个人画进画里。虽然他是家里最小的，但他把自己画得越来越小了，甚至比大笑的小狗还小，比没有茎的花朵还小。在一张画里，克劳德有了翅膀，还在天上飞，同样的，他比那些云都小。另一张画里，他躺在花园里，却藏在一只蜗牛后面。

有些画里，罗西甚至都找不到克劳德，她不得不玩"沃尔多在哪里"[①]这种游戏，直到她找到了半厘米高的克劳德。他或是藏在屋子烟囱的后面，或是躲在动物园大猩猩园围墙的角落里。画中的家里人都很大，甚至包括丘比特、蝴蝶和房子，他们都开心地笑着，但克劳德皱着眉头，甚至都皱到了下巴边，像八字胡一样。有的画里，他给大家都涂满了颜色，唯独把自己涂成灰色，有一张更是根本没给自己涂色，他成了白纸上的一个白影子。有的画里，每个人都穿着衣服——有帽子、围巾、毛衣、戏服、游泳衣、派对的裙子，他自己却什么都没穿，他不是全裸，而是因为他只草草地画了下自己，只是个轮廓速写。很快，之后的那些画里，再也看不到克劳德的身影了。罗西接着花了十五分钟玩"克劳德在哪里"，却怎么都没找到他。

[①] 沃尔多在哪里：一种寻找发现游戏，玩家要在许多不同的场景下找到隐藏其中的穿红白条纹衣服的主角"沃尔多"。

也 许

"是了！性别焦虑症。"汤加医生开始了诊断，"祝贺你们！恭喜！多令人激动！"罗西值夜班实在找不到帮手时，会叫医院的杂务工汤加先生帮忙。汤加并非真正的杂务工，也不是医生，严格来说，他是拥有多学位的从事社会工作的临床诊疗师兼魔术师。他身上有这么多形容词，并不是因为他曾做过奇迹般的诊断，或神奇地治愈过谁，也不是因为他能解开秘密或摆脱繁文缛节，而是因为他看待事物的方式与别人完全不同。

而罗西他们所需要的正是这种与众不同的看待事物的方式。罗西觉得克劳德生理上没一点问题，也不觉得他情绪上或心理上出了毛病，但克劳德已经开始担心自己在老师和同学眼中是个怪人了。罗西不想让克劳德意识到自己的父母也是这么想的，更不想让他因为想穿什么和自己到底是谁而烦恼，但是她最不想的，就是当克劳德从她身边消失，自己却毫无察觉。

罗西、佩恩和汤加都坐在汤加先生的办公室里巨大的彩球上，仿佛他们身处于某个健身课堂。汤加先生蹦蹦跳跳，还搓着手，好像是一个吃完炸薯条还可以吃一个冰激凌的孩子。佩恩早就已经做好了准备去保护克劳德，抵抗那些认为男孩穿裙子是病态的人，和那些觉得他儿子令人厌恶或不正常的人，他要捍卫克劳德在每个精彩的人生时刻都能做自己的权利，但他还未准备好接受祝贺。"呃……谢谢？"

"是的！是的！你们应该非常骄傲！"

"是吗？"佩恩看着罗西，向她寻求帮助，却发现她正朝着汤加先生露出坚定的微笑。

"你们当然要骄傲了，你们养了一个多有趣的孩子呀。我不是指性别焦虑症，当然如果你家孩子真得了这个病，那肯定是由你们或好或坏的教育方式造成的。但是他没有羞愧地躲着，而是直接跟你们说：'爸爸妈妈，我要穿裙子。'这说明你们之前做得很好了。你们懂的，我不是指'有什么好羞愧的'这种态度,而是指你们允许他穿裙子,像他们说的那样,允许他穿裙子、高跟鞋和粉色比基尼,多有趣!我真为你们开心。"

罗西把手搭到了佩恩的胳膊上,但眼神还在这个活泼的社工身上。"谢谢你,汤加先生。"佩恩也不明白为什么罗西不对汤加直呼其名,还要加个"先生"。"我们也很开心,但我们还是担心他那些画,他不怎么交朋友,他的忧愁,他总是换衣服,还有他没办法做自己这些事。当然,我们最关心的还是他开不开心,不仅仅是他今天开不开心。"这并非易事,不是吗?养孩子是漫长的持久战,如果罗西把下个月所有的饭都换成看电视时吃的万圣节糖果,允许孩子们在感恩节前都不用洗澡,他们一定会特别开心,但从长远看来,这样放纵下去,他们会逃学,牙齿也会出问题,身上还会有脚臭味。"我们不仅仅希望他下周开心,我们希望他明年以及未来的日子里都开心。这肯定很难,但放任不管却更难。当然,我们希望他过得舒心快乐,但我们不确定怎么做才是最好的。"

罗西说话的时候,佩恩在想汤加先生是个什么样的人,但他搞不懂。他想象着把他写进自己的《烦书》里,但想不出怎么去刻画他。汤加先生也许是个皮肤保养得不错的六十五岁老头,又或者只有三十五岁,只是头发过早变得灰白而已,他那一头带着烟熏味的头发乱糟糟的,宛如鸡窝一般。佩恩想,要么是听不懂他的口音,要么就是他早些年患有语言障碍,或者简单来说,他就是故意要用古怪的声调,殷勤且讨人厌的方式来说话。佩恩觉得,汤加先生身上或多或少带有世界上任一国家或民族的特征。他穿着实习医生的白大褂,佩恩猜测这是为防止他的病人呕吐或者将血溅到他身上。他背后的墙上挂着的是他自己画的一头熊,白大褂上挂着一个条子,上面写着:我是你的朋友,但我不是个医生。

汤加先生拿起桌子上的放大镜摆弄着,说道:"你们也知道,性别焦虑症,医生将其判定为患者的性别——也就是他们解剖学意义上的生殖器官,和他们自己选择的、确信的或者真实的性别不符。"他眯上一只眼,另一只眼透过放大镜看着他们,"这种情况是生殖器错乱。"佩恩觉得他这人太古怪了,根本没办法解决他们严峻的处境。正准备结束这次会面时,汤加先生突然不蹦了,也不再观察和祝贺他们。"现在,谁知道呢?也许他长大些就好了，也许以后还是这样，也许以后他会变性，变成'她'，又或者是变成我们现在都想不到的样子。现在没必要着急去给克劳德贴标签，目前重要的是，孩子现在还没到青春期，但是因为性别焦虑症，他正承受着来自家庭、学校和所在社会带来的不同态度和压力。如果父母对此传递出的是负面的信息，甚至只是沉默，告诉孩子这样做是不对的，这样的自我认同也是不对的，这会对小孩子产生非常大的影响。即使也许你们本意是想帮助他形成既定的性别观念，只是想在这样一个严苛、狭隘的世界里保护他，但你们在不知不觉地告诉他，'你要这样表现，你要守规矩，否则我就不爱你了'。"

"可我们没有对裙子或发夹之类的事小题大做过。"佩恩说，"我们孩子穿的任何奇装异服，我们都没有小题大做过，甚至很少提到这种事。"

"毋庸置疑，你们非常开明，也非常宽宏大量。"汤加先生乱挥着手，"真好！太棒了！但是恐怕这个世界的其他人不能认同克劳德穿裙子。你们觉得没问题，但学校里的孩子或者他们的父母不会这么觉得。他戴耳环，穿高跟鞋，你们不在乎，但是他去露营、去踢球或者去公园玩时，事情可就不好说了，你们不是把孩子养在一个孤立的环境中。也许你们赞同他这么做，但他在学校是不是不好过？"

"他还没在学校这么做过。"罗西说，"他还没在学校穿过裙子。"汤加先生纠正道："如果让他自己选，也许他会和洋娃娃玩，而其他男孩子玩玩具卡车；也许中午吃饭，他会去和女生坐在一起；老师说男孩排队站在右边，女孩站在左边时，也许他会站在中间，犹豫不决；也许你们没这么说过，但他遇见的其他人都警告他不要扮女孩，这让他想消失或者开始觉得自己正在消失。"

佩恩双手抱着头，手肘抵着膝盖，但他没有抬头看汤加先生。"您是什么意思——扮女孩？"

"哦，好问题。它代表着很多东西，不是吗？文化对人的期望和自由的剥夺几乎影响了我们生活的每一方面，对每个个体的影响也是不同的，更不用说社会的条条框框，比如——"

"我明白。"佩恩打断了他，"但是如果它真的与文化期望和个人体验密切相关，那您说的'焦虑症'又是什么意思？我们从未不让克劳德玩娃娃、烘焙或者穿裙子，是因为这些都是只有小女孩才做的事情。除去其他的影响,我觉得对一个五岁的孩子来说,没涂颜色的指甲和涂得五颜六色的指甲,他肯定会选后者。这很正常,这不是焦虑症,他不是想当女孩,这只是个小孩子的表现。"

"听听,听听!"汤加先生又开始蹦起来了,"说得真好!"

"这不就是……"罗西接着佩恩的话说,"我们一直想要的吗?或者是社会应该有的样子?变得更加正常和包容?孩子们可以穿他们觉得舒服的衣服,玩他们想玩的?"

"是啊,是啊!"汤加先生欢呼道。

"那现在到底是怎么了?"佩恩肋骨后面的蜜蜂又飞了回来,"克劳德为什么会这么……失落?"

"他一整个夏天都穿着一套粉红色的比基尼,"罗西补充说,"他非常喜欢,但现在突然——"

"在外面穿?"汤加先生打断了她,"还是只在家人面前穿?"

"主要是在家里穿。"罗西承认,"但是他穿着去了夏末泳池派对,我们所有的邻居都在,人们对他指指点点,窃窃私语,还嘲笑他,但他似乎都没有注意到。他还特别骄傲呢,到底是什么改变了?"

"什么改变了?"汤加先生轻轻地问。

"学校。"罗西和佩恩同时明白了过来。

汤加先生点点头:"孩子们可以在幼儿园学到很多好东西:怎么排队吃午饭,怎么倾听心声,怎么不推搡别人,这些无疑都是重要的生活技巧,我自己现在每天都在用。但是孩子们同时也学到了一些其他事情:要守规矩,否则别人就不会喜欢你;要和别人一样,因为与众不同会让大家不舒服。克劳德在家时,不管怎样家人都爱他,但在学校,他会有截然相反的感受。不管怎样,都没人爱你。"

"所以我们应该在家教他。"罗西在脑中已经重新安排了自己的工作时间:佩恩可以教克劳德阅读和写作,自己可以教他生物和解剖学,当然了,这些都不是幼儿园的主流课程吧?也许卡梅洛可以教。

"当然不是这个意思。"汤加先生大笑,"克劳德能去理解这些,这不是坏事,这些都是我们要去努力克服的事情,五岁的孩子还有好多要学的呢。

有些父母不耐烦的时候,就直接粗暴地逼孩子听话,但我们一定不能这样做。虽然朝着孩子们吼叫很解气,但还是有一些父母尝试去解决问题。我们都想做到最好,但有时也不尽如人意。当我们所做的事不符别人的期待,就要承担后果。"

"我们怎么教给他这个道理?"佩恩问。

"不用教!"汤加先生开心地拍拍手,"他已经学会了。你们现在要帮他去忘掉这个,你们要让他意识到,如果他从世界上消失了,大家会有多痛苦。他要去明白'即使你想,你也不能逼他们去想'和'即便你想,你也不能穿裙子'是不一样的。"克劳德和大家其实没什么不同,这是成长的一部分。

罗西点点头,试图相信汤加的话。既然他提到这个了,她试探着问:"他以后会变成什么样?他什么时候会长大?"

"谁知道呢?"汤加先生微笑着说。罗西承认他说得对,这是唯一诚实的答案了,这也是唯一可能的答案。这个问题后来一直困扰着罗西,她经常失眠,在半夜思考这件事。

"我们只能静观其变。"汤加先生耸耸肩,但没表现出任何不快,"刺激!不管这是怎么发生的,性别焦虑症最棒的一点就在于此,准备好面对它了吗?克劳德没生病,这不好吗?"

"是,但是——"

"我们现在没必要担心他长大后会变成什么样,孩子才五岁!但也正因为克劳德才五岁,他才没办法单独对抗文化带给他的全部压力。你们知道谁应该来帮他吗?"

"谁?"佩恩刚问出口就已经知道答案了。

"你们必须为他的世界铺平道路,这是非常难的一件事。"

"不难,"佩恩说,"养孩子就是如此。"

"挺难的,"罗西澄清道,"养孩子的每一步都很艰难。"

"你们比大多数人都更有经验。"这对父母比刚来时心情更差了,但汤加先生看上去特别开心,"你们真是太适合做这个了,让我们从写日记开始。啊呀,肯定特别好玩!"

佩恩想象不出这会有多好玩，但比起儿科医生给出的建议，记日记更能让人舒服点——佩恩写日记的技能也比大多数人要强。以后的每一天，他们都要记下克劳德表现出的男生行为和女生行为，汤加先生说目前只做这个就足够了。第一步是收集信息。虽然是静观其变，但是要着重去观察，因为在这种情况下，观察与写作很相似，"等待"看起来也和养孩子如出一辙，佩恩为此做好了准备。

但是他错了。那个星期六，当克劳德穿着罗西的束腰睡衣做成的裙子下楼吃早饭时，佩恩意识到这应该要记录到"女生行为"那一栏。早餐后，孩子们在玩耍，克劳德的小火车在轨道上反向开，而瑞吉尔和俄里翁的火车沿着轨道正常开，毫无意外，两列火车相撞了，三个孩子都笑得在地上打滚。佩恩意识到这属于"男生行为"。之后他们跑去玩乐高了。瑞吉尔和俄里翁的"女"朋友——弗里达来他们家玩，这个女孩穿着牛仔裤和T恤，和他们玩了一个小时撞火车的游戏。佩恩也拿不准玩乐高到底是"男生"还是"女生"那类，也说不好跟朋友玩耍属于"男生"还是"女生"，他很欣慰看到一个穿着短裤的女生玩撞火车，却没有人指责她有性别焦虑症，佩恩列了一个第三栏……

  其他

  都有

  不确定

  不清楚

  不好

  愚蠢的事

最后他终于定下了标题：

  也许

"也许"是什么，佩恩自己也说不清，但这正是它的美丽所在。

吃过晚饭，给孩子讲完床边故事，哄他们上床睡觉后，罗西和佩恩开了瓶酒，开始对比各自单子上记下的东西。佩恩的单子有些敷衍了事，"也许"那一列记了很多东西，几乎包括了所有事；罗西的单子更实际，只有两栏，并且记下了许多佩恩忽略的事情，但她记下的事情几乎都归到"女生"这栏里。在瑞吉尔和俄里翁造乐高汽车和卡车，用乐高蝙蝠侠去撞乐高警察局时，克劳德在用乐高搭度假屋和小农场，还在里面安置了乐高妈妈和小孩。当瑞吉尔和俄里翁重新放好火车，开始他们的小火车注定的厄运之旅时，克劳德则倾向于操纵那辆被撞的火车。

"我看不懂你的单子。"佩恩说。

"我看得懂你的。"罗西说。

"这是什么意思？"

"和你记的是同一件事，你看不懂我的单子是因为你根本不信我能把这些行为准确地记下来。"

"是的。"

"我明白。"

"你是个科学家，罗西，女生怎么会当科学家呢，所以这件事要归到'男生'这栏。你还是个医生，一个急诊室医生，不是偏女性化的儿科或妇产科医生，所以这件事也要归类到'男生'里。你所谓的丈夫是个作家和艺术家，还是不会赚钱的那种，只负责做晚饭——"

"晚上有时候是我做饭。"

"不仅仅是做饭，还把洗好的衣服叠起来——"

"还要放好。"

"还要放好。每天干家务，每天给孩子们讲睡前故事。"

"非常女性化。"罗西表示赞同，亲了亲他的脖子。

"和一个如此女孩子气的小伙子结婚，这绝对要归到'男生'栏。"

"用'小伙子'这个词，真是再'女生'不过了。"

"会被这样的'女生'吸引，真的很'男生'了。"

"谁说我被吸引了？"罗西问，她舔着佩恩的耳垂。

"你这么主动，"佩恩解开了罗西的纽扣，"真不像个淑女。"

"谁说我们要做什么了？"

"但你这些挑逗举动，"他承认，"展现出你女人天性的独特魅力。"

"确实能引诱到你。"罗西赞同道。

"所以你也明白了为什么我觉得这个单子很扯淡。"佩恩现在难以专注于他的争论，但他自信自己是对的，"哪怕我们辨认出了哪些是男性行为，哪些是女性行为。"

"也许在有些情况下。"

"我们并没有把它具体化。"

"那你讲讲我们具体化了哪些事情。"

"比如你不是那种传统的女人。"

"我要证明给你看，你错得多离谱。"

"我也不是那种传统的男人味十足的男人。"

"你来说说。"

"你想，一个很爷们儿的男人从小在家里并没有学到传统性别意识，他也没有遵循这个规则，也没有什么要去遵循的。他没有辜负别人对他性别上的期望，因为家里对他本身就没有什么性别上的期望。"

"我有。"

"我们也许都不是好的榜样。"佩恩大口呼着气。

"我们是好的榜样。"罗西说。

"这个性别记录，也许让我们这样的人来做不太合适。"

"不，我们正合适。"

"我们也许可以想想记些别的。"佩恩说。

"我们是可以讨论下记些别的，"罗西喃喃地说，"但我赌最后还是只能想到记这些。"

那时，佩恩觉得自己没办法不赞同罗西的话。

在静观其变中，生活一如往常：做些琐事，担心忧虑，继续日常生活，抚养自己大大小小的男孩，还有不知道未来会变成什么样的克劳德。罗西和佩恩根本不指望克劳德能理解父母要给他解释的那些复杂的事情。穿裙子不意味着他是一个女孩,但是,如果克劳德不想或不愿,那么即使有男性生殖器也不能让他意识到自己是一个男孩。当然他可能会想,只要他喜欢,他可以既是男孩又穿裙子。或者直接就跟他这么说:想穿什么就穿什么,不要在乎别人怎么想,哪怕别人肯定有这样或那样的意见,哪怕他们不太可能把这些想法藏在心里,哪怕他们不会那么善良。

但这也并不意味着不能想什么就做什么,只不过在做这些事之前,要知道自己会承担后果。这并不是说你想做的任何事都是错的,而是指任何行为都有其后果。这些可能的后果不能阻止你做想做的事情或是成为真实的自己,我们要为自己所做的事负责任。如果罗敢让克劳德把剩下的万圣节糖果塞进感恩节火鸡里(去年他就指挥俄里翁这么干过),克劳德应该仔细想想这么做的后果。老师告诉克劳德在玩数学托盘时和邻居聊天是不礼貌的,也跟他说拿女士手提袋装午饭是不合适的,克劳德要意识到这两者严重性的不同。如果他在学校的朋友不喜欢他的衣服,那么也许他们会表现得刻薄,也许他们只是需要教育,或者也许——

"我在学校没有朋友。"克劳德打断了他们的说教。

"你肯定有。"父母坚持道。克劳德风趣幽默,开朗活泼,讨人喜欢,他也懂得与他人分享,不抠鼻子,也会上厕所,幼儿园小朋友还想要多优秀的朋友啊?

"我真的没有。"

"怎么可能?"他们惊讶得就好像克劳德说幼儿园教室里不存在地心引力一样,就好像他说餐厅里的员工都是训练有素的企鹅一样。不可能没人喜欢克劳德。

"他们觉得我很奇怪。"

"就因为你穿得像个女孩子?"佩恩问,罗西看了他一眼。当然不是因为这个,克劳德又不穿那些衣服去学校。"因为你拿了一个女士手提袋装午餐?"佩恩改正了问题。

"我不知道,他们说我说话很奇怪。"

"怎么奇怪?"

"说我说话神秘兮兮的。"克劳德耸耸肩,"也许我真的是这样。"罗西想,她年仅五岁的小儿子所用的词汇不只是大多数幼儿园老师听不懂,估计许多五年级的学生,甚至是高中生也听不懂。

"怎么让事情变得简单点?"佩恩弯下膝盖,这样他就能看着儿子的眼睛了。

"怎么让事情变得简单点?"罗西也弯下膝盖,像做祷告似的。

"我们能跟阿普尔顿小姐聊聊吗?

"你课间能和瑞吉尔、俄里翁待在一块儿吗?"

"我们是不是要给你换个装午餐的袋子?"

"你要不要参加个俱乐部,或者去搞个运动,要么去玩玩乐队?"

"没事的。"泪水从克劳德的眼眶中流出来,流到了鼻头上。一个仅仅五岁的小孩子,竟然还尽力去抚慰自己的父母:"我只是有一点难过而已,不是那种汹涌澎湃的难过,再说,难过也没什么关系。"

克劳德想错了,因为他父母最关心的就是他开不开心。罗西深吸了一口气,低声问:"你想成为一个女孩子吗,宝贝?"

佩恩又加了一句:"你觉得自己是个女孩子吗?"当然这是汤加先生教他的。

他们等待着,深深地呼着气,控制着自己深深的恐惧,苦苦硬撑着,有点不知所措。

克劳德哭着说:"我不知道。"

罗西和佩恩也承认这个问题太难了,他们也得承认,当听到答案不是"是",至少现在还不是的时候,内心舒了一大口气,但是也有些害怕,因为如果连克劳德都不知道的话,那谁能知道呢?如果答案不是这个,那又会是什么呢?

"你想成为穿着裙子的男孩子吗?"佩恩试着问。

"你想成为只有在某些时候穿裙子的男孩子吗?"罗西接着说。

"你想光着身子去上学吗?"佩恩想逗克劳德笑一笑。

但克劳德没笑,罗西把他拉到自己的膝盖上,让他的头靠在自己的手肘里,另一只手摸着他的膝盖,轻轻地晃着他,仿佛克劳德还是个婴儿。"怎么才能让你开心?"罗西低头朝他微笑,克劳德眼中映照出她浓浓的爱意,"你想成为谁,就成为谁。"

克劳德用眼神回应着父母的爱,小声说:"我想成为午夜仙女。"

发　明

秋季学期要乱糟糟地结束时，罗西他们俩去学校开了会。学校大厅的天花板上没有那种让人觉得俗气的树，而是装饰着十字交叉的纸拉花和冰棍棒饰物，海报贴在窗户上，像日食一样。学校告诉家长们"威斯康星冬日仙境"活动有冬季合唱团音乐会、冬季乐队音乐会和冬季戏剧俱乐部表演。每张桌子上都放有甜食：一罐薄荷绿色软糖，用圣诞老人的脸装着的糖果棒，顶上涂了红色和绿色的 M&M's 花生巧克力豆（可能是禁止带的）。

"这工作环境看着太差了。"他们等待的时候，罗西惊叹道。

"你还在急诊室工作呢。"佩恩说。

"他们要教育一群过度兴奋、吃了太多糖的六岁孩子，还要组织他们做装饰，排节目，比起这些，我的工作环境好多了吧。"

"为什么你会以为这个月还在上课？"前一天晚上，罗西和佩恩提前准备好了今天的演讲，但他们只能大概解释一下克劳德是什么和不是什么。这是一篇长篇大论，总结下来就是：我们最关心的是克劳德的幸福；我们怎样做才能让你们知道该怎样帮助克劳德？他俩以为罗和本早睡着了，可几小时后，两个孩子只穿着四角裤，一脸担忧地走下楼，罗西他们还在家庭工作桌边讨论着计划。"我们过来搞发明。"罗说。"是过来干涉①，你个傻子，"本说，"我们要进行干涉。"

"你们不能让克劳德像个小姑娘一样去上学。"罗说。

"他没有这样。"佩恩说。"你也绝对不能让他穿得像午夜仙女一样去上学。""你知道'仙女'是什么意思吗？"本特别认真地说："你知道它的俚语是什么意思吗？"②

---

① 发明（invention）和干涉（intervention）英文读音相似，罗这里是口误说错了。
② fairy：小仙女；小精灵，小妖精；男性同性恋者（俚语）。

罗西当然知道，这谁都知道。"他才五岁。""跟年龄无关。"她的儿子们一起说。罗认真地补充："五岁的孩子很刻薄，他们的哥哥姐姐也是这样，其他年级的孩子也都很刻薄。"

"他们会嘲笑他。"本说，"他在家穿什么都行，但是你们不能让他穿成那样出门，你们不懂。"

"你们是他的父母，"罗辩解道，"你们的职责就是保护好他。如果我们在那里，那这也是我们的责任，但是我们在念中学，他只能自己上幼儿园，瑞吉尔和俄里翁也保护不了他。"

"他会被打的，体育课上没人会选他一起组队，没人会和他一起吃午餐，课间也没人陪他。"本警告说，"为什么他非要在外面也这么打扮？就在家里穿穿吧，这是为他的安全着想。"

"再说了，这也太——"罗的声音慢慢变小。

"什么？"罗西问道。

"同性恋。"

"他才五岁，"佩恩说，"他就算是同性恋，又怎么了？"

"如果他长大些，是同性恋，这没什么问题。"本说，"因为他长大后，自己就知道怎么对付那些嘲笑他的人了，但现在不行。"

"也许他可以学学功夫什么的。"罗补充。

"我觉得可不是这个原因。"罗西说。

"太奇怪了。"罗说，"他竟然想穿女孩的衣服和高跟鞋，涂唇膏，戴首饰，很不正常，太奇怪了。"

"你也一样。"佩恩这话说出口时，所有人都在用怀疑的眼神盯着他看，"你们才奇怪，你们都很奇怪，我们本来就是一个奇怪的家庭。罗，你们班上除了你之外，还有多少孩子又踢足球，又吹长笛？本，你班上有多少孩子四岁就开始写家庭作业，还一路跳级的？克劳德很奇怪，但他不仅奇怪，还很出色。他虽然知道自己应该穿什么，但他就想穿其他衣服；他知道自己应该是谁，却明白自己不认同这个身份，这真是太神奇了。"

"但他太小了。"本看起来很无助。

"太小了，毫无还手之力。"罗说。

"太小了，小到你让他做什么他就会做什么。"本说，"告诉他穿什么上学，他就会照做。告诉他，他是个男孩儿不是午夜仙女。"

"你不能对别人指手画脚。"罗西说，"对现在的他来讲，你只能给予爱和支持。但是谢谢你们和我们说这些，也谢谢你们这么努力地保护他，谢谢你们作为兄弟的一番好意。"

"如果不注重兄弟之情，那我还算什么哥哥。"本说。

"不，"罗说，"你也挺臭的。"

"你才臭，是谁晚上必须把鞋子放在外边，睡觉时才不会昏迷的？"

"连喜欢狗屁股味儿的丘比特在早上也没法忍受你的臭味。"

"罗，别说'屁股'。"罗西说道。

"去睡觉了。"佩恩说，"太晚了，谢谢你们的关心，我们会好好考虑的。"

现在罗西和佩恩坐在校长的办公室里，全然没了昨晚那副镇定自若的模样。他们只和德怀特·哈蒙约了会面，但不屈不挠的阿普尔顿小姐也神气地坐在这里，还有地区代表维多利亚·瑞沃斯（不知道她代表什么或代表谁）。维多利亚·瑞沃斯这个名字听起来似乎是个有趣的人，这是罗西和佩恩当天第一个错误的猜想。

"克劳德会改名字吗？"罗西和佩恩即将结束他俩的演讲时，维多利亚·瑞沃斯突然问，罗西和佩恩互相看了看对方。

"我觉得不会，"佩恩说，"为什么问这个？"

"我们现在可以列出所有可以改的名字和代名词。"她正在查看一个清单，似乎一下浏览了好几页，"如果要改名字，请马上告诉我们。"

德怀特·哈蒙从全是一式四份的印刷文书中抬起头，看到他俩目瞪口呆的样子，说："放松，各位。克劳德不是我们学校第一个有特殊需求的孩子，也不是这个区第一个跨性别的孩子，所有事情都在我们的掌控之内。"

佩恩感到胸口嗡嗡作响的声音变成了来来回回跳跃的声音，可能是胸口的蜜蜂变成了蟋蟀或青蛙。"他只是想现在穿着裙子来上学，"他支支吾吾，"那不会让他……"

他的声音慢慢变小，罗西接着说："他不是……我们还没有确定他是个'跨性别者'。"

"你们可能还没有确定，"瑞沃斯女士说，"但从文件规定来看，一个扮成女孩来上学的男孩子就是跨性别者。但哪怕他就是跨性别者，也没必要正式改名。咱们国家的许多地区出现这种情况时，都需要官方的法院命令或更改出生证明，但我们不属于这些地区，因此你们决定孩子叫什么，教师和工作人员就叫孩子什么，但你们必须告诉我们。要知道改变不是一朝一夕的事。"

不，佩恩的心咚咚直跳，这改变来得也太快了吧。

"现在，克劳德必须在学校阿姨的办公室上厕所。"她继续说，"考虑到法律，他不能用员工的洗手间。出于安全考虑，他不能用女厕所。如果他不愿意，我们也不会强迫他用男厕所。"

"阿姨的办公室就在幼儿园教室旁边。"德怀特向他们保证，"我早就知道，在幼儿园里，阿姨们要随时随地帮助孩子们，所以她们的办公室不会离教室太远，这样也很方便。如果以后真的出问题了——假如克劳德完全变成了一个女孩，假如他因为不能用女卫生间而觉得自己格格不入、被大家排斥时，你们要让我们知道，我们会换个安排。"

佩恩和罗西更加茫然了，两张苍白的脸宛若威斯康星州冬季天空里的阴影。

"啊，没错！"德怀特咧嘴一笑，"你们还对女孩的社交文化一无所知，得好好学学！"

他们以前不知道，但他们现在开始怀疑了。

"现在，阿普尔顿小姐也在这里，"地区代表也只叫得出这个女人的姓，"她会来说说在教室应该怎么办。"

阿普尔顿小姐朝他们笑着，像个五岁的孩子："我们很开心与克劳德在一起。他是个如此特别的男……呃，孩子。但我确实觉得，我们都应该考虑一下首先可能会出现的问题。"

"你觉得？"佩恩发现阿普尔顿小姐说话有失妥当，但也是分情况的：孩子们，我们现在来看看给仓鼠喂蜡笔这个决定对不对；孩子们，当我竖起两根手指要大家保持安静,我们也唱过了学过的歌时,今天下午你们要办饼干派对还是更想和邻居继续说话呢?

"我们不想阻止其他孩子们问问题,"她非常耐心地解释道,"因此必须让克劳德做好回答的准备。好奇心是天生的,孩子们正是因为想帮自己的朋友才会问问题。不管是选择拒绝回答他们,还是无情地打断他们天真的问题,我知道克劳德是不想伤害他们的。"

"你应该趁着寒假,好好跟他研究一下怎么回答。"维多利亚·瑞沃斯没阿普尔顿小姐那么有耐心。

"回答什么?"罗西问道。

"你可以设想一下小学生会问些什么,比如说,"瑞沃斯看着她文书上列的那些问题,"'你为什么穿着连衣裙?男孩不能穿裙子,你是女生吗?你的小鸡鸡怎么了?你为什么要戴耳环或其他珠宝,还化妆呢?为什么你的头发那么长,为什么戴发夹和头饰?你的小鸡鸡怎么了?'呃,这个问题重复了。"

"这真的合适吗?"罗西看着德怀特·哈蒙,"幼儿园的孩子们讨论小鸡鸡,这也太……"

"荒唐了。"佩恩很紧张。

校长在地区代表面前努力憋着笑,但没吭声。

"你们觉得应该怎么回答?"罗西问维多利亚·瑞沃斯。

"他应该说实话。"维多利亚曾是一名电视律师,经常给受到不正当指控的人提供建议。

"可惜,他自己都不知道实话是什么。"佩恩说,"他不知道自己为什么想穿裙子,戴珠宝。你知道吗?"阿普尔顿小姐摸了摸自己的金鸟耳环,什么都没说。"他和我们一样,不知道自己为什么是这样,自己是谁,或者为什么想要打扮成女孩,自己想要什么。"

"我觉得他回答什么不重要,"德怀特说,"重要的是他回答的语气。只要他能保持冷静,敞开心扉——"

"还要记住要用阿姨的洗手间。"维多利亚·瑞沃斯打断了他的话。

"记住要用阿姨的洗手间,他就会很自在了。"

"还有不要带有花生酱的午餐。"罗西说。

"或者是用沾了花生酱的刀切的果冻。"阿普尔顿小姐补充道,"比如你们家在上周末吃了花生酱,不小心沾到了刀上。"

卡梅洛提着礼物来罗西这里过新年,她像个典型的外祖母一样,提了大包小包的礼物。她给罗和本买了个能把家庭工作桌变成乒乓球桌的工具;给瑞吉尔带的是一套织保龄球的玩具套装,里面有球、针、保龄球拖鞋和饮料保温罩,瑞吉尔很兴奋,但也有点失望,因为没法织球道;给俄里翁买了一套福尔摩斯的衣服,因此俄里翁整个假期都沉迷于调查神秘事件,又由于没什么神秘事件,他就自己故意留下线索,然后破案。没过多久,所有镜子上都出现了指纹,桌子背后都磨掉了漆,地毯也都磨破了,罗西实在忍受不了,打断了他的探案。卡梅洛给克劳德带了一条新的茶会长度裙子,因为以前的他都已经穿不了了,还给他带了一大包新学年的校服,里头有短裙、便装和底部带褶皱坦克图案的可爱羊毛衫,还有紧身裤袜,能让双腿暖暖和和的。她还带了一双翅膀,只需像背双肩包一样,手臂穿过肩带就能戴上了。至于新年礼物呢,她带来了布朗尼蛋糕、香蕉圣代的材料和能发出噪声的东西(诸如小喇叭、锣鼓等),她根本不在乎孩子们庆祝的时候弄出的噪声。

罗西和佩恩出门了,这是自罗出生后,他们第一次新年夜独自出门,可与之前相比,现在所有情景基本上都不一样了。他俩不知道该预约去哪家餐厅吃饭,也没有熬过九点四十五分的精力了。他俩在一家咖啡店里,和那些假期住在城里的毕业生一起喝茶,两块松饼和一块巧克力饼干便是他们的晚餐。

罗西不怎么饿,也不知道自己什么时候会饿。她摁住太阳穴,心想自己那么困,如果把手松开,脸会不会撞到桌上;或者头会不会像气球一样,从天花板升到天空,变得越来越小,直到永远消失。"再提醒提醒我,我们为什么要这样做。"

佩恩没有问她"这样"是指什么。"我们问过了克劳德,因为他想这么做。"

"他不知道自己想要什么,他才五岁。"

"他这样做是为了快乐。"佩恩补充道。

"他可能不理解,也从未想过打扮成小女孩去上学会发生什么。"

"一个仙女。"

"一个真正的仙女。"

"是的。"

"下周孩子就要回去上学了。"罗西提醒佩恩,害怕他忘记这件重要的事情。

"是的。"

"为什么我们要问他想要什么?他想和丘比特一起睡在箱子里,他觉得穿高跟鞋很舒服,但显然我们不能因为一个孩子的判断就为他做出重大的人生决定。"

"你说的也没错。"佩恩的脸僵住了,他希望自己现在脸上的表情是关切和乐观,而不是恐慌和狂躁。他想起了他和罗西的第一次约会,小半辈子前的那场约会,还有那个心跳不止、控制不住脸红的晚上。如果自己那时的表情和现在一样衰,但那时事情如他所愿,也许现在他们也能渡过难关。佩恩也想相信,因为多年前的那个晚上一切进展顺利,也许证明了他们受到了庇护,也许不会再出什么岔子。但也有可能结果恰恰相反。

罗西却只感到恐惧,目前所有都只是她不可信的判断,她不得不接受这个事实,这让她快疯了,这个念头在她脑中嗡嗡作响,她都快聋了。在杂音中,她找到了一个叙述者,心平气和地为他们指出前面的岔路。右边的路铺得很好,但很阴暗,沿着童年轻轻地滚动。这条路顺畅地通往成年人的未来,那里有着对父母的感谢,有孙辈和欢乐。而左边的另一条路则满是散落的岩石和大风,朝两个方向通往山上,不知终点在何处。罗西在十字路口,让她的小男孩穿着裙子和高跟鞋盲目地沿着左边的路奔跑,而叙述者则充满责备地看着这一切。

"这条路似乎很艰难。"她深吸一口气,直到她感觉自己几乎膨胀到爆裂的边缘,"多么艰难的生活啊,这条路太难了。"

"是啊,"佩恩赞同,"但是我不确定,我是不是希望孩子们都走那条容易的路。"

罗西抬起头来看佩恩:"为什么不呢?"

"我的意思是,如果我们能拥有世上的一切,当然容易的那条路是更好的选择。如果我们能够拥有世上的一切,是的,我也希望他们都能过上轻松、成功、充满乐趣的生活,有很多好朋友、体贴的爱人、很多钱、很高的智商和广阔的视野。我希望他们可以一直都那么好看,可以出国旅行,能像电视上的人一样聪明。但是,如果我自己现在都没有拥有我所说的这一切,如果我现在也只拥有一部分而已,我不确定走这条简单的路能实现所有的心愿。"

"是吗?"

"容易是很好,但是去做自己或者支持自己所相信的东西更重要。"佩恩说,"容易很好,但我怀疑容易这条路能否让人在工作上获得成功,获得伴侣之间融洽的关系,实现自己的价值。"

"容易这条路里也许就没有'生孩子'这项任务。"罗西承认。

"容易之路没有生孩子、帮助他人、搞艺术、发明东西、带路、处理世界上的问题和克服自己的问题这些任务。生活中,我不看重'容易',我觉得我也没什么东西能换来容易。"

"但是另一条路让人恐惧。"她低声道,"但如果这是正确的路,我们会错过吗?"

"我们知道孩子为什么有烦恼,或表现得很奇怪,不去睡觉,数学成绩不好,或者为什么在自由时间开心地和大家分享事情,而且我们还知道为什么。"

"知道为什么?"罗西问。

"知道原因。我们当时一定知道哪里出问题了,也知道要怎么补救,怎么防止它再次发生。"

"作为家长?"

"作为家长。"

"永不发生?"

"是的。"佩恩赞同,"不是永远,不是曾经。你永远不知道,你只能猜测,事情总是如此。你必须代表自己的孩子做出这些重大的决定,他的命运和未来完全掌握在你的手中。他相信你知道什么是好的和正确的,他愿意你帮他做出那些决定,但你掌握不了所有的信息,也没法预见未来。如果你搞砸了,如果你用不完整的、矛盾的信息做出错误的决定,那么,你孩子的整个未来和幸福都会处在危险之中。令人心碎也让人抓狂,但是你别无选择。"

"当然有其他选择。"罗西说道。

"什么?"

"避孕。"

"开玩笑,孩子都已经那么大了。"

"所以,你就这么安慰我,下周把我们的儿子打扮成一个漂亮小仙女去上学,好像也是个好的选择。"

佩恩耸耸肩:"可以试试嘛。"

"如果能再确定一点就更好了。"

"我们该养条狗。"

"我们有条狗。"

"嗯。"

"新年快乐。"罗西靠着桌子吻佩恩。

"才九点一刻。"佩恩道,但他也吻了回去。

三个晚上之后,也就是又要去上学的前一晚,佩恩有一整晚的时间讲故事。最近听故事的就只有克劳德、瑞吉尔和俄里翁。但今天,所有的人都焦虑不安,焦虑似乎传染开了,就像罗西在急诊室看到的传染病一样。佩恩打开克劳德房门的时候,他发现五个从五岁到十三岁不等的男孩都挤在小小的单人床上。

自从格林沃尔德的故事里多了一个叫斯蒂芬妮的午夜仙女公主之后,克劳德、瑞吉尔和俄里翁就一直在说服佩恩——睡前故事本来是个平静祥和的活动,这会儿却更像下议院的议会——他俩只想听关于格林沃尔德的部分,克劳德只想听斯蒂芬妮公主。幸运的是,故事里王子和公主决定一起工作,相互帮助。

"但斯蒂芬妮真的没法帮助王子。"佩恩向他听话的小家伙们解释,"王子要去参加剪彩活动，去亲吻婴儿，去调解农民之间的矛盾，斯蒂芬妮减轻不了他这些负担。她也无法缓和学生自治会里的三角恋关系，秘书是不知道缘由的。但在学习代数第二册时，她倒是能帮上点忙。斯蒂芬妮虽然也没什么数学头脑，但她会魔法，有魔法的人不需要数学，但她认为这个把戏也可以为格林沃尔德所用。她的工具箱一应俱全，但不幸的是，唯一能对既定数学问题有效的解决方法是试错法。格林沃尔德亲吻了她给的青蛙，那场测验他得了 C-。有场考试，他在口袋里放了一只蝾螈的眼睛，这次好点，得了个 B-，但在他的父亲看来，王子可不应该只得个 B-。格林沃尔德边擦灯边写家庭作业（斯蒂芬妮觉得这招魔法有用），可是他会做的题还不到一半。斯蒂芬妮指给格林沃尔德看一个假冒的仙女教母的坟墓，在她坟前哭，拿着那些写满虚拟的数字的数学题大喊：'请显显灵吧，请显显灵吧。'（斯蒂芬妮很困惑，如果这些数字都是虚构的，谁又会在乎它的答案呢，但不幸的是，格林的代数老师在乎。）魔杖只对实际的事物有效果，她一直是知道这个的，因此最后她用魔法让王子重新加入了数学梦之队，格林沃尔德高兴得不得了。"

"不过，格林沃尔德更不好帮助斯蒂芬妮。他在她点星星时睡着了，他没有翅膀，去不了天空。但到最后，他能给斯蒂芬妮的是比魔杖、魔法青蛙和神灯更好的东西，他给她的是精神支持和无条件的爱。他承诺永远支持和帮助斯蒂芬妮，哪怕天空多浩瀚、夜有多么黑，哪怕她有时无法点亮所有星星。他承诺会照亮她的路，他会是她的北极星、她的天空导航员、她的星际指南。格林沃尔德答应，每当斯蒂芬妮回到地球，他都会在这里等着她。"

罗看着佩恩的眼睛说："爸爸，这情节太老套了。"

"看看，这就是为什么当个王子更好，"俄里翁在地板上打滚，"公主可真土。"

"斯蒂芬妮才不会那么多愁善感。"克劳德站在床上，手放在睡衣的屁股位置说，"格林沃尔德总是这么多愁善感，可你们看看，斯蒂芬妮还有自己的小道具，她和詹姆斯·邦德一样酷。"

"詹姆斯·邦德和斯蒂芬妮公主可没有共同点，"瑞吉尔说，"邦德可不会用魔法棒解决代数问题。"

"代数第二册。"佩恩说。

后来其他孩子都去睡觉了,只有克劳德坐着,然后突然走下床,用力抱了抱佩恩:"我知道了,爸爸。"

"知道什么了?"

"不管怎么样,你永远都会爱我支持我。哪怕明天有什么不好的事发生,你也会在家等着我。"

"准确地说,"佩恩说,"我会在学校操场等你。"

大家这晚都没睡好,早餐的时候都昏昏欲睡,罗西在想要不要给大家都倒上咖啡。克劳德下来了,脸色有点苍白。他穿着棕色棉布裙、棕色紧身袜、粉色毛衣和一双乐福鞋,短短的头发里还夹了几个粉色发夹,他背上的拱形翅膀薄薄的,特别引人注目,哪怕这样只能站着吃早餐,克劳德也不愿意把它脱下来。他咬了几片吐司的皮,把中间的都给了瑞吉尔。罗西自己什么也没吃,所以她没法劝他吃点东西,她也没心思劝他。

罗西想同克劳德一起去学校,她想穿上一套夹克衫,拿着球拍,坐在教室后面,这样所有人都会知道,如果他们欺负克劳德后果会怎样。她想进去演讲,她在脑海里已经排练过许多次了,她要说:"你们可能是性别适应身体的孩子,但是你们远远没有克劳德那般聪明、有趣,所以你们来说说谁更好,是一个穿裙子的、出色的、有活力的男孩子呢,还是一个令人讨厌、只会抱怨的鼻涕虫呢?"虽然这样做可能有用,但她现在不得不去上班了。

但是佩恩去了,这是克劳德的另外一个愿望。克劳德希望佩恩来幼儿园,坐在后面,什么都不说,午餐时候离开就好。所以佩恩就这样做了,他坐在一个特别特别小的椅子上,坐下去膝盖比肩膀都高,他紧张得心都提到嗓子眼了,身体还在出汗,可其实外面气温才3度。

"孩子们,欢迎回来,假期怎么样?"阿普尔顿小姐还没等孩子们回答就很热情地说,"很开心能看到你们都笑呵呵的,我希望你们回到学校后,已经准备好学习了,我们还有很多精彩的任务呢。现在,我知道在假期有些人经历了一些事情,苏珊掉了第一颗牙齿,戴维斯和他的祖父母一起去了纽约,卡丽剪了头发,克劳德要变成一个漂亮女孩啦!孩子们,我们可以从其他人身上学到很多呢。"

所有人都看着苏珊、卡丽和克劳德（他们没看戴维斯，因为哪怕他去曼哈顿待了一周，孩子们和老师都没觉得有什么有趣）。苏珊把下嘴唇翻开，像个猴子一样露出了下巴，然后把她的舌头从牙缝中露出来。卡丽摸摸以前扎马尾的地方。克劳德朝自己的鞋子弱弱地笑了一下，孩子们都扭着身子看着。

"有人想问问题吗？我想听到你们的声音，想看到你们放在口袋里的小手举起来。"

除了克劳德，教室里的所有人都举手了。

"我来瞧瞧，"阿普尔顿说道，"玛丽贝斯正小心翼翼地举手。"

"仙女来了吗？"玛丽贝斯问。佩恩过了一会儿才明白玛丽贝斯口中的仙女不是克劳德的翅膀。

"是的。"大牙缝的苏珊笑了，"她给我留了两美元和一本漫画书。"

"哦，挺好。"幼儿园老师颇为赞赏地说。

"下个问题，"阿普尔顿小姐说，"杰森？"

杰森转向克劳德，说："紧身裤袜穿着痒吗？看起来挺痒的。"

克劳德脸红了，摇摇头。

"很好。"阿普尔顿说，"下一个？艾莉森。"

"克劳德会留长发吗？"艾莉森问她的老师。

"亲爱的，我不知道，我们问问他吧。克劳德，你想像艾莉森一样留长长的头发吗？还是你会像卡丽和乔西一样留中等长度的头发？或者是就留现在这种短发呢？"

"我不知道。"克劳德看着自己的鞋说，几乎是耳语。

"那我们就等着看看吧。"阿普尔顿小姐说，"埃琳娜，我们还有时间再问一个问题吗？"

"你看到自由女神像了吗？"埃琳娜问戴维斯。

"没有。"戴维斯说。

阿普尔顿小姐拍拍手说："孩子们，你们问的问题都很好，你们都是温柔且友好的孩子，所以我在饼干罐上面贴了饼干标志，以帮助我们赢得饼干派对。现在，让我们为托盘找到我们的数学伙伴。孩子们，你们该去找你们的托盘啦。"

就是这样，没人瞟克劳德，没人低声说一些令人讨厌的话。克劳德的棕色牛仔裙和翅膀与纽约之旅、理发或者普通的掉牙齿（掉牙齿就像幼儿园里的游客）一样有趣。孩子们过于投入自我之中，没注意到克劳德的身份危机。他们早就不止五岁了，但也只会给自己的小饼干做标志。

克劳德排队吃午饭的时候，转向佩恩的迷你椅子，说："爸爸，你现在可以回家了。"

"孩子，你还好吗？"

"是的。"

"你确定？"

"是的。"

"克劳德，我为你感到骄傲。"

"爸爸，我也为你骄傲。"

第二天早上，克劳德吃早餐的时候问道："我的头发什么时候才能长到屁股那里呢？"

瑞吉尔说："我的屁股要多久才能长出头发呢？"

俄里翁说："毛毛屁股，毛毛屁股。"

克劳德在彩虹条纹连裤袜外边穿着紫色灯芯绒女学生裙，但他脱下了翅膀。

起名的权利

　　幼儿园的老师们不再为此苦恼了，因为对五岁的孩子而言，没什么是坚定不移的，没什么是不能改变的。等有一天，书上那些弯弯曲曲的线都变成了文字；孩子们没有那么爱说话了；发现自己心爱的东西不过就是个破烂的毛绒玩具，第一次觉得把毛绒玩具放在家也挺好；突然有一天，就像变魔术一样，学会了怎么骑自行车。可有一件事并不属于这种成长的范畴，那就是今天你能是个男孩，第二天又能变成女孩。

　　大一点的孩子对克劳德也有相同的疑问，但他们问问题的方式就不那么友好了。大家课间在运动场上休息时，三年级的孩子们问克劳德："你为什么穿着裙子？"自助餐厅里，八岁的孩子们指着克劳德唱："娘娘腔，娘娘腔。"他们的声音像警笛一样。五年级的瑞吉尔和俄里翁的同伴们嘲笑他俩："你们的小弟弟可太娘了。"克劳德去跳绳、爬猴架①或玩滑梯时，有一群比他大、比他强壮的孩子过去连珠炮般地问他："你是男生还是女生？""你是男生还是女生？""你是男生还是女生？"克劳德也不知道答案，因此他就不说话，他越这样，孩子们就越追问。克劳德想，反正课间休息的时候待在外面也挺冷的，索性一个人待在图书馆。他很喜欢坐在厕所里头，把饭盒放在自己并拢的膝盖上吃午饭。但这么吃过几次之后，幼儿园里的阿姨告诉他，厕所是上厕所的地方，不是吃饭的地方，所以他只能回到男生寝室。

　　有天课间休息的时候，阿普尔顿小姐把克劳德叫了过来，问他："你准备去厕所的哪里？"

　　"我没准备去那儿，"克劳德说，"我要去图书馆。"

　　阿普尔顿小姐深吸一口气，说："你去的是哪个厕所？"

---

①　猴架：供儿童攀爬的爬架。

"就我常去的那个。"

"去的男厕所吗?"

克劳德点点头,知道自己做错了事,但不知道错在哪儿。

"为什么你要去男厕所?"

"当然因为我是男孩子啊。"

阿普尔顿小姐又深吸一口气:"那你为什么要穿裙子?"

克劳德蒙了,他们不是讨论过这个吗?"我喜欢穿裙子。"

"小男孩不穿裙子的。"阿普尔顿小姐耐心地说,"小女孩才穿裙子。如果你是个小男孩,你就不能穿裙子。如果你是个小女孩,那你就去阿姨的厕所。"

"但是小女孩都用女厕所啊。"克劳德说。

"但你不是小女孩啊。"阿普尔顿小姐脱口而出。

幼儿园放学的时候,维多利亚·瑞沃斯对接孩子的佩恩说:"你的孩子如果真的觉得自己是个女孩,我们也愿意当他是个女孩。"

"不是愿不愿意的问题,"佩恩纠正,"这是你们的责任。"

"这既是我们的责任,我们也愿意这样。"瑞沃斯小姐说,"但他不能闹着玩儿。"

"什么意思?"

"就是说,如果克劳德真觉得自己是个女孩,他有性别焦虑症,我们会接纳他。但如果他只是想穿裙子,那就是在闹着玩儿,那他必须换回男生的衣服。"

"我觉得我和克劳德,甚至连你自己都搞不懂你刚刚说的这种差别。"佩恩说。

"我是很困惑。"瑞沃斯说,"阿普尔顿和孩子们都很困惑,显然克劳德也很困惑,没人知道要怎么对待他,我们该叫'他'还是'她'?克劳德排队的时候是和男生站一起还是和女生站一起?为什么他还留着短发?为什么他还没改名字?"

"班上就没有女生留短头发吗?"佩恩说,"就没有女生穿短裤吗?"

"我想说的是,"瑞沃斯小姐说,"我们可以把你家孩子当男生看,也可以把他当女生看,但我们不能把他当……呃,我不知道还能当什么看。"

"这可能是个问题。"佩恩在网上查过,也研究过一些东西,他在这方面俨然已经是一个专家了,"他可能有两种性取向,也可能没有性取向。他可以是个穿裙子的小男孩,也可以是有男性生殖器的小女孩。他也许一会儿是男生,一会儿是女生,也许是性别混乱,也许是中性人。"

"但在幼儿园里,他不能这样。"瑞沃斯小姐打断佩恩,"他在幼儿园里不能是你说的那些样子,也不能一种都不是。幼儿园里,孩子要么是'他',要么是'她',也就是说要么是男孩,要么是女孩,幼儿园接受不了性别模糊的孩子。"

"也许你们应该接受,"佩恩说,"世界就是模糊的。"

"但五岁孩子的世界不是这样的,他们的世界是黑白分明的,要么公平要么不公平,要么开心要么不开心。在他们眼里,饼干都好吃,蔬菜都难吃。"

"哪怕在五岁孩子的世界里,依然有模糊的事情。"佩恩说,"克劳德讨厌椰子味的饼干,喜欢花椰菜。他确实有男性生殖器,但他就是喜欢穿裙子。如果这些都不是真的,那事情就简单多了,但可惜它们是真的。对所有的孩子来说,克劳德班上肯定有放学后去踢足球的女生,有玩跳房子的男生,这是好事啊。"

"也许是好事,"瑞沃斯小姐说,"但好或不好,我们都不能接受。他要么当一个男生,要么当一个女生。而克劳德却不得不……原谅我,他不得不在……上厕所。"

"在阿姨办公室。"佩恩说。

"是的,在阿姨办公室。"维多利亚·瑞沃斯重复了一遍。

佩恩想打电话给德怀特·哈蒙,去痛骂他一顿,幼儿园有责任保证他的孩子不受欺负,学区不能为了自己方便,就逼迫克劳德认定自己是男生。罗西想为克劳德树立一个榜样,对那些侮辱不屑一顾,像抖落狗毛一样把它们抖掉,对那些倒霉的学区行政人员嗤之以鼻。和大多数父母一样,罗西有了第二个孩子后才学会这种教育方式。以前罗在运动场上摔倒时,罗西会赶紧猛冲过去,温声细语地安慰他:"宝贝你还好吗?让妈咪看看哪里伤着了,我可怜的宝贝。"罗就会很配合地伤心大哭。然而过几年这样的情景再现在本身上时,罗西已经学会待在座位上,朝本喊:"没什么事儿,快起来。"本就真的没什么事地爬起来。

"如果我们看上去不在乎,克劳德也就会觉得这不是什么大事。"罗西说。

"但这确实是件大事。"佩恩说。

孩子们在规划自己的人生道路时,克劳德和他们一样,也规划了自己的那条。晚饭时,克劳德宣布他要把名字改成可可频道。

"可可频道?"本问。

"听起来就像一个全是巧克力的电视台。"克劳德说。

"你是说可可·香奈儿①吧。"

"什么是香奈儿?"

"香奈儿是可可的姓,她发明了香水。"

"巧克力香水?"克劳德问。

"也许吧。"本耸耸肩,他不怎么懂香水,但他知道自己的弟弟不能到处管自己叫可可频道,或者可可·香奈儿。

"你只能叫克劳德。"佩恩说,"阿普尔顿小姐又为难你了吗?"

"没有。"

"他们不能逼你改名字,你可以叫克劳德,也可以想穿什么穿什么。"

"是我自己想改,我不喜欢克劳德这个名字。"

"我也是,我也想改名字,俄里翁是个星星,不是男生的名字。"

"俄里翁是一个星座名,不是星星。"本纠正道。

"你就省事多啦,你的名字多普通。"罗对本说。

"你也是。"本反驳。

"是的,袋鼠叫这个名字多正常。"②瑞吉尔说。

---

① coco channel(可可频道)与 Coco Chanel(可可·香奈儿)拼写相似,克劳德在这里搞混了。

② 袋鼠英文为 kangaroo,其中包括单词 roo(罗)。

"我们去抓袋鼠吧!"俄里翁说。

"不去。"罗西说。

"我要把名字改成袋鼠,"俄里翁说,"我一直想叫这个,袋鼠·沃尔什-亚当斯。"

"至少你的名字还是个星座,"瑞吉尔说,"我就一条左腿[①]。"

"是我的腿。"俄里翁自豪地说。

"是是是,你的腿。"瑞吉尔愁眉苦脸地同意。

"谁都别想改名字。"罗西说,"名字是父母给你们的,不是自己起的。克劳德,你如果想要个女生名字,可以叫克劳迪娅,其他人都只能叫我给他起的名字。"

"为什么?"罗舔走了切肉刀上最后一片火鸡肉。

"因为小孩子根本不会做决定。"佩恩说。

"但你们允许克劳德自己决定做个女孩,"罗说,"这比俄里翁管自己叫袋鼠还糟糕。"

"罗!"罗西和佩恩一齐喝止他。

"我不想叫克劳迪娅,克劳迪娅听上去太像克劳德了。"

"你可以叫'不是克劳德',"本说,"'克劳德不在''负克劳德的平方根''克劳德洞'。"

"克劳德洞,克劳德洞,克劳德洞。"俄里翁喊。

"都滚出去!"罗西说。她再也受不了家里的聒噪了,她宁愿去独自洗一个半小时的碗。她发现自己已经给孩子们培养出一种错误的意识,好像他们只要惹她生气,她就会气得去包揽所有的家务活。她挺后悔的,但在那一刻,她想不出有什么比独自一人洗七个人的碗更奢侈的事情了。

佩恩留下来帮她,没说话,罗西很感谢他的帮助,更感激他的安静。她的胳膊肘都浸在肥皂水里了,整个前襟也都浸在了洗碗水里。罗下楼来,坐在清理干净的餐桌那里生闷气。

"他想改名叫可可·香奈儿,"罗沉重地说,"你不担心吗?"

---

① 瑞吉尔:英文名 Rigel,源自阿拉伯语,有"左腿"的意思。

罗西把水开大,佩恩放下毛巾,走到餐桌边和大儿子坐在一起。"他只是喜欢巧克力电视台,这有什么。"

"这很重要,"罗说,"你们假装这没什么,但这问题很严重了,他的那个……你们懂的。"

"生殖器?"

"是啊。"

"我们确实还没担心这个,也许他也就是一时兴起,过一段时间就好了。"

"如果过一段时间就好了,那你们为什么还要鼓励他?"

"我们怎么鼓励他了?"

"你们允许克劳德穿女孩的衣服,玩女孩的玩具,还允许他留长头发。"

"没错,但我们是允许他,不是鼓励他。"

"你们本可以说'不'。"

"你可能没发现,"佩恩说,"我们就是这样教育你们的,你们提的要求,只要我和你妈妈觉得行,我们都会说'好',对你们每一个人都是这样。我们要是说'不'了,你们最好明白,这是一个很严重的'不'。你们想做的事情会伤到自己时,我们才会说'不',一般我们都只会说'好'。"

"克劳德想做的事情可能会伤到他自己。"

"可能会,但是目前来看,他非这么做不可,他觉得自己需要这么做。"

"但你说过小孩子根本不会做决定。"

"我什么时候说过?"

"晚饭的时候,你说小孩子不能给自己改名字,因为他们不会做决定,如果是这样的话,为什么你们同意克劳德变成别人?"

"因为,也许那才是真的他。"佩恩说。

这天晚上,孩子们刷完了牙,听了睡前故事,关上灯,进入了梦乡,所有的盘子也都洗干净,晾干,放好了,罗西和佩恩检查完孩子们的作业,装好他们的书包和午餐,爬上床,关灯。这时,他们卧室的房门被推开,一个声音在黑暗里低语:"我选好了我的新名字。"

"克劳德?"

"妈妈?"

"想好你的新名字了?"

"是的。"

"是什么?"

"波比,"他说,"我想叫波比。"

"波比?"罗西小声问。

"卡米说犹太人会用他们所爱的逝者的名字给孩子取名,我没见过波比,但我爱她。"

"真的吗?"罗西充满了疑惑。

"是的,因为她喜欢洋娃娃,因为你最爱她,我也喜欢洋娃娃,我也想成为你的最爱。"

"你就是我的最爱。"罗西用鼻子蹭着克劳德的脖子。

"你觉得波比这个名字好吗?"

"波比是最好的名字。"

决　心

改变性别要做很多事情，但好像只要改个名字，留起长发，一切就能成真。汤加先生说，很多像克劳德那样的孩子，他们的父母会去法院改孩子的出生证明和密封档案，还有很多转学的，这样他们就可以开始新的生活，做真正的自己，没人知道他们到底是谁。罗西觉得这些都没有必要，有些过了。她觉得在这个年龄，头发就能代表性别了：短发的是男生，长发的是女生。一个有男性生殖器的男孩想要变成女孩，只要把名字改成自己已故的小姨的姓名，留起长发就行了。罗西曾想过，等他的头发长到耳朵底下三四英尺时，克劳德可能就会永远消失了。她终于等来了自己梦寐以求的波比，只是还有些没准备好。

一直以来，他们全家去餐厅吃饭时，人们都会朝他们的餐桌看，他们都习惯了。但现在哪怕只有罗西和克劳德单独出门，在商场、杂货店和图书馆里，竟也有人盯着他们看，这种事情以前从未发生过。在变成女孩的前期，克劳德的头发还没长长，他看起来仍然像个穿裙子的小男孩，那些买东西的人朝罗西笑，笑容里带着羡慕、同情或者感同身受的情绪，他们家里也许没有想变成女孩的小男孩，但是他们也为人父母，家里也都有各种麻烦事。当然也有很多人直接朝他们皱眉头对波比说"你怎么这么漂亮"或者是"裙子真好看"，又或是真心地对罗西说："多好看的孩子呀！"但有些人从他们边上走过时，会大声问旁边人，"那是个男孩还是女孩"或"怎么能让孩子这么穿"。

到了四月，克劳德从这个世界上消失了。他的头发终于长到了耳朵下面，变成了小精灵一样的短发，他终于变成了波比。他的自画像此后就只有一个人，只有波比，没有全家：穿着金色舞会袍的波比；戴着紫色的小皇冠，搭配着紫色超级英雄斗篷的波比；穿着人字拖、瑜伽裤和运动内衣坐在盛开的莲花上露出智慧的微笑的波比。他每天下楼吃早餐时都开心得不得了，脚还没踏进厨房，笑声就先进来了，他和自己的兄弟们一起大笑，他真的开心了不少。他的父母才意识到，以前克劳德吃完燕麦粥，就要在上学前换掉裙子的那些早晨有多么沉闷。他现在在学校用阿姨的厕所，还给自己和兄弟们做向日葵黄油三明治，阿普尔顿小姐因此更喜欢他了。

　　罗西和佩恩还在慢慢适应这样的改变，人们总说，那些你从未想过会失去的东西，其实是你最依赖的东西。罗西一直以为那指的是末世场景——那时你要忍受生活在没有水电或无线网络的环境中，但事实上，波比对他们的影响更深。佩恩想起自己十六岁那年，一家法国租客带着蹒跚学步的孩子租下他隔壁的房子。他们的法语说得比佩恩好得多，他们甚至会用法语说很多话，不用记就知道哪个名词是阳性，哪个是阴性，佩恩哪怕花一千个小时学也比不上这群还不会自己上厕所的孩子们。如今，佩恩的生活就同那时一样混乱，有时他管波比叫"他"，有时叫"她"，有时他管罗、本、瑞吉尔和俄里翁叫"他"，有时又称呼为"她"。有时他把罗叫成"本"（搞错了孩子）或者是"鲁弗斯"（叫错了名字）或是"鲁"（这完全不是个名字，虽然越来越多人这么叫，但这是错的）。有一次他在派对上以丈夫的身份把罗西介绍给别人时，他管罗叫"他"。他把邮差、修卡车刹车的维修工都喊成"她"，他甚至称呼报纸为"她"。不论是克劳德还是波比似乎都没有干扰到他，但佩恩觉得自己脑中一个很重要的东西被切断了，那种可以脱口而出使用正确代词的能力似乎永远消失了，佩恩的母语变成了外语。

　　春假的时候，他们全家去了凤凰城。波比和她的外祖母一起去超市，在美食街吃肉桂椒盐卷饼，还在喷泉里扔了硬币许愿。波比希望一切都保持现在这个样子，因为突然间，他人生中第一次，所有孩子都想跟他交朋友。开心的社交达人波比取代了害羞、孤独的克劳德。波比省下自己的零花钱，买了一个仙女日历，把收到的所有约他玩耍的请求都写了上去。

　　罗西讨厌那个日历，佩恩却挺喜欢。佩恩觉得，日历上面写的这些事情都表明他们克服了困难，取得了胜利。也许克劳德的转变令人胆怯和忧虑，但是波比出现了，一个受大家喜爱的、爱交朋友的波比出现了，并且她再也不会消失，佩恩觉得这个日历是一个来之不易的战利品。但对罗西来说，日历上都是别人的令人作呕、阿谀奉承的丑恶嘴脸，还有一堆胡言乱语和一个奇怪的波比邮戳。她警告佩恩，拥有社会地位和拥有朋友是不一样的。也许那些父母只是想让他们的孩子邀请波比过去，这样他们就可以和自己的朋友八卦，或者装出一副开放宽容的样子。也许孩子们想和波比玩不是因为喜欢他，只是对他很好奇而已。而他们会怎么处理过夜晚会的请求呢？当这些孩子不再是甜美可爱的幼儿园小朋友，当他们长成荷尔蒙爆棚、刻薄、排挤同辈的青少年时，他们要怎么做呢？

"你担心得太早了。"佩恩道。

"要是现在不担心，真出事了看你怎么办。"罗西说，"我这不是担心，是观察。"

邀请波比的小女孩们有粉色的房间，粉色的乐高积木，铺在粉色床上的粉色被子。她们真的有好几个大箱子，里面堆满了芭蕾舞短裙、高跟鞋、戏服，穿着短裙、高跟鞋和戏服的毛绒玩具，芭比娃娃和它们的衣服，珠宝、指甲油、仙女和娃娃。女孩子们喜欢画画，喜欢交换贴纸，喜欢把玩具放在婴儿车里，给它们一个瓶子，推着车在街区逛。她们喜欢喝柠檬水，喜欢穿着短裙和高跟鞋在房子里追逐嬉戏。她们最后抓到你的时候，只会拥抱你，咯咯地笑着，而不是去大声嘲笑你，也不会坐在你的头上放屁。波比不明白为什么世界上会有人不想当女孩。

罗西也开始有了同样的想法。以前她把玩耍的孩子接回来时，已经习惯看到他们的胳膊肘和小腿上的擦伤，撕破的裤子，听说他们毁坏东西，以及其他的不良行为。她根本没习惯去接玩耍的小儿子回家，更不用说和那些女孩的妈妈们一起回来时，她们都对她微笑，空气中弥漫着一种安静的甚至是一种隐秘的愉快。妈妈们会对罗西笑着说："她真是个好女孩。"

"谁？"罗西第一次问。

"她一直都特别受欢迎，她表现得很好。"

或者她们会把手搭在罗西的肩膀上说"你真的很勇敢"或"你真是个好妈妈，你做得很好"。罗西很感谢她们的支持，但仍然很疑惑，也许一直都有这个疑问，表现得勇敢就是合格的父母了吗？可他们其实除了勇敢以外也没其他选择，因此她能做的都做了。波比的头发还是很短，但是这不妨碍罗西每天早上给她扎两个小辫子，一边一个，波比开心地把它们盘到耳后。

有些约会就不太好。罗西和佩恩列了一个"禁飞名单",上面是不许再同波比一起玩的孩子。有一次波比去玩,她和另外一个小女孩扮公主,那个女孩的爸爸对波比开了一个关于男扮女装的下流玩笑,于是这家人就上了名单。每次罗西接孩子放学,走到操场上和一个孩子妈妈遇上时,她都会缠着罗西问克劳德是怎么在生理上变成波比的,佩恩觉得她不过是好奇而已,而罗西觉得这就是厚着脸皮多管闲事。还有一次,佩恩去接出去玩的波比,那家的父母礼貌地批评他:"上帝从不犯错,既然上帝给了波比生殖器,那你和罗西现在就是在干扰上帝的计划。""这样——很不好?"佩恩猜。他还猜这家人是不是也有个这样的名单,自己的名字就在上面。

罗西尽量不让任何一件事干扰到自己,她还有很多事要做,不应该总去担心那些父母们有多无知。她的工作不是教育这些人,她的工作是抚养她所有的孩子,努力工作养活他们。就像她和佩恩一直对波比说的那样,你不用喜欢所有人,只需去找那些有趣、聪明、安全的人,和他们玩儿就好了。

尼基·卡尔卡特蒂出现之前,这个方法一直很管用。尼基是克劳德以前的一个朋友,他似乎对克劳德的变化有点困惑,有些反应不过来。他是个安静的孩子,这估计也是克劳德喜欢他的原因。他不爱出风头,既不去玩摔跤也不乱跑着玩,甚至都没怎么大声说过话。克劳德曾与他形影不离,就像刚学会走路的孩子一样,两人都很喜欢这样。自克劳德变成波比之后,尼基找波比玩了几次,还总低声对瑞吉尔说:"我从来没有和一个女孩一起玩过。"瑞吉尔回答说:"啊,和女生玩很好啊,她们的房间闻上去香多了。"但尼基似乎一直没有缓过神来。

"也许是他自己想多了。"佩恩猜。

"克劳德变成了波比,所以尼基觉得自己不像个男孩了吗?"罗西问。

"应该是。"

"可他才五岁啊。"

虽然尼基才五岁,但这个年纪已经足以感受到冒犯和惊吓,也足以了解到很多罪恶。罗西和佩恩认识尼基的妈妈,克劳德宣布自己要当女孩后,她给罗西发了封电子邮件,说她希望两个男孩仍然是朋友,还问自己能不能帮上什么忙,她还说如果波比来她家玩,会用薄荷冰激凌来招待她,那是波比的最爱。罗西把波比送到尼基家，还站在他家门口和辛迪·卡尔卡特蒂聊了几分钟，然后去艺术商店给俄里翁买做蝙蝠的材料，这时她的手机响了，波比在电话那边哭得上气不接下气，没办法告诉她发生了什么。罗西赶紧开车去尼基家，在半路上才听到波比抽抽噎噎地说："妈妈，你能过来接我吗？"

辛迪·卡尔卡特蒂和老尼克·卡尔卡特蒂分居了，罗西觉得他们俩的分居属于那种"咱们铁定要分手"的类型，而不是那种"我们给对方空间冷静一下"。但她比别人都清楚多管闲事有多招人烦，因此她从不去打听尼克家的事。罗西知道，在离婚审判期间，辛迪为了得到孩子以后全部的监护权，只能老老实实地让尼克来看孩子。今天是尼克来陪孩子的日子，辛迪根本就没说今天有孩子来找尼基玩，就自顾自地出门修指甲去了，还让自己的前夫来看孩子。

罗西快到了，但佩恩离尼基家更近，于是罗西在车里给佩恩打电话喊他过去。佩恩和孩子们待在家里，罗和本一个十三岁，一个十二岁，也许都足以照顾别人家的儿子了，但照看他们自家的完全不行。于是佩恩把孩子们都赶上车，没花几分钟就到了尼基家，比罗西还快。显然，罗西在路上没超速也没超车。

佩恩他们还没走进去，波比就已经从门里出来了，抽泣着朝他们跑过来，钻到自己兄弟们中间。老尼克走到了前门，他比佩恩高大得多，佩恩遗憾自己没那么高，不能与他平视。

"究竟怎么回事儿？"罗西问尼克，尼基躲在尼克腿后，而波比直直地盯着尼基。

"你儿子是个同性恋，就是这么个事儿。"老尼克说道。罗西转过身走了回去，她没必要再和这个男人聊下去了，老尼克已经尽量用一句话告诉罗西她需要知道的事情。罗西走向波比，把她抱在怀里，波比小声说："他有把枪。"罗西觉得把尼基留在那里良心不安。

"所有人都上车。"罗西说，然后转过脸和丈夫一起注视着尼克·卡尔卡特蒂。

尼基从他父亲的腿后面探出头来："爸爸说不许我和同性恋玩，沃尔什太太，我自己也不想。"

尼克吐了口口水："你们孩子做什么是你们自己的事，但这真的很恶心，所以最好离我儿子远点。你们这是在虐待儿童，你们应该进监狱，但这关我什么事？只要你们离尼基远一点，我就无所谓。我就一直跟辛迪说，家里得有个男人，帮他们挡着这些乱七八糟的东西。"

"为什么波比说你有枪？"佩恩问。

"因为我确实有枪。"

"波比怎么知道的？"

"因为我压根儿就没藏着，男人应该有两件东西：这个，"尼克的手揣在裤兜里，挺了挺胯，朝罗西晃了晃，"还有这个。"他撩开自己的法兰绒衬衫，从自己右臀后面的手枪皮套里掏出了一把枪。

"你拿枪威胁他了吗？"佩恩问。

"谁？"

"波比。"

"你不能用'他'这个代词，朋友。"

"你威胁我们的孩子了吗？"罗西不想去争论语义学的错误，现在有更危险的事。

"我跟他说了，我们不和同性恋玩，不和女孩玩，也不和穿得像女孩的男孩玩，我们家不再欢迎他，有我孩子在的其他地方——公园、学校、操场，也不欢迎他，哪儿都不欢迎。"

佩恩感觉自己脑海里只有一个念头：把尼克打到满地找牙。哪怕自己是个和平主义者，从不好战，哪怕自己是个作家而不是一个摔跤手，这都无关紧要了；哪怕他这辈子都还没打过架，哪怕去揍一个比自己高几英尺的人很不明智——他甚至都够不到尼克的脸，这张脸的主人比他重了整整四十磅，刚才还展示了一下自己的枪，一把真枪。佩恩试图把想象中尼克那张沾满血的脸换成自己的，罗西低头看着那把枪。佩恩还在想，如果罗西看到自己在这个混蛋的家里被打到胃出血会是什么表情。

与佩恩不一样，罗西以前就见过拿枪的人，她曾在急诊室给他们收拾过烂摊子。这些人的手被铐在轮床上，罗西就那样抢救他们。她拯救了这些人的生命，这样他们就能从医院转去监狱，从病人变成犯人。罗西害怕拿枪的人，但她不会被他们威胁。

罗西蹲下身，偷看躲在尼克背后的尼基，说："尼基，宝贝，你还好吗？"

"什么？"

"你妈妈什么时候回家？"

"她说是十一点半，但她不喜欢在指甲油没干的时候开车。"

"上帝啊！"尼克·卡尔卡特蒂抱怨了一句，他暂时忘了儿子的变性人伙伴，开始回想起自己老婆那烦死人的美甲爱好。之后他把脸转向离自己胸口很近的佩恩说："赶快从我家滚出去，谢谢喽。"

佩恩刚想骂回去，罗西就制止了他。"我们不想干吗，但我们要陪着尼基，直到辛迪回来。"

"你们觉得我照顾不好自己的儿子？"尼克往前探，和佩恩之间的距离又缩短了一半，"我就当你这话是恭维了。"

"随你的便。"罗西回答。

"你们再不滚出我家的草坪，"尼克说，"我就报警了。"

"请，"佩恩说，"请报警吧。"

尼克伸出双手，用力推了佩恩一下，也许都没怎么用力，只是佩恩突然被吓了一跳，也许他在那一刻分了心，怀疑自己是不是在拍一部低成本的动作片，这一下让他倒在了地上。尼克跨过佩恩的双腿，站在他的身边俯视着他。罗西拿出手机，一眨眼的工夫，摁下了91，就在这时，辛迪回来了。她从车上下来看到他们，一下子就明白了刚才发生的事儿。可悲的是，她并不是第一次遇到这种情况。

"辛迪，他有把枪。"罗西说。

"我知道。"辛迪盯着她丈夫，眼里充满了悔恨，却没有一丝恐惧。这时罗西开始生气了：辛迪明知她丈夫有枪，还把波比留给他照看，她明知道自己的丈夫是个性别歧视、心胸狭隘的浑蛋，但她还自顾自地去做指甲。辛迪想要好好表现，让法官能给她更多时间和自己的孩子在一起，但这样做却把罗西的孩子置于极度危险之中。罗西现在就想知道，老尼克对辛迪的忠诚，和他对辛迪的恨意，以及如果罗西现在借尼克的枪打断辛迪一个涂着刚做的淡紫色指甲油的脚趾，他会有什么反应。这三种情感，哪一个最强烈呢？

佩恩站了起来，掸了掸身上的灰尘。罗西什么都不想说，她转过身，牵着佩恩的手，朝家里的面包车走去。她只能晚点再回来取她自己的车了，因为她现在不能自己一个人在车里，她的身体抖得这么厉害，没办法开车，她也受不了独自看着家人回家。辛迪也把自己家人领进了屋子。

"你为什么让儿子和同性恋还有浑蛋们玩？"门关上时，罗西听见里面尼克的声音。

在面包车里，罗西的手机嗡嗡地响，辛迪发来了一封邮件，标题写着"对不起：:（（沮丧）"。

罗西看都没看，就把它删了。

推

从卡尔卡特蒂家回来的路上，他们停下来吃冰激凌。尽管罗西和佩恩觉得自己从来没这么不想吃东西过，佩恩还是提议吃软冰激凌，这让后座上舒了口气的"难民们"兴奋不已。如果爸爸想要冰激凌，那刚才车窗外发生的一定不是什么大事，如果妈妈愿意在回家的路上停下来吃点东西，那波比应该也没那么惨。如果孩子们饿了，而且特别想吃糖的话，那他们就不会去担心其他的事情。

天气终于变暖了，冬天一直持续到五月中旬，但是现在，心情就像是最喜欢的那个行踪不定的叔叔回来了一样，充满着惊喜。春天的阳光预示着烤肉、萤火虫和在湖上度过的漫漫长日，人们可以感觉到夏天就在他们面前闪烁。勺子先生的冰激凌店前排满了长队，佩恩不知道这个店是怎么度过漫长的冬天的。男孩们走过来，央求周围的人："你要用那把椅子吗？"他们想在院子里有足够的空间玩耍。樱花被风吹到冰激凌蛋卷上，还粘在了上面，整个世界都弥漫着阳光、土壤和糖的味道，罗西觉得这样柔软的天气就像麻醉剂一样。

她对丈夫说："我们那天真的很勇敢。"

"你是指我吓得瑟瑟发抖的样子？"

"不是。你选择了我，你选择了我们，这很勇敢。"

"我本想狠狠揍他一顿。"

"我知道。"

"但我自己却挂彩了。"

"我知道。"

"而我却什么也没做。"

"其实你把所有的都做了，"罗西舔着发芽藤蔓上的球果，"谢谢。"

"没什么。"佩恩说。

一个被他们抢了椅子的陌生人朝佩恩眨眨眼:"多好的一家人。"

"谢谢。"

"家里这么多男孩子。"

"可不是嘛。"

"她肯定觉得自己寡不敌众。"见佩恩一脸困惑,陌生人便冲波比点了点头。

"我和她都有这种感觉。"佩恩说。

上学前的最后一天晚上,罗西在上夜班,佩恩给孩子们讲睡前故事。格林沃尔德的朋友们都来帮他打包行李,他要离开城堡,去外面闯荡。国王和王后觉得他特别傻,格林沃尔德根本不用去挣钱,城堡本身就是他的,只要他喜欢,想住多久都行,他也不需要找工作,因为当王子本来就是一种工作。他不需要闯出一番天地,但代价是要远离尘世,只能待在家里,只能待在这个地方。但格林沃尔德却有非走不可的理由,这是他的秘密,而且现在是时候了。

"你要是走了,还怎么学习做国王?"格林沃尔德的父母恳求道。

"我要是留在这儿,还怎么学习做国王?我必须要走。"

"去哪儿?"他的父母悲叹道。

"远方。"

"但你如果没有明确的目的地,为什么不干脆待在这儿?"

"这里是我唯一不想待的地方,"格林沃尔德解释道,"我说的去远方,就是不能留在这里,所以我必须走。"

格林沃尔德的父母虽然贵为国王和王后,他们也会感到很困惑,这与普通年轻人的父母无异,当然,不是那么年轻的年轻人,佩恩特意强调道。他们担心孩子去到除了家以外的任何其他地方,也就是他嘴里所谓的"远方"。尽管他们叫来了绘地图册的人,进行了彻底的搜索,也在地图上找不到"远方"这个地方。说实话,格林沃尔德也有点担心,但他必须要走,他知道父母不知道的一些事情,这些事情给了他力量。他知道那些数不尽的故事会帮他渡过难关,那些无穷无尽的词会照亮他的路,告诉他远离所有的危险，帮他治愈所有伤口，终结任何令人讨厌的烦恼，这些都是去往远方路上的小站，不会是真正的结局。需要有公主的时候，他还有斯蒂芬妮公主，他俩有时会使用自己的身份。他们两个人，既可以是王子和公主，也可以是讲故事的人和仙女游牧者，还可以是点亮星星的人和秘密守护者。因此，格林沃尔德觉得，他前方的路即使铺得不牢固，至少也铺得很密实，这是好的开始，就如人们所希望的那样。

那个电话打来时，罗西正在医院休息室吃花生酱和果冻三明治（医院是允许带花生酱的，因为它可以有效治疗过敏性休克）。接电话的是安娜·格莱伍兹护士，她只把头伸进门里来通知罗西——这是个不好的预兆，因为如果不是坏消息，安娜会像变戏法的最后一幕那样走进来，还会跟罗西闲聊，告诉罗西那个五年级就和自己成为笔友的法国轻量级举重冠军一月份会来看她，而且就留这儿了。然而这回，她说的却是："注意，从学校送过来一个枪伤者，是保安找到她的，不是麦迪逊警局。她在一个大学生联谊会后面的院子里，他们估计她已经受伤一个多小时了，威尔逊说你已经起来了。"

罗西叹了口气，吞下了剩下的三明治。愉快的四分钟午夜夜宵时间没了。从校园送过来的伤者一般都不好搞定。一方面，他们有乱七八糟的毛病；有的为了赶论文，一星期都没睡觉，明明有一学期的时间去写，非要现在才动笔；还有的要去参加联谊会，就为了能穿上某条裙子，把自己饿了一个星期。另一方面，从这些学生口中也问不出什么病情，因为他们习惯撒谎。他们不说实话，害怕你跟他们的父母或皇家学院告状，或是导师让他们延迟毕业。他们习惯说谎，因为他们已经习惯编那些无聊的故事和随便诽谤别人了，但大多数情况下，因为有一个马戏团数量的人陪着他们，这些编出来的故事都不尽相同。一个陆上曲棍球球员受了伤，双方所有的队员和教练都会过来在急救室安营扎寨。哭泣的室友和父母疯狂的电话就不用说了，那些情敌们眼里好像只有对方的存在，有时还会在这里求爱。哪怕医生劝他们离开这里回家等消息，他们在这里什么也做不了，还会很碍事，但也没有劝走一个，这就像之前的佩恩一样。留在这里表明了他们的忠诚和信念，体现了真正的友谊和爱。离开就意味着背信弃义和怀疑与不信任，表明恐惧动摇了他们，在大学生看来，这样的人就不配留在医院。如果他们问过房间里的大人们——那些比他们大十岁，担忧地等待着年迈的父母或受伤孩子的消息的人们，他们会得到这样的建议：如果你有机会离开，那就走吧。但这些大学生从来没有问过任何人的意见。

　　夏季学期总是安安静静地过去，但最近几年学校的伤患一直在增多。受轻伤的少了，被送进医院的往往都是重伤。罗西这回都准备迎接一马戏团的人了，但这个人和她以往见到的都不一样。

　　这个中枪者昏迷着，脸色苍白，插着管子，浑身是血，身体肿胀得十分厉害。她躺在轮床上被飞速推进来，罗西觉得她并不像中了枪伤，更像是被公共汽车撞了。罗西匆忙给她听诊，用小手电筒照了她的双眼，迅速查看她的身体，想知道血是从哪里流出来的，到处都在渗血，她的衣服都被浸透了。但当他们把衣服剥开看她的身体时，罗西发现枪伤很小，她先松了一口气，说明子弹擦过左肩，干净利落地飞了出去。那么血是从哪里来的呢？罗西在她身上发现了挫伤、刺伤和明显的骨折，还有——阴茎。

　　一瞬间，一切都安静了下来，所有人都从桌子旁退后一步，举起手，仿佛他们拉开了一颗炸弹。每个人的第一反应都像是第一天上班的急诊室人员，或者像校园安全部门的某个傻瓜没发现别人穿的是戏服就制止了某个主题派对。但是罗西马上就看出了真相，她不仅知道了为什么这个有阴茎的病人被错认为女性，还知道她身上发生了什么，以及她为什么会在这里。有人打开门，冲着走廊大喊："这个无名氏是个男的。"就在那一刹那，急诊室里的每个人都默默理了一下自己所知的事情，然后马上回去工作，而罗西却看到了整件事情的来龙去脉——

　　她在家里为联谊会做准备，这也许是她第一次去这样的聚会。她穿上自己的亮片上衣，试穿不同的短裙，终于找到心仪的那件：一条足够紧的短裙，既能显示出女人味，也足够宽松，能藏住她的秘密。她还练习穿高跟鞋（她对高跟鞋有着异常的热情，她的高跟鞋除了有十二寸宽以外，和真正的女鞋别无二致），同时发型和妆容也恰到好处（不是那种花哨的妆，是清新自然的妆，但比自然的要厚一点，以便隐藏胡须）。她望着镜子里的自己，提醒自己，派对上的学生大多会喝得醉醺醺的，不会很仔细地看人，而且又是晚上。没有人知道她在这里，她可以重新开始，她可以做自己想做的任何事。

她摇摇晃晃地走去了派对，到了联谊会会堂后面的草坪上，她到的时候，派对气氛正嗨。她站在后院的门口，深吸了一口气：空气里有啤酒、薯片、西瓜、汗水、她自己的香水和恐惧的味道。还有呕吐物的味儿，但这也许只是她的幻觉。她走到草坪上，突然不小心崴了脚，真遭罪。她已经当了十五分钟的大学生了，还暴露了自己，这学期可能还要拄着拐杖去上课。怎么之前还天真地以为穿高跟鞋出来玩没问题，真是个白痴。

但是奇迹发生了。一只手温柔地触碰了她胳膊下面柔软的皮肤，将她搀扶了起来，拇指在打着圈圈摸着她。

"你还好吗？"他有着一头漂亮的金发，不像老家宾夕法尼亚男孩子那种脏兮兮的金发，而是那种闪耀的金色，就像天使一样。也许他是一个威斯康星人，他像一个闪闪发光的威斯康星天使，俊美无比。

"啊——还好。"

"我早跟那些家伙说过，大家来之前，应该把院子打扫干净。"天使弯腰捡起绊倒她的东西。她很高兴原来自己不是因为高跟鞋摔倒的，草丛里躺着一包曾经冷冻过的华夫饼，她也没有多惊讶。"早餐，"天使羞怯地笑了笑，"在草坪上走要小心点。"

她像个女孩一样情不自禁地笑了起来，就如同她三个月大时第一次笑一样，就如同她这辈子第一次笑一样。查德理解了这美妙的一刻，他的眼神亮了起来。他一只手还搭在她的胳膊上，另一只手伸向她。她急切地提醒自己，这不是握手，而是让她抓住他。"查德。"他说。

"简。①"这位无名氏说道。

"让我猜猜，"查德说，"你是个特别热情又自作聪明的大一女生。高中一毕业就要去参加暑期补习班，这样就能在大学领先一步。"

"也许是吧。"

---

① 英语中，简·多伊是无名氏的代称，因此罗西在这里幻想她名叫简。

"很好，我喜欢这样的女孩。"

"你喜欢吗？"

"是的，我喜欢聪明的女孩。"

"你真的喜欢？"

"嘿，我明白了。你是不是迫不及待地想要离开你父母那糟糕的房子，离开你那些糟糕的高中朋友，离开你糟糕的家乡？"

她点了点头，他确实很懂她。

"好吧，欢迎来到大学。给你来杯啤酒。"

他真的给她拿了杯啤酒，还有一片西瓜，之后又来了一杯，而后又是一杯。她本来以为他是看门人，以为他会回到门口，或者会渐渐走远去和他认识的人说话，或跟他不认识的女孩调情，但他整个晚上都守在她身边。"这是我的朋友简。"他对他们遇到的每一个人都这样说。她疑惑，自己以后的人生是不是都能如此美好。也许这些年来，事情就是如此简单，只需穿上裙子，介绍自己叫简，突然之间你就和自己契合了，你适应了这个身份，你变得开心起来，感觉正好，不再感到尴尬，你生活在真实中，不在谎言里。她真正的生活终于到来了，她要在这里重新开始，期盼未来。上天把她带到了这个奇妙的地方，也许以前经受的所有痛苦都是值得的。

站在查德的身边，简很高兴，他的手放在她背上护着她，他一晚上都在向别人介绍"我的朋友简"。如果他愿意的话，做一辈子的朋友都行，她心里想。到最后，她发现院子里几乎没有人了，零星的那几个人大声笑着，或者在躺椅上接吻，但大多还是独自一人。她坐在后面的台阶上——虽然她喜欢高跟鞋，但穿着并不舒服——查德坐在她旁边。

"嗯，你想听好消息吗？"他问道。

还有更多的好消息？

"我们很幸运，"他把头扭向身后的房子，视线却还在她身上，"我这儿有个卧室。"

她明白自己不能这么做。别跟他进去，简严厉地对自己说。只要不进去，一切就都没事。"待在外面多好，空气清新，还有星星。"在外面坐着确实很舒服，天上的星星并不多，但也算有一些，夜晚很凉爽，空气中有夏天和湖的味道。

"那我们就留在这里。"查德露出了他完美又耀眼的笑容,他用手臂搂住她的肩膀,把她拉得更近了。他轻轻地亲吻了她的唇,这是她的初吻,现在她脑子里只有一个词:幸运。"简·多伊,我喜欢你。"他说。

"我也喜欢你。"她努力控制住自己的情绪。他把手放在她的脸颊上,她却躲开了,害怕他会摸到自己脸上扎人的胡须。

"怎么了?"他似乎真的很担心。

"哦,没什么,一只虫子而已。"她回答。他笑了起来,又吻了她,这次没有那么温柔,但更有感觉了,这个吻让她更确定他是真的喜欢她。然后他又软又甜的舌头探了进来。原来人们说的是真的,那一刻她看到了烟花,听到了交响乐,在这世上她只能感觉到自己和他的存在,她放纵自己去享受这一切。她抛开了那些忧虑、质疑和谎言,抛开了戴着假面具要承受的压力,她放开了一切,只尽情地享受着这个完美的时刻,这个完美的夜晚,她真正的生命终于到来了。

她感觉到他把手放到了自己的腿上,慢慢往上移,挪到了她的裙子下面。那一瞬间,她明白了他的意思,这是她接受过的最确信无疑的请求。但在下一个瞬间,她脑子里却只有恐慌。再下一个瞬间,她脑袋里出现了那些常识,关于男女性别的常识,但太晚了,她来不及阻止他了。她是午夜钟声敲响时的灰姑娘,穿着脏兮兮的工作服,站在两种截然不同的生活之间,心里想着:该死,我怎么能忘记这件唯一要记住的重要的事,我五分钟前就应该离开这里。如果他发现了——可你看王子并不在乎灰姑娘曾经是谁,只在乎她变成了谁。所以也许查德会……

就在那一刻,查德的手往后一缩,之后整个人都躲开了,他跌跌撞撞地跑走了。他那一刻的表情不是愤怒,而是痛苦。他受伤了,就因为她撒谎了吗?就因为她骗了他?因为他发现自己竟喜欢上这样恶心的人?也许他是因为失去她而受伤,也许他没必要付出这样深的感情。她伸出手去解释,但话到嘴边,"我……"要说什么?我很抱歉?我是简?我不是你想的那样?但她没有说出来。在出事前,这个夜晚的每一刻都如水晶般完美,但接下来发生的却是乱糟糟的。他跑回来打了她的嘴和脸,还大声呼喊,屋里亮起了灯，人们都过来了，他们大笑着，大喊着，往地上吐痰。他们把她推倒在地，用脚踢她，她在挣扎，在抵抗，她很坚强。

曾有一瞬间，就只是一瞬间，她想：我和你们一样强壮。也许和他们中的一个单挑，还有机会赢。但他们所有人加在一起，不，她肯定打不过。他们一定是害怕她，因为他们不再踢她，改用拳头打她。

她被打得没知觉了，停止了反抗和挣扎，直到她不再动弹，他们才离开。也许有人会想，她只是受了点伤，一会儿就会站起来，一瘸一拐地回家去了。也许有人会想，她得到惩罚了，他们对她还算仁慈，最后放她走了。但他们想错了，这群人喝得酩酊大醉，疲惫不堪，狂欢了一晚上后，现在准备去睡觉了。他们走进屋，关灯睡觉，就像什么坏事都没做一样，他们没听到警报声，也没听到警察敲前门的声音，浑然不知自己的命运将会永远改变。

在午夜和黎明交接之际，一名校园警察度过了职业生涯中最糟糕的一晚，他听到了轻轻的呻吟和啜泣声，声音来自联谊会会堂后面小巷里溢出垃圾的垃圾桶后面，他决定去看看。

罗西看到了这一切，故事的全过程，她把她衣服剥开的时候就全明白了。她唯一不明白的是那个几乎可以忽略不计的枪伤。如果他们要开枪打她，为什么不打她的头或心脏呢？如果他们要杀她，为什么没把她杀死呢？

后来，整个故事都浮出水面，或者尽可能地拼凑起来时，罗西才知道原来是查德拿了那把枪。他想制止这失控的状况，但他没办法让自己的弟兄们离开无名氏，他尖叫着扯着他们的衬衫，试图把他们从她身上推开，但这些人根本不会听，他们也听不到。于是查德走进了一个兄弟的房子里，他知道在床头柜里有一把手枪，他本想朝空中或者是朝哪儿打一枪，以引起大家的注意，但他失手了，这是他第一次射击，再往左一英寸，她就死了。但不管怎样，他差点杀了无名氏，也试着去挽救了她的性命，但最终还是差一点杀死了她。

地　图

罗西有头疼的毛病,她服用阿司匹林来缓解头痛,但不指望能有什么效果。她有一张用三种颜色的荧光笔画的地图,觉得非常实用,她对地图寄予极高的期望,期待它能解决一切自己解决不了的问题。她知道有时候孩子们三四点就醒了,也知道现在要睡觉了,但是她没睡好,可以说根本睡不着,因此想起床做点什么,什么事都行,不想躺在这儿思考为什么失眠。

于是她起来了,把后半夜的时间都花在地图上。这是张美国地图,上面还有道路和地形,完全摊开能铺满一整张餐桌,但她不需要铺开。她把中间五个折痕合上了好一会儿,但正中心起伏不平,所以有时候她不好填涂颜色。最后,罗西弄了把剪刀,把它们都剪了下来,小心翼翼地在后面贴上胶带,这样她就可以毫无顾忌地用钢笔和记号笔在需要的地方写写画画了。她在做她的第二幅地图。第一幅用不了了,上面太乱了,到处都是笔记、箭头和各种大大的叉。

佩恩会说"过来睡觉""不要那么'疯狂'",他觉得用这种奇怪的措辞能逗她笑,让她放松。但罗西还在忙着做地图,她真的很疯狂。"麦迪逊多好啊,自由开放,风景优美,有包容、聪明、受过教育的市民,也有世界一流的医疗设施。"佩恩说,"你不能控制所有事情,不管你住在哪儿,都会有一些坏人,有时也会遇上些不好的事儿。"但罗西明白,佩恩是个诗人,是个讲故事的人,是记叙理论的追随者,是一个仍旧相信童话故事和美好结局的成年人,所以他才会这么天真。而对罗西来说,诊断与治疗更像是理性的临床命题,她像看病一样来分析地区的好坏:询问初始症状,进行健康检查,症状分析,考虑病人的病历和环境因素。她有一整套的治疗方法。

能确定的一点是,他们不能让克劳德和其他孩子在这里长大,他们必须去远方。麦迪逊是一个开放包容的城市,扯淡,包容是胡编的,去他的包容。麦迪逊只有部分是包容的,但假如你在这里偏离了一英里,或者像来自基诺沙①的查德·佩里这样的外来人士来到了这里,麦迪逊就一点都不包容,不是吗?在这里,人们会像忍受感冒一样忍受波比,虽然感冒很烦人,但是不至于死人,买点纸巾,买几本打僵尸的书,睡上两天,忍忍就过了。人们能忍受感冒时的头痛,但对孩子不应抱以"忍忍就过了"的态度,人们应该接纳孩子。罗西在剪着地图中部和南部的大部分地区,所以她的新美国地图看起来像是一张皱着眉的小脸,它的中间都挤在一起,除了边缘,底部都被剪了。罗西的母亲热情地向她推荐凤凰城,给她发了文章和邮件,上面介绍了凤凰城,还有一个凤凰城高中的跨性别男孩的故事,他被同龄人称为"国王归来",还写了家庭尤其是外祖母在孩子们生活中的重要性,和那里二月的天气(最高温能达到21摄氏度)。还抱怨说住在离海洋一百英里以外的地方的人都太偏执了,怪女儿太感情用事。罗西看都没看就删掉了。

纽约这座特大城市高楼林立,节日的庆祝方式也和麦迪逊不同,还紧邻海滨,顶级医疗设施、引以为傲的游行以及多样性吸引着众人。但罗西没那么疯狂,至少现在还有理智,还不太确信自己这一大家子能挤在这个小小的地方生活。他们需要的是一个草地更多、建筑物更少、能散步的地方更多的地方,即使他们愿意住在这种地方,他们在曼哈顿上西区也买不起能住七个人的公寓。从容忍到接纳要付出昂贵的代价,所以罗西继续找。

佩恩看甜言蜜语不管用了,于是转而振作起来:"我们不能放弃,不能溜走,"他说,"那样的话,浑蛋就赢了,我们要比他们强大。"

"他们把无名氏打死了。"罗西说。

"你有自己热爱的工作。"

"他用一把枪威胁我们的孩子。"罗西说。

"孩子们喜欢这儿。"

"当着我们家人的面。"

"你不能因为一个可怕的、醉醺醺的大学生联谊派对而离开,"佩恩说,"你也不能因为一个糟糕的玩耍约会离开。"

罗西说:"你不能明明知道这里发生过什么,还甘愿留在这儿。"

---

① 基诺沙:美国城市。

"你不能因为家里一个人的需要，就让一家七口全搬家。"佩恩说。他说的"一个"也不一定是指能在其他地方做真正的自己的波比，也可能是想离开这里去远方的罗西。但打败佩恩最重要的观点是：当然要因为一个人的需要让这个七口之家一起搬走，因为这就是家庭。

罗西在一个黎明找到了完美的治疗方案，一种能抵御世界上所有的尼克·卡尔卡特蒂，治疗所有查德·佩里和所有噩梦般的联谊会的抗血清——西雅图。西雅图是一个极度开放、包容的地方，有一些异性恋的餐厅客人抱怨道，自己在吃早午餐时都不好意思和伴侣手牵手，而且服务员对他们的态度也不好。西雅图不仅有跨性别方向专业的治疗师和医生，还有针灸师、营养师和瑜伽工作室。多吃点葡萄柚，少吃点面筋，会让波比成为一个名人吗？罗西不知道。突然她觉得自己需要一个这样的跨性别营养师的帮助。西雅图很大，有山脉、湖泊、海洋和海滩，公园里的游道经过原始森林、滑雪区和渡轮，通往附近的岛屿。在那里罗西还有一份工作，虽然不在急诊室，但私人诊所也不错，因为孩子们现在都在上学，她就没有白天照顾孩子的需要，她也不用再上夜班，能正常睡觉了。她想选西雅图，还因为只要定好了这个城市，她就再也不用去看地图，也不用再拿着荧光笔在深夜里做笔记了。

西雅图也有一所合适的房子，虽然没那么大，但他们也差不多能买得起，只要他们省着用钱，只要罗西能找到工作，只要他们能把农舍卖个好价钱。其实除了后院吓人的玩耍约会和凶残的大学生联谊会，麦迪逊的农舍真是一个完美的家。罗西一整晚都在网上看西雅图的房子，这个房子所在的学区评分很高，附近还有公园和沙滩，罗和本可以共用地下室，瑞吉尔和俄里翁可以有自己的新屋子，他们还可以改装车库，这样以后卡梅洛夏天过来就有地方住了。

新房子里有一个带粉色阁楼卧室的炮塔，学校里还有一个滑板俱乐部，所以波比愿意搬家。罗西给瑞吉尔和俄里翁买了潜水服，这对双胞胎花了几个小时上网看普吉特海湾下的图片：变了色会像个大块硬糖的巨型章鱼，眼睛像小狗的斑点裹鱼，看起来像忘了戴假牙的老人的狼鳗。而本根本不用劝就愿意搬家，因为他知道，在西雅图，一个聪明、精通电脑、从五年级直接跳级到初中的人不会被当成书呆子，而是会被人崇拜，变成中学生中的英雄。

到最后，佩恩也同意了，他已经学会了离别：格林沃尔德即使住在城堡，有王位继承，他依然选择离开；尼克·卡尔卡特蒂求佩恩留下跟他打，但是他决定不与其纠缠。从克劳德身上，佩恩学会了离开就是换个房间而已。从罗西身上，佩恩学会当急诊室医生罗西走进候诊室通知患者可以走了，那就代表你可以、你应该、你必须走了。离开并非因为脆弱，也不是放弃，它是勇敢和打硬仗的表现，如同所有转变一样，这个过程艰难可怕，但最终非做不可。战斗只会延迟，但它不可避免。一旦这一大家子开始了这种转变，从威斯康星州到华盛顿州也不算多远。

罗并不想搬家，他可是首席长笛演奏员，还是他的小橄榄球队的四分卫和学生会、班级理事会、乐队活动的主席。他四年级时学习同音异义词认识了三个朋友，他们组了个无女孩乐团（欢迎安静的人）俱乐部，他还是乐团团长。他有很多朋友，从幼儿园起就认识的朋友，他告诉他们自己的小弟弟穿着连衣裙去上幼儿园时，朋友们耸耸肩，毫不在意，却为了另一件事笑了起来。罗不想和别人共住一个房间，不想丢掉自己的秋千，也不想搬到没有雪橇的地方。罗愿意波比穿裙子、裤子、盔甲，甚至穿用培根制成的燕尾服，或者是用丘比特的毛编的披肩，但他不愿意丢掉一半的东西，开车去两千英里外那个他必须在各个方面都重新开始的地方。罗西同意罗是对的，他本没必要这样做，但他必须这样做。他会很伤心，觉得不公平，但他必须这样做。罗西解释说，这就是家庭。

"我真讨厌家庭这种存在。"罗说。

"恐怕我也是吧。"罗西说。

罗西新工作的薪水用来付各种东西的运费，包括家具、箱子、汽车，甚至狗。他们没有开车，而是选择飞到西雅图。如果开车去，旅途可能会很浪漫，也可能会拉肚子。他们虽然能感受到走过的每一英里，观察外面的风景变了又变，却要在臭气熏天的路边小餐馆吃汉堡包，去生意不好的杂货店里买东西做野餐，还要去住汽车旅馆，因为他们只能付得起一个房间两晚的房价，每个人能有一张自己的床。罗西想，搬家真是个大动作，这是什么感觉呢？要怎么纪念呢？然而最后，直到学校开学前的那个周末，他们才抵达粉红色的炮塔房子。快要在西雅图降落的时候，飞机在白雪皑皑、崎岖的雷尼尔山上飞得很低，看起来飞机离山顶就几英尺，他们能直接跳下去，然后可以走下山。这次搬家从开始到结尾跌宕起伏，惊心动魄，有时如史诗一般壮观，有时如跨越冰川一般惊心动魄，既美丽又危险。

第二部分

PART TWO

一件事情

学校下周二开学,所以大人们允许波比在周日晚上请朋友来家里过夜。晚上十一点四十五分,波比和阿姬、娜塔莉和金围成个圈坐在卧室的地上,手拉着手,闭着眼睛。波比点燃了她去年从秘密圣诞老人(金)那里得来的蜡烛,苹果西番莲果实形状的蜡烛静静燃烧着,她们正试着联系六月因中风去世的阿姬的祖父。妈妈们早就一遍遍地跟她们讲过,你们这些小姑娘很漂亮,根本不用化妆打扮。但女孩们还是试了各种各样的发型和衣服,总不能拖到五年级开学前夜才选好要穿什么衣服和做什么发型,到那时就不能和三个朋友一起过夜了,因为第二天还要去上课,而且自己也拿不定主意穿什么,所以现在就要一起完成这件事。阿姬和娜塔莉都有姐姐,不开心的时候还有姐姐开导,虽然她俩很少情绪低落。可金是独生女,波比只有一群兄弟,她俩惨多了,所以她们那晚大部分时间都在选衣服,不停地变换发型,涂指甲,试不同的润唇膏。没办法,唇膏比口红、染眉膏或眼影好卖多了,但波比知道她母亲永远不会同意她买这些东西。然后她们看了部电影,吃了披萨、爆米花和冰激凌三明治。电影结束后,波比抱着小熊爱丽丝和小羊马普尔小姐去床上,有它们她才能安心睡觉。但是阿姬突然说她想她的爷爷,金就提议做个迎神会,正好波比有个蜡烛,这时机非常完美。

她们试着与阿姬的爷爷联系了一会儿,然后波比出去换了睡衣。回来时阿姬问显灵板,奥斯卡·莫莉是不是有喜欢的人,显灵板说是。她们又问是谁,显灵板却没有回答。随后娜塔莉问马提·安德盼兹[1]是不是有喜欢的人——其实他叫安德曼[2](这名字只会让他以后更难过),但自从他和波比一样搬来西雅图念一年级,她们都叫他安德盼兹——显灵板指向了"七",谁

---

[1] 安德盼兹:Underpants 的音译,意为内裤。
[2] 安德曼:Underman 的音译,意为下属人员。

也不知道这是什么意思。娜塔莉问金是不是有喜欢的人，金朝她扔了双卷成一团的袜子，然后她们开始了一场袜子大战。

波比觉得阿姬很幸运，因为只有她一个人喜欢奥斯卡，但她从不在意奥斯卡是不是也喜欢她，因为这根本不重要。娜塔莉和金都喜欢马蒂，但她俩都不愿意承认，所以马蒂喜欢谁也不是什么大事儿了。波比真的没有喜欢的人，也许她还是个小孩儿。波比觉得喜欢他们很奇怪，因为她从六岁起就认识了奥斯卡和马蒂，仿佛认识了他们一辈子一样。她还记得他们那些很尴尬的事情，比如说马蒂二年级的时候在楼上吐了，奥斯卡在万圣节游行的时候打扮得像个牛仔，他在"银河里"滑了一跤，双手捂着屁股一路哭着回了学校。所以虽然波比很喜欢他俩，却不像是另外两个女孩的那种喜欢。切斯特是去年年中才搬来的，但是因为和俄里翁养的天竺鼠重名了，所以波比不喜欢他。理查德是三年级刚开学的时候来的，但是他闻起来像热狗一样，所以波比也不喜欢他。还有一个叫杰克·欧文的男孩儿，他以前真的不错，但是最近他都和玛尔妮·艾莉森一起出去玩，变得和她一样刻薄。

没有喜欢的人比和自己最好的朋友喜欢同一个男孩子更糟糕，因为至少娜塔莉和金还有得聊，当她们谈论男孩时，波比完全插不上嘴。金问显灵板波比什么时候开始发育，每个人都咯咯地笑，波比因此更尴尬。波比的脸红过了之前化妆打的腮红，阿姬翻了个白眼，说："幸好你还没发育，你应该希望自己永远不要发育，它们是如此——"她低头透过自己那过大的睡衣往里看，好像在里面找到了一个合适的形容词，"柔软。"

"它们不就应该是软软的吗？"有时娜塔莉会穿她姐姐的文胸，里头再塞个内裤进去，因为内裤比袜子更加光滑柔软。

"我觉得是的，"阿姬说，"上体育课时真的好奇怪，所有人都盯着我看。"

"是啊，还带着嫉妒的眼神，"金咯咯地笑着说，"或者色眯眯的。"她有一个很小的文胸，更像是一件有带子的贴身内衣，她也不往里面塞什么，但还是要比波比的大。

"我可能会第一个来月经，"阿姬说道，"不公平。"

"也许你不是第一个，"娜塔莉说，"我的姐姐五年级就来了，所以可能我是第一个。"

"希望如此,"阿姬说,"好恶心,好尴尬。"

"可能他们会把我们赶出体育馆。"娜塔莉说。

"至少不会让我们在里面洗澡了。"金说道。

"谁会是第一个呢?"阿姬问显灵板,她们都特别担心地等着,然后显灵板指向了月亮。波比觉得这个答案很合理,只是对她们没有任何帮助。于是她们吹灭蜡烛,在自己的睡袋里暗自担心。

四年级开设的性教育课程与性没有任何关系,只提及了体毛、乳房和血液。总之,身体会越长越恶心,所以要多多修整,体毛要除掉,要穿胸罩,要消除或者掩盖体味,这个年纪就会开始分泌出各种体液,这对他们来说太恐怖了。午餐之后紧接着就是一节健康课,男孩们进了一间教室,女孩们进了另一间教室,然后他们再回到平常上课的地方上数学和科学,他们看起来都十分惊恐,脸色苍白,还十分害羞。他们从年长的孩子和哥哥姐姐那里知道,今年五年级所教授的性教育课是真的与性有关了,这让他们更加恐惧。情人节竟然还有舞会,真是痛苦至极。而且这是他们最后一年体育课下课后可以不洗澡了。从中学开始,他们必须在体育课后光着身子一起洗澡,听到这个消息他们都想死。

女孩子们去睡觉的时候已经差不多一点了,但还是很早就醒了。波比的爸爸做了从她们一年级起就开始做的薄煎饼,有点像米奇的形状,眼睛、鼻子是用巧克力屑做的,嘴巴是用香蕉做的。但是她们已经长大了,不再喜欢米老鼠和巧克力屑薄煎饼了。她们还开了瓶果汁,所以当俄里翁和瑞吉尔睡眼惺忪,顶着臭烘烘还耷毛的头发下来吃午饭的时候,不得不吃掉米奇状的煎饼,喝掉女孩儿盘子里剩下的果汁。戴着绿色费多拉毡帽的俄里翁右手拿着煎饼,左手拿着波比的盘子,咬了一口米奇的耳朵,然后像丘比特一样咬一口、舔一口地吃完了煎饼。

"真恶心。"女孩儿们说。

"你知道我像你那么大时,大家都喜欢我什么吗?"

"你哪有地方让人喜欢?"阿姬说。

"餐桌礼仪。"俄里翁张开嘴让阿姬看他嘴里嚼碎的煎饼,阿姬笑了,波比简直要尴尬死了。佩恩很好奇男孩儿们都从哪儿学来的这些小把戏,惹女孩们讨厌来吸引她们的注意力,就像打情骂俏一样,虽然也就那几年管管用。可能男孩们生来就会,丝毫之差便决定是迷人还是恶心。多年来男孩们也没特别注意过这项技能,但这几年女孩儿们竟觉得这种"恶心"很迷人。平时,男孩们会把自己恶心的这一面藏起来,独自一人时才会肆无忌惮地显露出来。

波比搬来之后,从一年级开始,她和阿姬、娜塔莉、金就成了最好的朋友,阿姬是她的新邻居,她们组建了一个PANK俱乐部①。这些年来,她们喜欢的东西变了又变——从玩跳房子到研究野鸟,再到侦探事务所,但这个俱乐部的名字从未变过,因为成员都没变。起初,罗西和佩恩还客客气气地感谢这些女孩,因为她们爱波比,还因为她们天天陪着波比。最后,他们对这些女孩们习以为常了,她们几乎融入了波比的家庭。罗西下班回家时,波比的朋友们就在餐桌旁边,等着罗西留她们一起吃晚饭。放学之后,她们会拿着冰激凌来波比家,或者在下着雨的周日,拿着保龄球过来。这些朋友们晚上来看电影的时候会说:"波比妈妈,你好。"有时她们在学校礼堂碰了面,但几个小时前她们还都在波比家。她们从不像波比哥哥的朋友们那样,打碎东西或者出来要零食吃,或者吃得下一整罐花生酱和两条面包。波比其他几个哥哥的朋友们换了又换,但波比和PANK俱乐部的友情一直很稳定,她们互相分享彼此的所有秘密。

除了一件事情。

---

① PANK:即波比(Poppy)、阿姬(Aggie)、娜塔莉(Natalie)和金(Kim)名字英文首字母组成的俱乐部。

邻居公主

罗西他们从没想过要隐瞒克劳德的存在。这一切只是一个意外，加上一点机缘巧合，再加上当时特殊的情况。这种意外时常发生，比如瑞吉尔和俄里翁说，有回冰暴天，他们试着让丘比特当雪橇狗在湖上玩，结果弄丢了溜冰板，他俩隐瞒了这个秘密。但克劳德这个秘密却不同，因为这是件大事，也会有持续的影响（双胞胎的秘密保守了不到十分钟），会改变很多人的生活。一般来说，保守秘密要有远见，要事先策划，细细计划，还要刻意掩盖各种行迹，要做很多工作。但是这个秘密形成得十分偶然，之后大家几乎都忘了它，但是秘密的威力依旧让人震惊。

在波比五年级过夜聚会的四年前，他们从麦迪逊搬到西雅图，感觉就像从麦迪逊搬到了月球。他们从地图上棕色的中部搬到了高耸的蓝色边缘。麦迪逊的夏天闷热且舒适，而西雅图的夏日漫长又明朗，阳光明媚，有时阴晴不定。西雅图的粉色炮塔房子和麦迪逊的农舍都建于 1906 年，这是两者唯一的相同点了。农舍宽阔空旷，通体白色，而粉红色的炮塔房子则高大庄严，里面有新抛光的深色地板和刚装好的用花岗岩和抛光金属做的深色工作台面，没有磨损的木头和护墙板。从农舍去公共汽车站要开车，而粉红色的塔楼和人行道就隔了一个私人车道，离街道也很近，从房子的前窗就能俯瞰市中心的摩天大楼。餐厅里只能放下一张工作桌，是那张重新刷过漆的旧桌子，它会让人想起以前的生活，是一种纪念品。这房子的地板很光滑，但是孩子们依旧滑不好旱冰，因为这里有太多墙了。一个世纪以来，这座房子经历了多次修缮，房子的历任主人有不同的想法，财富状况不同，想修缮的地方也不一样，结果现在的房子看起来像个"大杂烩"。俄里翁的房间藏在二楼的屋檐下，房间太矮了，除了中间部分，其他地方都不能站直身子。瑞吉尔的房间除了正常的入口以外，还可以从壁橱后面的活板门进去。波比的炮塔只能从主卧上去。罗和本一起住地下室，本把这个不规则的大房间分成了六部分，让卧室、工作室、各个角落和隐蔽的空间一起组成了个迷宫。这个房子很美、很实用，只是近距离看会发现内部结构有点奇怪。"就像我一样。"波比说。

这里再也看不到麦迪逊那宽广的琥珀色的平原，西雅图有一片葱绿的丘陵，而且这里的雨总是来得毫无征兆，滋养着这些绿茵茵的丘陵。粉红色的炮塔房子坐落在一座十分陡峭的山上，佩恩觉得他们可能需要雇夏尔巴人①来搬东西。他们主楼客厅的窗户朝向隔壁邻居的屋顶，隔壁住着人，孩子们第一次有了邻居，这是在麦迪逊和西雅图生活最大的不同之处。

以前在农场时，罗西他们家周围没有任何邻居，早就不记得有邻居的生活了。邻居们会希望他们把自家的草坪修剪好，而不是对此毫不在意，周六上午不去做园艺而是去练瑜伽。邻居们的孩子会躺在后院铺着的毛巾上，大声放烦人的音乐，这声音会穿过所有开着的窗户传入耳中，而你却对此毫无办法。罗西的那一群孩子要是做科学实验，看看要喊多大声才能震碎一个玻璃杯，而恰好邻居在家，他们俩可就不只要去担心那个玻璃杯了。他们才搬过来几个小时，邻居就过来敲门，管理这个一团糟的家，帮你打理头发，教育你的孩子，也不管你此时有没有心情社交。不管你之前绞尽脑汁地思考，哪些东西要搬到新家，哪些东西要重新买，哪些是你有但不需要的东西（比如雪橇）和哪些是你没有却又需要的东西（能在冬天招待一群孩子玩的东西，但不是雪橇），结果发现带过来的东西没几件有用的。

罗西第一次听见门铃响的时候，完全没有在意。以前的家里没有门铃，孩子们因此很新奇，花了大半个上午玩门铃，因此罗西完全适应了这种声音。一个小时以后，门铃再次响起时，她正在炮塔里面收拾波比的东西，她以为有人会去开门，但并没有。罗西还是下了楼，准备去看看到底是谁在摁门铃。她发现房子里就剩她一个人，这种情况很罕见，她有点恼火，去开了门。

---

① 夏尔巴人（Sherpa）：藏语意为"来自东方的人"，散居在喜马拉雅山两侧，主要在尼泊尔，少数散居于中国、印度和不丹。夏尔巴人深居深山老林，过去几乎与世隔绝，后来因为给攀珠穆朗玛峰的各国登山队当向导或背夫而闻名于世，有"喜马拉雅山上的挑夫"著称。

门口站着一对和罗西年纪差不多的夫妇，他们看上去十分亲切。"我们什么都不想要。"以前朋友们来拜访时，罗西的父亲就老爱这样开玩笑。而现在，尽管门口这两个是陌生人，但罗西说这句话可不是在开玩笑。

"哦，嗯。"那位女士看起来有点笨拙，她看着自己的老公，那位男士一直笑着，先对自己老婆笑了笑，然后对罗西笑，又转过头看着老婆，"欢迎你们来到这里。"

"啊！"罗西斜眼看了看他们，明白他们来干吗了，"谢谢。"

"我们带了曲奇，"男人举起了手里盖着塑料膜的盘子，还晃了晃，"但先声明一下，这里面加了花生酱和葡萄干。"罗西心想，花生酱葡萄干曲奇可真奇怪。他们哪怕是搬去了国家的另一端，也逃不过人们对花生过敏的观念，这可真是太惨了。那个男人又补充道："还有葡萄酒。"他像变魔术一样从背后变了个瓶子出来，罗西才知道原来葡萄干不是加在饼干里的。罗西准备接过酒瓶时，这个男人又把它收回来了，"如果你对葡萄干过敏，那你可能对葡萄酒也过敏，是吧？当然它不是葡萄干酒，有葡萄干酒这种东西吗？葡萄酒？也许你们都不喝酒？不是我们乱猜，也许你们都不会喝太多酒，也不吃曲奇。我们也不会喝太多，但是晚餐配上一杯红酒是极好的。如果你们喝酒的话，这是瓶好酒，但也不是非常好的葡萄酒。这是一个同事有天晚餐的时候带来的，我们从来没有喝过那么好的酒，只是，你知道吧，这是我们剩下的酒。"然后他安静了，这种状态可能是最好的了，夫妻俩都看着罗西，现在该轮到她说了。

"我对葡萄干不过敏。"罗西说。

"那就好。"那个男人满意地点点头。

"我叫罗西。"罗西说道。夫妻俩的表情带着如释重负的愉悦，他们还没有正式介绍自己。

"哦，我们是玛金妮和弗兰克·格兰德森。"这位女士脱口而出，仿佛他们三个都有名字是一件巧得不能再巧的事。

"马乔里？"罗西觉得自己一定是听错了。

"玛金妮。"她得意地耸耸肩，仿佛这名字还过得去，甚至她还有点为此骄傲，仿佛这名字是她自己帮着取的一样。谁知道呢，说不准还真是。"我父母真的很喜欢杜松子酒①。"

"但我们不酗酒。"弗兰克提醒她。

"最后,我们很高兴认识你。"他们一直在等着说这句话吗?

"我也是。"罗西说。谁都没什么话再说时,罗西长舒了一口气:"谢谢你们的欢迎和礼物。"她准备关门了。

玛金妮和弗兰克靠在一起在罗西背后看着她。"你一个人住?"弗兰克问,"一个人用这种面包车太大了。"

罗西觉得自己仿佛被监视了一样。"我不知道他们都去哪儿了,"罗西背对着他俩稍微挥了挥手,"但他们也不对葡萄干过敏。"

"都?"玛金妮声音清晰地问道。

"我丈夫佩恩,还有我的五个孩子。"

夫妻俩同时交叉着双臂放在胸前,"五个?"弗兰克笑了,"哇哦,我赌你一定来自中西部吧。"

罗西不愿承认这一事实,但是她也不能回威斯康星了。

"我们有两个孩子,"玛金妮说,"两个女孩儿,卡宴快上八年级了,阿姬一年级。"

卡宴,阿姬,玛金妮?这都是编出来的名字吗?罗西想,自己要怎么记住这些名字啊!

"你的呢?"弗兰克追问。

"五个男孩儿,"罗西回答,然后想了想,"嗯,四个半儿子。"

"你怀孕了?"玛金妮猜。

"没有。"罗西试着把她被汗水浸湿的头发扎进马尾里,"罗和本准备念八年级,俄里翁和瑞吉尔快六年级了,波比是最小的,他要上一年级了。"

"你是说……"玛金妮看起来很困惑。

罗西的脸通红,她希望他们以为她是刚才卸箱子才累得脸红的。"波比,嗯……"就在那一瞬间,恰好是那一瞬间,罗西觉得要好好计划一下怎么介绍波比。在麦迪逊,大家都知道波比的事,因此没必要说。这两人出现在她

---

① 玛金妮(Marginny)英文拼写中含有 gin(杜松子酒)。

家门口，让她度过了生命中极为尴尬的六分钟，而且到目前为止，罗西也没有特别喜欢这两个邻居。他们的关系还没有亲密到能给他俩讲波比和克劳德，诉说他们所有的心痛、困惑和决定，以及所有的希望和跨越。她觉得自己不能这样介绍自己的小女儿："这是波比，她有睾丸。"他们需要找到合适的方式来介绍她。那一刻，罗西决定了怎么说："波比以前是个男孩子。"

"以前是个……"玛金妮的声音慢慢变小了。

"波比出生时是克劳德。不是生来就是，你们懂的，我们在医院给她取了名字，男孩子的名字。"罗西很紧张地笑着，她在胡说八道些什么？"过了几年，她是克劳德，他还是克劳德，我们觉得她是克劳德。他想穿裙子时，起初我们只是觉得他一时兴起。"为什么罗西会告诉他们这些？"我是说打扮，装扮游戏。男孩只会长成男孩，你们懂吧？"夫妻俩看上去一头雾水。"但事实证明他不是一时兴起，他打心里面就是个小姑娘，他想成为一个小姑娘，她是个小姑娘，所以现在我们也觉得她就是个小姑娘。"

"你们觉得？"就像小虫子爬进了他们脸颊里，夫妻俩的表情黯淡了下来。

"说来话长。"罗西承认。

"你，呃……把你的儿子变成了一个女孩？"弗兰克尽力问道。

"不是变成。"度过了这么多灾难，他们似乎只能继续向前探索，"不如说是接受了他——她——现在的样子。"

他们沉默了一会儿，消化一下刚刚听到的东西，罗西觉得已经很不错了，她刚才还在想他们会接受不了。

"我们在国会山的一个酒店里看到过这样的变装秀，"弗兰克怀着希望说，"跟这个一样吗？"

"并不是。"罗西回答。

后门开了。"妈妈，好消息，"俄里翁喊道，"山脚下三明治店里的奶酪产自威斯康星。"

"就在山脚下，"瑞吉尔说道，"走过去很方便。"

"除非你想搬到那儿去。"本说，发现这句话不足以表达他的意思，又加了句，"要不然回家就得爬山。"

罗翻了个白眼。佩恩把看上去够四十个人吃的午餐全都堆在了波比的手臂里,这样他就能空出手和格兰德森打招呼了。

"我们住在隔壁,"玛金妮又说了一遍,"我们来欢迎你们,同时也想邀请你们参加明天在我家举行的夏末烤肉聚会。所有的街坊邻居都会来,你们可以一下子见到所有人。"罗西光是想想要见到所有邻居就已经精疲力竭了,因此想着要怎么样礼貌地拒绝。

"我们很高兴参加这个活动。"佩恩说。

门铃第四次响起时,已经十点钟了,很奇怪,这个点儿还有人来敲门。佩恩和罗西正瘫坐在沙发上看电影,他们按了暂停键,走过去开了门,看到了一脸尴尬的玛金妮。罗西一刻钟前才认识这个女人,知道她脸皮不那么薄,这可不是什么好兆头。

"行李收拾得还顺利吗?"玛金妮仿佛屏住了呼吸。

"我们的进度很慢。"佩恩回答。

罗西听到楼上传来的巨大又沉重的撞击声,皱了皱眉:"我们虽然有很多人手,但整理起行李来,不见得有帮助。"

"我还以为你们会说这样会难得多。"玛金妮突然对罗西露出真诚的微笑。罗西想,她可能会喜欢这个女人。"听着,我想……我不是为弗兰克今天早上说的话道歉,而是我希望他说的变装秀和其他的事没有冒犯到你,他只是……惊讶,我们都很惊讶。"

"不好意思我让你们尴尬了。"罗西说,"我觉得我可能需要练习一下怎么表达,你们是第一个需要我们解释这个秘密的人。"

"所以,这个事情吧,"罗西绷住了脸,害怕玛金妮接下来的话会让她不再喜欢这个女人,"我们并不准备告诉我们的孩子们。"

"告诉他们什么?"佩恩问道。

"波比的事情。"罗西没去看佩恩,她感觉佩恩的手在摸自己的腰。

"其实没必要跟她们说,让她们困惑吧。"玛金妮的手指相互交叉着,"跟她们说了,还要让她们忘了这个秘密。我们要不停地解释,她们才能明白,然后我们又要一直解释为什么她们不许再提这件事,所以我们觉得最好还是顺其自然吧。"

"顺其自然?"罗西和佩恩异口同声地问。

"只要我们什么都不说,我们的女儿们看见你家女儿时,会自然而然地觉得她是女孩。这样多好,是吧?"

"我觉得是。"罗西觉得没什么反对的理由,但总觉得不该是这样。

"总之,我觉得应该跟你说一下。"玛金妮又露出了真诚的微笑,"希望我们以后再也不会有这样尴尬的对话了。"

罗西怎么能拒绝这个提议呢?

"你告诉他们了?"门一合上,佩恩就把手从罗西腰上拿开了。

"是,我不该这么做吗?"

"我不知道,我还没想过这些事情。"

"我也是。"

"那你为什么还告诉他们?"

"因为事实就是如此?"罗西不太确定。

"事实并非如此。"

"不是?"

"她真的是个男孩?"佩恩说,"她不算是个男孩。"

"我没说她不算是个男孩,我说她以前是个男孩。"

"这也不太对啊。"

"如果是你,你会怎么说?"罗西问。

"什么都不说。"

"什么都不说?"

"嗯,我可能只会说:'这是我的女儿,波比。'"罗西想起了那个因失血过多死在她手上的无名氏,想到了查德·佩里摸到她裙子里的秘密后猛然收回的手指,仿佛他的手被女巫的纺锤刺痛了一样。如果你一开始不告诉别人,你永远不知道他们什么时候会发现。"他们最后都会知道的。"

"怎么知道?"

"我担心的就是他们会怎么知道。"

"我们已经很久都没有邻居了，"佩恩承认，"但是我觉得没必要把孩子的事情都和别人说。"

"所以我们谁都不说？"

"我不知道，你们聊得怎么样？"

"不怎么样，"罗西说，"大家都很奇怪，很尴尬。"

"想不想和这周烧烤聚会上见到的每个人，在学校操场上见到的所有人，还有孩子的新朋友们和他们的父母们来上四五十次这样尴尬的对话？"

"我才不想。"

"还有，"佩恩说，"你能立刻说出辛迪·卡尔卡特蒂和老尼克·卡尔卡特蒂的区别吗？"

"你什么意思？"

"把秘密说出来后，你也预测不了谁的反应是'好的，酷'，谁又会变得残忍又暴力，或者谁表面上说'好的，酷'，然后私下里又是残忍暴力的。"佩恩想象着自己中了枪伤，他的拳头一次又一次地揍着老尼克·卡尔卡特蒂的脸。

"是不知道。"罗西妥协了。

"我知道我们不是因为这个秘密而搬家的，"佩恩说，"但这是搬家带来的额外的好处，不必所有人都要知道。她可以暂时是波比，我们晚点再告诉大家真相。"

"什么时候？"

"我不知道。"佩恩耸耸肩，"等我们和大家熟了之后吧，等我们确定安全的时候，等时机成熟时。"

也许真的有时机成熟的那一刻，但这些年来，罗西和佩恩意识到自己根本找不到这个时刻。遇到玛金妮之后，罗西他们又认识了许多人，但他们仍觉得为时过早。一方面，不能和新朋友分享波比的故事，这件事太尴尬、太复杂、太亲密，公布秘密的风险太大。等这些熟人变为亲密朋友时，又太晚了。也许在两者之间有一个完美的时刻，哪怕你足够接近，只差一点点，说出来也会有麻烦，这个完美的时刻稍纵即逝，甚至后知后觉也发现不了。

"你随时都可以说，"佩恩说，"但是一旦人们知道了，他们就忘不掉了。"

后来发生的事情证明了这句话完全错误。

烧烤聚会上，佩恩认识了其他的邻居。有能陪孩子玩的艾略特一家，他们住在街对面的第三家，他们有一对比瑞吉尔和俄里翁大一个月的双胞胎儿子哈里和拉里，佩恩和罗西觉得给双胞胎取名字没必要押韵，而艾略特觉得用星座给双胞胎取名可真奇怪。罗西去看他们时，发现这四个孩子都戴着瑞吉尔的旧编织眼罩，挤在一个街区地图（藏宝图）上高兴地跳舞。卡宴·格兰德森遗传了她母亲的宽脸和大大的微笑，但同时也有她父亲古怪多话的毛病。如果弗兰克刚开始给人的感觉是尴尬和反感，那他的女儿却是让人觉得不可预测和危险，是那种令人着迷的危险。她向一些年龄较大的孩子介绍了罗和本，当佩恩过去看他们时，他发现有七八个孩子挤在院子角落的毯子上，一个男孩漫不经心地弹着吉他，卡宴的头靠在本的膝盖上。本一动不动，掩盖住幸运的喜悦，害怕如果他像动脚趾那样轻轻一动，卡宴可能马上意识到她在做什么，就会赶快走开。佩恩对这种事情经验丰富，看得出来卡宴其实哪儿也不想去。罗皱着眉头看着吉他手，发现在邻居的烧烤聚会上给一群新认识的孩子吹笛子，可能不太会像弹吉他那样受欢迎。佩恩对这些事情也很有经验，他觉得虽然罗从未碰过吉他，但他能比这个孩子弹得更好。

他们刚进来时，波比害羞地抱着父母的腿躲在他们后面，她的父母也因为第一次有了邻居而感到有些局促不安。

"很高兴你们能来。"玛金妮轻声说。

"波比，你饿了吗？"弗兰克弯腰偷看佩恩膝盖后面的波比，罗西屏住呼吸。"去见见阿姬。"弗兰克向波比伸出了一只手，但是波比一言不发地摇摇头。"阿姬。"他喊道，一个和波比年纪相仿的女孩从房子里面跌跌撞撞地跑了出来，她扎着辫子，披着塑料桌布当披肩，这桌布刚刚还在点心自助那里。她一只脚穿着黄色的雨鞋，另一只脚光着，还滴着水。

"你怎么湿漉漉的？"弗兰克问。女孩机灵地笑笑，仿佛这是宇宙中不可知的秘密之一，弗兰克也不再追问。"这是波比，她刚搬到隔壁，也要上一年级了。"

阿姬看着她的新邻居，说："想来看看我的房间吗？"波比还没回答，阿姬就摇摇晃晃地跑走了。一个典型的六岁女孩。波比笑着跟在她后面，对她"一见钟情"。

罗西和佩恩见了两个梅丽莎、两个詹妮、一个苏西、一个苏珊、一个玛丽、一个安妮、一个玛丽安娜、一个琪琪和一个米米，还有道格、埃里克、杰森、亚历克斯、贝勒、艾登、艾萨克、戈登、乔西和卡尔。这些名字从佩恩的耳朵进，从罗西的耳朵出，名字太多了，真不好记。"很高兴认识你。"他们一遍又一遍地说道。他们整夜回答"五个孩子""麦迪逊，威斯康星州"和"是的，到目前为止，我们都很喜欢这里"。然后，罗西指着回答："隔壁的带炮塔的那个房子。""附近的学校。"人们很高兴听到这样的回答。"为了工作。"这回答比较真实。"医生，家庭诊所，就在山顶上。"佩恩回答"苦苦挣扎的作家"和"不，你可能还没有看过我写的东西"。他们回答"十四岁、十三岁、十一岁、十一岁、六岁"。他们回答"四个男孩和一个女孩"。

一个梅丽莎用红色塑料杯喝了两杯上好的桑格利亚汽酒，对罗西说："终于有了一个女儿，你肯定很高兴。"她边喝酒，边晃着胸前粉色婴儿背带里熟睡的婴儿。

罗西抿了一口，点点头："我们很激动，很激动。"这几乎是她的真实想法。

大一点的孩子们在派对上待到很晚，但是罗西和佩恩为了让波比回家睡觉，就早早回家了。

"讲故事吗？"波比满怀希望地问。

"明天吧，"佩恩回答他，"今天太晚了。"

"你玩得开心吗？"罗西把床单铺平到床上每一个角落，盖毯子太热了。

"很开心。"波比回答，佩恩和罗西近距离地看着她，很满意这个回答。"这里没人知道，他们都称呼我为'她'和'她的'，大家都不是装出来的，你知道吗？"

"他们没有装。"佩恩回答。

"就好像我也没有假装一样。"波比闭着眼睛,开心地入睡。

"嗯,没有人知道我们到底是谁。"罗西说。

"不,恰恰相反。"她女儿快乐地摇摇头,"大家好像都清楚呢。"

波比本来一分钟后就能睡着,但有人一直在敲她的百叶窗。她打开百叶窗,看见阿姬倚着窗户,用伞尖戳着自己的窗户。他们的小山非常陡,从阿姬家二楼的窗户可以俯瞰波比家的大部分房顶,但是波比的炮塔和阿姬家屋顶一样高。

"嗨。"阿姬笑着说。

"嗨。"波比揉揉眼睛,也许她太困了,也许是因为她不相信眼前这神奇的景象。

"你搬过来我很开心,我们可以成为相邻城堡的对手公主。"阿姬已经等一个公主搬过来等很久了。以前住她家隔壁的是对老夫妻,他们在炮塔上放杂物。"我们可以互相梳头发。"

"我们可以传纸条和信,"波比小声说,"还有符咒。"

"或者纸杯蛋糕,"阿姬说,"如果你有甜点,而我没得吃时。"

"我们可以换书、洋娃娃、自己找到的酷酷的石头,还有我们的画。"

"我们可以分享秘密,"阿姬说,"我们之间可以分享不能告诉其他人的秘密,就在这里说,没人会知道的。"波比开心地回到床上,她已经有些迫不及待了,她想知道还要多久才能分享自己的秘密。

每个人？

汤加先生把更多的关注点放在了鼻子上，"闻东西又不关别人的事"。

罗西很不舍得离开急诊室的同事们、她的导师和住院医生，还有护士和主治医生们；她还舍不得这个地方，这个使她成为医生的地方，这么多年，这里俨然已经成了她的家。但最不舍的还是拥有独特智慧，用古怪的方式安慰人的汤加先生。在罗西的送别派对上，汤加先生提醒她，他并不是她真正的治疗师，他是她的朋友，这意味着不论罗西何时需要他，他都会出现在西雅图。

"瞬间移动过来？"罗西不懂汤加先生的意思。

"通过电话。"他眨了眨眼，"虽然这是十九世纪的技术，但它是最高效的沟通工具。"

三周后，罗西甚至还没有完全收拾好行李，她就给汤加打了电话。他们被迫全面展开了新的生活，就像是他们弄坏了一个纸箱，把它压平成一个普通的正方形纸板，再重新组装起来，变成了一个认不出来的物体。罗西需要一个理性的声音，无论这个声音有多天马行空。汤加的建议是："闻东西又不关别人的事。"

"闻东西？"

"嗯，本来就不关别人的事，不是吗？你别把克劳德当成秘密，你就把波比当成一个有睾丸的女孩，一个有不寻常病史的女孩就行了。你经常和其他妈妈在操场上聊孩子的裤子里有什么吗？"

"不怎么聊，不聊。"

"这也不关别人的事，是吧？你应该也知道这种事说出来多奇怪，多尴尬。"

"是的，但是——"

"所以我到处闻，也没有闻到一丝那件事的味道。"汤加先生在电话线的另一端吸了吸鼻子,表示他在闻,"我们会和朋友聊很多私密的事情,但我们的生殖器,包括我们孩子们的,都完全是隐私的话题。我许多的病人和客户,包括孩子们和他们的父母,都面对着各种各样的问题,不仅仅是你们这个问题。他们发现自己并不想每遇到一个新朋友,就得解释一下自己是什么样的人,他们不想每遇到一个人,都要承担起教育他的责任,他们也不觉得自己裤子里的东西和别人有什么关系。"

"我想是的,不过——"

"你在那里有很多机会,是你在威斯康星所没有的。在那里整个冬天你都不用去铲雪,你可以喝到让你开心得不得了的咖啡。如果在二月份,你往门外吐一口咖啡也不会冻在你脸上。多有意思呀!波比也不用顶着'曾经的克劳德'的标签,她可以就是波比。"

"但人们需要知道。"

"谁要知道?"

"每一个人。"

"哦,好吧,我明白了。"汤加先生说,"都有谁呢?"

"她的老师、学校的医生、她玩伴的父母,她的足球教练、芭蕾舞老师,还有我们的朋友和他们的孩子,家里男孩子的朋友们,还有他们的父母——"

"为什么?"汤加先生想知道。

"为什么?"

"为什么那些人要知道呢?就算波比的老师和校护知道了又怎样?波比只是一个六岁的小姑娘,她朋友的家长又不会去全面了解波比的病史。你会先看看波比朋友们的病历才允许她们和波比玩吗?"

"不会。"

"对啊,所以他们会看波比的吗?"

"虽然他们不需要,但依然有权知道。"

"如果你弄虚作假,刻意掩盖事实,那才侵犯了他们的权益。你弄虚作假还是撒谎了?"

"应该没有。"

"就是没有,你所说的都是事实。要是你跟别人说波比是个男孩,那才是说谎。这里的人根本就不需要知道,也没有权利知道。你不说不代表你在隐藏一个秘密,而是尊重你孩子的隐私权。和所有人一样,你的孩子也有保留隐私的权利和需要。"

他家可不止波比这一个秘密。其实,每个家庭都会有许多不为人知的秘密,家庭成员要像驻防部队一样严守住它们,不让别人知道过去甚至上一辈那些不光彩的事。

开学第一天的早上,瑞吉尔和俄里翁在吃早餐时密谋了一个计划。

"我们要向所有人宣布,其实我们是海盗,"瑞吉尔说,"我叫'黑胡子',你叫'胡克船长'。"

"可是你没有黑色的胡须。"本很失望,没想到他们长途跋涉搬到了这里,他的两个弟弟还是像傻子似的,"而且他没有钩子。"

"我有啊。"俄里翁说。

"所以他才叫'黑胡子'?"黑胡子现在成了焦点话题,"我要当'胡须海盗'。"

本嘲笑道:"是你想当。"

"'络腮胡子'怎么样?爸爸给了我一把旧剃须刀。"

"你用过吗?"

"我知道你想说什么。"瑞吉尔刚十一岁,还没长胡子,他抬起头说,"那我就当'没胡子海盗',西雅图万岁!"

虽然换了新环境,本依旧是最聪明的那个,他在这儿又跳了一级。他七岁的时候,大家就看出他是个神童,现在对他的聪明已经习以为常了。以前他的卷子上经常写着"依旧是 A+"或者"像往常一样写得出色",现在写的全是"哇!"和"太棒了!",他还被邀请加入实验班和辩论队。

波比还是那样,既不是长着睾丸的波比,也不是曾经叫克劳德的波比,也不是其实是个男孩的波比,她就是波比。

罗的变化是最大的,他成熟了很多。虽然他还没长成一个成熟男人的模样,但罗西和佩恩发现他的脸型已经有了棱角,脸上也长出了胡须。他不再玩橄榄球了，因为球队训练没意思，但罗西觉得其实是因为球队开始选拔四分卫和候补，罗怕自己选不上。罗也不再吹长笛了，因为他不喜欢那个老师，但罗西觉得是因为他不玩橄榄球后，班上的女孩就不和他约会了，而是去找那些成为社团主席的男孩。他独自坐在教室里生闷气。他参加的唯一一个社团就是："罗弱爆了，不想说话"。他还不是个成熟的男人，远远不是，但也不再是个小男孩。和波比一样，他正处于一种中间状态。

　　罗西和佩恩也要整理好千头万绪，准备开始新生活。拆开所有行李后，佩恩开始用泡沫纸把东西包起来，打钻，用手把墙壁挂钩拔下来。但罗西觉得整理那些盘子、书、冬天的衣服和充电器不重要，他们应该先把照片挂起来，只要床铺好，照片挂起来了，就有个家的模样了。三个星期后，佩恩终于把照片墙做好了，他欣慰地笑着浏览一张张照片：这张是还是个小婴儿的罗和刚出生的本的合影；这张是双胞胎一起过的第三个感恩节，他们戴着火鸡帽，一边一个坐在卡梅洛腿上；这张是在罗西的毕业典礼上，罗西搂着她的父母；这张是在他们的婚礼上，罗西戴着头纱朝佩恩微笑，上齿咬着下嘴唇，佩恩转过头庄重地看着罗西，这张照片对佩恩来说意义非凡，让他觉得他们是这个世界上最幸福的一对；还有几张是万圣节的照片，他们扮成过海盗、棒球运动员、魔法师、南瓜和格林沃尔德王子。墙上也有佩恩为孩子们拍的糟糕的校园照片，因为他想拍点打破常规的照片，每一学年他都给每个孩子拍一张，照片上扮着鬼脸的男孩们大咧着嘴，笑得很开心，他们的头发乱七八糟的，比河豚的刺还夸张。当然，还有克劳德的照片：出生一周的婴儿克劳德，兄弟们在他身边围了一圈；在儿童爱畜动物园，还是婴孩的克劳德被一头牦牛轻轻地咬着（被咬的不是他的身体，而是他的夹克，但他小脸上警惕的神情因为太难捕捉而显得珍贵不已，罗西和佩恩赶紧抓拍，都顾不上履行自己父母的职责赶走这头牛）；在幼儿园毕业典礼上戴着学位帽的克劳德；在一张冬天的节日贺卡上充当八个圣诞老人之一（也包括丘比特）的两岁大的克劳德。

　　这些照片将新房子高耸的墙壁、家庭故事、家族史、一大家子混乱的爱和以往的旧时光都整理在了一起。佩恩抬头，无助地望着它们，在这里的人知道波比的过去之前，这些照片必须都先放回盒子里，否则别人会问，那个眼神严肃、笑容灿烂的小男孩是谁？否则别人会想，什么样的父母会细心地记录下前四个孩子的童年，而忽略最后一个孩子呢？他们也不能只把克劳德的照片撤下来，即便罗西同意，佩恩也不能忍受照片中波比或克劳德的缺失，不能忍受他被排除在他们欢乐的一家之外，克劳德不能"无家可归"，也不能被遗忘。波比的童年很重要，克劳德的童年也很重要，因此佩恩把这些照片都用泡沫纸包起来了，直到有一天他能够想到方法把这个故事讲出来。

罗西下班回到家，独自一人看着那堵空白的墙。之前的农舍缺少独立的空间，尤其是在主层，厨房、客厅和餐厅都在一个大空间里。在那所房子里，罗西回家之后，可以在客厅里看家庭照片，而佩恩可以在厨房里做饭，孩子们则可以孤独地躲在自己的房间里。

佩恩从厨房里走了出来，用毛巾擦了把手，说："我都没听见你回来。"

"你把所有照片都取下来了。"这句话不是谴责，只是陈述了一下观察到的东西。

"没办法。"佩恩伤心地笑了笑，接着说，"别拿出来了。"

她点了点头："我想他们了。"

"那些照片？"

"我想念……他。"罗西改正了一下。

"谁？"

"克劳德。"

"她在房间里和阿姬玩。"

"我不是这个意思。"

"我知道，但波比就是克劳德，克劳德并没有消失。"

"他只是变了。"

"他们都变了。"佩恩说，"他们都在变，克劳德不会永远像他小时候照片里的一样，他的变化和别人的变化有什么区别？"

"我们不能把家庭照片挂在墙上？"

"暂时还不行。"佩恩说。

"什么时候才能挂呢？"罗西说。

佩恩耸耸肩，他自己也不知道，便回到厨房。罗上了楼，钻到沙发的角落里盯着罗西看。他越来越喜欢这样跑上来看看，但什么也不说。罗西很感激罗还愿意亲近他们，但她希望他能说点什么。有时候他也会说上两句话，那时候罗西又盼着他别说了。

"看你小时候是个多可爱的宝贝。"她把放在镀金相框里罗十三个月的童年照给他看。

"所有的婴儿都很可爱。"

"你比大多数婴儿都可爱，"罗西向他保证，"我可是个行家呢。"

罗盯着手里的镜框看了很久，他低着头说："我觉得我们搬家，是因为这里同性恋的氛围很浓。"

"同性恋？"

"你懂的，包容、开放、彩虹旗这些东西。"

"好吧，是的，这是一部分原因。"

"你为了这个地方毁了我们的一生。"

罗西专心看着她手里的照片，等着接下来罗还会说什么。

"我们为什么要把克劳德的秘密藏起来？"

"我们没有藏。"

"可你把家庭照片都藏起来了。"

"我们只是现在还没跟别人讲这个秘密，"罗西说，"但我们会说的，只不过不是现在。"

"要不是非要来同性恋多的地方，我们完全就不用搬家——"

"那里不安全。"

"但我们在那里过得很开心。"罗说。

"我们以后在这里也会过得很开心。"罗西说。

"如果是现在这样，我们不会开心的。"罗又回到了地下室。

刚搬家的那段日子里，罗西和佩恩大部分时间都在迷路，不知道家在哪里，也不知道怎么回去。那段时间里，他们的前半辈子都被锁在了箱子里。整个夏天罗一直生着闷气，自从他们宣布要搬家以来，他一直闷闷不乐，有时还会发脾气。因此罗西忽视了罗的警告，不认为秘密是悲惨的事情,不管是不是故意隐瞒,它都会被发现的,你住在哪里不重要,一旦秘密被发现,将会产生巨大的破坏力,哪里都不能保护你。

  罗西把结婚照和每个孩子的照片重新挂了起来。轮到波比的时候,她选了克劳德幼儿园毕业的照片,她戴着帽子、穿着袍子,认不出来是男是女。

裸露策略

罗西和佩恩这一生最感激的人竟然是一个六岁的孩子,这听上去不可思议,可事实的确如此。每一天,他们都对阿姬·格兰德森报以无声又强烈的感激。首先,阿姬让他们每个人都抓狂,别人家不守规矩的小孩子总是更讨人喜欢,罗西家就有这样的五个活宝,但阿姬比他们还吵闹。一天早上,天还没亮,罗西一家子就都醒了,隔壁的阿姬手里敲着钹,以一个六岁小孩最大的音量尖声唱着:"扬基杜多骑着一匹小马进城,他帽子上插着翎毛,被人称为纨绔子弟。"佩恩对他妻子露出疲倦的微笑。

"你在开心什么?"罗西抱怨道。

"俩词儿,"佩恩说道,"不是,咱们的。"

他们哪怕有五个孩子,都敌不过一个更撒欢儿的阿姬,她的"作案现场"往往是这样的:一碗爆米花撒得到处都是;整盒麦片都不慎让狗吃了,盒子还被狗压得不成样子;盆栽里"长出了"台灯电线和生菜,有次还把温度计测肛肠温的那头插了进去。

罗西家有四个半男孩子,某种程度上,还得加上佩恩,但阿姬比他们中的任何一个都更像个男人。作为一个女孩,她喜欢挖洞、疯跑,还喜欢虫子和假小子们喜欢的所有东西,而且比他们更顽劣。她能把玩具卡车拆了,然后造个宇宙飞船,运送她的娃娃飞到致命火山的露天温泉里。大人们就是没办法让这个孩子老老实实地坐着。

但最好的一点是,她住在隔壁。每个周末,波比和阿姬都互相去对方家串门。佩恩和孩子们在晚餐时看到阿姬出现在餐桌边,都已经不再惊讶了。罗西已经习惯买什么东西都买六份,虽然她原本只打算买五份,洗衣篮里阿姬的衣服已经和波比的一样多了。阿姬住得离他们不是很近,而是非常近,因此十一个月后,波比提出想去阿姬家过夜,这让她父母找不出正常借口拒绝。

"我们可以去对方家过夜吗？"波比和阿姬齐声问，而佩恩会这样回答："波比，你不能把你所有的拖鞋都带到阿姬家，但如果你只选一双带走，其他的拖鞋会感觉很伤心的，所以咱们晚上在家睡觉，来维持拖鞋王国的和平，这样不是更好吗？"

罗西会这样说："家里没多余的床单啦，我把它们都洗了，让阿姬早上一起床就过来找你怎么样？"

玛金妮会在晚上穿着拖鞋把睡眼惺忪的波比抱回来，对波比解释说："我们就是觉得，今晚你们在各自的床上睡个好觉，明天去远足会玩得更开心。"

但是波比七岁生日唯一的愿望就是和她的朋友们过夜，不仅是和阿姬，还有她的新朋友娜塔莉和金。她想要一个过夜晚会，晚会上有烤布里干酪①、皮门托芝士三明治、辣金枪鱼卷、多力多滋、姜汁汽水，当然还要有蛋糕和冰激凌，三十六小时不间断供应的水果和蔬菜，从她生日当天一直持续到第二天上午。罗西和佩恩觉得这些也很合理，他们不打算反对，毕竟，每个女孩只有一个七岁生日。

罗西和佩恩不想吓到波比，但想让她为过夜做好准备，他们不想暗示波比，她需要把身体的那个部分藏起来，但没办法，他们必须得这么做。

"你要在哪里换睡衣？"罗西边挂飘带边轻声问，仿佛这个问题无关紧要，就像是问波比要在蛋糕上抹哪种糖霜一样。

"我不知道。"波比说，"我们可以做手工吗？"

"当然可以啦。"罗西说。

"在浴室怎么样？"

"做手工吗？"

"在浴室里换睡衣怎么样？在浴室里做手工肯定超级棒，就像在浴缸里用蜡笔画画、在浴室里搞装饰一样。"

"我是觉得……你知道在过夜晚会上……我觉得金、娜塔莉和阿姬也许会直接在你的塔楼里换睡衣，所以我有点担心……"什么呢？罗西刚才在担

---

① 烤布里干酪：一种白色柔软的干酪。

心什么呢？也许那些女孩子们会在睡衣里穿内衣的，是吧？如果幸运的话，她们可能不脱衣服就直接上床睡觉了。但罗西仍能预料到，如果什么准备都不做，可能会发生什么，她不想那样。"你就说你很害羞。"

"可我不害羞。"

"但你要给她们解释一下，你为什么要单独在浴室里换睡衣。"

波比从她那些皱纹纸碗中抬起头："我要单独换？"

"嗯，因为你的朋友们不知道……你懂的……你到底是谁。"

"我是谁？"

"我是说，她们当然知道你是谁，但是她们不知道……你明白吗？"

波比看上去很疑惑："你傻了吗，妈妈？"她以为罗西是在逗她玩儿，于是露出一个快七岁小孩的大大的微笑，"别担心，这会是最棒的过夜晚会。"

但罗西还是很担心："我们要怎么办？"她正在搅拌绿色的奶油芝士糖霜。

"静观其变？"佩恩说。

她拿着搅拌器指着他："是你说要保守秘密的。"

"我不想把这件事当成秘密，但目前我们都觉得，为了波比好，我们还是小心为上，因此只能保守秘密。"

"但是看起来她根本没听懂我在说什么，她好像已经忘了自己其实是个男孩。"

"她其实也不是个男孩。"

"是，没错，我明白，我明白。可你也知道我说的是什么意思，她好像已经忘了自己有男性生殖器。"

"你要是长了个男性生殖器，"佩恩低头看了一眼自己的，"相信我，你不可能忘了它的。"

"她忘了自己不应该长男性生殖器。"罗西坚持道，也许连她也不能准确地表达出来，但她知道自己没错，"波比已经忘记了她的朋友有，她自己也期盼有……一些不同的东西。"

罗西尝试着在家多光着身子走路，但这不容易。

首先,她家里有一群十几岁的男孩子。其次,周围还有邻居。问题是,孩子们已经习惯看见彼此赤身裸体的样子了,不管是穿上或脱下泳衣、运动装、校服还是睡衣的时候。因此波比一直觉得自己完全正常,以为每个人都有脚趾,都有手肘,也都有男性生殖器。罗西觉得"什么都不说,直接展示给她看"是纠正波比错误印象的最好方法,虽然这也不是什么聪明的办法。罗西坐在浴缸里,手指都泡皱了,等波比闲逛进来找胶水的时候,她可以正好从浴缸里爬出来。波比为了去海边玩收拾东西时,罗西把运动服和毛巾都扔进了洗衣机,换上瑜伽服。在一屋子长着男性生殖器的男人里,她要让波比明白,虽然她自己的身体没什么问题,但作为女孩来说,她有点不一样。这种方法很奇怪,更别提罗西有多冷了,但没其他的方法了,可惜波比似乎根本没注意到。如果不看下半身,快七岁的波比的身体看上去更像罗西的身体,而不是佩恩的。波比不懂什么男女之别,罗西对此既感激,又恐慌。

那是一个折磨人的夜晚,虽然十分有纪念意义——这是波比的第一次过夜晚会,但罗西觉得糟透了,等待的痛苦随着时间的推移愈加强烈,对罗西来说,这全部的痛苦甚至超过了自己生下克劳德时的疼。女孩们起初吃了烤布里干酪和立体脆①,她们没去吃佩恩切得整整齐齐的法式长棍面包片,而是用橙色的霓虹三角形勺子舀起了美味的法国奶酪。罗西急着要把做好的东西拿下去,这样一会儿她才能去做主菜,但佩恩指了指钟,现在才四点半,意思是时间还早。可波比抱怨道:"妈妈,我们还有很多事要做。"四个女孩子都围着波比的塔楼转,罗西把耳朵贴在楼梯底部的门上听,但根本听不见她们在做什么,她骂了句:"这该死的楼梯。"女孩们都在咯咯笑,在开心地尖叫。之后,她们跑下楼来看《音乐之声》,她们还想用窗帘做衣服,佩恩赶紧把她们引向了棉花糖怪兽,而不是去做手工。越来越多的棉花糖被她们吃掉,而不是被做成各种形状的怪兽。之后波比去拆生日礼物,拆完后她同意开始吃晚饭,她们吃三明治和寿司。瑞吉尔和俄里翁表演了一场魔术,他们穿着前几次生日就穿着的那套衣服,还配上了一个真正的钢锯和他们自己做的一只巧克力的兔子。他们知道兔子本来就是两半的,然后他俩把

---

① 立体脆:百事的一款食品。

边缘都舔了舔，让它们能重新粘在一起，看上去像是一只完整的兔子，变魔术时再卖力地将它锯成两半，女孩们被逗得咯咯笑。罗和本待在地下室，假装其他人都不存在。佩恩则为一场无法无天的气球比赛搞砸了一堆气球。罗西很烦躁。

她们喊罗和本上来唱歌，吃蛋糕和冰激凌。这是波比第一个全是女孩子参加的生日聚会，罗西惊喜地看到她们坐着吃东西，虽然桌子没那么整洁，但她们安安静静的。这一切都很好，可罗西忘了还要对付自己的那窝孩子。瑞吉尔在俄里翁戴的大礼帽上放了一片蛋糕，想让它保持平衡，蛋糕却滑到了罗的盘子上，冰激凌被溅到了瑞吉尔给波比的礼物上——一个橙色的针织派对礼帽，罗西觉得它很像犹太男人戴的圆顶小帽。这对双胞胎用胳膊肘掐住对方的脖子，在厨房地板上打滚儿，掉在地上的蛋糕和冰激凌被他们弄得到处都是，被拴着的丘比特被吓得狂吠。罗西很羡慕这只狗，因为当它感到焦虑的时候，可以四处乱走，不停地叫，而自己却不行。

女孩们开始打哈欠时，佩恩轻描淡写地说，该去睡觉了，罗西却还没做好准备，她突然开始呼吸加速。女孩子们上楼时，她尽量装得若无其事。之后她像那只马上要被切开的巧克力兔子一样奔向炮塔的台阶，尽可能轻轻地爬楼梯，在中途停了下来，像克里斯托弗·罗宾①一样，努力不喘气，不让自己暴露。她听到了袋子拉链拉开的声音，鞋子撞到墙角的声音，衣服脱落的声音，大家对金的西雅图暴风睡衣轻轻地惊叹的声音，还有娜塔莉的熊爪拖鞋走动的声音。罗西很紧张，听不清有没有人在脱内衣。为什么脱内裤不能大点声？她听见波比梳妆台的抽屉开了又关，关了又开。突然，波比出来朝楼梯走去。

罗西骂了几句，赶紧全速跑回自己的房间，扑倒在床上。此时佩恩躺在床上，两腿交叉，一只胳膊枕在脑后，另一只手拿着他正读的书，看上去十分惬意。

---

① 《克里斯托弗·罗宾》：华特迪士尼公司出品的电影，讲述了曾在百亩森林中与一群生机勃勃、惹人怜爱的小动物们嬉闹玩耍的小男孩长大成人的故事。如今，眼看他逐渐迷失了人生，这群动物伙伴们决心走进人类世界，帮助克里斯托弗·罗宾记起内心深处那个友善活泼的自己。

"给我一千块,你穿着这件破破烂烂的啤酒 T 恤睡了一个星期这个秘密我就不说出去。"佩恩对罗西说,这时波比走了进来。

"我找不到我的睡衣,一件都找不到。"波比说。

"它们应该都在烘干机里,亲爱的。"佩恩无辜地笑着。

波比走到洗衣房,两分钟后穿着她的火烈鸟睡衣回来了。"谢谢爸爸。"

"没事儿,宝贝。你把换下来的衣服放哪儿了?"

"我把它们全堆地上了,"她承认道,然后开心地说,"但今天是我的生日。"

"那今天给你个'通行证',允许你这么干。"佩恩吻了吻她,道了晚安,叮嘱道,"玩得开心,不要熬太晚,要不然明早就提不起精神吃米老鼠薄煎饼了。"

波比跑上了楼,开始了生命中的第七年。

"谢谢你,"罗西喘着气,闭上了眼睛,"谢谢你,谢谢你,谢谢你。"

"没问题,"佩恩说,"你今天也有通行证。"

罗西想,就这么简单,问题解决了。

但问题才刚刚开始。

罗西觉得,在波比八岁之前,她还有一年的时间来恢复体力,但波比和阿姬发现原来过夜晚会比她们章节故事书里描写的还要棒,而且她们既然打破了父母的禁令,以后谁也阻止不了她们再一起过夜了。罗西用了整整一周缓解痛苦,这次的过夜晚会更糟,因为这次是在阿姬家里。在阿姬家,佩恩又没办法把波比所有的睡衣都放进洗衣房,而且这招也不一定能起作用了。在阿姬家,罗西就不能在紧要关头闯进来,胡言乱语地说一些荒谬的话了,比如"在我们家,我们都单独换衣服的"。

罗西不知道现在颁布个周五禁令是不是太晚了,比如说周五是安息日,全家都要去犹太会教堂,不能去外面过夜,佩恩觉得这方法可能管用。但事实上,佩恩完全不是这么想的,瑞吉尔、俄里翁要和拉里、哈里一起去看电影,本和辩论队的其他成员要一起去打迷你高尔夫,而罗不管怎样都不太可能从地下室里冒出来。如果波比去隔壁邻居家睡了,晚上家里基本上只有他们自己了，对于他们晚上可以做些什么，佩恩有了些新想法。

佩恩在做计划的时候，罗西却在惊慌失措，波比已经在收拾过夜的东西了——哪怕她就住在隔壁，她也要收拾东西。她把爱丽丝和玛普尔小姐放了进去，还带了两款游戏，一瓶闪亮的绿色指甲油，以及一袋俄里翁的戏服，免得她们想玩角色扮演。在这个朴素的过夜行李中，罗西加了一条内裤、一条裙子、一件T恤、一件睡衣，还有一把牙刷，还上演了一出母亲送士兵孩子上战场的哭戏。

她让波比坐在她的床上，自己跪在她脚边，这一次，她有所准备。"你今晚要找个地方单独换睡衣，宝贝，明白吗？"

"是吗？"波比困惑地回应道。

"亲爱的，阿姬不知道你有小鸡鸡，她看到的话可能会很困惑。所以你要么告诉她，要么找个借口去浴室换睡衣。"

"好吧。"波比说。

"哪个？"

"什么哪个？"

"你选哪个？我们应该告诉阿姬吗？宝贝，她是一个很好的朋友，你可以告诉她，她也会明白，一切都会好起来的。你也可以决定告诉其他的朋友，或者你跟阿姬说别告诉别人，你知道她会保守秘密的。"

"那尼基呢？"波比轻轻地说。

"尼基？"

"尼基以前是我最好的朋友，后来他发现了我的事，就特别反感，想开枪打爸爸。"

罗西把头埋进膝盖，等呼吸平缓下来。波比的记忆是怎么把那个故事扭曲成这样的？什么时候变成这样的？她这么以为多久了？"哦，宝贝，没有的。尼基是你的朋友，他太小了，他是以自己的方式在爱你，是他的爸爸不太理解你们。尼基没想开枪打爸爸，他的爸爸也没想开枪打爸爸。"

"但他发现我的秘密后，就再也不想跟我做朋友了。"

罗西点点头，什么都说不出来。波比脑中的故事也不完全是假的，可真实的那部分可能更难理解。

"如果阿姬发现我其实是个男孩，她就不想跟我做朋友了怎么办？"

"你真的是个男孩吗？"罗西轻轻地问。

"不是。"这是到现在为止，波比第一次这么肯定地说，"我不是，妈妈。"

"不，你不是。阿姬也不会这么想，我们随时都可以向她解释。我们甚至现在就可以一起过去，告诉阿姬，你是一个多么奇妙、勇敢、了不起的小女孩。"

"我不想让她觉得我是怪人。"

"为什么？"罗西问，"她有些地方也很奇怪呀。"

"没错，"波比说，"她是怪人，我是正常人，这是我们喜欢的方式。"

那天深夜，两个小女孩看完了一部电影和一个短剧，涂了脚指甲油，玩了乐高和三十六轮猜字游戏后，阿姬脱掉了身上的所有衣服，光着身子到处走，寻找她睡觉要穿的衣服，最后她穿上了突击队员的衣服，那件衣服比卡宴的女士游泳衣大上四个号。波比从包里拿出睡衣，把它裹在怀里，朝浴室走去。

"你可以在这里换衣服，"阿姬跟她保证，"我不会尴尬的。"

"哦，"波比说，"谢谢。"

"你会吗？"

"我会什么？"

"你会不好意思吗？"

"不，但是……鲁福尔拉在看着我。"鲁福尔拉是阿姬家里的一只六磅重的吉娃娃。佩恩管它叫仓鼠，它天天跟着阿姬。

阿姬咯咯笑了起来："鲁福尔拉是条看门狗，它什么都看，它还喜欢看人光着身子，所以你还是去浴室换吧。"

波比去了浴室，心里松了一口气，还挺开心的。过了几年，阿姬才意识到，怎么有人在狗面前换衣服会觉得尴尬，这也太奇怪了。

小隔间

其实这么多年来,去适应克劳德变成波比,无非就是习惯她没穿内裤的时候,这只占到她生命中百分之二的时间。波比还是克劳德的时候就习惯坐着尿尿,但学习其他事情的过程就像酋长石①的花纹一样蜿蜒曲折。佩恩加入了一个论坛和一个在线互助小组,还关注了博客和脸书、推特和照片墙的账号,以及YouTube频道和播客,他从那些地方学到了保护秘密的秘密武器。他知道在哪里可以买到隐藏男性生殖器的内裤(天,竟然还有这种内裤卖),穿上它,就能在过夜晚会上和别人一起光着身子四处逛,也不用拿狗当挡箭牌了。佩恩还知道了哪些芭蕾舞学校要求穿裸色紧身连衣裤,哪些学校允许穿裹裙,哪些夏令营没有游泳这项活动。他了解到,以防万一,他可以把这个秘密告诉波比的校长梅内德斯先生,但佩恩坚持认为应该允许波比使用女生厕所。他还学到,虽然他可以把秘密告诉梅内德斯,但可以拒绝校长的建议,不把这件事告诉老师、人事专员、代理人、助手、学校护士和食堂员工。他知道了波比可以加入女子儿童棒球队、女子足球队、女子网球队和女子游泳队,如果她真的加入了游泳队,她就有权使用女更衣室。据他所知,女生厕所最好的一点是,里面有隔间。也许很多女孩都在房间里头换衣服,但是每个人都会在隔间里尿尿,反正她们都会在这里尿尿的,所以也可以顺带着在里面换衣服。佩恩还了解到,哪怕女童子军知道了波比的秘密,她们也会接受她,但佩恩还是没有告诉她们。

佩恩永远也看不完网上那些和波比一样的孩子的故事,不幸的是,不管他怎么努力,这些故事永远都看不完,这件事占用了他大量的写作时间。他们刚搬来的时候,佩恩还觉得西雅图这个地方似乎对写《烦书》有很大的

---

① 酋长石(El Capitan)号称"世界上最大的一块裸露在地面上的单体花岗岩"。此处用来形容波比的学习过程艰难曲折。

帮助：这里有很棒的书店和书商、图书馆和图书管理员，还有数十个写作班和评论小组。因为罗西现在不上夜班了，所以佩恩可以和她同时工作，而不是睡觉。西雅图的天气让人联想起小说里的描写——低沉的忧郁，灰色的云层层叠叠，厚实得像羽绒被一样。佩恩还写了一篇与这里天气相配的优美又阴郁的散文。

但不幸的是，有时佩恩在家待着时，情绪也会变得脆弱和阴郁起来，因为他觉得白天的时间根本不够用。小学每天早上九点半才上课，而高中下午两点就放学了。中间的这段时间，佩恩要洗衣服、收拾房子、就诊预约、去杂货店购物，还要去他的写作小组。如果波比忘了当天要踢球，佩恩还得把防滑钉给她送去；如果瑞吉尔忘了今天要实地考察，佩恩还得给他送请假条；或者俄里翁忘了今天要在学校吃午餐，佩恩还得把午餐给他送去。他们搬家后，有一件事变了，罗西的工作没有保障了。以前的威斯康星大学医院很了解她，很爱她，也欠她很多。但在这里，罗西和其他人一样，又成了新人，她必须表现好点，因此她不能请病假或休假。因为她没法早到，所以不得不晚上晚点下班。在工作日，她没时间帮家里的忙，佩恩很乐意能担起照顾孩子的活儿，但这样的话他就没什么时间写作了，特别是他还在不停地忙着研究隐藏男性生殖器的内裤和由它带来的各种想法。

罗西本可以在上班的时候把他们家的秘密告诉同事，但她没有这么做，她有自己的理由。因为这只是个小诊所，这里的医生如果没经受过培训，就不知道要保密病人的个人资料和具体的身体状况。是的，那些要保密的东西被包在蜡黄色的、让人痛苦的纸里，上面还系着带子，但没人把它们绑起来。他们甚至还会扯开病人想用来遮蔽自己身体的衣服碎片。在急诊室，是要剪开病人的衣服还是让他们穿着衣服接受治疗取决于医生自己，所以罗西不告诉同事自己家里的秘密也许只是因为不习惯去扯开病人的隐私而已，就像打开熟食店的食品包装一样。但这并不是她在西山家庭医疗中心唯一要适应的事情。

波比七岁生日后的那个星期一，罗西的第一个病人是一个名叫布里斯托尔·翁克斯的孩子，他母亲也真的叫翁克斯太太。罗西坚持不叫病人的母亲"妈妈",在这个家庭诊所,她被要求使用"太太"这个词。她想知道,到底是什么样的母亲,会因为孩子的儿科医师直呼自己的名字而感觉到被冒犯,仿佛回到了十九世纪的小说里一样,但罗西无奈地接受了。事实上,她整个工作就是这样,有许多事情似乎是毫无意义的,但无奈接受比据理力争容易得多,适应这些事情比失业挨饿也容易得多。罗西不明白,为什么翁克斯家的人给孩子起名不能用妻子的姓。传统是一回事,但谁愿意让她的孩子一辈子都叫布里斯托尔·翁克斯?① 孩子身上发生的许多事都是没法控制的,但为什么不做些力所能及的事呢?

"我担心布里斯托尔的听力。"翁克斯太太小声地说,罗西开始担心自己的听力。

"他耳朵痛吗?"罗西问。

"我不知道。"翁克斯太太承认。

"他抱怨过这种疼痛吗?"

"没有,但他太小了,也许他不知道用什么词儿表达疼痛,听力受损的孩子通常在语言学习上也有困难,你明白的。"

罗西知道。"你注意到他拉过自己的耳朵吗?"

"没有吧。"

"那你为什么用手捂住他的耳朵,翁克斯太太?这样可以安慰他吗?"

"我不想让他听到我们在聊他的事。"翁克斯太太套紧了她的御寒耳套,"我不想伤害他。"

"但是你今天带他来就是因为你担心他的听力。"

"没错。"

"那为什么要捂住他的耳朵呢?"

"就是以防万一"。

罗西深吸了一口气:"为什么你觉得他听力有问题?"

"我让他收拾好自己的乐高玩具,或者晚餐时让他喝牛奶,喊他收拾好自己的房间,或者让他穿上鞋子,他都不会照做。"

---

① 翁克斯(wonks)在俚语中有"书呆子"的含义。

"嗯哼。"在急诊室待久了的罗西喜欢单刀直入,她没办法委婉地问下一个问题,"翁克斯太太,你怎么确定他不做这些事情是因为他听不到呢?"

"他甚至连头都不抬。"翁克斯太太张开两只手,做出一副很有说服力的样子,"他不是拒绝或者发脾气,他甚至连看都不看我一眼。"

"如果你问他想不想看一个小时电视,他能听到吗?"

"我觉得他能猜到我在说什么,因为我手里有遥控器。"

"你问他想不想出去吃冰激凌,他能听见吗?"

"能,但是——"

"太太,布里斯托尔已经三岁了。不幸的是,他拒绝做自己讨厌的事情,这完全正常。"

"他不是拒绝。"

"他真的可能是这样。"

"假装听不到我说的话,那就是撒谎。"翁克斯太太把手从儿子的耳朵上移开,"布里斯托尔不会对爸爸妈妈撒谎。"

"什么?"布里斯托尔说,"嗯?"

罗西给他做了听力测试,翁克斯太太大吃一惊,布里斯托尔的耳朵一点问题都没有。

他们一家已经在西雅图待了九个月了,罗西仍然不觉得自己现在的工作是医生。她这种错误的认识在当年威斯康星恐慌的午夜时就已经开始生根了,那时他们要做所有工作,不仅仅是医生分内的工作。其实她很惊讶能得到这份工作,她以前练就了一身急诊室技能:伤员分类、诊断、在极端压力下温和的慈悲。但这似乎对那三个非常棒的家庭医生——豪伊、詹姆斯和伊丽莎白——来说没什么用处,他们欢迎她的到来,只要求她在温和的压力下表现出最大的慈悲。伊冯经营着这家诊所,她是接待员、组织者,也创造了奇迹,她的孩子比罗西的还多(六个),自然而然有更多孙辈(十五个),她总是对罗西说:"去做做数学题,数学题可太吓人了。"

他们四个医生是平等的伙伴,工作时间相同,平分大量的文书工作,还一起参加会议和教育研讨会,愉快地共同完成这个小诊所的其他任务。伊丽莎白和蔼友善,不花言巧语,从不去插手别人的事,只会礼貌地问问你周末干了什么。她每天上班来办公室,看看病人,在休息室里闲聊一会儿,然后就回家了,回到家里,过着一种父母毫不知情的生活。罗西喜欢她,但她更喜欢詹姆斯,相反,他不是那种文静的人,他了解了罗西的生活,作为交换,他也让她间接感受到自己的生活:詹姆斯和他的妻子下班后大多数晚上都一起度过幸福时光,要么去吃大餐,要么去看歌剧和戏剧,然后去朋友家。他们会在周末睡个懒觉,悠闲地吃个早午餐,一边看报纸和书,一边交换着哲学观点。他们基本上过着没有孩子的新婚夫妇的生活,在罗西眼里这种生活简直是天堂,就像电影里一样。当然,她现在连电影也不去看了。

可豪伊是个麻烦,他坚持每周一早上开会,因为害怕上周还有遗留的问题。豪伊拒绝用纸制品(包括便利贴),称这样做其他人就会说我们诊所非常环保。有一个周末,他让每个人带着两千个创可贴回家,在上面贴上他们诊所的网址链接,这样他就可以在万圣节那天分发这些创可贴了。他劝其他医生在推特上发点简短又深刻的想法,以让竞争对手知道他们是一群聪慧的人。他还呼吁其他医生称呼病人的父母为"爸爸妈妈"。他还想让罗西负责员工感恩早餐,还想找个人去更新他们的网站。他还想让罗西用自己的假日奖金给伊冯买个礼物,让罗西去泰国待三个月,为一家难民诊所工作,这样他就可以在他们的网站上列个名单,展示出他们的医生因为做志愿者工作和国际援助而备受欢迎。

豪伊想要开一家能适应员工家庭的诊所,所以当罗西被雇用时,他同意了弹性工作制,这是罗西每天早上能让五个孩子离开家自己又不迟到的唯一办法。虽然办公室九点开门,但罗西十点才过来坐诊,因此其他医生四点半就下班了,她要等到五点半才能走,这样白天上班走不开的病人也可以得到治疗,她还能拿额外的津贴。豪伊同意了这个安排,为的是让人觉得他关心有工作的父母,但他还是把周一上午的会议安排在八点半,然后大部分周一罗西迟到时,他还是会表现得非常惊讶。

豪伊不是罗西的老板,但他实际上已经在经营这个诊所,并雇用他们。罗西不想惹他生气,当然更不想和他吵架。她试着耐心地对待这些病人,当他们说自己被蚊子咬了一个比平时更痒的包时,或他们的味蕾感到很奇怪时,或者提出让家庭医生解决掉他们的头虱这种"合理要求"时,她都尽量表现出适当的关切。她尽可能避开豪伊的管理方式，尽可能地说"好"，尽可能地成为他们想雇用的那种医生，尽管她觉得自己恐怕是另一种完全不同的医生。也许这不是一份完美的工作，但这里有常规的上班时间，不用上夜班，而且上班时间里还可以做文书工作，休息，吃午饭，在接诊的空隙还可以打电话回家。这里很少有尖叫或身上流血的病人，或是因为运动而造成的从各种旧伤口，有时是全新的伤口里流出异物的病人。也许这不是一份完美的工作，但它薪酬不错，他们都有保险。如果她拒绝主持早餐会或去雇一个人来更新网站，他们会因此解雇她吗？他们会因为她的家庭需要灵活的时间安排而解雇她吗？会因为她有一个不是真正的女孩的女儿而解雇她吗？罗西很疑惑，但她并不想寻找答案。

对半的概率

罗西后来终于也知道了六岁的小阿姬一个小时前的想法——住在格兰德森家隔壁最大的好处就是他们的房子离得很近，这样两家大人们可以在一个房子里吃饭，把所有孩子都赶到另一个房子里玩。这就像是儿童圆桌会议①，每个十一岁以下的孩子都被赶去厨房过感恩节，所以最终能实现柏拉图式的梦想。大人们终于可以办一场真正的成人派对了，不用再担心有人在客厅跳绳把奶酪盘从咖啡茶几上摔下来了。他们可以尽情畅谈，不会再被一些声音打断，诸如被厨房里传来的尖叫声，楼上令人不安的撞击声，断层书架边的足球比赛，要锤子、火柴或者乒乓球的请求，要额外或者不同食物的请求，把食物从头发、地毯或者内衣上拿开的请求。有些晚上，他们甚至把丘比特都送去了格兰德森家，尽管它表现得比孩子们好许多，但它热情的尾巴却打碎了不止一个咖啡茶几上的红酒杯。

他们两家的大人每个月最后一个周六的晚上都聚会，他们轮流做饭，也轮流看管孩子。哪怕再忙，工作再多，琐事再怎么干扰他们的生活，他们仍坚持聚会。罗、本和卡宴都大到可以照看弟弟妹妹们了，哪怕这个时间他们本可以出去看电影，但他们仍坚持这个传统。罗西期待了整整一个月，轮到他们做饭的时候，她和佩恩精心制作了精美的菜肴，太丰盛、复杂，也太破费了，与日常生活和在孩子身上的花销相比，这简直就是浪费。他们还拿出家里上好的瓷器，喝着昂贵的葡萄酒。每个整点零五分就有一个人到隔壁去看孩子们的情况，确保他们还在扮演《苍蝇王》②里的角色玩耍。

"我们应该把它叫作'双人晚宴'。"本说。

---

① 儿童圆桌会议：儿童模拟圆桌会议的形式，指一种平等对话的协商会议形式，儿童可以自由讨论政治。

② 《苍蝇王》：由哈瑞·胡克执导的动作、教育题材电影，巴萨扎·盖提参加演出。根据1983年诺贝尔文学奖得主威廉·高汀的代表作《苍蝇王》改编而成。

"是啊！"瑞吉尔和俄里翁异口同声。

"我们可以拿把剑！"

"不是决斗。"本翻了个白眼，"双人①。"

"正是如此！"

于是，"决斗晚宴"就这样诞生了。大人们可以在这一个月唯一的夜晚肆无忌惮地聊天，不用担心孩子们会故意或无意中听到什么。他们晚上喝了南瓜汤，吃了塞满鳀目鱼和蟹肉的法式薄饼、巧克力蛋奶酥，喝了几瓶夏敦埃酒，每个人还喝了一玻璃杯的波特酒。没人在乎是不是喝多了，可以说是很不错的一个夜晚了。弗兰克醉醺醺地咯咯笑了起来："波比到青春期了会怎么样？"

佩恩把他的波特酒全洒在了罗西祖母的桌布上了，罗西觉得他们现在的情况有点惨，当然还是比这块桌布强一点，这种维多利亚式的风格在罗西看来有点过度考究了。让她难受的是，如果不是因为喝多了，弗兰克他们都不敢问这些问题。他们赶紧用毛巾和苏打水打扫，检查波特酒有没有洒到桌布蕾丝花边外，一片混乱中，弗兰克不停地用自己含糊的声音道歉："真的很抱歉，对不起伙计们，我不知道自己不应该问这个，我还以为不聊这个才显得没礼貌，我们不想让你们觉得我们不在乎，我们还有点担心……好吧，我们担心你们想让大家知道，还担心你们还没决定好之前就被我们搞砸了。"

佩恩想了想，你可以问我们任何问题，他曾真心想对他们这么说，但此刻却不确定了。

罗西想了想，也有句没说出口的话：都是你的错。她本来不这么想，但此刻也不确定了。她盯着自己的丈夫看，佩恩觉得自己在吸罗西呼出来的气，而罗西觉得佩恩仿佛躺在餐桌中央，她剖开他的胸膛，准备做手术，他赤裸的身体里藏着不可告人的秘密。罗西开始解释时在想，自己这么了解手术，为什么解释起来会如此困难，这只不过是临床、医学、药理学的东西，更何况自己还是医生。"激素阻滞剂。"她简单地回答，佩恩朝她咧嘴一笑，仿佛她在开玩笑。

---

① 决斗，双人：英语中，表示"决斗"和"双人"的单词读音相同（都为 dual）。

"激素阻滞剂？"弗兰克和玛金妮的语气听起来就像是在试镜一部糟糕的情景喜剧。

"这些药我们已经用了很多年了，"临床医生罗西解释，"它们可以阻止所谓的性早熟，我们会看到才六岁的小女孩乳房就开始发育，或是一年级小男孩的睾丸已经开始长大，或者长出阴毛，这些孩子就得用激素阻滞剂，这种药能抑制过早发育，为他们拖延时间，让其他人赶上他们的发育进度。等他们到了九岁或十岁就能停药了，这样他们就能继续发育，和每个人一样正常地度过青春期。"

佩恩看起来有点头晕，弗兰克和玛金妮看上去在等着后面关键的话，所以罗西继续说。

"波比可能也会吃这样的药——"

"可能？"佩恩插了句嘴。

"等她到十一岁或十二岁时，吃这个药能抑制她的男性青春期，暂停整个发育系统，所以她还会是个小女孩。"

弗兰克假装喘着气："你能给未成年人做变性手术？"

"激素阻滞剂只是暂停了发育系统。"罗西不想在周末浪费留给病人们的耐心，"这些药物的副作用是可逆的，但青春期不可逆，所以时间紧迫。我们必须在波比——哦，其实是克劳德——青春期开始之前就采取措施。如果我们等到波比成年，她会长到六英尺高，脸上会长胡须，胸会变宽，长出胸毛，手脚也会变大，能穿十二码的大人鞋了，这些成长是无法逆转的。到那个时候，随你给她用什么激素，她都会长出胸部，身体变得更丰满，声音也会变柔和，但她还是会比自己的任何一个女性朋友高，她只能在网上买高跟鞋，得用电针去掉残留的每一根胸毛和胡须，还要去做喉结手术。阻滞剂只能暂缓她的成长，但解决不了后续的问题。她再长大一些后，准备好打雌性激素了，那时的效果会更好，因为没什么青春期的麻烦了。如果她到时候改变主意了，也没有关系，我们没有做任何不可逆的事。"

"她改变主意？"佩恩打断道。

"因为病人们一旦停掉激素阻滞剂，他们的身体就会继续正常发育，进入青春期。"

"但是。"玛金妮皱皱眉头,她说的是一个完整的句子,没有下文。过了一会儿,罗西才反应过来,惊讶于玛金妮一下子就理解了不论自己曾试过多少种方法,但仍旧没法给佩恩解释的那些忧虑。

"是的,"罗西说,"但是,阿姬会长成一个年轻的女人,而波比仍然只是一个小女孩。他们班上的其他人都会长成青少年,但波比不会。当大家都到了正常年龄时,性早熟的孩子也终究会在生理和心理上走向成熟。当波比身边的所有人都长成青年人时,她仍然会保持青春期前的状态。"

"然后……为什么?"玛金妮问。

"这是最佳选择。"佩恩说。虽然他已经掌握了保守秘密的诀窍,但他还是会浏览论坛、博客、照片墙、推特,以及 YouTube 频道上一页一页的评论。那些没有服用阻滞剂的孩子,青春期简直要了他们的命。性早熟男孩们的乳房就像是肿瘤,毒害他们的身体,慢慢成为他们眼中的"恶性癌症";那些性早熟的女孩们像研究地图一样研究自己的脸,找寻毛发的痕迹和正在成长的骨骼。他们能感到身体里的荷尔蒙叛军在绽放,把如花粉一般顽固的毒素都散播到不幸的命运中,他们极其厌恶自己的变化,这些变化就好像大海一样势不可当,只要一涨潮,他们的生活就会全部被冲毁。互联网上到处都是这些破碎、消沉的孩子,他们只能躲在极厚、极宽松的衣服里,把身体藏在夹子、胶带、垫子和皮带下面。但至少他们是幸运的,因为他们仅仅只需阻止身体里增长过快的那一部分,而有些人不但要阻止这些,还要克服很多其他的困难,这样的人不止几个,而是成百上千个。

"这么说,这些孩子可以选择自己是谁?"弗兰克想找一个贴切的比喻,最后说了一句,"像电子游戏扮演角色一样?"

"不,这像一个童话。"佩恩说,罗西朝他翻了个白眼,"也许你外表看起来是一个脏兮兮的厨房女佣,但你的内心是一个真正的公主,如果你心地善良,你会知晓要在哪个坟墓前哭泣,或者能找到那个该去擦的灯,这样你的外表也会变成一个公主。也许你看起来像只青蛙,但只要吻上那个对的嘴唇,你就能神奇地变成自己心里的王子。如果你心地善良,很有价值,你会得到配得上你内心的外表。美德能直接带来改变,改变会立刻带来未来的幸福快乐。"

"但还有很长的路要走,"罗西补充道,"很长很长的路。"

"波比是最善良、最有价值和道德的人。"佩恩继续说,仿佛根本没听到罗西的插话。

而在隔壁,波比在和小狗玩儿,俄里翁打扮成一个驾驶游艇的僵尸,他还把自己的戏服都带过来了,波比和阿姬正试着让狗狗给她们表演。波比给丘比特穿了件背心,那件背心是瑞吉尔在几年前为了庆祝上学八十天织的(他织这个是为了模仿电影《红粉佳人》①里的达奇,尽管这个背心既不是粉红色也不像达奇),鲁福尔拉身上套了六个针织吸汗带,像斑马一样。波比和阿姬写的剧本既不是关于鸭子的,也不是关于狗或斑马的,而是维纳斯和塞丽娜·威廉姆斯联手与小绿球形外星人作战的故事。狗狗们和网球配合得很好,但它们还是不会打电话。

这三个小时里,本已经是第三次做爆米花了,孩子们吃了好多。瑞吉尔和俄里翁正在挑一部大家都能看的电影,他们权衡许久,就像处理一个小国的债务危机一样严肃对待这个任务。罗和卡宴在格兰德森家的地下室里等着大家回来。

"我听说你上周放学后和德里克·麦吉尼斯打了一架。"卡宴仔细盯着自己的每一个脚趾看,但罗觉得她在和自己说话,因为房间里除了他没有别人了,而且他上周确实和德里克·麦吉尼斯打了架。

"啊?"

"是你吗?"

"你想说什么?"

"打架的男人很性感。"卡宴耸耸肩,"我不是指那种拿刀打架或摔跤的人,也不是指那种四处打人的人,我是指那种偶尔打打架的男人。"她停下来想了想,"我赌本从没打过架。"

"他总和我打架。"罗说。

"谁赢了?"

---

① 《红粉佳人》:一部拍摄于20世纪80年代的美国电影,达奇是其中的主角之一。

罗哼了一声。

"我听说你总是打德里克，因为他老喊你同性恋。"

罗看向别处："我没总打他。"

"他叫你同性恋吗？"

"我们打架是因为其他事情。"

"你是同性恋吗？"

"不关你的事。"

"要真是的话，可以跟我说，我不在乎，我有个叔叔就是同性恋，我很擅长保守秘密。"罗抬头看着她，听她继续说，"如果你不是，你也应该告诉我。"

"为什么？"

卡宴将视线从自己的脚趾挪开，但没有抬头，所以她透过睫毛看着他："如果你说了，我俩也许能多点选择。"

当所有人（包括打扮得漂漂亮亮的狗）都回到一楼，准备看瑞吉尔和俄里翁最终敲定的电影时，卡宴却想去玩转瓶子①了。

"嗯，不了吧。"罗和本齐声说，他们的句尾升了调，语气里充满疑问。罗的疑问是：这个女孩是认真的吗？本的疑问是：为什么她想吻我以外的其他人？他没有再想下去，而是赶紧央求罗打破厄运结②，罗刚才赢了。

"为什么不想玩呢？"卡宴难以置信，居然有人否定她的提议。

"我不想跟你亲热。"罗说。

"这屋子里你最不想和她亲热。"瑞吉尔说。

"不错，"罗承认道，"但也没那么讨厌。"

阿姬和波比其实不是很懂转瓶子怎么玩，不管有没有血缘关系，她们也对谁亲谁没什么兴趣，阿姬突然转身问波比："你们家怎么生的全是男孩子，不觉得奇怪吗？"也许是阿姬一直想问，也许是随口一说，波比听到她

---

① 转瓶子：转瓶选择接吻对象的游戏。

② 厄运结：比如A和B同时说出同样的话，但A抢占先机说出"jinx"（厄运结），那么B就被下咒了，从被下咒的那一刻起B不能说任何一句话，直到目睹厄运结之人说出B的姓名。如果B打破厄运结，那么就会突遭横祸。

的话心跳好像都要停止了。"我是说直到你出生。"

"你们家生的都是女儿。"波比尽力接着她的话。

"是啊,但我们家只有两个女孩,你们家可有一堆孩子,你爸妈之前一定以为自己只生得出儿子吧。"

"这概率是对半的。"本马上大声地喊,每个人都停下来看着他,他冷静地解释,"母亲每一次怀孕,都有一半的概率生下一个男孩,不管之前已经生了几个男孩。即使波比有四个哥哥,但当她出生时,她也有一半的概率成为一个男孩,也有一半的概率成为一个女孩。"

这是科学正确的理论,所以这位沃尔什·亚当斯家的聪明人尽量表现得很可信。"如果你是个男孩呢?"阿姬悲叹道,"那真是太糟糕了。"

"为什么?"卡宴说,"男孩多棒啊。"

"如果你是个男孩,"阿姬对吓蒙的波比说,"我们就不可能是邻居公主,也不能一起过夜,不能让我们的狗一起演戏,还不能给对方涂脚指甲。"

"为什么不行?"俄里翁扭动着他黑绿相间的脚趾。

"不行啊,因为你是个僵尸。"

"我是个开游艇的僵尸。"俄里翁纠正道。

"男孩也可以带狗狗演戏。"瑞吉尔说。

"我们不可能成为最好的朋友。"阿姬在眼前挥着胳膊,"如果你爸妈没有打破对半的概率,还把你生成一个男孩,那将是有史以来最糟糕的事情。"

波比张了张嘴,大家都等着她说话,罗和本都低头看着自己的脚,瑞吉尔和俄里翁看着对方的脚,卡宴眯起眼睛看着他们。波比吞吞吐吐的,但还是真心地对阿姬的话表示赞同:"嗯,最糟糕的情况就是这样了。"

奇迹之年

佩恩发现自己总是在想约翰·德莱顿[1]这个人。德莱顿属于那种平时不会读，只有上研究生才会学习研究的诗人之一。没有人的电子邮件签名会引用德莱顿的诗句，就算谁的电子邮件签名是德莱顿的一句诗，他也肯定没读过这首诗其他冗长枯燥的部分。但德莱顿有一首诗——"奇迹之年[2]"（充满奇迹的一年），这首诗写的是1666年的英格兰，那年的英格兰显然没有什么奇迹。1666年英格兰爆发了战争、瘟疫，连烧三天的大火摧毁了伦敦大部分地区。还有艾萨克·牛顿发明了微积分，没有数学天赋的学生因此生活得更加艰难了。但德莱顿这首诗却说这是多么美好的一年，因为第二年可能会更糟，他们等着瞧1667年会是什么样，至少读过这首诗的人都见证了那一年是不是更惨。

佩恩试着说服自己罗也在经历着他的奇迹之年，他试图重视罗的这一年，因为它看起来很糟糕，甚至可能会更糟。佩恩知道，罗从来没有烧过东西，但是除此之外，他的十七岁和1666年的英格兰有很多共同点。罗与自己的父母和兄弟不和，他仿佛也染上了瘟疫（嗜睡，精神萎靡，厌倦世上所有的人和事）。罗的微积分也学得不好。但他的主要问题是历史这门学科，罗的大学历史预修课[3]老师曾给学生布置过一个"就当前影响美国的问题进行视频演示"的作业，如果罗曾经抱怨过这作业题目措辞不当，主题不

---

[1] 约翰·德莱顿（John Dryden, 1631—1700），英国诗人，剧作家，文学评论家，翻译家。于1688年获得首个英国桂冠诗人称号。他在英国复辟时期的文学界有非常杰出的成就，当时的文学界被誉为是德莱顿的时代。

[2] 1667年德莱顿发表《奇迹之年》，这似乎是他最精致的作品之一。

[3] 美国大学预修课程，指由美国大学理事会提供的在高中授课的大学课程。美国高中生可以选修这些课程，在完成课业后参加AP考试，得到一定的成绩后可以获得大学学分。

明确,如果他曾到佩恩那里辩解,题目中的"当前"事件根本不属于历史范畴,至少现在还不是,佩恩可能还会同情他。但是罗毫无怨言地做了这个作业。

罗得了个 F。

他拒绝重做。

然后罗模仿罗西的笔迹在自己胡作非为的通知单上签了名。

当罗西和佩恩拿到罗这一季度的成绩单时,他俩不禁注意到罗糟糕的历史成绩。

罗发誓这肯定是印刷错误,他承认看牙医那回自己缺了一次课堂测验,但放学后就补了回来,博卡斯夫人可能还没给他评分。他说自己除了微积分以外,其他科目都表现不错,所以还用怀疑他吗?他说自己其他科目都是 A 和 B,那历史得 F 的概率能有多高?

结果这概率很高。

罗西和佩恩去见了罗的老师,博卡斯夫人说罗的视频作业主题是关于允许武装部队中 LGBT[①] 士兵公开自己身份的问题。

"不可能。"佩恩笃定。

"唉,恐怕不是。"博卡斯夫人已经习惯了让父母们认清他们孩子的真实面目。

"你们不知道。罗并不反同,他可能是因为……好吧,我们知道他……你在家看到的……"佩恩发现自己说不清楚话,但他松了口气,显然这里有某种误会,"不管怎么样,相信我,一定是哪儿搞错了。"

"是有些地方搞错了,"博卡斯夫人说,"但很明显,我们两个说的不是一回事儿。"

博卡斯夫人给他们看了视频。

这视频是在家里拍的,主演是波比的娃娃们和毛绒玩具,它们穿着俄里翁的戏服和瑞吉尔的针织品。本很擅于操纵这些娃娃,他在镜头前依次摆弄每个角色,他的手偶尔会进到镜头里(罗西想他一定很愧疚)。在片头的

---

① LGBT:同性恋、双性恋及跨性别人群。

开场白里，罗模仿着自己最喜欢的电影的预告片："美国军队不允许同性恋的存在。海军的颜色是海军蓝，不是彩虹色。空军里没有变性人，海军陆战队里没有女同性恋，空军里没有双性恋。"故事情节的详情有点混乱，但最后，穿着迷彩服的爱丽丝和马普尔小姐在一个带枪的沙箱里滚来滚去（佩恩猜这枪其实就是椒盐卷饼棒），然后一起在床上滚来滚去，直到一名高级军官突然出现尖叫道（军官是用一卷纸巾做的，俄里翁用本的辩论丝带装饰了一下）："你们不属于这个男人的军队……"

"至少他消音了。"佩恩说。

博卡斯夫人没什么反应。

在学校停车场，佩恩仍旧难以相信："罗不可以恐同，也不能反同，他生活在我们这种家庭里，他不能反对变性。"

"也许正因为他生活在咱们家，他才会这样。"罗西温柔地说道。

"他需要治疗吗？"佩恩根本没听罗西在说什么，甚至也不知道自己在说什么，"干预？自己在军队待过一段时间？"

"也许他并不是这个意思。"

"很明显就是这个意思啊。"佩恩的声音依然很大。

"是吗？"罗西觉得这视频不过是让人有点尴尬罢了。

"这孩子到底怎么了？"佩恩碎碎念道。周围一群高中生都轻蔑地看着他。

"我们回家再问他吧。"罗西说。

回到家，他们喊罗过来，让他坐在家庭作业桌旁。

"我们看了你的视频。"罗西开门见山，她不想儿子再骗他们了。

"你们喜欢吗？"罗冷笑着。让佩恩下决心结束罗的"奇迹之年"的并不是这个视频，而是罗这个假笑。

"你喜欢吗？"佩恩控制着自己不要大喊。罗颤抖地耸了耸左肩，他的身体缩成一团，像个逗号一样。"你做这个作业可真是煞费苦心啊，努力做了这么多，就是为了说出你那白痴一样的观点和愚蠢的笑话。"罗感到十分难堪，可能是因为佩恩话语里的"白痴""愚蠢"，或是他大喊大叫的行为。"做了这么多，就是为了去羞辱别人。"

"我没有羞辱任何人。"罗盯着自己肚脐的位置，很小声地说。

163

"没关系，"罗西在分析现状，她决定从最简单、最明显的问题开始诘问，"你觉得自己能那么说话吗？"

"军人就是那么说话的，"罗闷闷不乐，"我把脏话都消音了。"

"你觉得你可以在视频里模拟性、暴力，天哪，我不知道还有些什么东西，你觉得把这些给老师和父母看没问题吗？"罗西接着说。

"你不明白，现在和你小时候不一样了。"

罗西闭上眼："为什么博卡斯夫人让你重做，你却拒绝了？"

"因为我都做好了，为什么要重做？"罗坐直了，这样双臂就能交叉放在胸前，"她不喜欢，那是她的问题。"

"不，我觉得是你的问题。"佩恩说。然后，他忍不住问出了这句话："你相信你自己的论据吗？"

罗翻了个白眼："当然，不然我做这个干什么？"

"你觉得武装部队的 LGBT 士兵是个问题？"

"当然。"罗回答。

罗西摇摇头："我不喜欢太过标新立异的学生。"

"你什么意思？"

"我想说的是，"罗西说，"如果你想尝试什么，那就去尝试。如果想努力，那就去努力。但你不要为那些你看起来都不关心、也从未尝试过的事情而努力。"

"这个视频甚至都没什么意义——"

"你十六岁了，"罗西说道，"你已经过了觉得说脏话很酷的年纪了。你做出这些愚蠢的举动，就为了引起大家的注意，这一点都不酷。你想埋怨作业题目不合理，就拍这种视频来反抗，这傻透了，你竟然还在视频里贬低别人，这更糟糕。"

"噢，当然。"罗嘲讽的笑声都快成一首狂想曲了，"我早该明白，你们不是因为我的作业而生气，你们是因为其他人的想法而感到不安，我太震惊了。"

"罗，你就这么龌龊下去吧。"佩恩试图降低音量，让歇斯底里的自己冷静下来，"跟你没什么好讲的了。"

"别人怎么看你们，怎么看你们的孩子，这才是你们所关心的吧。"罗脸上写满了轻蔑，就像停车场那些嘲笑佩恩的人一样——他在十年级学到了这些恶习，"好吧，我不在乎我是谁，我做什么，关于这些我从来不撒谎，这点我和我们家人不同。"

佩恩脸红了，他冷静了下来，嘴还张着，但是罗西成功地反驳了罗："我们之前问过你成绩单上历史为什么是F。"她的声音里带着愤怒和胜利的情绪，"你说这是印刷错误，是这样吗？"

"不是。"罗生气地说道。

"你去看牙医的时候缺了堂测验，你放学后补了但是没有评分是吗？"

"不是。"

"那么你真的是无辜的吗？"

罗双手交叉，耸耸肩。

"无辜吗？"

"不。"

"那在我看来，在关于你是谁、你做了什么方面，你撒谎了。"罗西说。

佩恩尖声添了一句："我们家不允许这种事情发生。"

"你们太虚伪了。"罗小声嘀咕。

"你说什么？我听不清。"佩恩哪怕听到了，他也要故意再问一遍。

罗尖叫着说："你们怎么能说我撒谎？你俩一直在撒谎，你们每分每秒都在撒谎，你们愚蠢的一生就是个谎言，你们一直说'我女儿这''我女儿那''这就是我一直梦想中的小姑娘'。好吧，这些都是假的，都是谎言，你们对所有认识的人都撒谎，还让我们也撒谎，你们强迫全家人每天一起掩饰那蠢到家的谎言，我不知道你们到底凭什么站在这儿骂我撒谎。"

"我们没有要骂你，"罗西一直在颤抖，就像上了发条的玩具一样，但她让自己冷静下来，说，"我们要惩罚你。"

"住在这个家就已经是惩罚了。"罗冲回了自己的房间。

"胡说八道。"佩恩去追他，嘴里喊道。

那个周末十分沉闷。周一早上，罗西气喘吁吁地走在下着雨的上班路上。他们的粉色炮塔房子最好的一点便是离上班的地方只有一英里多一点，但不幸的是，有一英里都是上坡路。罗西经常在爬坡时给卡梅洛打电话，因为如果不利用这段时间，她去哪儿抽出时间和自己的妈妈说说话呢？

"罗恐同。"罗西伤心地说。

"不对劲啊。"卡梅洛说。

"我知道，"罗西气喘吁吁，"但这是真的，他的作业里出现了性、脏话、光着身子的芭比娃娃，还提及了同性恋和变性军人。也因此他历史没及格。"

"你还是孩子时，学校就已经变了很多了。"卡梅洛说。

"他那个历史作业没及格，因此历史这门课就没及格，他还撒了谎，我们之前一直被蒙在鼓里。"

"你还奢望他能把这种事坦白出来吗？"

"我希望他从没做过这种事。"

"唉，这可不一样，你因为他的历史作业或者他撒谎而发火了吗？"

"没有，我生气是因为我们批评他的历史作业和撒谎行为时，他说我们是伪君子，说我们一直在撒谎。"

"关于波比的谎言？"

"嗯，"罗西承认，"他对波比的事很生气，他成了个偏执狂。"

卡梅洛可不相信："可怜的罗，真希望我在你们那儿。"卡梅洛每年夏天还是会去他们家，但现在距离她上次来已经有好几个月了，马上要过感恩节了。

"罗不是因为我们撒过谎而生气，"罗西停下来喘口气，纠正了一下时态，"撒谎。"她看到还在滴着水的松树尖从水面上细细的薄雾上冒出来，美好又微弱的阳光照耀着海边的悬崖和古老的森林。这是一个美丽的住处，但假如你的家人不把这里当成家，那就毫无美丽可言。"他生气是因为他很喜欢威斯康星，而我们搬来了西雅图，因为他喜欢农场，而我们搬来了城市，因为我们，他离开了足球队、管弦乐队，离开了他的朋友和各种主席职位。"

"他觉得你们喜欢波比胜过喜欢他。"卡梅洛说。

"我们没有。"

"我知道，亲爱的。"

"不。"

"那他呢?"

"已经有两年多了,该结束了,我们搬家只是因为这里更安全,而不是为了孩子中的谁。假如我们说,'威斯康星对波比而言太危险了,但你们却能冒这个风险',他们一定会觉得自己没受到重视,但我们觉得西雅图对大家来说都是个更好的地方,我们觉得罗有趣,友好,性格外向,以为他能适应。"

"那发生了什么?"

"我们错了。"

"不是错了,"卡梅洛说,"只是不合适。"

"也许是。"

"父母们总是会偏爱某一个孩子。"

"我们不是。"

"你妹妹生病时你在念七年级,那时你都没怎么上学。"卡梅洛在罗西反驳时说,"你的十二岁基本是在医院病房里度过的。那时我对一切都感到绝望,对你照顾不周只不过让我多了一层愧疚感而已,但那时我只能对你放任不管。波比需要更多的治疗,需要姐姐陪着她,我和你爸爸也需要你,需要不用分心到学校、家庭作业、女童子军和家长会上,而你那时什么都不需要。后来,你的需求出现了,然后我们解决了你的需求。你应该庆幸每个人的需求并没有同时出现,不然我们根本不能同时满足所有人的需求。你离开威斯康星,那是波比的需求,而现在,罗的需求出现了。"

是的,罗的需求出现得猝不及防。

预防性的生气

本的秘密是：他爱上卡宴了。他把这当成个秘密，一是因为他觉得尴尬——爱上邻家女孩这种事儿太老套了；另一个原因是，早在八年级开学前的那个周末，本第一次在卡宴家后院的烧烤聚会上遇见她时，就对她一见钟情了，可卡宴一会儿爱着他，一会儿又很冷淡。本最乐观的想法是，卡宴对自己的感情就像天气一样无法预测，无法控制。本都不敢告诉别人卡宴是自己的女朋友，因为卡宴不在他身边时，他自己都没法确定她到底是不是自己的女朋友。也许他没把这当成个秘密，也许他也不明白自己的心意。他和卡宴的关系目前仅仅是邻居，她只是他的隔壁邻居，本表现得很友善——卡宴学代数需要帮助时，他去答疑解惑。他还要去及时把波比和阿姬分开，以免她俩成为如胶似漆的双生儿——她们的父母都在吃饭，所以只能让其他孩子管着她俩。保守秘密的另一个原因是本还不想摊牌，最重要的是：本应该是个聪明人，但爱上卡宴是愚蠢的。他足够聪明，早就预见到了这一点，他只是还没聪明到能控制住自己的感情。

还有一个原因：本擅长保守秘密。

九年级开学前的那次周末烧烤，是他们相遇一周年的日子，本数着日子等着那天，但那天卡宴并不理他，他只身一人待在自己的房间里，哪怕那年夏天西雅图热得反常，那个周末温度高达35℃，屋子里还没空调，夏日午后待在房间里就仿佛是在微波炉里打盹。而一年之后，在十年级前的烧烤聚会上，卡宴握着本的手喂他吃脆香米，不停地撩开自己的毛衣扇风，还让本舔掉她手指上融化了的棉花糖。所以你看，聪明在感情交往中真的没什么用。

"你喜欢她什么？"桌上放着六种不同的土豆沙拉，那天晚上，罗在桌子前选沙拉时这样问本。

"什么？"装聋作哑对罗没用，但本还是使了这招，"你什么意思？"

"我不是问你是不是喜欢她。"罗叹口气,翻了个白眼,表现得他不是第一个知道这事的人,"我知道你喜欢她,我们都知道你喜欢她,全世界都知道啦。"显然这已经是个公开的秘密了。"我想问为什么。"

"我知道她很好。"

"不,她没那么好。"

"但我们没有——"本的脸红得像是喝多了桑格里厄汽酒。

罗凝视着他:"是因为很方便吗?"

"什么?"

"就因为她住隔壁吗?"

"不。"本激动地说。不管喜欢卡宴是因为什么,但绝对不是为了图方便。

"你半夜里偷偷溜出去见她了吗?"

"咱俩住一个房间,你不知道我出没出去?"

"我睡着了。"罗吸吸鼻子。

"我也睡了。"

"如果我像你那样有其他事做,我可不一定能睡着了。"

"什么事?"

"比如半夜溜到隔壁家去。"

"我不是……我们还没有……"他们确实还没有进行到这一步,真走到那一步时,不只本的清白,很多事情都会成为定局。

"如果你们那么做了,"罗回去吃他的土豆沙拉,"我不知道你还喜欢她什么。"

"你从来不理解人是怎么喜欢上别人的,"本说,"因为你谁都不喜欢。"

"确实如此,"罗态度友善地赞同,"人们都很烦人。"

七个星期后,本把卡宴带回家时,他托瑞吉尔给她织一个胸花。他觉得其他女孩一般喜欢玫瑰和满天星的花束,但卡宴与众不同,她会想要其他的花,本想卡宴也许会喜欢那些凡俗的插花艺术,但那些花一晚上就枯萎了,胸花却能永存。但卡宴没留着这朵胸花,因为它让她觉得难堪,派对的最后一首慢歌放完后,她把这朵胸花扔到体育馆的厕所里冲了下去,然后厕所堵了，水溢了出来，余兴派对①也就取消了。

转眼到了十一年级前的那次烧烤聚会，本决定庆祝他们的周年纪念日，他和卡宴已经认识三年了，她牵着他的手喂他棉花糖也已经过去一年了，虽然本还不能给当时那个情景贴上合适的"标签"，但这并不影响他庆祝。他看书了解了一下周年纪念，知道了一周年纪念礼物是纸，所以在卡宴喂他棉花糖的那天晚上他就开始准备礼物了——万一他们之后还在一起，甚至一年后也在一起呢（本是一个喜欢提前计划的孩子）。他每天都会折一个纸爱心和纸蝴蝶，到他高三（十二年级）那年的烧烤聚会时，他已经折了三百六十五个纸爱心和三百六十五个纸蝴蝶了。那天下午，本把它们全倒在卡宴的房间里，铺在她的梳妆台、床头柜、床、写字台、一堆堆衣服、鞋子、课本、笔记本、电子设备上，埋在地板上像地雷一样的电源线上，然后躲起来等她出现。卡宴发现他在自己房间里时，尖叫了起来，第一次叫是因为震惊——本只露出了自己的脸，没有人会喜欢突然冒出的一颗头，第二次叫则是因为高兴。本则心跳加速。卡宴对本的礼物表示感谢，也许不是感谢这个礼物本身，而是感谢这个礼物的奢华和以此显示出的他对她的疯狂迷恋，这让他备受鼓舞。但她仍然拒绝给他们的关系定性，也不让本喊自己女朋友。除此以外，这屋子里简直就是一场灾难：这些礼物把她的床都给埋了。

除了年轻人的爱情外，从其他角度看，整个夜晚都是一场灾难。虽然当时没人意识到，但这场灾难影响巨大，受影响的不只是他们。本和卡宴在礼物中找着被埋的床时，格兰德森家的院子里一年一度的烧烤聚会已经升级成一种斯科特和泽尔达②式的社交聚会。这是一个完美的西雅图夏日，午后骄阳慢慢退去，黄昏也逐渐变成了一个清爽、明朗的夜晚，人们需要穿件薄毛衣了。空气里弥漫着烤肉架上炭的香气、桃子成熟的果香，以及让人兴奋的黄油和糖的香味。篝火里的木头噼里啪啦地烧着。暮色中，火光摇曳，烟

---

① 余兴派对：派对结束后的庆祝活动。
② 斯科特和泽尔达：指美国作家斯科特·菲茨杰拉德和其妻子泽尔达·菲茨杰拉德，菲茨杰拉德是美国20世纪20年代"爵士时代"的发言人和"迷惘的一代"的代表作家之一，夫妻两人都热衷社交。

雾袅袅。

对孩子们来说，在学校和家庭看管之外看到对方是一件很特别的事情，但只要稍不小心，他们还是会处于父母的监视下。如果谁的家人不在城里，或者夏天晚上他们相聚在海滩时，孩子们也会有自己的派对。如果没有人管，他们能肆无忌惮地看好几个小时的电视。所以在这里还是有些不一样的。罗在判断他那些朋友们在这种场合下到底会更真实还是更会伪装：不抽烟的凯蒂·弗格森，不会疯狂地从任何四英尺以上的地方跳下来的凯尔·康纳，还有不再骂骂咧咧的格拉希·迈耶。

如果说父母的过分亲近让孩子们变成了规矩的大人，那么这个年年不落的聚会让大人们又都变成了小孩。他们拿着塑料杯喝酒，那里头装的全是泡沫啤酒，这与同弗兰克、玛金妮吃晚餐时和他们喝一两瓶葡萄酒的感觉完全不同。佩恩从不酗酒，但他现在觉得自己是个酒鬼，他从瑞吉尔身边跑过，从他手里夺过一个装着水的气球，朝波比扔去，波比生气地尖叫起来，所有父母们都尖叫着起哄。罗西在午饭前就过来帮玛金妮做恶魔蛋[①]，然后她就待在那里，无聊地来回倒着桑格利亚酒，看看哪儿还需要帮忙。她在路上不知怎么回事弄丢了自己的鞋子，现在她的脚脏兮兮的，只有一小部分是干净的，她把俄里翁头上的史努比帽子偷来自己戴了，帽檐挡住了她的右眼。和孩子们一起搞派对让大人们不再严肃，在派对上和邻居们也没有平时相处那么得体，只要花一半精力观察孩子们就会明白原因了。

"这个派对真是一年比一年搞得好了。"罗西坐在一张露营椅上，她怀疑自己不能从椅子上坐起来，她正试着把两瓣裂开的鸡蛋合上。

"是因为食脆香米吧。"玛金妮亲切地用脚趾戳了戳罗西的手肘，"但也可能是因为桑格利亚酒。"

"嘿，我在给鸡蛋'做手术'呢，把你的脏脚拿开。"

"你的更脏。"

罗西像鸽子一样弓下身看了下自己的脚，玛金妮所言不虚，她们用脚来了个击掌。

---

① 恶魔蛋：一种食物。

孩子们大多聚集在篝火边上，戴上各自的伪装，规规矩矩地吃糖，试着互相攀谈。佩恩能听到瑞吉尔、俄里翁与哈里、拉里吵架的声音。起初，佩恩似乎并不相信这两对孩子二次方程一样的友谊能维持下去。刚认识的时候，哈里和拉里疯狂地迷恋着俄里翁的戏服、瑞吉尔的针织，还有他们有点古怪又散漫的一大家子。和沃尔什·亚当斯家族比，这两个孩子算是稍微"正常"的了。这两对都是双胞胎，光这个事实就足以让四个孩子聚在一起玩，有一个和自己一模一样的兄弟是他们之间最大的共同点。

"还记得那个家伙是什么时候变成虫子的吗？"拉里说。

"整个电影都在讲他变成虫子啊。"俄里翁说。

"我知道，我是说他转变的那一刻，完完全全变成虫子的那一刻，'啊啊啊，我的胳膊，我的大腿，啊啊啊'。"

"怎么了？"

"那一刻简直惊心动魄啊。"

佩恩皱了皱眉，他得承认，《蟑螂队长》已经把新一代的孩子都培养成了卡夫卡①的粉丝，但这部滑稽又拙劣的模仿作品和卡夫卡的原著没什么共同点，两者完全不同。

"我们的狗也变身了。"拉里说。

"你的狗变成蟑螂了？"瑞吉尔的语气不是惊讶，而是充满怀疑。在院子对面的佩恩听到后，为自己的儿子没那么无知感到欣慰。

"不，不是直接变的。"拉里说，"我们家厨房里有个超大的蜘蛛，是那种长毛的蜘蛛，我们想抓住它，但它爬到洗碗机下面去了。第二天我们放学回家时，有一只狗在我们家的前院里，它脖子上没有颈圈，我们在附近张贴了告示，但没人来认领，而且我们再没见过那个蜘蛛。"

"所以你们觉得洗碗机把蜘蛛变成了狗？"瑞吉尔想确认自己是不是听错了。

"是啦。"拉里说。

---

① 弗兰兹·卡夫卡，生活于奥匈帝国（奥地利帝国和匈牙利组成的政合国）统治下的捷克小说家，本职为保险业职员。主要作品有小说《审判》《城堡》《变形记》等。

"太蠢了。"他的哥哥说。

"那你还能怎么解释这个？"

"这就好比说马克以前是一辆自行车。"哈里说。马克是哈里的鬣蜥蜴，是他爸爸不小心踩了他的自行车，为了道歉给他买的。

他们都笑了起来。"我的滑板以前是个土豆，"拉里说，"因为它是我们在路上停下吃薯条的时候在商店里买的。"

"俄里翁的屁股以前是个低音号，"瑞吉尔说，"这就是为什么它老发出声音。"

"瑞吉尔的脚以前是一个移动厕所，"俄里翁反驳道，"所以它们闻起来也是那味儿。"

"哈里以前是一只猴子，"拉里笑得很厉害，他用棉花糖擦掉自己笑出的泪水，"所以他才这么毛茸茸的。"

"我们以前都是猴子，你这个笨蛋。"哈里说。

俄里翁说："波比以前是个男孩。"

罗西和佩恩愣住了，玛金妮和弗兰克也愣住了，罗、本、瑞吉尔、俄里翁和波比也都愣住了。他们在后院的各个地方——烤架旁、桶旁、甜品桌旁、篝火旁、洒水车旁。每个人都沉浸在自己的谈话和自己的世界里，但他们也一直在无意地听别人讲话，就像小狗一样，虽然在嘈杂的声音中也能听到些只言片语——坐着、待着、走着、好女孩——他们的耳朵也因为之后发生的事情被刺痛。在佩恩眼里，派对上所有人似乎都屏住了呼吸，而在波比眼里，不仅仅是她的家人，整个世界都在出事前的最后一刻冻住了，再呼吸一下，再呼吸一下，再吸一口气，她的整个世界都会解冻。她很疑惑，除了自己怦怦的心跳声外，宇宙中的一切为何都如此安静。但罗西看到了安静之外的东西，她看到哈里和拉里笑得像猴子一样，就像他们平时那样，他俩还在旁若无人地继续打着比方，仿佛没人在关注他们四个；她看到瑞吉尔跳上了后墙，激动地表演蟑螂队长变身的场景；她看到了俄里翁的脸变得像他的史努比帽子一样白，他跳到了瑞吉尔——他的众多兄弟之一——的旁边，扮演着蟑螂队长憔悴的未婚妻，她还没爱上这只野兽。世界仍旧在变化，秘密被说了出来，但幸好及时转移了话题。

他们到家时已经很晚了,波比留在阿姬家睡了,她已经学会了为自己守护秘密,她也许觉得自己不和家人在一起的时候会更安全些,因为她只要控制住自己就好。四个男孩子都在客厅里徘徊,等待着接下来要受的惩罚。罗西累极了,不知道怎么做才合适:是安慰还是严惩,是紧紧守着秘密还是应该感到羞愧。他们躲过一劫了吗?是让这种如释重负的微笑、这种大难不死后满脸惊恐的摇头像家庭习俗一样一次次上演,还是应该对孩子们来一场"幸好上帝保佑,秘密没泄露"的谴责?她记得自己有一次责备罗,因为他把剪刀放在了刚学会走路的双胞胎够得着的地方。"可是妈妈,"罗把眼泪汪汪的脸转向她,"你为什么生气?"

"瑞吉尔和俄里翁可能会受伤。"

"他们没有受伤,你为什么不开心?"

"我很开心,但我在为下次生气。"

"为下次生气?"

"我现在对你发脾气,这种事下次就不会再发生了。"

预防生气?在当时的罗看来,罗西那时绝对是生气了,就像是为了预防下次再生气,为了可能会发生的严重后果而生气,为这次如释重负而生气。罗西现在只想上床睡觉。

但佩恩不想睡,"你在想什么呢?"他没由来地问了一句,不知道在问屋里的哪个人。

俄里翁已经滚到了地上:"我那会儿什么也没想,这是一个意外。"

"意外?"

"我不是故意的,"他的声音颤抖着,手也在颤抖,"我就是脱口而出了。"

"你是怎么不小心说出来的?"

"就像那种女式背心之类的。"

"女式背心?"

"弗洛伊德口误①(说漏嘴了)。"瑞吉尔翻译道。佩恩经常怀疑俄里翁和

---

① 弗洛伊德的理论,认为口误是非常有研究价值的,因为口误并非偶然,恰恰相反,口误的内容往往是内心深处的真实想法的反映和写照。这里俄里翁是因为自己词汇量不多,没有说准这个词,而说成了别的。

瑞吉尔之间存在心灵感应，因为简单的孪生兄弟关系不足以解释他们是如何理解彼此嘴里说出的乱七八糟的话的。

"不是，"佩恩说，"弗洛伊德口误指的是你不小心说出了自己内心所想，不是说假话。这是怎么回事？"

俄里翁看上去被吓到了，还很痛苦，一脸不知所措。

瑞吉尔说了一句话，声音小得几乎听不清："但这是一个好机会，你们不明白吗？"

他的父母不明白。

"他可以说出来。"罗解释道，罗西很惊讶听到他说话。"没关系的，就一小会儿，我们都不用守护这个疯狂的秘密。"

罗西和佩恩看着本，仿佛他能告诉他们，罗的这些话是出自真心还是只是男孩们的屁话。"秘密是很重要的东西。"本说，既没偏向自己的兄弟也没偏向父母。

"我们必须小心，"佩恩努力控制着自己的声音，"比以前要更加小心。"

"为什么要比以前更小心？"罗的嘴唇像毛毛虫一样卷着。

"因为我们已经走了这么远了。"佩恩说。

"是啊，如果是这样，"本说，"那我们不是一直要比以前更小心吗？每天都要比前一天更加小心吗？"

"真会找理由。"罗西受够了这个谈话，"俄里翁，你和朋友鬼混，还炫耀吹牛，说了一些不该说的话。幸好，还没酿成大祸。这不关你的事，这是波比的事，这不是你的生活，是她的生活。不要觉得把它说出来很勇敢，今天这件事是一个警告，警告我们要小心。每个人都能闭上嘴巴，都没把秘密说出来，那么你也可以做到。"

这些观点听上去非常合理，但是在最后——在结局来临之前——有很大一部分都是不对的。

转　变

养孩子的时光就像童话中的时光，不同的是它真实存在，这段时光没有魔法粉和魔法的咒语，它违背物理学知识，却没有真正打破时空定律。这个真理众所周知，但所有人直到有了孩子之后才真正相信，时间实际上会加速，快到让你觉得有时差，让你觉得特别惊讶，甚至突然和时间赛跑：你抱着你那小小的、完美的宝宝在一个下午回到家，然而十个月后，他就已经念高中了；你生了一对那么小、那么相似的双胞胎，他们躺在一起，就像照镜子一样，你怀里一边躺着一个孩子，一只手掌摸着一个脑袋，他们的脚趾只能伸到你手肘那里，但现在，他们再过一年也要开始考大学了。所有人都有过这种难以置信的经历，只有魔法能解释。除此之外，还有在令人难以忍受的阴雨星期天，孩子们在发牢骚，很无聊，他们会变得讨厌，你会觉得从早餐忙到睡觉要过一百个小时。漫长的周末里，你会想，到底是什么可怕的魔法把你和一群令人讨厌的、仿佛有十年没上学的孩子们困在家里。

尽管家里的老大到老四都已经变了声，身高还比罗西高八英寸，但在罗西眼中，他们都还是小男孩（甚至包括波比）。如果她真的想将波比的秘密公布于众，她会拿这个来解释：不管孩子变成什么样，都永远是父母心中的宝。罗和本近六英尺高，四肢像长颈鹿的腿一样修长，仿佛伸开双臂就能飞。十四岁的瑞吉尔跟小时候长得不一样了，而十四岁的俄里翁还像当年蹒跚学步的小俄里翁一样，而波比就像小克劳德一样。这些小男孩们，这些小小的婴儿，罗西看到了他们成长中的每一个瞬间：每天吃早餐和晚饭；每一次半夜生病；从学校成就感满满地回家；陷入成长的烦恼之中……她可以告诉别人波比的转变，这种转变不比其他人的经历更神奇或更让人惊讶，或者坦率地说，荒谬。在一个母亲眼里，这种转变并不明显。为人父母的时光真的很神奇，慢速和超音速同时存在，仿佛是女巫的时间和魔术师的时间并存。突然，不经意间，一切都改变了。

波比准备念四年级，瑞吉尔和俄里翁准备上九年级，罗和本刚开始念高二。在上班的路上，罗西想到，她能和家里所有人在一起的时间只剩两年多了，之后家里就只剩三个孩子了。十二年过去了，她最后一个孩子只剩两年多小学也要毕业了，只剩两次万圣节游行，两回做感恩节幼儿手掌火鸡的机会了。罗西很难想象没有"上屋顶"游戏的节假日是什么样的，但是她也想体验一下。天空是蓝绿色的，阳光洒满各处，天气像刚烤的面包卷上的黄油一样暖洋洋的，斑驳的树影表明了现在已经从夏初到了夏末，暑假过去了，该开学了。

他们家有这么多孩子，理所当然要有个儿科医生，他们还给孩子们配了个牙医，甚至还给丘比特配了个兽医，因为现在它的鼻口变得灰白，听力下降，把它从床上拖起来去散步要花整整一分钟。俄里翁和瑞吉尔有正畸医生，本有验光师和过敏症专家，自他们搬来后的第一个冬天，罗滑雪时手腕骨折开始，他就有了一名骨科医生。和同学对下雨的熟悉程度比起来，罗对自己在威斯康星滑雪的经验太过自信，和中西部平原比起来，他已然忘了他们在华盛顿山区练就的经验。在未来几年，波比也将会拥有一大批医生，但罗西和佩恩仍一直坚持为她保留着汤加先生。

罗西和佩恩不用电话，直接在网上和他联系，所以他们都能看到对方，他俩也能看到汤加先生想展示的东西，因为汤加先生喜欢用直观的教具，这真是出乎意料。汤加先生更喜欢自己的巨型健身球，而不是自己的办公椅，这让罗西和佩恩觉得他是在火车上和他们交谈：他上下轻弹，偶尔左右滚动，突然间中止谈话，在房间里四处走动，在镜头里进进出出，在屏幕上时而出现时而消失——去拿架子上的书，从抽屉里拿出模型，或站在桌子上发表观点，虽然这样罗西和佩恩就只能看见他的鞋和裤脚。

这天，罗西和佩恩一开始还以为自己点错了联系人，因为他们连线的时候，视频里出现的似乎是学前班教室，他们看到了蜡笔字母积木堆成的高楼大厦和摩天大楼，这是一座满是摇摇晃晃的高楼大厦的城市。

"汤加先生？"佩恩大胆地问。

对方没有回答。

"汤加先生。"罗西喊。那么多年过去了，他们还是没有叫过他的名，只喊他的姓。

还是没有回应。

"是无线网不稳定吗？"佩恩问道，"还是他那边出了点小故障？"

"我们断开再试一次吧。"罗西说。

突然，他们听到一声咆哮。有个哥斯拉①笨重地走进视野之中，它跌跌撞撞地走进一幢又一幢摇摇欲坠的大楼里，把它们都毁了，然后爬上了一个碎石堆，耀武扬威地对着镜头，它的脖子上挂着个牌子，上面有汤加先生写的一行优雅的字：青春期。

哥斯拉耀武扬威了半天，汤加先生的脸才出现在身边，有哥斯拉三个头那么大，他的表情像是准备接受奥斯卡提名一样。

"汤加先生，您好。"佩恩和罗西既困惑又谨慎地说。

"我一直在呢！"汤加先生晃了晃自己的塑料哥斯拉，好像在给他俩证明一样，"给我们一个大大的欢迎。"

罗西和佩恩弱弱地笑了一下："汤加先生，您好吗？"

"我？我非常好呢，很高兴和你们聚在一起，见到你俩真激动。回学校啦，真是激动人心的时刻，祝贺你们！恭喜！"

佩恩发现，十几年的学校生活足以让每个人心中都有一份校历，所以即使是像汤加先生这种没有孩子的人，每年九月也会祝自己新学年快乐。那些在学校的时光将怀旧的情感深深地扎根在人们的细胞里，因此每到秋天，人们自然而然就被唤醒，就像公园里的松鼠开始疯狂收获一样，不用担心天气好或不好，是不是人人都享受到阳光。"这很令人兴奋，"佩恩承认，然后尴尬地补充道，"谢谢你。"

"没什么，没什么。那么我的朋友，为了庆祝新学年，今天我们放学后做点特别活动：青春期 vs 阻滞剂，一个爱情故事。"

罗西看着自己的眉毛在屏幕角落的微型窗口中挑了起来。"哦，汤加先生，波比才九岁。"他难道记错了波比的年龄？"我们还有好几年呢，好几年呢。"

---

① 哥斯拉：《哥斯拉》系列电影中出现的沉睡的古代巨型怪兽，具有极大的破坏力。

"亲爱的,时间过得真快。"汤加先生眨眨眼,"你俩上一次认真讨论激素阻滞剂是什么时候?"

罗西想起了与玛金妮和弗兰克的"决斗晚宴",他们那天吃饭前先喝了汤,因而判断那时应该是秋天,距离现在也有一年了。"已经有一段时间了。"罗西承认。

"好吧,让我们行动起来吧!"汤加先生拍了拍手,"这一定会很有趣的!"这么多年,每次汤加先生说接下来会很有趣时,佩恩的脑子里都会开始自动播放《大白鲨》[①]的主题曲。

罗西摇摇头:"男生的青春期比女生的晚,现在还不是时候,现在考虑激素阻滞剂还太早了。"

"现在服用阻滞剂确实还太早,"汤加先生温柔地纠正道,他有条不紊地用积木围住了挂着"青春期"牌子的哥斯拉,把它关进了写着"荷尔蒙"的监狱里,"但现在是时候想想这些了,你们要做一些很艰难的决定。吃不吃阻滞剂?要吃多久?吃不吃跨性别激素?什么时候吃?做手术吗?做哪种手术呢?都要做,还是做一部分,还是都不做?这些都很难抉择呢,你们觉得波比担不担心这些?"

"她根本不担心的。"罗西确信。

但汤加先生却不确定:"我就是担心这个。你知道,过去没有跨性别孩子这个概念。如果你的儿子穿着一条裙子来找你,你会说,'我没有这个儿子!'或者'男孩不许穿裙子!',然后事情就结束了。那个孩子会长大,如果他成功挺过了童年、青春期还有青年时期,如果他够幸运的话,他最后会找到一群人,他们能理解别人没有的东西,慢慢地,他会改变自己的穿着打扮、名字和人称,他会慢慢将自己打扮成女性,几年或者数十年之后,'他'可能会变成'她',也可能他还没熬到那时就会自杀。你们要知道,这些孩子的自杀率超过百分之四十。"

佩恩闭上眼睛,他知道的。

[①]《大白鲨》:1975年上映的一部美国惊悚电影,本片是史蒂文·斯皮尔伯格拍摄的经典影片之一,根据彼得·本奇利的同名小说改编。

"现在,很多方面的情况都要好得多。克劳德很幸运,他来找你,说他想穿裙子,说他想变成一个女孩,你会说'好的',会给予他帮助,因为无论怎样你都爱他。所以你让他留长发,给他买裙子,跨越整个国家搬到另一个城市。你以为改变很简单,就像速溶咖啡一样,加点水就能变成咖啡,给克劳德提供条件他就能变成女孩,这对你们大家来说都是如此美妙。然而,青春期会出其不意地出现,波比从不觉得自己是个男孩,你们也这样觉得,因为她在成长过程中并不讨厌自己的生殖器,因为它从来没有妨碍过她做自己和你们接受这样的她。她不觉得自己的生殖器有什么特别之处,她不会觉得因为这个自己就是个男孩,生殖器没有任何意义,就是个尿尿的工具而已。但是这一切都会改变,很快,长头发和连衣裙都不足以让她保持一个女孩的状态,你们必须要为此做好准备。"

"你是说我们做得太好了?"罗西半开玩笑地说道。

汤加先生却点点头:"这正是我的意思,我知道这样说很失礼。如果有人对你说,你们是对好父母但孩子很失败,那是挺让人生气的。"

佩恩和罗西看着自己在屏幕里不知所措又很内疚的样子,突然哥斯拉闯入镜头,跳起了舞。

"你们两个振作起来!波比又不会一个晚上就变成男人。开始准备吧,想想你们要怎么告诉波比这些变化——这些美丽、不可思议、值得庆祝的——所有的孩子长大一点后都会发生的变化。无论如何,你们要帮助你们的小姑娘成为一个女人。很有趣呢!"

佩恩的孩子们一个九岁,两个十四岁,一个十六岁,一个十七岁,他们还没有完全长大,但他们的童年都已经过去了——无论如何都已经过去了。他们已经准备好进入这个世界了,但他们还会听睡前故事。是的,在他们露营或度假的时候,或者在夏天天黑后他们都在后院外面围着篝火时,他们都会听睡前故事。但是波比要比男孩子们更早上床,男孩子们还有自己的故事讲,而这些故事不能告诉父母和妹妹,所以佩恩经常给波比单独讲故事。

格林沃尔德再也没有那么多朋友了,当他去远方时,他不得不离开那些和他一起长大的人,而且他之后也没再交到新朋友。斯蒂芬妮公主却有很多女朋友,但只有格林沃尔德知道她的小秘密。比如,她的女朋友们不知道她每晚都会变成仙女,不知道她能飞和点亮星星,她们以为她的头发颜色是霓虹绿,只是因为这样很酷。斯蒂芬妮向朋友们撒了谎,她很难过,但她并不想冒着失去朋友们的风险去告诉她们真相,而且这秘密保守起来也不难。她们要一起去游泳的话,她只要穿T恤就行,只要她总是在卫生间换衣服,她们就永远不会见到她光着上身的样子,因此她的翅膀就能藏起来了。只要她们出去吃早午餐而不是晚餐,在白天去读书俱乐部,大家就不会因为她晚上从不做某些事而感到奇怪。

"她是读书俱乐部的?"波比问。

"所有人都是。"

"那种提供酒水的读书俱乐部?"波比很好奇。

"如果没有酒,那就不是读书俱乐部了。"

但后来发生了一件可怕的事情——斯蒂芬妮公主毫无征兆地变成了午夜仙女。她中午在购物中心买短裤时,一只翅膀突然出来了,幸运的是,她当时正在更衣室,但这让她很紧张。她相信这只是一次偶然事件,但之后有天早上她在咖啡厅吃着早餐,她发现咖啡师惊讶地盯着她,因为她正飘在半空中,她的翅膀不到早上八点半就展开了,而她自己甚至都没注意到。她把拿铁泼了出去,双脚站稳,哭着跑回家。她很害怕,因此去见了女巫。

"哪个女巫啊?"波比咯咯地笑着说,"是那个让格林沃尔德抓住午夜仙女的女巫吗?"

"就是她,所以格林沃尔德才那么提防她,但是斯蒂芬妮公主说虽然女巫也许不那么友善(毕竟她是个女巫),但她很聪明。斯蒂芬妮觉得有很多事情能让女巫抓狂——她已经很老了,行动不便,大部分牙齿都烂了,吃东西一定很困难——但这并不代表她不是个仁慈的人。斯蒂芬妮知道人们通常不会向女巫寻求帮助,但她想不出自己还能向谁求助。"

"但是这个女巫讨厌午夜仙女啊,"波比说,"所以她才让格林沃尔德去抓她们啊。"

"那谁更好呢,"佩恩问道,"是那个帮她捉住午夜仙女的格林沃尔德吗?"

确实，斯蒂芬妮去找女巫的时候，女巫很淡定，"每个人身上都会发生这样的事。"女巫对斯蒂芬妮公主说。

"是吗？"斯蒂芬妮很怀疑。

"是的，有时候每个人身上都有别人的影子，每个人都会改变，也许别人与你改变的方式不一样，这就是你与众不同的一点，如果你愿意的话，就把它称为诅咒吧。每个人身上都会发生这样的事，所有人的改变方式都不一样，没有人喜欢这种转变，无论是什么样的转变方式。但好消息是我有豆子。"

"我不做饭。"斯蒂芬妮说。

"不是汤豆子，"女巫本以为这个在困境中的少女能领会得更快一些，"是魔豆。我有可以让你再也不会变成午夜仙女的豆子。"

"那谁去点亮星星呢？"

"管他呢，"女巫耸耸肩，"这是别人的事儿了。"

"那我晚上会变成什么样呢？"

"还是斯蒂芬妮公主啊。"女巫咧嘴笑，露出自己可怕的棕色牙齿。

"但是如果我不是一个午夜仙女，那我是谁公主呢？"

"'我是谁的公主？'"女巫纠正了一下这句话的语法错误，然后她想了想，"哼，如果你不是一个午夜仙女，你就不是公主了。你就只是斯蒂芬妮而已。"

斯蒂芬妮想了想，她不确定自己是不是就只想成为斯蒂芬妮。一方面，生活会容易很多，但另一方面，如果没了她，那星星们怎么办呢？还有，做一个公主也非常好呀。"你有那种就只在白天控制我翅膀的豆子吗？我依旧是午夜仙女，晚上依旧会点亮星星，只要白天我能向我的朋友们保守这个秘密就行。"

女巫叹口气，翻了个白眼，公主们要求真多。是的，她有那些豆子，她很同情斯蒂芬妮公主——这些豆子对她而言不一样——所以她把豆子给了公主。斯蒂芬妮回到家，把豆子们泡了一晚上，然后第二天把它们做成鹰嘴豆泥，混着胡萝卜条一起当午饭吃了。

"有用吗？"波比问。

"它像魔法一样有用。"佩恩回答。

波比父母屋里的灯一熄,阿姬就拿着她的伞去找她。尽管在她们的童年时代,科技已经取得了巨大进步,但她们还是会选择这样的方式交流。"你的哥哥爱上了我的姐姐,"阿姬在波比面前说,尽管窗户大开着,"太恶心了。"

"哪一个?"

"我还有别的姐姐吗?卡宴,噗。"

"我问的是我哪个哥哥?"

"谁知道呢?他们其中一个,或者是他们所有人。她的手机每五秒钟就会响一次,她笑得可开心了,你哪个哥哥还没睡?"

"可能都没睡,除了我,大家都没来听睡前故事。"

"今晚讲了什么?"阿姬像看肥皂剧一样听着格林沃尔德和斯蒂芬妮公主的冒险记。

"斯蒂芬妮的翅膀弹出来了,但是她不希望有人知道,所以她去找了女巫,得到了一些魔法豆。她把它们做成了鹰嘴豆泥,吃掉后就感觉自己好些了。"

"真奇怪,"阿姬说,"你觉得这是什么意思?"

"我不知道,"波比耸耸肩,"一些事情吧,故事里总是有些隐含的信息。"

暴躁的罗

那一年的一月,正如卡梅洛预测的那样,罗有了自己的需求。他需要被人理解,需要安慰,需要他的父母明白他在抗争什么,以及为何这样做,需要他们看到自己的痛苦和困惑,分辨他正当的愤怒和其他的情绪,或者说,分辨他普通的少年烦恼和特殊的少年烦恼。罗需要罗西和佩恩沉住气,顾全大局,但罗西和佩恩却只能看到从罗额头上深深的伤口里渗出来的血液,以为他最需要的只是缝针而已。

那是个湿冷的周一早上,和往常一样,罗西又迟到了。比起麦迪逊零下十几摄氏度的下雪天,罗西更喜欢西雅图一月份4℃的下雨天,但她也担心自己长时间走在潮湿的路上,脚趾会发霉。当罗西红着鼻子,浑身湿透地到达诊所时,伊冯盯着电脑,头都没抬,说:"你迟到了十四分钟。"

"我得停在山顶上喘口气。"

"要停十四分钟吗?"

"我出门挺不容易的。"

"也许你应该开车过来。"

"看看今天这个天气,他们等我了吗?"

"没有。"

"该死。"

"是的。"

罗西打开休息室的大门,豪伊嘴里话还没说完就故意结束了周一早上的会议。"啊,罗西,谢谢你过来开会。"每周他的开场白都如出一辙,这就像是他独创的一种明夸暗讽式的欢迎方式,"你能过来,我们都太受宠若惊了。"

罗西看都不看他,"我错过了什么?"她对詹姆斯说。

"纳达。"

"你错过了不少。"豪伊在他们之间来回看着,伊丽莎白假装看着她的笔记本(空白的),"我们差不多结束了。因为你的缺席,我们决定让你今年继续负责做员工感恩早餐。"

"不该是我。"罗西说。

"为什么不是你?"

"我来做早餐,那午饭时能吃上就不错了。"她冲詹姆斯咧嘴一笑。

"我们其他人也有家庭,你知道的。"豪伊说,"我就是开个玩笑。"

"我们都在努力处理好工作和家庭的关系。"豪伊虽然没有在喊,但他的语气是责骂,这更糟糕,"不能因为你做不了,我们就要跟着受苦,这不公平。"

罗西翻了个白眼:"豪伊,说说你是怎么受苦的?"

"周一早上的会议还没结束呢,我就要给你简述一遍会议内容。如果要求你做除给病人看病以外的其他事情,我还得看你眼色。"

"是我看你眼色吧,但是我会继续负责早餐的。"

"好啊。"

"我不是个女孩儿。"①

"以后准时到。"

"会在你说的'早到'之前到。"

罗西看完上午的第一个病人后,看见詹姆斯在休息室。

"我们明明都是平等的工作伙伴,为什么要坚持假装为豪伊工作?他就是块草地上的污渍。"

"草地上的污渍?"

"草地上的污渍——很讨厌,可能永远也除不掉,虽然基本上无害,但有点丑。"

"罗西,你是不是衣服洗得太多了?"

"我们家是佩恩洗衣服。"

"大家虽平等,但他是前辈,是他决定雇用你的。"詹姆斯往他的咖啡

---

① 上一句中原文"好啊(Attagirl)"中含有girl(女孩)这个单词。

里加了很多糖，看上去多得都搅不开，糖仍然溶成液态，"你来求职面试完之后，我其实也在质疑你。"

"是吗？"

"五个孩子是真的不少，我以为你是什么狂热分子，或者信什么邪教。"

"詹姆斯，你不能根据求职者有多少孩子来决定雇不雇用他。"

"你面试说话的时候我在哼歌，'一个老妇人住在一只鞋里面……'我想说的是，这机会是豪伊为你争取的，有这份工作你应该感激他。"

"也许吧，但他又不是我妈，他不能因为我迟到就骂我。我是个成年人了，我不是他的手下。"

"你确实不是他的手下，但哄他开心没什么坏处，做不到的话，至少别让他发火，尤其是他脾气还好的时候，哄他很容易。"

"忍受他居高临下的鬼样子很容易？我事先就讲过，这个会我会迟到十五分钟，就因为我迟到了十五分钟，就要做大家不愿意做的工作？这可不容易。"

"当然不容易，你要有选择地去战斗，你没法顾及所有的事，你在家难道不一直这么做吗？"因为要在家照顾一岁的双胞胎，詹姆斯和他的妻子再不去看歌剧了，"我觉得这句话应该当副标题，'育儿：有选择地战斗'。"

"因此我更不应该在这里做这些乱七八糟的事情。"

"你就当是豪伊在夺取诊所的经营权好了。选择你的战斗，而不是让它们向你施加压力。豪伊是很烦，你知道他每隔几年就会发发神经，所以他才这样不务正业，他想建立一个办公室博客，想制订一份十五年计划，还想派个人去泰国当义工。"

"我不能去泰国，我有工作，有生活。"

"孩子，你这是杞人忧天了。给大家买点甜甜圈，周一会议早点到，你就没这些麻烦啦。"

门开了，豪伊猛地抬起头，朝罗西那边长叹一口气，豪伊显然一直在找她，显然他现在找到了。

"罗西，我们需要谈谈。"

"当然，"罗西轻轻地说道，"但是我十分钟后有个病人。"

"不会花很长时间，"豪伊说，"但是我们要——"

罗西手机响了，是从高中打来的电话，"亚当斯夫人？"

"沃尔什医生，是的，就是我。"

"罗的母亲？"

"是的。"

"我是学校里的弗兰妮·普拉玛，我担心罗要休学了，你现在得来学校接他。"

天哪！"孩子有急事儿，"罗西略显抱歉地对豪伊说，"我要去接罗，但是我下午会回来，让伊冯重新排一下我午饭后的预约。"

要不是头上的伤口，罗做了坏事儿都不会被发现。其实罗和德里克·麦吉尼斯总在课间打架，都已经好几年了。这不单单是一次打架，他俩更像是长期不和。本虽然知道他俩的矛盾，但还是任由罗胡闹，因为本知道罗的优势所在，也知道这不是一场肉搏战。如果罗求他帮忙，他会帮他的（战术方面，而不是人手上的），但罗没这样做，本也知道要尊重他的选择。瑞吉尔和俄里翁也知道他们的矛盾，却无能为力。一方面，他俩只有十四岁，另一方面，九年级课表不一样，罗被人踢屁股时，他俩正在上每天都有的英语课。甚至连卡宴也知道罗和德里克的矛盾，但也许她觉得这很性感，这也有可能是罗一直打架的原因之一。因为罗非常会保守秘密，他设法将这件事向父母隐瞒了一年半，甚至还想继续隐瞒下去。

罗西和佩恩很生气，不仅仅因为罗打架的事情，也生学校的气——罗的头受伤之前，学校竟对罗总打架这件事毫无察觉；还生气罗竟然让自己所有兄弟帮他隐藏秘密。他们问罗，身上的各种划痕、瘀伤和红色痕迹是怎么回事时，罗就开始编故事，说是上体育课或是在击剑俱乐部弄的，或与本摔跤弄的（这个可能是真话），这也让他俩气得半死。

虽然罗尽力隐藏秘密，但想到自己父母竟都没注意到自己被人踢了屁股，或者有时他把别人的屁股给踢了，他就很生气。但他最气的还是他们并不关心他在为什么抗争。

所有人都很生气，他们直奔西山家庭医疗中心。罗想要自己的医生过来，不想让母亲来治疗自己，但比起罗的全科医生或者任何在急诊室工作的人，罗西更想自己缝合儿子的前额。佩恩担心气到手抖的罗西能不能行，但当罗躺在治疗室的桌上时，罗西的手就不再抖了，她眼神专注，缝了一条线，甚至豪伊过来巡查时，也赞赏地吹了个口哨。

罗西边手里拿着针缝合罗流血的额头，边跟罗说话。这似乎不是个谈话的好时机，但现在别无选择。

"别动。"

"妈妈，等等，我——"

"我说让你别动，罗，我知道你就是不服别人管，但你现在必须听我的话。"

"才没有呢。"

"你打架了吗？"

罗没说话，暗自想现在还说谎会不会没人信了，确实没人信了。"当然。"

"我不是说今天，"罗西在冲洗大儿子额头上深深的伤口，"这回是你第一次打架吗？"她看着儿子的眼睛，"不要说谎。"

"好吧，我总打架，打了好些次了。"

"多久了？"罗西给罗的额头消毒。

"我不知道，可能几周？"罗迟疑的语气证明他想逃避这个问题。

"几……周？"佩恩尖叫，罗暗自想，幸好没说实话，只说了几周。

罗第一次打架是在去年开学的第二个星期。德里克·麦吉尼斯那个蠢货，他和几十个孩子都喊罗同性恋、娘娘腔和傻仙女。起初，德里克敢这么喊，因为他觉得罗不会反击，也正是因为罗不大可能反击，德里克便愈加猖狂，也以为自己很安全。因此，罗觉得踢德里克的屁股是一石二鸟：既表明了自己的态度，又警告了他。罗在想如何向父母解释——有些东西值得他去支持和捍卫？

"为什么？"罗西问。

"什么为什么？"

"你为什么打架？"

"妈妈，你不懂的，这是男人间的事。"

"说说吧。"罗西翻了个白眼。

"你应该像个男人一样。

"你十七岁了。

"你不能像个胆小鬼一样。"

"你是不是觉得，我们家就你最会应对别人对你的性别侮辱？"罗西在慢慢地缝针，她的心跳也缓慢稳定下来，她比房间里的任何人都要平静，"还记得你父亲从尼克·卡尔卡特蒂身边离开的样子吗？那是我见过的最勇敢、最有男人味的行为。"

"是的，"罗耸耸肩，皱了皱眉，"但是尼克·卡尔卡特蒂有枪，德里克·麦吉尼斯跑都跑不快。"

"头别动，你们俩谁先动手的？"

罗没说话，他没法回答这个问题，没错，是他先打出第一拳的，但这件事比表面上看起来的复杂多了。

"罗。"罗西的视线从罗的额头移到了他的眼睛。

"妈妈，他挑衅我，他求我打他。"

"他打小孩子，"罗西对佩恩说，仿佛佩恩不在这里，没听见刚才的对话，仿佛罗不在这里，没躺在她忙碌的双手下，"他已经会抓别人然后打他们了。"

"那是因为他叫我……一些不好的称呼。"

"什么？"佩恩问，"他叫你什么会让你动手打人？"

"他说……他说我是同性恋。"罗说出了这个相对而言最温和的嘲讽，他不想在他妈妈给他额头缝针的时候说"傻仙女"，哪怕这是引用别人说的话。

罗西边给罗的额头缝针，边说："因为这个你就要打他？这就是你无法忍受的可怕的又可悲的侮辱？同性恋？"

罗的头没再乱动了，也不说话，只用眼神表示了肯定。

"罗，"佩恩吸了口气，"这甚至都不是……"

"真的？"罗说，"我知道这不是真的。"

"有恶意，"佩恩把话说完，"这都算不上侮辱，你可以回他'关你什么事''不，我不是的'，或是'那你是什么？'"

罗突然笑了，他试图扭头看他们，看看他们是不是认真的，但罗西紧紧地捏着他的下巴，目光定在他身上。

"你们觉得是因为我恐同所以我打了他？"罗问。

他们拿这个罪名控告他。

"你不是就这么说的吗？"

"不，我打他是因为他恐同，在学校里，只要是德里克不喜欢的人，他都管他们叫同性恋和娘炮，好像同性恋是他能想到的最糟糕的事情。可有些孩子真的是同性恋，或者他们的父母是同性恋，你觉得他们会怎么想？我打了他，他就不会这么浑蛋了。"

"罗，不许说'屁股'①。"佩恩想缓一缓自己的语气，但是失败了。

"那你的历史课呢？"罗西缝完针，把线头绑起来，现在不需要缝针了。

"什么历史课？"

"去年那个，你没及格的那个课。"

"妈妈，那都什么时候的事儿了。"

"那也是反同性恋的。"

"不，它不是。"

"它是在讨论是否要让正在服役的同性恋、双性恋及变性士兵公开自己的身份。"

"是的，军队应该解决这个问题，这是他们的责任，衬衫军，你们明白的。"

"衬衫军？"佩恩问。

"红衫军，他们必须准备好面对这一切，否则不应该上战场。"

"你说的是'逃避'②吧。"佩恩说。

"但那个愚蠢的画外音，"罗西模仿着罗模仿的电影预告片，"海军是深

---

① 浑蛋（asshole）中含有屁股（ass）一词。
② Shirting（衬衫军）和 skirting（逃避）读音及拼写类似。

蓝色的,同性恋士兵不属于这个颜色。"

"是的,"罗说,"海军应该是彩虹色的,但现实并非如此。同性恋需要有归属感,但是他们没有。军队不能以为改了规定,问题就能解决。视频就是说的这个,这就是为什么暴力和虐待仍然存在。他们一定要改变规定,然后还要帮助所有人让他们工作。"

佩恩如释重负,他有点头晕,但他明白了罗不是一个偏执的人,他的观点高明、细致入微,至关重要。现在除了罗头上的伤以外,周围都是好消息。

"罗!"

"什么?"为什么罗西还在生气?

"罗,这个课程作业很糟糕,"罗西尖叫道,"我们看过那个视频,博卡斯太太也看过。我们都觉得你有些恐同,如果你对此无话可说,那倒还好。但是你散播了一条信息,这条信息很重要,在这个重要的环境中你的这条信息确定无疑会产生影响,但它被埋没在这些愚蠢的战斗和诅咒以及狗屎一样的视频中。即使没有其他原因,或者说有很多其他原因,你都必须做得更好。"

"你们要给我讲公开谈论同性恋权利吗?"罗说,他们又回到了这个话题,"爸爸妈妈,只有你们为波比性别的转变而感到羞愧,我们所有人都觉得这没关系,没人在意这个。"

"我们所有人?"佩恩问。

"羞愧?"罗西说。

"所有人,"罗说,"本、瑞吉尔、俄里翁和我都觉得——"

"还有我。"佩恩说。

"羞愧?"罗西问。

"你们似乎为波比感到羞愧,"罗暂时压着罗西贴在线上的绷带,"否则你们也不会那么怕告诉别人波比的秘密。我不恐同,我不反对变性。但你们呢?"

"我们并不羞愧,"佩恩站起来,这样他仰卧的儿子就可以看到他的脸,"我们为她感到十分骄傲。假如各种性取向都平等,我们肯定站在屋顶上向全世界喊出波比的名字,但事实并非如此。我们的当务之急是要保护她,世界上有很多像德里克·麦吉尼斯一样的人,你打不过他们所有人。"

"甚至他们中的任何一个,"罗西纠正道,"你没法打败任何一个。罗,你上大学的事又怎么说呢?"

"怎么了?"

"你档案里面又是休学,又是历史得了个F,你还怎么上大学?"

"我反正也不是什么聪明人,"罗说,"本才是。"

"罗斯福·沃尔什－亚当斯,你很聪明,你也有些很重要的想法要说给我们听,你需要去学习怎么把它们清楚得体地说出来,学习怎么负责任地去做决定,还要学习怎么处理因果关系。"

"为什么?"罗问。

"你的头又流血了。"佩恩说。

"你需要去上大学,"罗西说,"所以你要把这破事儿了结了。"

也许是当天承受了太多的压力,也许是太同情自己的孩子流血受伤,看到罗受惩罚,罗西觉得自己也在受惩罚。佩恩却感到很宽慰,想象中最坏的事情没有发生在罗身上,他不可怕、不狭隘,也没有偏见。罗西担心罗很痛苦,担心他在独自承受这种痛苦,佩恩却担心波比也会有罗那样的想法,以为他们保守秘密只是为了逃避羞辱。也许是因为他们俩还在生气,还要为很多事情生气,也许是所有的事一件件叠加到了一起。不管是什么原因,他们又错过了罗的警告、罗的智慧和他的神秘能力。尽管他日光短浅,但他能洞察遥远的未来。

火

六月份之前，一切都还风平浪静。事情发生时，它不像从头部伤口喷涌而出的血液那样明显，但更不容易治愈。

本和卡宴在海滩上庆祝学期结束，他们终于成了高年级学生。因为地处海边，所以即使在六月的下午，阿尔基①也依旧很冷，但两个人都已经迫不及待要去享受夏天了。这是六月初的一个晚上，这里温度很低，但这本就是本计划的一部分——天气很冷的话，他们就得生火，这样气氛就会变得很浪漫。天气很冷，他们就得钻到毯子下面抱在一起取暖。

本只带了一条毯子，所以他们俩只能躺在沙滩上，把毯子支在一块浮木上做成帐篷，从边上钻进去睡觉，他们用手机照明。本在担心篝火会不会把毯子点燃，卡宴用脚趾在沙滩上画了几个圈，问："你有多爱我？"

本不再去想毯子了，回道："特别爱。"

"证明给我看。"

"怎么证明？"本想装作不在意的样子，他觉得这个答案能解开宇宙中的所有谜团。

"告诉我一个秘密。"

"这怎么就能证明我爱你了？"

"这表明你相信我。好了，我要开始了：我爸爸穿三角内裤。呃，太恶心了。"

前一句话算不上什么秘密，后一句本很同意。

如果这种秘密就能证明他对卡宴的爱，本觉得这很容易，"其实我也穿。"他试探着说。

"呃，"卡宴似乎对他的坦白感到高兴，"其他的呢？"

---

① 阿尔基：阿尔基海滩为西雅图著名的海滩景点。

"罗和我穿平角裤，瑞吉尔和俄里翁穿平角紧身内裤。"

"我不想听这个，再告诉我一个别的秘密。"

"轮到你了。"本说。

"我妹妹直到去年还穿着尿不湿睡觉。"

"阿姬？"

"我还有其他妹妹吗？"

"没有，可……波比从来没提过。"

"为什么呢？"卡宴问，"总之，阿姬总是鬼鬼祟祟的。她在外过夜的时候，总是先光着身子大摇大摆地走来走去，然后才穿上睡衣，之后她会偷偷下床溜出来，去卫生间上厕所。"卡宴提醒了下本，"轮到你了。"他才反应过来。

"嗯，我们家搬来之前，在威斯康星，有一次我爸妈差一点中枪。"

"真的吗？"

"真的。"

"发生了什么？"

"波比去一个小伙伴家玩，那个孩子的爸爸拿出了枪，波比赶紧给我妈打了电话，我父母赶过去时，那个人拿枪威胁了他们。"

"为什么？"

"哦，"本突然呼吸困难，"嗯，我也不知道。我觉得他是疯了。"

"他说什么了？他为什么疯了？"

"他……什么也没说。"毯子会不会贴得太紧了？里面空气够吗？"他不是那种气得发疯，他就是那种精神不正常的疯。"

卡宴在沙滩上用手肘把自己的身体支了起来，她用自己的手机照着本的脸，说："你在撒谎。"

"不，我没有。"

"你就是在撒谎，"卡宴判断道，"我敢说你还有其他的秘密，一个大秘密。"

"我没有，"本说，"我发誓。"

"如果你爱我，"卡宴躺在沙滩上，把本的手拉过来，放在自己衬衫下面的肚子上,"你会告诉我的。"

"我不能告诉你,"本说,"但我真的爱你。"

"啊哈!"卡宴说,"我就知道。"他们躺在沙子上,在毯子下面摸索了一会儿。卡宴的肚子既温暖又柔软,让人很想继续探寻下去。卡宴说:"告诉我。"

"真的,我不能。"本试着喘口气,"不该讲的东西我是不会讲的,这不正好表明我是一个好人吗?"

"我想是的,"卡宴承认,"但是,我其实不在乎你是不是一个好人。"

本是个聪明人,没错,他有着破纪录的智商,还有一个双层书架那么多的书,但他也只有十六岁。他已经耐着性子等很久了,他看到了一些他父母没有看到的东西——当一件事很重要,非常重要时,你不会对你爱的人隐瞒它,哪怕那个人是卡宴·格兰德森。

树篱的敌人们

秋天才是写《烦书》的好时节。西雅图的夏天阳光明媚，一年中这样的日子实在是太少了，让佩恩不想待在家里写作。卡梅洛还没找到一处破旧的湖边别墅来租住，但西雅图的夏天让她甘愿睡女儿的车库，所以她每年都按时过来。与凤凰城相比，这里每天都温暖宜人，阳光明媚，不会让人觉得热得快融化了（五月份时，卡梅洛曾在一个杂货店停车场的沥青马路上穿坏了一双人字拖，她觉得这是在提醒她要早一个月到北方去）。她可以坐在后院，喝杜松子酒和补酒，抽着烟，读一本书，哪怕到晚上十点，光线也够亮，够她看书了。她来看她的女儿和她的男孩子们，但最主要的是，她喜欢和波比在一起。

佩恩在想卡梅洛心里是不是把自己的波比当成了现在的波比，她的外孙女波比现在十岁，正好是她的女儿波比去世时的年纪，但他也没再多想，因为波比一直和卡梅洛很亲近，她还是克劳德时就与她很亲近了。克劳德刚成为波比的那段时间，她总是和卡梅洛一起去购物，做美甲，去美发沙龙，做那些他们特别想做的女孩子们喜欢的事情（罗西总是拒绝她们俩的邀请）。但是现在波比经常赤脚坐在外面，和外祖母一起看书，给她讲故事或是听她讲。虽然多了个大人帮忙，但孩子们都放假了，再加上有温暖的阳光，佩恩依然没法在夏天完成工作。现在卡梅洛回到了凤凰城，孩子们也回学校上学去了，太阳也任性地不再出来了，佩恩向自己保证：今年要写完《烦书》，搞定它，做好它，摆脱它。是时候了，早就该写完了，是时候了。

他每天都在写作。在写家庭作业的桌子边，罗和本在申请大学，瑞吉尔和俄里翁在给星空图做标记，担心他们同名的星座。佩恩决定以第一人称重新写第二部分，看看是不是能加快点进度，这时波比突然问："树篱的敌人是谁？"

"獾。"瑞吉尔马上说。

"你真是个土生土长的威斯康星孩子。"本说。

"獾吃树篱,他们喜欢树篱。"

"那是刺猬①,你这个傻瓜。"俄里翁说。

"刺猬不吃树篱。"本说。

"那为什么要叫它们刺猬?"

"它们藏在树篱里,吃里头的东西——虫子、蜗牛之类的东西——它们还有一个像猪一样的鼻子。"有时在他们眼里,本几乎什么都知道。

"亲爱的,你是在研究树篱还是刺猬?"佩恩试图回到正题上来。

"我们正在想长大后想当什么。"波比说。

"你想当个园丁吗?"罗问。

"你想当个刺猬吗?"俄里翁问。

"我想成为一名棒球解说员,但杰克·欧文说我不行,因为我是个女孩。他的意思就是,不应该让女孩玩棒球,因为她们总是在做准备而不发球,还有,她们的头发太长了。不过莫汉先生说,女性可以当棒球解说员,只是一般来说很少有女性解说员。我问他为什么,莫汉先生说,因为这是树篱的敌人。"

"啊,"波比的词汇量终于符合了她的实际年龄,"霸权主义。霸权主义指的是一个群体对另一个群体的权威和控制。"

"就像棒球运动员凌驾于棒球解说员之上?"波比问,"这很公平,因为本来就是他们在真正打比赛。"

"不,就像男人凌驾于女人之上。"罗说。

"纵观历史,"佩恩纠正道,"虽然不是全部,但是在很多方面,一般来说,男人比女人拥有更多的权利。"

"是吗?"波比脸上充满了敬畏,还张着嘴,一脸难以置信。

"恐怕是的。"

"因为他们数量更多吗?"

"谁?"

---

① 刺猬的英文拼写由 hedge(树篱)+hog(猪)组成。

"男人？"

佩恩笑了："只有咱们家是这样的。"

"那么为什么男人更强大？"

"莫汉先生的意思是，从事体育工作的主要是男人，尤其是那些薪水丰厚的工作，这是不公平的，也不符合规则，但不管怎样这是事实，而且会一直延续，你明白我的意思吗？"

波比摇了摇头。

"也就是说，这是长期以来形成的传统，以后也会一直延续。如果一个小女孩说她长大后想当一名棒球解说员，会有人告诉她不可以，因为没有女性棒球解说员，没有女性去当那个第一人，也不会有女性当其他的第一人。"

"我长大后会是什么样？"波比还是太小了，以为佩恩知道所有事情的答案，甚至能看到未来，又或者她自己根本没想过这个问题。

"想做什么都可以。"佩恩说。

"我要做男人的工作还是女人的工作？"

"你应该做男人的工作，"罗说，"因为薪水更高。"

"为什么？"波比问。

"树篱的敌人。"本连头都没抬。

"大多数工作是不分男女的，"佩恩说，"大多数工作男人女人都可以做。"

"但是男人的工资会更高吗？"

"有很多东西阻碍着这个世界的……发展。"佩恩很惊讶，他马上又很高兴地意识到，波比还是第一次听到性别不平等这个事情。一直以来，他们都把她保护得太好了。"的确如此，即使是同样的工作，男人的薪水也往往比女人高。确实，传统上由男性主导的工作比由女性主导的工作薪酬更高。当然了，只要你努力，你想做什么都可以。"

"不，"波比摇头，他们没听懂自己在说什么，"如果我找到一份工作，不管是什么工作，如果我是男孩，我的薪水会更多吗？如果我是女孩，我的钱会变少吗？"

"每个人情况不一样，"佩恩说，"而且这还有点复杂，但是……"

"但如果你换回裤子,"罗说,"你可以提前十年退休。"

波比朝罗吐了吐舌头,继续写家庭作业了,但讨论对他们来说并没有结束。

那天晚上,波比敲了父母卧室的门。

"怎么了,宝贝?"罗西和佩恩正坐在床上读书,"睡不着吗?"

"是的。"

"怎么了?"

"我在担心长大以后干什么。"

"我觉得你今天晚上不用去担心这个,"罗西说,"上学的时候再去想。"

"你就随便选一个职业,他们不会真让你去做的。"

波比不开心地摇摇头:"我还在想长大了要成为什么,是当个男孩还是当个女孩。"

罗西合上了书,小心翼翼地说:"你想当什么就当什么。"

"当女孩太贵了。"

"是吗?"

"因为霸权主义,男生会比女生挣更多的钱。"

罗西的表情处在震惊和关心之间,说道:"可我比你爸爸赚的钱更多。"

"是吗?"

她的父母都点点头。

"那是因为你做了男人的工作。"

"医生并不是男人的工作。"罗西想起诊所那不公平的规定,怎么没人让詹姆斯做早餐?

"如果你是女孩,你还要花很多钱买化妆品,还要买好多鞋,还有做头发之类的。"

"这都不是必须的。"罗西只有四双鞋:冬天穿的,夏天穿的,锻炼穿的和一双高档的。"记不记得我们说过,你可以烤蛋糕,玩洋娃娃,拥有粉红色的东西,但那并不能让你成为一个女孩?"

波比记得。

"化妆和买好多鞋子也不能。"

"你……"佩恩不知道该怎么说,"你不能决定自己的性别,或职业身份,或者什么最赚钱你就去做什么,你也不能因为当男孩挣钱多就不愿当女孩了。"

"而且你也不能一直是个小女孩……如果你觉得你是,或者你想,"罗西犹豫道,"你也可以当个男孩。"

"如果你想成为一名棒球解说员,"佩恩马上补充道,"那你就会梦想成真。"

波比把脚趾伸进地毯里,说:"我想成为一名棒球解说员,但我其实更想成为一名科学家。"

"什么样的科学家?"罗西内心狂喜,但她尽量显得若无其事。

"我想研究鱼,"波比害羞地说,"研究鱼的科学家被称为鱼类学家,我们在图书馆查自己未来想做的工作时,我就在找鱼类学家,可玛尔妮·艾莉森却说那是'挑剔的人'①,每个人都在笑。所以当我们向全班同学讲述自己的梦想职业时,我就说自己想当棒球解说员,杰克这个浑蛋还说不行,所以我现在也不知道想当什么。"

这么多信息,罗西都不知道该先关注哪一点。她女儿显然对科学感兴趣,这令人兴奋,波比竟然熟悉"鱼类学"这个词,这真是个大新闻。波比现在关心的霸权问题,以后肯定还是要进一步讨论的,但今天她该去睡觉了,哪天晚上再跟她聊吧。她的同学在她的职业选择方面欺负过她,谁知道还有其他什么事情。罗西问:"鱼类学家?是关于海洋生物学吗?"

"也算吧,但比它更好。海洋生物学家要研究生活在海洋中的每一个物种,而鱼类学家只研究鱼类。你们知道吗?"尽管这里只有他们三个人,但波比还是压低了声音,近乎一种神秘的耳语,"很多鱼都可以转换性别的。"

她的父母并不知道。

"他们要么可以转换性别,要么两种性别共存于同一个身体里。也有的刚开始是双性,后来变成了一种性别,之后又变成另外一种。小丑鱼刚开始

---

① 挑剔的人:与鱼类学家的英文拼写类似。

都是男孩,但有些后来变成了女孩。鹦鹉鱼都是女孩,所以她们中的一个必须变成男孩——她什么都能变,包括颜色——但是如果另一个男孩出现了,她可能又会回到女孩的身份。乌贼可以把自己平分成两半,这样女孩的那边就能和另一半的男孩们调情,男孩们都可以看见对面自己的女朋友,这样他们就不会觉得受到威胁了。"

罗西和佩恩睁大了眼睛,半张着嘴,想努力挤出个微笑。波比觉得自己总能让爸爸妈妈露出这样的表情,但她太兴奋了,顾不上这些,根本停不下来。

"但最好的是哈姆雷特鱼,它们是雌雄同体,也就是说两种性别在它们身上同时存在,如果有两只哈姆雷特鱼聚在一起时……你们知道……第一只会像女孩一样产卵,第二只会像男孩一样给卵受精,之后这两只会反过来做对方刚才做的事。每一只都是双性,它们轮流做这件事。很神奇吧?"

是的,自罗西开始养另外四个孩子时就知道这一刻将会来临。孩子会突然有一天开始自己探索一些东西,不仅仅是卡通片或者电子游戏,而是实际并且重要的知识,然后突然间他们就懂得比你还多了,这真是太神奇了。

"鱼类学家听上去是个很棒的工作。"罗西说,"你为什么不把这些都写下来呢?"

"我不会写任何关于这些的东西。"这些不仅仅是鱼类学知识,也是波比比她妈妈懂得多的证明,"反正玛尔妮·艾莉森已经取笑过我了,她甚至都不知道变性鱼。"

佩恩一直等着,直到听到波比把她的炮塔门关上。"可能吗?"
"可能什么?"
"如果她想成为男孩,她就不应该继续做女孩了?"
"我不是这个意思。"
"你是什么意思?"
"好吧,"罗西说,"我就是那个意思。"
"你觉得她应该变回去吗?"
"她还没有进一步改变,她还没有完全改变。"

"她完全变了。"

"好吧,她是变了一些,但有些方面她还没变成女孩,她还没有做过任何不可挽回的事。她需要明白,如果她愿意,她还能变回去。"

"变回去?"佩恩的语气就仿佛是罗西建议把波比埋在沙子里,一直埋到耳朵,或是要把她在沙漠里留三天,"你觉得她变回克劳德就好办了吗?"

"我不这么想,"罗西温柔地说,"但会容易一些。也许我们很早以前就有过这样的想法,我们的目标就是过得容易一点,也许'容易一些'只是表示一种程度而已,甚至毫无意义。但毫无疑问,不管是谁,变回男孩都会更容易一些。"罗西想起在麦迪逊度过的最后一个跨年夜,那时他们决定把"容易"从他们的愿望清单上划掉,她在想,从那以后的几年里,他们的日子会因此过得有多"艰难"。

"你怎么会觉得变回克劳德会更容易呢?"

"首先,波比没说错,男生可能会赚更多的钱。"

"是,但这就是你——"

"天啊,佩恩,这当然不是我担心的事了,我担心的是她的生殖器。你傻了吗?是她的生殖器!"

"但青春期阻滞剂——"

"它们不像你想象的那样,它们不是完美的奇迹。"

"但它们确实有用。"佩恩从床上下来,跪在罗西面前的地板上,就像他要向她求婚一样,"是有用,你真应该读读那些吃阻滞剂的孩子们的故事。"

"不,你别再看他们的故事了。"

佩恩就知道她会这么说。罗西是医生,但他是读者,他也知道一些事情,所以他继续说下去:"阻滞剂是有效且安全的。"

"你怎么知道它们是安全的?"

"汤加先生说——"

"汤加先生可不是个医生,他没有读过所有的研究内容。"罗西闭上了眼睛,"即使他读过,那些研究也不可靠,这种疗法不完善。这种疗法在这个国家才施行了几年,所以还没有长期的研究,所以现在的研究充满偏见,论证也不严谨。"

"那怎么会——"

"因为当一个小女孩想要穿牛仔裤或踢足球时,她的父母会很兴奋;但是当一个小男孩想要穿裙子或玩洋娃娃时,他的父母就送他去治疗,还让人去研究他。我们还不知道这些药抑制这些孩子青春期之后的长期影响。"

"但是他们知道这些药对其他孩子的影响,不是吗?那些早熟的孩子们,他们不是还好好的。"

罗西的手指抓着被子,然后又松开了,之后抓紧又松开。"药物本身似乎是安全的,但我们只看见了一部分东西,那些孩子们在正常的时间以正常的方式重新开始了青春期,但你这是在人为阻止身体的自然生长。"

"但是波比的身体一直就有问题,心理和生理不合。"

"没那么简单,佩恩。这就是问题所在,你把它想得太简单了。"

罗西理解佩恩的观点,虽然它不合逻辑。她理解,因为自她决定他们要离开威斯康星,哪怕丈夫再反对,大儿子很痛苦,她母亲再怎么劝,她再舍不得医院的经历,或是她多爱那里的生活,都没影响她的决定。在与无名氏度过了难以言喻的几个小时后,从急诊室回家的路上,看着太阳升起,那时她已经明白,唯一的出路就是继续探寻。在她与病人的相处中,她一直都深知这一点。病人们的症状哪怕持续了几个星期,做过几个月的测试,他们也不愿意相信自己得病了。可一旦他们接受了自己得病的事实,他们唯一的路就只有进一步去探索。他们通宵达旦地做着自己无法理解的高级医学研究,加入支援团,读书,买T恤,跑五公里,他们把自己的生活重新奉献给自己在几天前完全拒绝的东西上。然而,当他们偏离了这条路时——比如治疗不起作用,或是疗效太好了,又或是指标显示出了其他问题——他们会发现自己比以前更加迷失了。树林确实很黑、很危险,也很可怕,但是佩恩能看穿一条路,罗西不想阻止他走这条路,但她也不确定前面拐弯的地方会不会让他们坠入大海。

罗西深吸了一口气,重新解释了一遍:"你阻止了一切,不仅仅是阻止她成为一个十几岁的青少年。我理解你为什么不希望她长胸毛,但这些药的作用不止于此,它会让她的生长速度放缓。现在她本应该要长个子了,她的骨头会更密、更长,也更强壮,如果你抑制她的荷尔蒙分泌,那这些都不会发生。这可能会对她的成熟、发育造成影响,不仅仅是生理上的,还有精神和情感方面。荷尔蒙有助于智力和创造力、批判性思考和抽象分析的发展,而我们却要夺走这一切。阿姬、娜塔莉和金将会长成年轻女性,佩恩,她们会开始长大,外表会长成大姑娘,同时她们的行为举止也会更加成熟,这不仅仅是'她们的胸部发育了,而她还是飞机场'的区别。她们会对同学产生迷恋,对权威的假象感到愤怒,在家也会变得喜怒无常。"

"是啊,要是错过成长,那就太遗憾了。"

"你想暂停她的青春期,这样你就不用处理她的坏情绪了?"

"当然不是,我就在开玩笑。"

罗西知道他在开玩笑,只是她觉得不好笑。或者她知道佩恩以为自己很有趣,但她也知道他并不完全是在开玩笑,可能介于玩笑和正经话之间。她虽反驳不了佩恩,但这并不意味着她必须要同意他的观点。波比和克劳德必须经历"讨厌家庭"和"没人理解"的这个成长阶段。他们也必须经历思考"自己是谁,从哪里来"和"别人告诉他们的和自己认为理所当然的所有东西"的成长阶段。他们会陷入爱河一个星期,在周末心碎,之后在周一再次陷进去。无论波比还是克劳德,他或她都不可能永远是一个小女孩。

佩恩站起来,坐在罗西旁边的床上,握紧她的双手。她看得出来,他们在此刻互换了角色,就像卫兵换岗一样。不知为何,她自己变成了那个要发疯的人,而他却冷静了下来。"青春期是一回事,"他的声音听起来非常理智,"但她不应该讨厌自己的身体。"

"她会成为一个女人,"罗西说,"她会习惯的。"

"是的,哈哈,但说真的——"

"不,我就是认真的。"罗西能听到自己心里尖叫的声音,却想不出如何阻止它,"你以为只有波比在经历青春期时觉得身体背叛了自己吗?所有的青少年在经历青春期时,都觉得身体背叛了自己。你以为波比是唯一一个讨厌自己外表的女人吗?所有女人都讨厌自己的外表。确实她不可能一直不长身体,但是服用阻滞剂可不像给净水器换个滤芯一样简单。这种药、其他的药、更多的药物、吃一辈子的药、手术,还有那些只有做手术才能塞进身体里的填充物,都会对身体造成很大的影响。它们很可怕、很神秘,变幻莫测,也不可靠。它们会有奇怪的副作用,以及非预期的效应,这些都是不可逆的艰难决定。波比还太小,这样的决定她还做不了,有些决定必须父母来做,孩子自己不能拿主意。如果她是一个女孩,而且打定主意要当女孩了,如果她确定以及肯定一定要做女孩,那么我们当然会答应她。感谢上帝,好的,我们将支持她、帮助她,做那些我们做不了的事情,我们也会尽力弄清楚,就像我们一直以来为孩子做的一样。但容易一些的那条路?如果波比想当个男孩,那事情将会容易很多。如果她在质疑,如果她在犹豫,我说的这些她都应该先了解了解。"

佩恩并不是不理解这些,他只是不在乎。阻滞剂像魔法一样,像一个孩子回答另一个孩子的祈祷:让它停下吧,把它关掉吧。吃了阻滞剂的孩子们没有长成本来的样子,他们不躲藏,不绝望,不会站在沙滩上对着大海乞求,不会去竭力阻止潮汐,他们没有残害或破坏自己的身体,他们也没有选择死亡。克劳德曾经是个男孩,曾经有过男性生殖器,本能够长成一个男人,但波比不需要。阻滞剂意味着克劳德的时代已经过去,并且永远不会重现。她可以一直是小孩波比,直到她长大成为大人波比,完整的波比。佩恩理解了罗西作为医生所有谨慎的考虑,但与魔法能力相比,它们简直是小巫见大巫。

"她有没有表现出任何迹象,"佩恩确保自己的语气听起来没有表现出优越感,"想变回去?"

"我不知道她是怎么知道的。"罗西回答了另一个问题,"她甚至不记得克劳德了,现在波比才是她正常的状态,不只是女孩波比,而且是有男性生殖器的女孩波比。她的生殖器对她来说和她的手肘一样不起眼。她从未考虑过未来因为它而产生的一切焦虑和麻烦,生殖器不再代表她男性的那部分了。还有,你知道还有什么吗?"

"什么?"

"很快男性生殖器就会变得普通平常,波比会感觉越来越好,也会与它和谐共处。男性生殖器会变成波比的一部分,我不想她再为此难过,我不想拿掉它。"

"她是一个女孩,罗西,她是。看看她,听听她,她不是一条鱼,她不能雌雄同体，她不需要轮流转换性别，也许波比是她告诉我们的另外一种鱼。起初她是男性，但后来她改变了——她的颜色、样式、生物特征、角色和关系，所有的一切。不管她过去是什么样子，现在她是女人了，完整的女性。"

"只是青春期前的女性。"

"啊？"

罗西医生说："睾丸激素会让孩子越来越像男性，更有男人味，而你想阻止这个进程。"

"我不想这样的。"

"就是如此，佩恩。我告诉波比她仍然可以改变主意，而你反对我，那你就是在表达这个意思。"

"我不想要任何东西。我只想把最好的给她。"

"我也是，我当然也是了，如果我们知道波比的意愿的话。但不幸的是，这超出了我的能力范围，这不是预判病症，这是预测。我们需要一个预言家，而不是医生。"

"这是我的技能。"佩恩说。

"你能预见未来吗？"

"在童话故事里能，在医院不能。"

"童话里是个更好的地方，"罗西承认，"但那不是真实的。"

"当然。"佩恩说。罗西没理他，翻了个身就睡了。

谁知道了?

电话打过来的时候,罗西正在给一个六十二岁的病人看病,那个病人说自己膝盖疼。自从罗西四年前认识她以来,她就一直抱怨膝盖疼,这位老人酷爱跑步,每周都跑六七十英里,而且每天都跑。有几天,她甚至还跑了两回。罗西说,你要少跑,你可以每隔一天游游泳、做做瑜伽或者举重,要么就跑一半,然后步行,骑自行车或坐着看看书。但是这位病人不听劝,反而跑得更多了,她的膝盖也就疼得更加厉害了。罗西记得她们以前的对话,于是在谈话中间插了句:"随着年龄的增长,我们关节的内壁开始破损。"这时,伊冯敲了敲门。

"我这里有病人。"罗西说。

"是波比。"伊冯说。

"电话吗?"

"是的。"

"是要紧事吗?"

"她说不是,"伊冯家里有那么多儿孙,还有当医生三十四年的经验,所以她对紧急事件的判断十分精准,"但我不信。"

罗西接起电话时,波比那边很安静,罗西只能听到她的呼吸声。

"波比?"

没人回答。

"波比?你在吗?"

没人回答。

"宝贝,你还好吗?"

一片沉默。

"宝贝,你吓着我了。"

然后,在电话的另一端,遥远的黑暗中,几乎听不到一丝喘息,波比说:"妈妈,他们知道了。"

罗西没问知道了什么,她明白,也没问是怎么知道的,这都不再重要了。她想问:谁知道了?

"所有人,"波比尽力回答道,"所有人都知道了。"

"我马上过来。"罗西说。

黑暗中摸索

那天早上在学校,波比刚刚把她的夹克和背包挂起来,转过身就看到玛尔妮·艾莉森和杰克·欧文在笑,假装不让她看到,同时还确保她——还有周围所有人——看到他俩嘲笑她。如果波比直接忽视他们,那她看起来就像个白痴。如果她问他们在笑什么,她看起来也像个白痴。如果她用背包打他们,打到他们的鼻子像鲸鱼一样喷血,她会被休学。所以,波比尽可能少说话,就像在社会研究课上讲《凡尔赛条约》里所有投降内容时一样,她只是说了一句:"什么?"

"我们听说你是个男孩。"玛尔妮偷笑着说。

波比觉得面部、脑袋、胸部和腿部的血液都汇聚到了一处,从她心里一涌而出,"什么?"她又说了一次,另外一个声音说:踢我。

"我们听说,"杰克故意小声说,"你有一个男性生殖器。"

"其实,可能是一个小小的吧。"玛尔妮对他说。

"可能吧。"杰克表示同意。

"有什么想说的吗?"玛尔妮每天都涂睫毛膏和紫色眼影,也许她是到放学后才化妆,波比不知道她父母会不会同意她这样做。她睫毛上黑色的小珠子看起来像小甘草棒棒糖。

"我没有……嗯……"波比没法说句完整话。

玛尔妮和杰克看了看对方,"她说她没有'嗯'。"杰克对玛尔妮说。

"那我猜她没有'嗯'。"玛尔妮说。

"也许她在努力遮住她的'嗯',要不然就是她为自己的'嗯'感到很尴尬,要不就是她知道她的'嗯'很恶心。"

"所有的'嗯'都很恶心。"玛尔妮推开杰克,杰克开玩笑地把她往后推,仿佛他们是在这里玩一场游戏,而不是毁掉波比完美的生活。波比跟着他们到了教室,找到她的桌子,努力集中精神。

午餐的时候，阿姬拿着经常用的午餐托盘坐在自己每次都坐的位子上，吃着常吃的东西：长方形披萨，一堆炸薯条，绿苹果，巧克力牛奶。"你别信他们说的，"阿姬说，就像她听到的是完全不同的消息，"玛尔妮·艾莉森和杰克·欧文告诉大家你是男孩子。"

娜塔莉把果汁从鼻子里喷了出来，她不是在笑，而是为了尽量清楚地表现出她觉得这有多么荒唐可笑，波比看出了她的善意。"因为你是我们年级中最受欢迎的女孩，玛尔妮就是嫉妒而已。"

"还有恶意。"金每次吃午餐时，都把自己的三明治撕开，这样她就可以小片小片地吃，先吃肉，然后吃奶酪，最后吃面包。"玛尔妮和杰克是浑蛋，没人信他们说的话。"

"但是所有人都在说这个事情，"阿姬严肃地说，"卡拉·格林泊甚至还问我，你睡觉的时候我有没有看过你那里。"

"你说了'当然没有'吗？"金问。

"我说：'不关你的事儿。'"阿姬说。

"就应该这么说。"娜塔莉说，"但是如果你告诉他们，他们就不会理我们了。"潘克俱乐部的成员们意识到她们是个整体。如果大家不能接受波比，那也不会接受她们，因为她们是一个集体。

"告诉他们什么？我从来没见过波比的……那啥。"

"她才没有那个呢。"金说。

"也许你可以说：'我们一起睡觉时，不会盯着其他人的光屁股看，你们一起睡觉的时候都是什么样的呀？'"娜塔莉提议，"她们就会很尴尬，然后就不说了。"

"她们还是会说的。"阿姬说。

然后吉斯·莱斯在波比放在桌子底下的双腿之间尖叫道："我看到了！我看到她的那个东西了！"

波比踢了他，他匆匆跑开时，她们四个人都踢了他。他爬出来，他的膝盖上粘了透明的切碎的莴笋，他的胫骨碾碎了一根炸薯条，把它弄得像水果泥一样平，他举着双手抗议："我正在为一篇文章做调查，我的读者有权知道。"吉斯有一个小学博客，跟"第六页"①差不多，他用它给各种坏事儿打掩护。

波比确信吉斯看不到她的任何东西，她穿着厚厚的紧身裤，她的双腿也没有交叉，但她也不是百分百确定。

"变态。"金说，然后对波比说，"你不吃吗？"波比半抱着自己。她把午餐袋放在自己的腿上，放在自己的那个上面，但是她没法自己打开，她摇了摇头。"来吧，"阿姬说，"一起去外面吧。"

在操场上，潘克俱乐部的成员都围着波比，她们说"你真漂亮""你当然是个女孩""玛尔妮·艾莉森是个愚蠢的浑蛋""人们尽睁眼说瞎话"。但她们没说"谁在乎你裤子里有什么"，没说"就算你有男性生殖器也没关系，我们依然爱你"，也没说"我们认识你，知道你究竟是谁"。波比知道她们没说，是因为她们不知道要说这些东西，但是正因为她们没有，波比变得越来越恐慌。因为她变得越来越恐慌，她的同学开始相信玛尔妮·艾莉森的话，尽管她是一个浑蛋，但她说的可能是真的。否则，为什么波比没有笑，说这真是既愚蠢又有趣的笑话，或者大步往前走，证明她就是大家认识的她？

体育课上，有人说："波比，你难道不该和男生们站一起吗？"所有人都笑了。

健康课上，大家按照不同性别分开时，有人举起手说："诺顿小姐，波比在这里我觉得不舒服。"大家都笑了。

数学课上，乔西·爱迪生抱怨写家庭作业花了很长时间，莫汉先生说："所以它才被称作长除法，因为太长了。"大家都没笑，然后有人说："那是波比说的。"大家都笑了。

数学课才上到一半，波比把她的书都收好，径直走出教室，走过五年级的走廊，走出学校前门，打电话给她妈妈。

罗西觉得波比会哭，会大喊大叫，会流鼻涕，但她回家途中只有沉默。她们一起走进家时，佩恩看了看她俩，知道出事了。她们两个看起来都病了，脸色灰白，但他知道不是流感，因为波比不看他的眼睛，而罗西在他俩

---

① 《纽约时报》八卦版。

眼神交错的时候眨了眼，证实了他的猜测。他们让波比先回房间，然后轻轻地关上门。

"怎么了？"佩恩问。

"不知道。"罗西说。

"她怎么样？"

"不知道。"

"我们要做什么？"

"不知道。"

消息怎么泄露的其实并不重要，但他们还是想知道。是有人在学校偷看了浴室里的小单间吗？是校长给了老师暗示，他明白之后告诉了另一个在教研室里面偷听的老师？难道波比接触的那些十岁孩子比任何人都更有洞察力？

还是有人说了？

他们开了一次家庭会议，假装这件事无关紧要已经没用了。波比是这件事的当事人，她知道的也更多。假装即便发生了这件事，他们的生活依然如从前也不行，因为生活已经变了。责备也没用，但还是要问问题。有没有人想坦白？心里有没有什么出格的话憋着没说？但没有人这样做。"我会在家里辅导你，"本说，"一直到你准备好上大学，然后你可以重新开始。"罗翻了个白眼。佩恩晚餐做了煎饼，大家都没怎么吃，但这没关系，因为他知道这里需要的不是食物而是童话故事。一些倒霉的孩子被害了，或变成一棵树，听到这些能让人觉得自己的生活还没那么糟糕，也许魔法能让他们觉得无望的生活还有转机。

佩恩从未隐瞒，格林沃尔德的冒险其实就是孩子们的生活。毕竟，童话故事并不难捉摸，你不在故事里说教，他们就学不到道德。受了佩恩通过讲童话故事给他们的教育，本修改了三次申请，最终如愿进入了首选的大学，在考 SAT[①] 的前一晚，他也没和卡宴去看电影。如果佩恩早知道波比在学校的可怕日子里仍坚守着自己的道德，他肯定会通过格林沃尔德和斯蒂芬

---

① SAT：美国高考。

妮去劝导她，但正因为他那时不知道，他只能现在来补救。你的秘密有时会被发现，你以为世界要毁灭了，但不管怎样，这一切都会好起来的。

"斯蒂芬妮公主和格林沃尔德的学习伙伴罗伊德出去了。"佩恩开始讲了。

"罗伊德？"罗打断，"爸爸，故事里没有罗伊德。"

"你不喜欢罗伊德，"本盯着手机甚至都没有抬头，"你觉得格林沃尔德挺好？"

佩恩没理他们，这个故事不是为他们讲的，而是为波比讲的。"斯蒂芬妮公主和罗伊德正吃着一顿可口的晚餐，但是开胃菜之后，餐馆的门猛地开了，冷风吹了进来，斯蒂芬妮第一次感觉到那么冷，比真正的风还要冷，所以她知道是有什么东西来了。一个戴着面纱、穿着深色斗篷的人走了进来，所有的灯和蜡烛都熄了，房间里的空气变成了污泥，斯蒂芬妮公主喘不过气来，她惊慌失措，所以她甚至没有注意到，餐厅里其他人似乎都呼吸正常，他们的蜡烛也亮着。披着斗篷的人越来越近了，是女巫，是那个多年前曾指挥格林沃尔德收集午夜仙女头发的女巫，那个在需要时给过斯蒂芬妮魔豆的女巫。女巫靠在她的右边对她说：'我知道你是谁。'斯蒂芬妮很害怕，然后说：'我是斯蒂芬妮公主。'但女巫说：'我知道你的秘密，我会告诉所有人。'斯蒂芬妮公主——"

"不！"波比大喊。

瑞吉尔放下自己的历史书看着他的妹妹："这只是个故事而已。"

"我不要听这样的故事，"波比说，"我要去睡觉。"

"故事的结局很美好，"佩恩承诺，"斯蒂芬妮公主告诉了罗伊德自己的秘密，罗伊德知道后，还是很喜欢她，他们甜点吃了奶油泡芙。"

但是波比说："我讨厌美好的结局。"

"大家都喜欢美好的结局啊。"佩恩说。

"它们太假了。"

"这只是童话故事。"

"所以呢？"佩恩从未见过她这么累。

"所以它是神奇而美妙的，它是人们编的。"

"是的，但是如果这些都是假的，那意义何在呢？"她把眼泪从肿起来的眼睛里擦掉了。

"噢，孩子，"佩恩轻声说，"这些故事是真的。"

"你才说这些都是编的。"

"确实是编的，但我没说是假的，"佩恩说，"虚构才是最强大的真实。"

"是我，妈妈？爸爸？你们还醒着吗？是我。"

他俩还没睡，也不能睡，他俩躺在黑暗之中，面对面，看不见对方，但没有睡。

"是我。"本轻声说，因为现在是大半夜，不能大声说话，"我把秘密告诉了卡宴，就在今年夏天，但我告诉她，无论如何永远都不要告诉别人，她发誓她不会的。她真的……当时我信她了。我不敢相信她告诉了别人，我永远都不应该相信她的。"本最后一部分没说假话。他承认他说了这个秘密，但是他没有坦白他这样做卡宴就会爱上他（他没么想），他也没有承认自己不是真的爱她（他那时还不知道）。

罗西记得，孩子们还是婴儿时，自己就总在黑夜里哄他们。在夜晚一切都变得很难，在黑暗中，你看不清他们，看不清他们苍白的皮肤和明亮的眼睛。白天他们哭的时候，她在隔壁房间就能知道他们是身体不舒服还是心情不好，是要去照顾还是不管他们。但午夜过后，所有的哭声都是如此恐怖，宛若到处响着警报。孩子们浑身发热，是发烧了，还是被子捂的？孩子们是做了噩梦分不清梦境和现实，还是真有人躲在衣柜里？你没法在黑暗中治疗病人。罗西一直觉得急诊室白天照明都很好，理智可以战胜恐惧，恐怖故事只有在黑暗中才真实。

罗西试图将这种情况进行分类，她不习惯处理本遇到麻烦的情况，她觉得念在是初犯，应该对本宽容一点。但另一方面，本很聪明，他更能明白道理，所以也许对他而言，标准要更高，他需要更负责一点。虽然本什么都明白，但她也从未告诫过本不要把秘密告诉给包括卡宴在内的任何人；哪怕他都明白，但她要让他牢记自己的罪孽，牢记对他的妹妹、他的家人造成的巨大伤害吗？或者恰恰相反，她是否应该安慰他，这真的不是他的错，因为最终大家都会知道所有的秘密，因此他没有完全毁了波比的生活？当他们选择走上保密这条路时，其实已经知道了结局。

佩恩问本保守秘密到底有多难，不告诉别人这件事情有多难，后来他知道答案了，真的很难。本说出自己的故事之前，佩恩都还不明白，波比的秘密不是单独存在的。他第一次理解，不让波比的秘密被发现，就意味着不能再谈及尼克·卡尔卡特蒂、无名氏和麦迪逊，以及他们是多喜欢那里、他们离开的原因，不能再提起小克劳德和他幸福的童年，还有他如何让这个家变得完整。佩恩第一次理解到保密是多么难，虽然看似像钻石一样完美，但一定会有瑕疵。

但是就在佩恩或者罗西能将这些烦恼分类，并决定怎么处理本和卡宴的问题之前，事情变得更加复杂。本不是唯一一个来倾诉的人，他们都在半夜的黑暗中，一个接着一个来，就像做梦一样。

"有次我在踢德里克·麦吉尼斯的屁股时，不小心跟他说了这个秘密。"罗心烦意乱，都没发现本也在这里，"我本来以为他没注意，但我猜他是听到了，我本以为他听不懂我说了什么，但我猜他听懂了。当我打他的头时，我还说了，'那是我的妹妹，你这狗屁浑蛋'。"

"罗，别说'屁股'。"佩恩要纠正这段话里的许多东西，但他先选了那个最熟悉的错误来纠正。

"'那是我的妹妹，臭小子。'"罗改了一下，然后痛苦地添了句，"我真的是一时冲动。"

"我也是。"本也悲哀地点点头。

佩恩想，哪种更糟呢？仇恨或爱？忠于妹妹还是爱人？在激烈的战斗中还是篝火的热度里？在决定之前，门又开了。

"我们也这样做了。"瑞吉尔和俄里翁听起来像恐怖电影里的诡异双胞胎，他们的声音像小男孩，带着哭腔，罗西在想他们上次这个样子是什么时候。

"还记得在格兰德森家的烧烤聚会上，我们不小心给大家说了这件事吗？"瑞吉尔说。佩恩记得，其实他记得并不是瑞吉尔说的，而是俄里翁说的，他对瑞吉尔本能地承担起了双胞胎的责任而感动。可能是在夜里，他们俩自己也分不清彼此。

"这之后的那周，学校里有个我们不太熟的孩子在课间找到我们，问我们为什么那么说波比。"俄里翁解释。

"刚开始，我们跟他解释了我们那时总是这么开玩笑的，给他说了蟑螂船长、哈里和拉里的狗。"瑞吉尔继续说。

"但是他打断了我们，说他觉得自己可能是……也是那个，就和波比一样。说也许我们知道他应该怎么做，或者是跟谁说之类的。"罗西听到俄里翁的声音平稳了下来。

"我们就说了，"瑞吉尔言简意赅，"我们告诉了他。"

"他很伤心，很恐惧。"俄里翁说，"我们好像没做错。我们觉得他不会告诉任何人，但是他可能为了寻求帮助不得不说，你们明白吗？可能他只有说出来，才能得到帮助。"

那一刻，罗西和佩恩发现自己没有生气，而是在骄傲，也许这是因为现在已经很难判定谁要为此事负责；也许是因为发现了这个秘密的确有很大的破绽；也许是因为大家虽然泄密了，但都是出于好心；也许只是因为都快到早上了，却没人睡觉，只有一个小时就到黎明了。

那晚只有波比没有找他们倾诉。

我谁都不是！你是谁？

第二天早上，也就是两小时之后，每个人都头晕眼花，脾气暴躁，仍然有些受惊。他们的世界又一次发生了天翻地覆的变化，但他们只能干等着，束手无策。孩子们还要去上学，罗西还要去上班，佩恩还要接着写作，除了波比之外，所有人都感激自己可以回到日常状态，他们把剩下麦片粥的碗冲干净，穿好衣服，而波比还待在自己的房间里。佩恩猜她肯定难以入睡，而且如果她真的睡着了，自己更不想去叫醒她。而罗西生怕波比自杀，脑海里浮现出了二三十种自杀方式，她竭力控制着自己撞开门进去看的冲动。最后罗西再也受不了了，她和佩恩走到波比的房门前，他们跟随着呼吸的节奏一点点地开门，慢到像电影里中枪的慢镜头重放。最终，他们把门开到能看到房内时，虽然没看见自杀这样恐怖的事，但也差不了多少：波比的床上，坐着没有睡觉的克劳德。

他们立刻就认出了克劳德，尽管他如此陌生。五岁之后，他们就再没见过克劳德，现在他十岁了，他又像个幽灵一样出现了。他们那富有创造力、自信、闪亮的女儿波比不见了，取而代之的是黑暗幽灵克劳德，他眼睛红肿，一直盯着地板看，手臂紧紧地抱在自己肋骨上不松开。他穿着波比最男性化的裤子——普普通通的灰色吸汗布料裤——还穿着俄里翁那件超大的水手抓绒服。床旁边的一个大盒子里堆着所有波比的洋娃娃，还有毛绒玩具——她的追梦人、芭蕾舞鞋、潘克俱乐部在四年级最后一天的合影，波比和阿姬都在万圣节上扮成小马的照片，她穿着淡紫色背心裙笑着从哥哥瑞吉尔和俄里翁初中毕业会上走出来的照片。克劳德周围的所有地方——枕头和床单上、盒子里、桌子上、地板上——都是波比浓密的长发，一条一条撒在房间里，就像黑色的血丝一样。他还是用了瑞吉尔的电动剃须刀，它就像凶器一样躺在床边的地板上。泪水滑过克劳德的脸颊，他顶着一个不平坦、多茬的头皮。看到这一切，他父母的心都碎了。

"我不去上学了,"克劳德哭着说,时隔五年后他对父母说了第一句话,"再也不去了。"

罗西打电话给伊冯让她取消今天所有的预约,佩恩把哭泣的克劳德抱在胸前,这一刻终于来了,又来了,又来了。

佩恩给学校打电话解释波比为何没去上学,梅内德斯先生并不惊讶:"所有人都在说。"

"这件事会平息下来。"毕竟佩恩以前也经历过。

"大家是怎么发现的?"校长问,"谁说的?"

"不知道。"这是实话,即使能列出一长串人来为这件事负责,即使佩恩已经知道答案,但他不想再说,那是校长的事情。佩恩担心现在他另外几个儿子也需要保护。"没关系。"佩恩对校长说,这话并非真心。

校长花了三天才查清事情的来龙去脉,他才发现答案并不是他们之前怀疑的人,在半夜忏悔的那些人都不是罪魁祸首,一切都是玛尔妮·艾莉森的错,而波比其实一直都知道。

罗在英语课上做高考录取论文的写作训练,模拟考试的题目是:写下你生活中发生一个巨大变化的时刻。罗没写克劳德或波比,他写的是他的弟弟变成妹妹时自己生活的变化——自己依靠的是什么,什么是不变的,什么植根于身体,什么是变了的。罗写道:"过去本应不可改变,但并非如此。因为未来还未发生,所以你预想的事情并未发生,这也不奇怪,但它总会发生。"这篇文章发自内心,文笔流畅,而且很有见地,几个月之后,稍作修改之后的版本让罗获得了几所高校的录取通知,尽管他在十年级历史没及格,尽管他的档案里永远都抹不去因打架所受的处分。

罗的英语老师在餐桌上批卷子。一天早上,她丈夫错拿了她的文件夹去上班了,开会开到一半他才发现,于是他交给助手让她去换回来。助手看了看文件夹,认出了罗的姓,读了他的文章,并在那天晚上睡觉时把这个大八卦转述给自己的丈夫。那个助手就是玛尔妮·艾莉森的妈妈,她声音很大,要么就是她女儿的听力太好。

世界末日就这么来了。

校长花了三天才把这些线索聚到一起。而波比——克劳德——不肯接娜塔莉和金打来的电话,阿姬没打电话、发短信或来他家,他也不想在意了。他老师发邮件过来,说随时欢迎波比或是其他模样的波比回学校,在学校大家会爱她,会接受她,不喜欢她的人会被关小黑屋,他也没有回复。杰克发来的短信他看了一遍就删了,杰克说他很抱歉,说玛尔妮是个坏女孩,他被戏弄了,早知道这一切是真的,他就不会那么做。克劳德还接到了卡梅洛的电话,他外祖母说"去他妈的浑蛋",尽管这些确实是他整周收到的最令人安慰的话,但还不足以说服他离开房间,他还是只吃谷类食品。他的父母敲门,在门边轻声问:"亲爱的?你还好吗?要我们给你带什么吗?想谈谈吗?"他都没有回答,显然,他不大好,而且他们没什么能带给他的。一台时光机?一个新的身体?一种不同的生活?这些是他需要的东西,但他的父母没法给他。他不想说话,他宁死也不愿说话,他的生活已经完蛋了,除了能说说要把他行尸走肉的身体埋葬在哪儿以外,已经没什么可聊的了,而克劳德也没有什么可埋的。像往常一样,他的身体完完全全地背叛了他。

第三个晚上,过来敲门的是本。

"走开。"克劳德没有生气,语气里满是绝望的恳求。

"小伙子,是我,"本说,"让我进去。"

克劳德把自己的光头从门缝里探出去看了看:"你为什么叫我小伙子?"

"我们都这么喊别人。"

"是吗?"

"让我进去吧。"

他开了门,问:"所有男生都这么说话?"

"是啊。好了,你怎么样啊?"

"什么……怎么样?"

"这是一种表达,"本解释,"这是男生之间的问候方式。"

"为什么他们不说'你好吗?'"

"他们可不想被打。"

克劳德眼睛睁得大大的,惊讶道:"就因为问'你好吗',就要被打?"

"男生会为了任何事打架啊,打架的原因比如有问候'你怎么样'、说大话、发音正确、穿颜色鲜艳的衣服。"

"是吗？"

"是啊，这仅仅是开始。如果你太聪明，太愚蠢，太酷，过于担心自己穿得太好，太时髦，不够时髦，听错音乐，用错误的设备听音乐，在课堂上问愚蠢的问题，在课堂上问聪明的问题，在课堂上提了个会让大家做更多作业的问题，上体育课动作太慢，对小孩子好，对老师好，在校园里对你妈妈态度好，电脑操作得太好，在华盛顿特区的野外旅行被人发现了，在你的酒店房间里看带字幕的电影。如果你是一个男生，做了以上任何一件事情，就会有人打你。"

克劳德眼睛睁得更大了："是谁？"

"反正有人就是了。"本耸耸肩，"是谁都不重要，重要的是我们必须走正确的路，而你却没有，你太活泼了，你很确定自己要去哪里，你也为此非常兴奋。小声一点，慢慢来。一定要重视你去的地方和你是否能到达那里，这些都是你的目标。"

"我在正常走路。"他的语气里却充满疑问。

"不适合你就不要做。不要总是再咯咯地笑了，事实上，除非你在嘲笑别人，那样笑是不好的。不要再说法语了，再也不要，如果你忍得住，在法语课上也不要说，不要说超过三个音节的词，我是认真的。而且你还得改名字，因为克劳德听起来太像个欧洲人了，而且听上去也有点像个同性恋。"

克劳德眯起眼睛。这个故事就像他在家里听到的所有故事一样，刚开始就让人怀疑是不是要说教："你为什么告诉我这个？"

"我在帮你，你现在想当男生，你需要帮助、需要指导，一般的男孩子都是跌跌撞撞才学会这些。而你却一直和洋娃娃玩，让大家接受那样的你，但是不要担心，我可以指导你，纠正错误让你重回正轨。"

克劳德知道这不是本想说的话："你不是这样想的。"

"我只是说得比较委婉。"

"那你真正的想法是什么？"

"我有两个想法。一是我们就没办法去适应和表现得正常，而且不只在中间的几年里，你的问题是你是一个有男性生殖器的女孩，我的问题是我走错了路，说错了话，穿错了衣服，读了太多书，知道很多关于电脑的东西，但不知道什么时候要闭嘴，什么时候要假装无知或漠视。你可以有自己的性别所对应的生殖器，但你仍旧无法适应自己的性别。你可以有对应自己性别的生殖器，但那些孩子还会对你有恶意，还会取笑你。"

"那你会怎么做呢？"克劳德习惯性地想把头发拨到耳后，但他已经没有头发了。

"回家，向家里人哭一哭，让他们告诉你你很棒，激动一下，修修你的头发，第二天再回去试一试。"

"那他们就不会嘲笑我了吗？会变好吗？"克劳德又开始哭，这看上去不可思议，难道他的眼泪还没流干吗？

"会好一点，"本承诺，"虽然如果有人偶然听到了我们的谈话，我会被打。"

"那另一个呢？"克劳德疑惑地问。

"什么另一个？"

"你说你有两个想法。"

"另一个就是，你不是一个男孩子。"

"我是男孩子。"克劳德把手从身旁伸出来，就像他能从窗户飞出去一样。"看我，"他摸摸头，"看我，"他看了看自己T恤衫的领子，"看我，"他把自己的运动裤拉到腰的位置往底下看，"看我，看我，看啊。"

"我在看，"本说，"你看起来很伤心，你看起来在为自己轻率的剪发决定而后悔，你看起来像是刚刚意识到十岁的孩子也可以很可怕。但你看起来不像一个男孩。"

"我不像男孩，因为我的情况更糟。"克劳德的声音极其悲伤，他整个人也好像支离破碎了，"我看起来不像个男孩，但是不管怎么样，我是一个男孩，我不能假装我不是，我一定要学着做一个男孩，我应该一直学的。现在我已经落后了，我永远也赶不上了，我需要帮助，我和那么多男孩一起生活，却没人愿意帮我。"

"我们当然会帮你的呀。"本声音变大了，"你在开玩笑吗？我们一直在帮你。你穿裙子，我们说好，你改名字留头发，我们也说好，我们跨越那么远的距离搬家,我们为你保守秘密。"

"我不需要这些帮助,"克劳德试图从太阳穴上抓起一把头发,但是什么也没抓住,"我需要你们帮我成为一个男孩,不需要帮我变得与众不同,我本身就与众不同,你们要帮我变得和别人一样。我想变得像你一样,但没有人帮我。现在我的人生,还有我的生命都结束了。我不能当波比,也不能成为克劳德。我谁都不是。"

"所有人身上都会有其他人的影子。"本说。

"我谁都不是。"克劳德在学校学了艾米莉·狄金森①,这句话仿佛又把他拉回到刚入学的时候,"你是谁?"

"我也谁都不是。"本的声音在颤抖,"我俩一样。"

"不,不是。"克劳德又哭了,本看起来也要哭了,这让克劳德感觉好了一点,但也只是一点点,"不是,我是唯一的一个。"

晚上十一点二十四分,阿姬一直在敲克劳德的窗户,但克劳德不想理会,过了半个多小时,克劳德再也忍受不了不停的敲击声。他打开了窗户,身子探出窗外淋着大雨。公主可以变成王子吗?公主可以公开自己有男性生殖器吗?阿姬会不会因此而离开?深夜的风吹得克劳德光秃秃的头皮发凉。雨下得很大,把两人都淋成了落汤鸡,但阿姬仍能看出克劳德红肿的眼睛里流淌出泪水。

"头发很好看。"阿姬看上去很生气。

"是啊,谢谢。"克劳德也生气地回复。生气可比折磨人的悲伤好受,也比让人苦恼的屈辱和恐惧好受,所以它像是一种解脱。

"所以,你是个男生?"阿姬生气的情绪下掩藏了些什么,但哪怕是克劳德,甚至是波比,也不知道到底是什么。

---

① 艾米莉·狄金森(1830年12月10日—1886年5月15日),美国传奇诗人。出生于律师家庭。青少年时代生活单调而平静,受正规宗教教育。从二十五岁开始弃绝社交闭门不出,在孤独中埋头写诗三十年,留下诗稿一千七百余首。生前只发表过七首,其余的都是她死后才出版,并被世人所知,名气极大。狄金森的诗主要写生活情趣、自然、生命、信仰、友谊、爱情。诗风凝练婉约,意向清新,描绘真切,精微,思想深沉,凝聚力强,极富独创性。

"不，我什么也不是。"

"但你有……那个？"

克劳德点点头，唯一能不让哭泣变成啜泣的方法就是像贴了止血带一样紧紧闭嘴。"我妈妈说那并不意味着你是男生，"阿姬用力摇摇头，"但是我不懂。"

克劳德迷惑地耸耸肩："我也不懂。"

"就因为这个你才去浴室换衣服吗？不是因为鲁福尔拉？"

"我想是的。"克劳德回答。

"你骗我。"

"也不是，我也不想让鲁福尔拉看见我，我不想让任何人看见我，我让人恶心。"

阿姬点点头，她信了，但克劳德感觉更糟，他没想到真的能说服她。

"好，"阿姬睁大眼睛，摇着头，耸着肩，用自己知道的最成熟的方式表达疑惑，"虽然我真的不知道到底是怎么了，但祝你未来过得好。"

她把头缩了回去，开始关窗户。

"因为我是男孩子，你就讨厌我？"克劳德呜咽地说。他也准备回屋了，但他突然冒出了这样一句话。他想象没有阿姬的生活，想象自己翻过炮塔窗口的边缘，然后掉到楼下的人行道上。

"你说你不是个男生，"阿姬冷笑道，"你说你什么都不是。"

"因为我有男性生殖器你就讨厌我？"克劳德悄声说。

"我讨厌你，"阿姬声音很大，他们的父母都在睡觉，"因为你不告诉我。"

"我怕我告诉你之后，你就再也不喜欢我了。"克劳德每个词都是小声说的，因为感觉自己随时都会号叫出来。

"那样更糟。"阿姬说。

克劳德终于抬起头来："为什么？"

"因为你不相信我，不管怎样我都爱你，除非你不信我或者骗我。你觉得我会在乎你裤子里是什么吗？我一点都不在意，你什么都可以告诉我，但是你没有。"

"你妈妈告诉我妈妈不要跟你讲。"

"我们平时根本不听我妈妈讲什么。"阿姬看着克劳德,"为什么你这次会听呢?"

"我不知道。"克劳德承认。

阿姬把头缩回自己房间,然后又探了出来,说:"大概一年前,我还在尿床。每次我们一起过夜,我们都进了睡袋,垫上尿布后,我还是会起来尿尿。这会改变你对我的看法吗?"

"不会。"克劳德说。

"看到了吗?我给你讲了我的秘密,我相信你,你也应该相信我。"克劳德还在想阿姬也不过才告诉了他自己的秘密,她就把头缩了回去,关上了窗户。

变性手术

波比——克劳德——自我封闭了起来，罗西那三天也毫无理由地一直待在家里，雨水拍打着窗户，仿佛整个房子都在哭泣。

死老鼠颜色般厚厚的乌云低得足以盖住小山。克劳德在卧室里哭了又哭，罗西怎么能放心出去工作，去给别的孩子治病，而眼看她的孩子把自己关在卧室里，拒绝吃饭或接受别人的安慰呢？罗西了解那些自杀统计数据，她也知道那些不开心的孩子们会对自己的身体做什么，她知道如果自己不在家里，她就不能保护她的孩子。波比和克劳德都选择与世界隔绝，他们的母亲要怎么让他们回来呢？

第三天早晨，詹姆斯打来电话："你明天得上班了。"

"这边的情况还不稳定。"罗西没正面回复他。

"相信我，"詹姆斯说，"你明天得来。"

"豪伊？"

"你那里到底怎么了？"

"詹姆斯，我家里有点事……"反正现在波比学校所有人都知道了，她也没什么理由不告诉这位亲密的朋友、医师、同事兼知己了，"没关系，我明天去。告诉伊冯我要取消这周六的预约。"

"算是个好开始，你还好吗，罗西？发生什么事了？"

"没什么事，我会……没什么事。明天见。"

第四天的早晨，罗西爬上山回去上班，豪伊在门口迎接她："咱们去散散步。"

"哦，天哪。非要去吗？"

"我们也不能在接待处聊吧。"

"让我先喘口气。"

"你反正也不用说话，"豪伊说，"听着，罗西，我知道你家里出了点事儿，我不会笑你，可你工作确实没尽职。"

"豪伊，我怎么就没尽职尽责了？我每周有三十五个小时的病人预约，和你一样。我还开着急诊，电话随叫随到，这也和你一样。我的病人是满的，也是和你一样的。"

"你怎么能说你每周有三十五个小时的预约呢？从周一开始你就取消了所有的预约。"

"我就这一回，就这一周，这周我没办法，必须取消病人预约，但所有的预约都重新安排好了，我会给每个人重新腾出时间。我在这儿工作四年了，这是我第一次重新安排超过一天的病人预约。豪伊，谁家里都会有人生病，哪怕是医生家，所以我们有病假、事假和探亲假。"

"所以你家孩子是这周生的病吗？"

罗西点了点头，但没详说。

"佩恩不能照顾孩子吗？他都不上班的啊。"

"豪伊，我丈夫和我怎么管理家庭、怎么分配家庭责任不关你的事。"

"没错，我的事是经营这家诊所，如果成员们不负起自己的责任，这诊所就做不下去了。"

"四年里我只有三天没干活，这算不上不负责任吧。"

"可你平时也就只给病人看看病。"

"我是个医生，豪伊，给人看病就是我的工作。"

"在医院里，在一个大医院里，也许你的工作就是看病而已。但当你被一个小诊所录用时，你就得清楚地知道，你有更多的工作要做。我们其他人不仅仅是给病人看病，还有其他的责任，而你呢，你给你的病人看完病后就下班回家了，剩下我们给你收拾烂摊子。罗西你要明白，你需要为我们这个集体做出贡献，我们也有家庭，也有个人生活和我们关心的病人，因此我们需要能够和我们分担责任、具有团队精神的人。"

"有什么事情是你们要求我而我没做的？"

"所有要求你做的事你都没做。"豪伊喊道，"你没有帮忙推广我们诊所，你没有帮忙招揽新病人，你没代表我们去参加会议，你没有去参加研讨会以拓展你的技能，从而扩大我们的市场。我们需要人负责诊所的社交媒体和网站，你拒绝了，我们希望有人去做援助工作和其他志愿者活动，我的确和一家泰国诊所保持联络，但你不会去那里的，哪怕就去很短的一段时间。你知道他们肯跟我们这个小诊所合作这机会有多难得吗？《西雅图大都会》杂志都可能会给我们做个简介，甚至全国公共广播电台都会报道。我们会得到美国医学学会的认可，病人就是根据这个来挑医生的。罗西，经营这种诊所要做千千万万大大小小的事情，而你就只给病人看看病，还没算上你请假那几天。"

"豪伊，我不能去泰国，我这边还有病人，更别说还有我的家庭和生活了。我也不能每周去做义工，因为我已经有一份全职工作了。你让我去研讨会学习的那些技能我也都学会了。我们这里的病人已经满了，没法儿再招揽新病人来了。我也不是十八岁的孩子，我不愿意在社交媒体上写东西，我不想做市场营销，因为我是一名医生，不是一个广告高管。我是一名医生，我可以治疗我们的病人，我基本上把他们都治好了，我没有收到过任何投诉。一个诊所的成功关键不是去泰国做义工，不是在推特上发信息，也不是让我连续四年给大家做员工感恩早餐，而是病人们是否满意。我的病人很满意，因为我是个好医生。"

"我告诉你，这些还不够，如果你觉得够了，那就去别处当医生吧。"

"天哪，豪伊，我不过就是请了三天假。"

"三天加四年，真是受够你了，你想想吧。"

午饭时，罗西给汤加先生打了电话："大家都知道波比的事了。"

"哦，该死。"这语气根本不像汤加先生骂人时的语气，罗西差点就笑了出来。

"所有人都知道了吗？"

"每个人，嗯，几乎没人不知道了。波比学校里的每个人都知道了。"

"天哪，怎么会这样？"

"谁在乎到底怎么泄露的！"

"我觉得也是，波比是什么反应？"

"很不好，非常糟糕。她剃了个光头，穿上了运动裤，把自己所有的东西都扔了，也不和我们说话，就在自己的房间里待着，非常糟糕。"

"哦，好。"汤加先生听起来如释重负，"听上去不错。"

"什么？"

"真是完美，真是个好时机，波比干得好，我为她和你们感到骄傲。"

罗西不确定自己今天是否有耐心听汤加先生的怪言怪语："你在说什么？"

"说出来，这是同性恋应有的权利。她必须这样做，而且越早越好，把秘密藏着对谁都不好。她现在还小，还没有进入青春期。剃了头，锁了门，不和父母说话。真是完美，她做得非常好！"

"她不是同性恋。"罗西说。

"她不是，"汤加先生赞同，"这就是问题所在。你从一开始就完全接纳了这个孩子，你接纳克劳德，克劳德变成波比时，你也接纳波比。你让这个孩子心安理得地觉得自己完完全全、毫无疑问是个女性，你剥夺了她当同性恋的权利。"

"你是说我们过分爱她和理解她了？"

"是的。"

"是吗？"

"是的，她是同性恋，她是个有男性生殖器的女孩，这很好，但这并不常见，这很奇怪，非常奇怪，也很像同性恋。同性恋是一个完整的群体，他们拥有一个完整的世界，有一套完整的世界观，他们支持有男性生殖器的女孩和其他那些不同寻常的事情，不仅支持，而且还庆祝。我们希望波比能成为这个世界的一部分。"

"但是你说过不要告诉任何人，"罗西控制着不让自己尖叫，但还是叫出来了，"你说这件事不关任何人的事。"

"在短时间内，它很起作用，你不会觉得这是永远的计划吧？"汤加先生有点恼火地问，仿佛他们起初就没听从他的建议，"波比那会儿才六岁，还太小了，没必要花时间去教育她的同龄人，也没必要一直为自己辩护，也没必要去解释性与性别、性别认同与性别之间的不同。孩子们上一年级时，我们还在教小男孩和小女孩们在学校里谈论裤子里面的东西是不合适的，但现在波比十岁了,她都快上中学了,她基本是个青少年了,也马上要长成大人了。所以是时候让她去探索,去做决定,去变得坚强,去谈论她是谁,去为自己挺身而出,去应对让她与众不同的事了。"

"那她要怎么做呢?"

"和其他人一样,"汤加欢呼道,"受苦!小镇不接受你,所以你离开;你的家人不能接受你,所以你要组建一个新的家庭;你受够了那种充满羞耻和妄想的生活,所以你想去追求更广阔的天地。"

"所以你是说她还没有吃够苦?"

"是啊!说得对!"他欢呼,"这正是我想说的,你让她受的苦还不够,你太保护她了。你把不正常的事情当作正常的事情对待,所以她还没学会过她实际上不正常的生活。你可能不在乎,但其他人会在乎,他们肯定会在乎!在你看来,有男性生殖器的波比和你其他有怪癖的孩子没什么两样,无论如何你都爱他们,你天天工作就是为了抚养他们长大。但是,这对她在外面生活毫无帮助,她只能躲在家里。难怪她不会离开自己的卧室。"

"那我该怎么办?"她觉得自己好像在跟豪伊说话,好像他认为她的要求既不现实又荒唐可笑。

"你?你什么都不要做,你已经做得太多了。波比必须自己做,而且她已经做了。首先是要说出来。"

"已经说出来了,"罗西承认,"虽然很不情愿,那第二步是什么?"

"很多人都排斥这件事儿,她感觉很糟糕。"

"也做到了。第三步是什么?"

"第三步很有趣,第三步是继续前进。"

"要花多长时间?"罗西有点生气了。

"一辈子。"汤加先生的声音听上去和往常一样开心,"所以她早早开始是件好事。"

伊冯把罗西的病人重新安排在正常的办公时间之后,她今天最后一个病人终于在晚上九点四十五分离开了。罗西又饿又累,只想赶快回家看看家里的情况,同时又害怕看到家里的情况。她脑子里嗡嗡的,里面满是病人的抱怨、治疗计划、用药方案，还有豪伊的威胁和汤加先生的劝诫。回家的路阴暗、潮湿又陡峭，多年来她已经习惯了一年有九个月都笼罩在城市上空的乌云，它就像个辐射围裙一样。晚上九点四十五分，天已经黑了五个多小时了，外面已经不是她所熟悉的下午四点的暮色了，好像已经到了午夜一样。当罗西走到家前门，她感觉自己像倒时差一样难受。

房子里异常安静，没有人在家里工作或做作业，每个人都把自己关在房间里。没有人从紧闭的卧室门里探出头来向你问好，或者问你今天过得怎么样，你一定累坏了，我给你热点剩饭吧。罗西敲了敲罗和本地下室的门。

"孩子们？"

"嗯？"

"你们还好吗？"

"还好。"

"在学校怎么样？"

"很好。"

"有什么新鲜事儿吗？"

"没有。"

"你们吃了吗？"

"吃过了。"

"好吧，爱你们。"

"爱你。"

她在瑞吉尔的门前也进行了一番类似的对话，俄里翁那时正头朝下挂在沙发扶手上，他戴着吸血鬼的牙齿，穿着斗篷，玩着电子游戏。"在你开口之前，我先说，我什么都不想吃，什么都不想喝，我把作业都写完了，我这样倒立着玩游戏是因为我想变成一个吸血蝙蝠，所以你不用担心。"

罗西去敲了敲波比的门。

"波比？"

没人回答。

"克劳德？"

没人回答。

"你还好吗？"

"不好。"

"想聊一聊吗？"

"不想。"

"我今天和汤加先生聊了聊，他有一些想法，我可以分享给你吗？"

"不，谢谢。"

"好的，宝贝，那就等你准备好了再说。你吃过东西了吗？"

"吃了。"

"吃的什么？"

"麦圈。"

"想要吃点更能填饱肚子的东西吗？我也还没吃呢，我们可以热个披萨什么的。"

"不，谢谢。"

"好吧，宝贝，有什么需要我帮忙的吗？"请让我帮忙吧，求你了，求你了，求你了。

"你不要再问我这个问题了，走开。"

罗西只得回到自己的卧室，她发现所有的灯都关了，佩恩的笔记本电脑还亮着，打开着放在床上，但佩恩不在。

"佩恩？"

"我在浴室，"他喊道，"对不起，我没听见你进来。是不是觉得今天很漫长？"

"非常漫长。今天家里有什么事吗？"

"没什么事，就是一个安静的夜晚。你要是饿的话，冰箱里还有剩下的意大利面。"

"谢谢，你在干吗呢？"

佩恩犹豫了一下，说："嗯……工作。我只是想要点私人空间，所以就在这边做。"

她看着他电脑上的浏览历史记录——"电影特写镜头，魅照，自拍"……上帝啊，罗西祈祷，她希望佩恩只是在看色情片。

佩恩从浴室里出来，看着她，显得局促不安。

"你是不是有欲望了？"罗西充满希望地问，"想要独处一会儿吗？"

"我在看变性手术。"他承认。

"哦，佩恩。"

"我就是……看看。"

"波比才十岁，世界上没有哪个外科医生敢切掉她的生殖器。"

"这个手术不是要切掉它，它更像是把它从里面翻到外面。"

"世界上没有哪个外科医生敢把一个十岁孩子的生殖器翻出来。"

"当然现在是没有，我也是刚开始研究，有一些非常出色的医生——"

"你已经走得太远了。"

"我才刚刚开始。"

"为什么？"

"为什么？"

"是啊，佩恩，为什么？她还有一年，甚至几年才会到青春期，这期间她完全不用医疗干预。如果我们和她都决定要用阻滞剂的话，她要吃好多年，谁知道是多少年。除了阴道成形术，我们现在还有无数种选择，你现在做这些事情太早了，就仿佛我们在为罗的婚礼买礼服一样。"

"好吧，这只是很令人兴奋，罗西。你对变性手术了解多少？他们可以给她造一个正常的阴道，你那种疗法能做到的它也能做到，她以后的恋人都分辨不出来，甚至她的妇科医生也分辨不出来。其他国家已经有未成年人做过这种手术了。我们可以在她上大学之前把手术做好，那会是一个新的开始，像一个奇迹一样。你应该看看这些网站，他们——"

"你没有回答我的问题，佩恩。"

"什么问题？"

"她现在才十岁，你为什么现在就这么做？"

"我不知道你有没有注意到，罗西，事情已经慢慢发展成现在这样了。事情发生以来，我们没有过完整的计划，我们一直保守秘密，但现在这法子不管用了。我们必须承担起责任了，必须得往下走了，否则她就一直只能是个穿着裙子的男人。"

"我不知道你有没有注意到，佩恩，波比把所有的头发都剪掉了，把所有女孩子的衣服和玩具都扔了。她就像我们说的一样，变回了吃麦片的克劳德。

"而且她已经一个星期没出房间了，她沮丧成这样了。

"她可能还在害怕，在困惑，在担心让我们失望，或在担心改变主意。她很沮丧，但我不清楚原因，可能是因为她觉得自己不能当女孩了，也可能是因为所有人都发现了她的秘密，这两件事并不一样，或者是因为她不知道自己是谁，也不知道自己想成为谁，她再也受不了去想这些了。"

"不，我想这只是你的猜测而已。"佩恩关上了他的笔记本电脑。

"但你现在不去弄清楚所有可能发生的事情，却只想去做个手术。"

"我不是说只想做手术，我只是在考虑手术这个选择。假如我们以后决定要做，那我想早早地好好研究，这可不是件小事儿，因此我才这么认真。"

没了笔记本电脑的光，房间里突然变得很暗。"我明白，佩恩，我都明白。但是哪怕你现在只是想想，这都是问题。"

"为什么？做研究，掌握更多信息，花时间去思考复杂的问题，可以让我们多一种选择，为什么会不妥当？"

"因为波比还有疑问，"罗西伸出双臂，就像拥抱她难过的女儿时一样，"所以我们必须和她一起困惑。她还没做决定，所以我们不能做决定。她不了解这些话，我们就不能告诉她，甚至不能有什么想法，只有她自己才能去做这个决定。"

"罗西，她怎么能做这样的决定呢？"佩恩的声音颤抖着，"她才十岁，她只知道生殖器是用来尿尿的。她不能对性做出决定，不知道敏感、润滑、扩张、繁殖对阴道有多重要，我们甚至不知道她是同性恋还是异性恋。她不可能做这些决定的，就像你总说的，她才十岁，所以我们得替她做决定。"

"我们不能，佩恩，我们不能。这不是我们要做的决定，如果她现在还不能做决定的话，那就等她长大了再做。"

"她等不及了。"佩恩惊讶地发现自己的双手不自觉地交叉在胸前，仿佛辩论一样，"这个手术越早做，波比就越不用经历'错误'的青春期，效果就越好，对吧？要是等她大到能自己做决定，这手术就做不了了，因为我们等得太久了。"

"佩恩,他们不给未成年人做这种手术是有原因的,主要是心理上的问题。"这听上去在故意抹黑这些医生,但罗西说的这个问题很重要,"她现在无法同意做手术。但在做这些手术之前,我们必须先征得她的同意。所以她只能等,你也要等。"

"这是我们作为父母的职责,罗西。你没有因为罗还未成年就反对把他的智齿给拔了,你也没因为本才十五岁就不让他穿耳洞。作为父母,我们每年都要做上千个决定,这些决定会改变我们的生活,孩子没法理解这些影响,这就是我们的工作,养孩子就是这样。经过一番疯狂的利弊权衡后,我们决定要横跨整个国家,搬到这里,虽然罗的脾气会变得更暴躁,但我们觉得波比的安全更重要,因为这样本就会更开心,而且也不会影响到俄里翁和瑞吉尔。我们也不知道这样做是否有用,不知道这是不是最好的决定。我们研究过,我们考虑过,也讨论过。我们代表了孩子们,用自己搜集到的信息,尽最大的努力做了一场豪赌,我们因此改变了他们的生活。"

"佩恩,你来说说阴道成形术与穿耳洞之间有多大的区别,你说说切除生殖器与拔智齿的区别又是什么,把换个性别和换个住址等同是个多么荒谬的类比。"

"当然了,你说的没错。我只是想说我们一直在为孩子做决定。我们这样做是因为知道他们不像我们那样聪明、经验丰富、见多识广,所以他们不能自己做这些决定,要由我们来做。"

"你吓死我了,佩恩。"

"为什么?"

"你进度太快了,波比才刚决定变回克劳德,你却要把她变成琳达·拉夫蕾斯①,也许她不是这个意思,也许她并没有改变主意。但我们得慢慢弄明白,让她自己去弄明白。我明白你的用心,但相信我,波比肯定会迷失一段时间,如果我们带她走出森林,她就不会迷路了。"

"她没有迷失,罗西。"佩恩握着她的手,尽管她试着挣脱,但他还是

---

① 琳达·拉夫蕾斯:色情演员,反色情运动代言人。

没有松开,"我们很久以前就做出了这个决定,克劳德上幼儿园时我们就决定让她当女孩了,而波比也从来没有后悔过,一天也没有,我也没有。"

"那她为什么要剃光头呢?"

"我不知道。"佩恩的脸看起来苍白憔悴。

"佩恩,在很多方面,我们都很幸运。我很感激我们的孩子只是性别焦虑,而不像其他孩子一样得了癌症、糖尿病、心脏病或者其他的什么病,这种病没有非常明确的治疗方法,而那些药物更难吃、更难闻,那些病症更可怕,那是生与死,而不是黑与白的选择。每次我都为那些孩子和父母感到心碎。但那或多或少都是医学问题,性别焦虑症也是一个医学问题,但它主要还是关乎文化、社会、情感、家庭状况和社区。也许为了波比不长胡子,我们需要进行医疗干预。也许这个世界需要学会去爱一个留胡子、穿裙子的她。"

"但这不会成真。"佩恩说话的声音很轻,如果罗西没有猜到他要说什么,她是听不清他的话的。

"在这种情况下,也许她,还有你我,需要学着在这样的世界生活,哪怕这世界拒绝接受一个有胡子还穿裙子的她存在,而且无论如何我们还要开开心心地活着。也许我们不应该让我们的女儿吃药或做手术。"

"那要怎么做?"佩恩抬头望向罗西,他们对上眼神后,时间似乎过了很久很久。

"什么怎么做?"

"我们怎样才能学会在这样的世界里生活,而且无论如何还要开开心心的?"

黎明到来前,罗西从断断续续的睡眠中醒了过来,她给豪伊发了一条信息:如果能带上波比,我可以去泰国。

第三部分

PART THREE

紧急出口

他们不管怎么样都要置办新的行头。泰国那里的诊所不允许穿裙子，也没有空调，实际上那儿就是个蚊子肆虐的丛林。他们所搜集到的少量信息，再加上已经证实的一点——那里每天最高温能高达38℃多——这意味着他们都需要全新的衣服，而这些衣服恰好男女通用：长棉裤、透气长袖衬衫、凉鞋、太阳帽。在他们离家的前一晚，罗西为他俩都打包好了，然后敲了塔楼的门。

"你准备好了吗？兴奋吗？"罗西感觉自己没有准备好也并不兴奋，但尽量让自己的话听起来如此。没有得到回应，于是她说："我帮你打包了。"

"好的。"

"你想让我带点什么特别的东西吗？"

"不用。"

"我是说，所有的必需品都有了，你想不想带上爱丽丝和马普尔小姐？"

"我不是个小孩子了。"

"带上你朋友的照片也可以。"

"我没有朋友。"

罗西的脸僵了一下，继续说："我想我们都准备好了，除了一件事。"

"什么？"

罗西坐在床边，抓住她宝贝的手，轻轻地说道："我不知道该怎么称呼你，亲爱的。"她的爱像是被打了一耳光，头上仿佛有东西在诅咒着她，"我应该叫你克劳德还是波比？你到底是我的女儿还是我的儿子？你成为哪个都可以，你知道我们都会支持你。无论如何，无论你是谁，你知道我们都会爱你。你只需要告诉我：你想成为谁？"

"我想成为谁并不重要。"

"没什么比这更重要了。"罗西坚持道。

"我是谁才是唯一重要的事。

"那么你是谁呢?"

"克劳德,"他脱口而出,"我必须是克劳德。"

"你不必这样,亲爱的。"

"我必须如此。克劳德是对我的惩罚。"

这个才十岁的孩子这么说,罗西悲痛欲绝,她问道:"你为什么要受到惩罚,亲爱的?"

"因为我骗了所有人,因为我假装成别人,那不是我自己。"

"你不是在撒谎,也不是在假装。"

"我再也不这么做了。"克劳德说。

在罗西发短信那晚后的十三天里,克劳德顽固多茬的光头上长出了纤弱的茸毛,但他看起来像个癌症患者,大家也都以为他得了病。罗西在她妹妹波比的第一轮化疗期间就知道,之后也曾无数次地认识到这个道理:一旦你不再认同自己的身份,那么这就是你最大的问题。她知道别人同情她,只是因为以为她的孩子得了癌症,但她不在乎这个。她觉得自己应该得到大家的理解,因为她确实也需要一点额外的空间和帮助,所以尽管是误会,她还是很感激他们的祝福。罗西不确定克劳德是否看得出,身边的每一个人都以为他要死了,不过这也无关紧要,因为克劳德自己都觉得他快死了。如果他能抬起头来,用眼睛来理解这些人的想法的话,他会很感激这些人的猜测。不过,他没有。

罗西认为,不管怎么说,飞行十八个小时都是让人心碎的绝佳理由。每个生命都必定会承担一定程度的痛苦,如果已经遭遇了痛苦,还正好要在这个狭小的空间里度过令人反胃的十八个小时,那就更悲惨了。克劳德盯着窗外,眼睛又红又肿,他拒绝了飞机上提供的所有食物,一直小口抿着姜汁汽水,罗西很同情他。

这次,罗西让佩恩和克劳德同她一起去。她说,这是个极好的机会,他们能去新的地方旅行,去看看世界,帮助那些更加不幸的人。

"没有人比自己更不幸。"克劳德说。

"是比我。"佩恩并不在乎"比"是个介词。

"你健康,强壮,能干。"罗西觉得比起语法,讲清利害关系更加重要,"你有充足的食物、干净的水,住在安全的社区里、安全的家里,有自来水用,生病的时候有药吃,你还有爱你的家人和朋友,享受着世界一流的教育,还有非常可爱的狗狗,你比许多许多人都要幸运。"

克劳德的眼球在红红的眼眶里转了转,说道:"如果我不用回到学校,我愿意去任何地方。"

"是这样的。"罗西尽量让自己看起来不那么心急,"这次旅行给你时间换个思考角度,离开这里休息一下。"

"离开这里还是离开我?"佩恩说。

克劳德惊慌失措地抬起头。他的父母很少吵架,因为他们一旦开始吵架,就会发现吵架的缘由都不过是鸡毛蒜皮的小事。一方面,罗西很高兴看到克劳德注意到一些自己脑海之外的事情了。但另一方面,这种谈话不应该当着他的面,于是她和佩恩点到为止。过了一会儿,佩恩说:"克劳德想走出争议,他在泰国还有很长的路要走。"

"我不是为了这个才去的。"

"当然。"

"我需要做点什么来安抚豪伊。"

"你以前可不这样。"

"我们丢不起我这份工作,这就是原因。"

"你知道,你不可能丢工作。"

"这个工作是在做好事,佩恩。这家诊所为缅甸难民、无证的居民以及山地部落的人提供帮助。这个工作也很重要。"

"你之前怎么不对它这么感兴趣?"

"不是我不感兴趣,是之前根本不可能考虑,我们有孩子、学校和——"

"那现在什么改变了呢?"

"对她……他……来说,看一看世界是件好事,"罗西磕磕巴巴地说,"泰国友好、安全——"

"没家里安全。"

"我们需要放慢脚步。我们都需要放慢脚步。你需要放弃对阴道的研究，休息一下。孩子需要离开学校，离开阿姬，离开这一切，休息一下。这个家庭需要离开所有的重担和戏剧般的生活来喘口气。"

"你需要离开我休息一下。"佩恩说。

罗西闭上了眼睛，说："我需要离开你休息一下。"

佩恩在她背后注视着她，什么都没说，时间像怀俄明州高速公路那般漫长。然后他走开了。罗西也从这次国际旅行中尝到了心痛的滋味。

到了机场，罗西给卡梅洛打了电话，她不想有人劝她。可以预见，她的母亲又会母爱泛滥了。

"那边有疟疾吗？"卡梅洛先问。

"我们带药了。"

"伤寒呢？"

"我们带的药挺齐的。"

"那种热带发烧病呢？"

"登革热？"

"是的，登革热。"

"我们会用避蚊胺的。"

"会对你们有害吗？"

"少量使用不会有害。"

"那少量用，还能防蚊虫吗？"

"我们还带了长袖。"

"穿上会不会很热啊？"

"妈妈，你可是住在热得要死的凤凰城啊。"

"家里的孩子们怎么办？"

"他们没事的。"

"你要去多久？"

"我不知道。"

"佩恩呢？"

唉，矛盾点来了。"没有我他也过得好好的。"

"但你没有他能行吗，宝贝？"

这个问题很合理。"他只在写故事，他没有好好过日子。"

"也许他在边写着书边好好过着日子呢。"

"他不能两者兼顾，妈妈。这两件事势不两立。我们的孩子是一个真正的人，他不能成为故事中的角色，佩恩认为所有错误的事情不过是童话里魔法的前奏，在不久后的一天，我们都会忘记过去的事情并从此过上幸福的生活。"

"听着不错啊。"

"他总是在幻想。"

"佩恩从来都不是个现实主义者，亲爱的。"

"不是一个现实主义者也并没有让现实消失。"罗西咆哮道，"那种手术并不神奇，它不是一瞬间就生效，也不是无痛的。余生不会像青蛙变王子一样，会有令人讨厌的副作用和不可预知的结果。那时哪怕你改变主意也没法回到过去了，手术可能让你变得比以前更像公主，更不像女帮厨，但不会让你完全变成公主，完全脱离女帮厨的身份。"

"那波比怎么说？"

"什么都没说。"这个名字在罗西耳中再度陌生起来，"波比已经不在了，妈妈，他想再变回克劳德。"

"他想？"卡梅洛问道。

"他想，他不得不变回来，他就是这么想的，他觉得他应该，他必须变回来，我不知道。"

"你问过她了吗？"

"他。"罗西纠正道。

"你问过了吗？"

"我试过了，妈妈，他没法告诉我，也许他也不知道，他太伤心了。"

"那这不就是你的答案吗？"卡梅洛疑惑道。

"我也不知道，"罗西说，她的声音变得温柔了起来，因为她想努力像个成年人一样，控制住自己不要在机场冲着电话里的母亲哭，"我也很伤心。"

卡梅洛暂时没有说什么，然后她问："如果大象攻击你们怎么办？"

"大象攻击？"

"泰国有大象，亲爱的，避蚊胺可挡不住它们。"

卡梅洛仿佛在告诉罗西，被一头五吨重的动物踩踏是她"担忧的事"清单上的最后一项。

哪怕罗西没有消除卡梅洛的担忧，她最后仍然会选择去泰国，去完成幼时对她妹妹的承诺。哪怕卡梅洛对她把一家子都丢给佩恩很不满——这也是她和佩恩相遇后第一次分开——罗西仍然会选择和她最小的孩子一起飞往遥远的亚洲。哪怕罗西担心其他几个孩子状态不稳定，担心她再次选择了克劳德，不得不离开他们的日常生活，她仍然会选择和自己的小宝贝一起去自驾游。如果这次旅行不是搭乘飞机，装载着那么多希望、想象和恐慌的话，那也很好。多年来她已经学会了一个道理：珍惜自己现在所拥有的。自从妹妹去世以来，她一直梦想着和女儿一起旅行，如果不是波比，那么她就和克劳德这个回头的"浪子"一起回家，好吧，这也不是第一次了。

远　方

　　这架飞机又窄又冷，还十分无趣，飞行时间比长除法还长。差不多就在克劳德刚到曼谷的那一刻，他就渴望回家，就像克劳德（好吧，波比）之前从看鲸鱼的皮艇上掉进普吉特海湾一样。他在飞机上有私人空间，他的母亲允许他不停地喝冷苏打水，用带卫生纸的洗手间。虽然飞机上的洗手间闻起来像洗手间，但其他地方闻着不像；曼谷的所有地方闻起来都像洗手间，但所有洗手间里都没有卫生纸。飞机上的冰凌融化的那一分钟，气温还是很舒适的，这大概也就持续了一分钟，之后开始觉得特别热。不是像去凤凰城看外婆时的那种热，而是在浴缸里头的那种湿热，仿佛他上一秒还很口渴，下一秒身上的汗就像一个抽了疯的喷水器从各个方向喷射出来。

　　克劳德还没准备好重新回到现实世界，但幸运的是，曼谷一点都不像现实世界。他努力不去在乎任何事情，但这很难。这里的人行道并不明显，所以克劳德只能靠猜，拥挤的人群下面一定是人行道。小汽车都是亮粉色、有光泽的蓝绿色、霓虹绿色的。公共汽车是多层的，就像建在车轮上的低矮公寓楼一样。一堆摩托车在人流中穿梭，就像讨厌的昆虫一样。摩托车上载着一大家子：爸爸戴着头盔，妈妈、孩子们还有婴儿什么都没戴，他们被挤在发动机和爸爸中间，毫不在意这酷暑和难闻的气味，虽然知道他们的父亲把自己的生命看得比他们重（因为只有他戴了头盔），他们也无动于衷。克劳德盯着这家人看，他们汗流浃背，勉强从自己搭乘的这辆有空调的货车旁通过，那些孩子们挥着手冲他微笑，他们的爸爸妈妈也这么做。事实上，似乎泰国的每个人都希望看到克劳德的眼睛并对他微笑。他们想向他打招呼，问他是否需要什么。他还要更强劲的空调、卫生纸和一些私人空间，也许他还想要摩托车上的小孩戴上头盔。

　　这里到处都是流浪狗，虽然看起来很讨人喜欢，但罗西不准克劳德摸它们。罗西很严厉，所以克劳德乖乖听话。有些购物中心通过天桥连接，占据了十字路口的四个角落。人行道旁边的餐厅看起来很像热狗站，但他们卖的是做工复杂的面汤，或裹着蓬松面团的炸香蕉，或上面撒了很多圣代之类的一整条巨型油炸鱼。旁边也有小桌子和座位，这挺合理的，因为你可以边吃热狗边等公交车，但你不能边走路边喝汤或吃鱼和圣代冰激凌，不然你就得在人流、流浪狗和桌椅中晃来晃去。

他们晚上住在一家豪华酒店的十九楼，但克劳德已经累到没法享受了。像奇怪的魔法一样，虽然他们已经离家两天了，但克劳德还没有睡过觉。第二天早上，他们一起床就和导游凌一起去市场买诊所需要的东西。罗西看起来很疲惫，不堪重负，但仍硬挺着。她脸上一直挂着假笑，还一直说着如"亲爱的，你看鱼缸里的鱼多好看"，说得好像对鱼类非常了解的克劳德看到这些鱼在浅浅的水里翻身打闹会很兴奋一样；或者说"嗯，闻闻那些香味"，好像儿童面包师克劳德会因为圆圆的、一团团和篮球一样大的咖喱粉而激动；或者说"哇哦！好大的虫子箱啊"，期待克劳德能像别人一样为此而激动。仿佛他们正在度假，而不是躲避家庭，克劳德让罗西牵着，因为曼谷的市场基本没有人行道，因为他的新凉鞋底是一种介于地面和地板之间的湿滑表面。克劳德闻到干涸和湿润的血液的味道，还闻到了人的汗味，混着烂掉的水果和樟脑丸的味道，还有柴油的味道，因为摩托车不能在窄如吸管的走道中间行驶。这里有像午夜仙女头发那样一条条色彩缤纷的糖果，有塑料袋装的饮料，里面都是一些糖浆、冰和水果，人们用手把它们摇匀，用吸管喝。所有不同形状、颜色、大小的药材都是绿色的，凌解释道，治疗心脏的那种也如此。克劳德想知道自己需要什么，罗西伤心地朝他笑笑，捏了捏他的手，但什么都没有说。

然而所有的一切只是序幕而已。虫子、棉花糖还有奇怪的蔬菜已经没什么大不了的，他应该已经猜到了，因为这些东西不会有干涸或湿润的血液味道。再往里走了走，克劳德只想坐下来哭，因为和丘比特狗窝一样大的笼子里面装着很多毛色亮丽的乌鸡，上下两层都有，那些鸡冲着跑到自己头上的鸡一通乱叫。起初，克劳德稍微想了一下他能不能抓住，或者至少可以摸一只鸡。但后来，他意识到自己错了，因为笼子顶部有一个巨大的装死鸡的托盘，那上面的鸡皮肤苍白，满是褶皱的皮肤裸露在外，黄色的脚似乎在急切寻求救援，但它们已经没有头了，一切都太晚了。边上一个更小的笼子里装着鹅，童话般的鹅——雪白的身体，万圣节橙色那样的脚和喙。有很多这样的鹅，它们就像他一样被塞进狭小的空间里面，但至少它们的双脚都站在地上。这群鹅集体沉默，因为它们的笼子里面还装着一个裹着塑料包装的尸体，用红色记号笔潦草地写着它们的价格。鹅边上放着的是鸭子，它们看不见自己可怕的未来，但也许能嗅到。接下来是猪脸，松弛的脸——鼻子和耳朵以及眼睛被削掉。这排的尽头，一个满脸皱纹的老妇人弓着背坐在凳子上，把活着的小虾捞进塑料袋，她往上面挤了点酸橙汁，撒上盐，有点像阿姬的表亲受洗礼那样，而那个买了它们的商人直接将其塞进嘴里，小虾还在活蹦乱跳，就像克劳德看电影时吃爆米花一样。克劳德突然明白了，什么叫被墙壁包围。他试着深呼吸，但禽类的气味让他的鼻子、喉咙和胸膛都充满了恐惧。

这里到处都是死去的动物、奇怪的食物，到处都吵吵嚷嚷的，还有满身汗水吼叫着讨价还价的人。克劳德在曼谷还看到了另一番景象——曼谷随处可见的女人——像他一样的，像波比一样的女人。

她们很漂亮，头发像噩运猫一样又黑又长，只有脖子那里是卷的，刚好可以用花夹着塞到耳朵后面，当然，一定得是假花，不然这头发就不好看、不完美，也不会有人赞叹了。她们撩头发的方式也是如此，用手轻轻地摸它，她们笑着，像洗发水广告一样，头发很漂亮地垂到脸上或者晃着，在她们背上跳跃。其实不管做什么，她们的举止都刚刚好。走路的时候，她们的屁股前后扭动，但不是那种很简单的扭动，不像电影里扭得像雨刮器一样的性感女人那样，她们扭得更像是风中的柳树。克劳德喜欢这些女人穿的每样东西：长长的绣花裙和贴身上衣，很端庄但又有点暗示，就像是不经意的一个眨眼一样。牛仔裤和T恤都是普通的样式，只是完完全全是女款的。她们脖子上飘着的围巾看起来就像秋天落在池塘里的树叶一样，尽管克劳德觉得如果他在那么热的天围个围巾一定会热化的。尽管他还记得他所经受的惩罚，现在必须变回克劳德，但是那些围巾依然让他着迷。

这些女人中，有一个是摆果摊的，有一个是在7-11外面的塑料桌上制作金盏花环的，另一个在他们吃午饭的面馆里当服务生。克劳德看到她们搭轻轨赶去办公室上班，或者去那种必须穿制服和高跟鞋的地方。他妈妈注意到这个了吗？他不知道。但是如果近看她们——克劳德确实近看了，他没法挪开视线——就会发现，吞咽的时候，她们的喉咙比平时要大很多，也会发现她们的手和脚也很大。她们说话的时候，声音既甜美又沙哑，她们的妆容比周围其他的女人要重，她们的眉毛更浓、更明显。她们都很漂亮，到处都是这种人，似乎大家都知道她们的秘密，但是没人在乎。克劳德想，可能这根本就算不上秘密吧。

穿过了半个地球之后，克劳德仍神采奕奕，四下打量着。然而就在这时，导游凌面带微笑地宣布，现在他们要朝着五百公里以外的诊所出发，而克劳德和母亲都不吃她这一套，凌可能需要把五百公里换算成夸克，克劳德才能明白距离到底有多远。见她脸上挂着那种成年人特有的假笑，克劳德明白了，这一趟可能要走一整天，累死个人。他们新货车的后视镜顶上贴着少许金色箔片，象征着这台车有高僧加持。但可惜加持的人不是机械师，车上所有的减震弹簧似乎都坏了，每次只要碾过路上的鼓包，他们就会摇摇晃晃，一头撞在车顶，恶心反胃。

"那些是缓冲装置。"他的母亲严厉地说，都说了无数遍了。

"那那些呢？"

"我们可以用一些。"

"我有很多。"克劳德说。

罗西挪到克劳德后面的一排位子上，躺在上面，闭着眼睛，一言不发。尽管罗西努力让这里看起来很有趣，但克劳德还是觉得很痛苦。他睡不着，忙不迭地看着外面的风景，除了曼谷，泰国看起来像是佩恩编的童话。这里有给大象开的医院；有几百名小学生在树林里捡垃圾，以防火灾；路边摊在卖又薄又大的黄蜂巢，那东西混着糖和辣椒一起吃；他们夜里停车时，那些用口罩、帽子和围巾把自己从头遮到脚的老妇人们，在37℃的高温下，还在努力向他们推销糯米团和盐渍香蕉片。即便是那些熟悉的东西也变得如此陌生——那些他原本似乎认识的，也喊不出名字了。

他看到沿路到处都是微型小房子，有些在地上，有些在标杆上，看起来就像精致的邮箱一样。克劳德在曼谷见过它们，在他住的酒店外面、大排档、7-11便利店和面馆外面都见过。现在，在去北方的路上，他看到每个房子外面都有，或大或小，在寺庙或简陋的小屋外面，在每个破败的商业区和加油站外面都有。他可以透过树林或者站在山顶上看到它们，他可以在稻田和椰子种植园的角落看到它们，也可以在椰子树林和再造林里看到它们。水牛和奶牛围着它们在香蕉树底下吃草，而全国的狗狗都对它们视而不见。

"这些是什么？"开了几英里之后，克劳德率先打破沉默，凌听到惊讶不已。

"灵魂之家。我们把它们放在我们的家和商业场所、寺庙、餐厅，各个地方的外面。在泰国有很多种灵魂，灵魂是有害的。你知道吗？它们很淘气。我们希望它们不要在我们家里或是工作中制造麻烦，所以我们给它们在外面建了这地方，然后我们会献上供品让它们开心。它们在外面能得到自己想要的，所以不会进来。"

"供品？"

"我们会供上花和水果、焚香，可能还有啤酒和香烟。"她耸了耸肩，"取决于它们喜欢什么。"

开始走上坡路的时候，他们将这些房子、人和灵魂远远地甩在后面。他们到了丛林里，一个真正的丛林。森林和丛林里有什么呢？它们都有很多的树，有很多隐藏的东西，你看不见，但也许能听见。然而让克劳德惊讶的是，这个丛林里居然有很多长针松，就像家里的一样，但是这确实是一个丛林。一方面，这里热得要死，比室内游泳池更潮湿；另一方面，这里的葡萄藤长得像树一样，它们被浓密高大的树木盖住了，并且每两棵树中间，都有一棵棕榈树以奇怪的角度往前长，就好像它本来要长在其他地方，却无意间长在了那里。整个丛林里有大量的苔藓、蕨类植物和树叶，还有很多藤蔓，绿油油的树顶枝叶交错。不像家里有软绵绵的雨声、嗡嗡声和鸟儿的歌声，这里的昆虫、青蛙，可能还有猴子和老虎都会尖叫，以宣示自己的领地，或对星星唱歌。但最大的不同是：童话故事都发生在森林里，而不是丛林里。这辆货车在荒野中穿行了很久，久到克劳德都明白了：如果你在森林里迷路了，你可以从森林的另一边走出来；但是如果你在丛林里迷路了，那你永远也走不出来了。

救助的启发

罗西和克劳德第二天早上日出后就骑车去诊所了。未见其所，先闻其声，这是他们对诊所的第一印象。夜晚的凉意已经在黎明时消失殆尽，空气也变得很潮湿。

空气中有金属碰撞的声音、像火车鸣笛一样的哀鸣、坦克的叮当声，还有罗西辨别不出来是泰语还是缅甸语的叫喊声。但她肯定他们说的是脏话，她猜是有人在骂打架的猫，或者是在咒骂炎热的天气，尽管到目前为止，他们只看到过狗。罗西一辈子都没听过狗会发出这种声音，那是一种尖厉的叫声，比尖叫声更刺耳。也许是某种昆虫发出的声音？这声音在清晨听起来特别刺耳。是一只猴子叫的吗？还是一大群青蛙？还是有动物在打架？通往诊所的那条路满是碎石和尘土，当她和克劳德来到那条路的路口时，他们真的看见了那只"动物"沾满泥、被煤灰弄脏的脚。他们被刮伤的小腿在拼命地踢着，否则就会被捕食者贪婪的、咕隆隆作响的嘴咬到。

他们看见这件事全貌时，才发现这是一场古老但不属于动物的斗争——一场运动与静止、衰老与青春的斗争。但捕猎者吃的既不是野兽，也不是人类，而是矿物。原来是一辆古老的迄今为止仍健在的敞篷小型载货卡车。有一个修理工在敞篷下骂着，两个小孩在驾驶室里咯咯傻笑，一个在地板上用两只手按住再松开离合器，另一个则按照指示转动钥匙（比想象中更难拧开）。

其实它连"卡车"都算不上，这辆车外表锈得比引擎还厉害，比一般汽车脏得多，而且是那种擦洗不干净的脏，罗西甚至觉得这辆车的负重就是这些污垢。车身曾经是绿色的，可能还长得很可爱。这是20世纪50年代的一种敞篷小型载货卡车，有着已经起泡的敞篷和圆形的轮罩，她家乡的人会给这种车装上白色的轮胎、镀铬的烤炉，还会花上千个小时用棉签和尿布清洗它，然后在七月四日（美国独立日）开着它去游行。然而眼前这辆车的外表并不像那样，显然，它跑不动了。

脏兮兮的卡车"吐出"一个更脏的机修工，问道："你是新来的医生？"

"是的，我叫罗西·沃尔什，这是我的女……嗯，儿子，"罗西结结巴巴的，"克劳德。"她朝克劳德看了一眼，想用眼神向他致歉，但他盯着地面，不愿意看他们。

"你们开车来的吗？"

"不是，我们骑车。"她心烦意乱地把头转向机修工，"自行车是找我们住的宾馆借的。"

"抱歉……我的英语不好。"机修工试着重复了一遍，"你会开车吗？手动挡汽车？"

"哦，我会啊！"罗西对英语的理解显然也出现了时差反应。

机修工把两个孩子赶出了驾驶室，在引擎盖下做了最后的准备工作，给罗西打了一个国际通用的手势，意思是"向你的上帝祈祷，再来一次"。马达转动得像只训练有素的海豹，这让人欢欣鼓舞，罗西在诊所的第一次"手术"成功了。"病人"竟活了下来，她本来没抱什么希望的。

机修工手肘以下沾满了油，幸好在泰国，人们问候时不是握手，而是把自己的双手合放在胸前，向对方鞠躬。"很高兴见到你，我是K。不要问K代表什么，它有很多含义呢。我们很开心你来这里，我带你四处转转，先带你看看索瑞·拉尔夫。"

"这辆卡车叫拉尔夫吗？"

"叫索瑞·拉尔夫。"K纠正道。

"为什么？"

"因为他非常抱歉。"①

"我明白了。"

"索瑞·拉尔夫是救护车，它也负责运输药品和供给，有时也当灵车用。它的状况一般来说都很'抱歉'，所以希望你用不上它。"

罗西点点头。她惊讶地发现，这位机修工不仅是女性，而且还是欢迎

---

① 索瑞为 sorry 的音译。

委员会的成员。K转过身去拦着那些像是在闲逛的人，但罗西和克劳德发现他们其实是在跑步跟着他俩。每拐一个弯，就有更多的人跟着他们，每个人都争着双手合十，鞠躬向他们表示欢迎，还在旁边小跑，每个人都乐意让机修工来领路。克劳德被人潮冲走了，罗西伸手去抓他，但他已经离得太远了，就仿佛他们紧紧抓住的残骸已经在狂风暴雨的海面上被劈开了，他们之间隔着汹涌的人潮。罗西同时觉得自己被人推着向前移，只能挣扎着去跟上克劳德。各种语言异口同声地告诉她这里有什么，也许是些很重要且有用的提示。所有人同时指向同一个方向。

手指的方向那里有一栋楼，一看就知道是产科。那边还有一个车间，里面挂着分解的人造四肢——腿和脚大多处于制作的不同阶段，有些还在组装，还有一把锯子和一台钻床。有些病人坐在椅子上或轮椅上，他们的腿在裤管里空了一截，罗西明白那些假肢是给谁用的了。那里还有一个露天的门廊，屋顶不过是一层被压扁的硬纸板箱，下面紧贴着防水布，地板也只不过是被打扫过的泥地面，地上散落着塑料草坪躺椅、睡袋和成堆的毯子。这里的所有家庭似乎都心满意足地在这儿安营扎寨，不管他们是在等待治疗，还是听到别人接受了治疗，又或是在等待其他消息。罗西观察到，他们既没有流血，也没有痛苦地呻吟，也没有谁马上要生孩子了。

到处都有在松松散散排队的队伍，在一条布满岩石的土路尽头，有一堵贴着视力表的水泥墙。有几只流浪狗懒洋洋地在屋子里面和外面来回闲逛，有个房子标有"外科"的标志，房子的门和窗户都是空空的。里面有一把休闲风格的草坪躺椅，上面黏着一大块泥，后面还有些中规中矩的座椅，病人斜躺在椅子的前端，张着嘴，虽然有一个穿着白大褂、戴着橡胶手套的医生站在椅子末端，但罗西还是不相信这是一个牙医的办公室。

这些房子都是用煤渣盖起来的，窗户上装有铁条，房子上还有石膏打的补丁，补丁上的碎剪贴画看起来像蕾丝。金属屋顶覆盖着的墙头裂开了几英寸，卷着边儿的油毡地板上的图案几乎都磨没了，泥土和水泥地都露了出来。所有人行道边上都铺着干涸的露天排水沟，预示着到了雨季，所有的脏地板上都会有浸湿的、黏糊糊的、藏着虫子的泥巴。这里没空调，没有消毒设施，没有封闭的环境，和外面没有任何区别。而入口、门道和门口的空地上都堆满了人字拖、塑料木屐和凉鞋,旁边还一直立着一把稻草做的扫帚,所以尽管墙壁和天花板上都布满了几十年的灰尘,地板却出乎意料的干净。

"随从"领着罗西走进了最大的那栋楼,里面的情景她这辈子都没见过,却有一种回到家的感觉,她一眼就认出这是什么地方:几个医生和护士在旁边跑着,整个房间里乱成了一锅粥;在混乱的人群中央,主治医生正在给伤员分类;空气中充斥着血腥和恐惧,杀菌剂的气味不断蔓延,却无法让病人心安;医生尽最大的努力控制着任何可疑物质的喷溅;病人不敢打探自己的病情。这是一间急诊室。

这里没有轮床,没有病床,没有窗帘,没有监视器,没有机器。病人躺在平坦的木头平台上,那上面铺着木屑或是旧的毛垫毡桌布碎片,在混乱的床隔中,有些病人侧躺在其他病人身上。他们颤抖地靠着墙,流着血,满口呕吐物,缠着绷带走到角落。他们坐在木头平台床之间的地板上,医护人员像燕子一样围着他们飞,根本分不清谁在等待治疗,谁在等待自己爱的人;哪些病人残缺的肢体急需治疗,哪些却已经残疾了好多年;哪些人脸色苍白、愁眉深锁、眼神空洞又闪烁是因为发烧,哪些是因为害怕,哪些是因为常年都是这样悲惨的状态,已经麻木了。门里有一张折叠小桌,桌上放着一英尺高的一叠纸,上面压着一块石头,那是一张张的单子。

现在还不到早上七点。

把她带到她要来的地方后,罗西的这些"随从"就走了,回到了他们为欢迎她而暂时离开的岗位上。谁带走了克劳德?他在哪儿?罗西甚至都找不到人问。

"你准备好了吗?"一个十几岁的孩子在折叠桌子旁鼓励地朝那堆纸点了点头。

罗西不知道自己在期待什么,这些会是什么?某种丛林地图之类的东西?关于税收和福利的人力资源指导?关于性骚扰的法律讲座?不知为何,罗西盼望克劳德能安安静静的,也希望自己在工作时,克劳德能做点什么。不知为何,她觉得修卡车和给病人看病之间有什么联系,但其实什么都没有。

最上面的那张纸上写着字,要求她去看八床的病人。罗西去了之前看到的产科,很惊讶地找到了一个正在分娩的产妇。分娩看上去很顺利,可当她进一步查看时,在产妇叉开的腿间,她看到了更加惊讶的事情。

"你不是机修工吗?"罗西没控制住,话就说了出来。

K咧嘴一笑:"也是助产士。"

尽管这看上去不可思议,但机修工K接生起来得心应手,不过她还是要求罗西留下来。

"早产,"K解释道,"她本来下个月要去医院剖宫产,现在不用去了。"

这个产妇明明在某个地方预约过医院的剖宫产,却在这个偏远的乡村把孩子生了。在罗西看来,这和汽车修理工给产妇接生一样不可思议。"她为什么要做剖宫产?"

"她小时候得过猩红热。"K从病人握紧的拳头里拿出一个湿漉漉的、皱巴巴的信封,罗西从信封里抽出一封信,信纸都褪色了,陈旧不堪。另外,这手稿上的字她都不认识,更别提翻译了。产妇的宫缩暂时停了下来,她有些得意。

"她得过猩红热,然后走了两个星期的路去城里看医生,也许她家里有点小钱。医生给她拍了片子,检查了她的心脏,写下了一些如果她怀孕了要注意的事项。她很幸运地怀孕了,但之后她就早产了。"

罗西在这里到底是治疗妈妈还是孩子?"早了多久?"

"现在可能才三十二周。"

罗西环顾四周,她不仅没看到新生儿重症监护室的培养箱、机械呼吸机和比利灯,仿佛连问一问都显得很荒谬。当然,假如他们有新生儿心肺监护仪,他们肯定也会有床单和真正的床吧。"那封信……它写了什么?"K耸耸肩,抚慰着产妇,"我也读不懂全部,它很短,但有'损伤、病灶',你懂是什么意思吗?"

罗西马上就明白了,但她也有困惑:这些日子他们都十分小心链球菌的侵袭,这个病很好治,但她还从未见过由风湿热引发的心脏病,一般不建议有这种病的病人怀孕,因为不仅仅是生产时会面临危险,妊娠本身就负担太大,这会连累到心脏瓣膜。可是目前这艘船已经启航了,剩下的唯一办法只有等待,看之后是心脏太弱的母亲还是肺太弱的婴儿更需要帮助。罗西站在那里握着产妇的手,她在用力,哭喊着,等待着,喘着气,接着用力,哭喊。K 拖着婴儿的头部,轻轻转动了一下,然后转了肩膀,之后没有任何犹豫,婴儿的身体像水獭一样一下子滑溜溜地被拽了出来。婴儿在哭,新妈妈也在哭,甚至罗西都有点眼泛泪花。罗西已经有很长一段时间没有怀孕或接生过了。她还在倒时差,身体已经不堪重负,现在终于能松一口气了。婴儿很小,太小了,但是身体粉粉嫩嫩的,他在哭着,声音没有很大,也没有哭很久,但至少哭了一下。K 用她之前的一件 T 恤碎片把孩子包了起来,那 T 恤上印着:2009 周,冲浪!然后把他放到了妈妈怀里,就正好放在她伤痕累累的心脏上。产妇很开心,对她们感激涕零,K 和罗西也眼泪汪汪的,其他在木制平台上等待着的、警惕的病人们都过来围着他们。这真是奇迹,大家都在庆祝。在这个奇迹的迷雾中,罗西凝视着仍在等待的人群,决定把这个故事的结局留给多面手汽车修理工。

然后,罗西听到了一种她这辈子都没听过的语言,但她像理解母语一样懂了。产妇大口喘着气,没法呼吸,她的呼吸变得短促,然后似乎一下子就喘了起来,她的脸变灰了,翻了个白眼,然后她的头往后一缩,婴儿从她松弛的手臂上跌落下来,幸好 K 及时接住了。

罗西听了她的肺,听到了湿乎乎的声音,就像海螺壳一样。在这种情况下,她听到的不会是水,也不是波浪,而更像是篝火里湿木头的噼啪声,那是嘶哑的喘气声——肺水肿,这个产妇要被溺死了。有呼吸机吗?罗西知道戴个呼吸罩就行了。

"氧气。"她对 K 说。

但是 K 摇了摇头,"戴上呼吸罩,"K 看上去有些迟疑,"我们只有一个空的氧气罐,三个月前我们去要过一次,但现在还没到。"

罗西接受了这个事实,产妇的皮肤开始变灰了。她的痰里带血,这不是个好兆头,她的嘴和鼻子里都开始冒白泡了。罗西必须对她的心脏进行急救,希望让她的肺恢复工作。她虽然已经知道,但还是不甘心地问了一下:"有超声心动图吗?"她希望着,祈祷着,圣母玛利亚啊。

K 又摇了摇头。

"至少有她的病历单吧?"

K挥了挥皱巴巴的信。刚才那闪亮和充满喜悦的时刻早已消失，罗西闭上眼睛，不带任何判断地去想急救的程序。没有病人的病史，没有方法询问她的症状，没有之前她的治疗信息和成功或失败的经验。现在也没有她的心电图，她的心脏快不行了。她受损的心脏瓣膜漏了吗，还是伤痕累累，几近停止跳动？她的心脏到底是因为充血过多还是供血不足而变形？应该加速还是减缓她的心跳？对于这种二选一的问题，其实是能够找到确定答案的。如果有答案，那么就会有明确的治疗方案，就能进行有效且直接的治疗。但此时罗西仿佛被蒙住眼睛，失去知觉，戴上手铐，并被绑在中途穿过这个房间的管子上。在这个地方，没有超声心动图或X光检查，罗西无能为力。

她只有一件事可以做了，哪怕她的手被绑着，手指麻木，眼睛也看不见，但她能听。她知道，听是有机会听到哪个瓣膜漏了，哪个瓣膜卡住了，哪个心室充血了，哪个心室在支援，血流到了哪里，又在哪里有大出血。罗西弯腰倾听着，产妇的心跳在加速，这是好事还是坏事？她也不知道，她又闭上了眼睛，关上了自己的所有感官，去除了所有杂念。她听到主动脉和肺动脉瓣膜关闭的声音，于是她又分开听。她听到静脉回流增加，胸腔内压力下降，她听到右心室的空音和收缩中期的咔嗒声。罗西用耳朵去了解病情，还强迫它们充当想象、预知和创造奇迹的器官。她试着用这跳得过快、过响、异常恐慌的心脏跳动去描绘一个故事和它的细节、含义、预示、历史及背景，但她还是没弄清楚。她知道，在超声心动图、心电图和胸部X光检查发明之前，医生们常常这样做，但这种做法远早于她所处的时代，她可能只在学校里当练习做过一次。在这个又小又乱、缺东少西的诊所中，病人每分钟心脏疯狂又混乱地跳动一百三十下，这超出了她的能力范围，她只能靠猜了。

"能静脉注射吗？"她问道，K摇了摇头。罗西不太开心，但这也在她的预料之中。

"有拉洛贝尔[①]吗？"能静脉注射会更好，它起效时间很快，但持续时间短，所以她们可以很快看到效果。如果它有用，那自然很好；如果症状加

---

① 拉洛贝尔：药品名，用于治疗高血压。

重,它也反映了足够的信息,因此值得冒这个险——五分钟后,当药效消失时,她们就能知道该如何继续治疗了。但既然没有静脉注射,那只能用拉洛贝尔来替代,减缓心率是一种很合理的猜测,而拉洛贝尔更常见也更便宜,她早就应该想到他们有这种药的。

但 K 仍摇了摇头。

罗西感觉肾上腺素突然就涌了上来,就像碰到一个鲁莽但不受欢迎的老朋友,你很高兴见到他,但第二天早上就反悔了。她只好将着用吗啡,这至少能让病人平静下来,减轻她的痛苦,减缓她的心跳,让她的血管扩张,能让产妇和他们所有人都深深呼出一口气。

而听到要吗啡——这廉价、易获取、无处不在的吗啡,K 还是摇了摇头。"对不起,"K 说,"我们也没有。"

罗西从病人身边后退了一步,又一步,重重地坐在一张蓝色的塑料野餐椅上。"对不起。"她向病人和 K 道歉,向世界上许多人道歉,他们没有得到世界上其他大部分人认为理所当然的东西。曼谷有一流的医院,坐飞机只要四十分钟就能到,那里甚至有为大象设立的一流医院。可曼谷怎么会离得这么近,又那么远?

"我也对不起。"K 说。

罗西想起三分钟前的情景,她甚至想用那个刚出生的婴儿来交换一张超声心动图,但也没用了。哪怕现在知道问题出在哪儿了,但治疗方案一个都用不了的话,那就无济于事。"你要做什么?"她对 K 说。

"看下一个患者。"K 说。

"我们就让她这样死掉?"

"不是让,"K 说,"我们看着她,帮她减轻痛苦,我们当了见证者。下一次我们会做得更好。"

"下一个病人?"

K 摇了摇头:"来世。"

"难道我们不能把她放在你的卡车里,送她去医院吗?一个真正的医院。"

"没时间了。"K 悲伤地说。不管她说的没时间指的是卡车、她自己、药物,还是指一个资金不足的医院没有挽救病人的能力,罗西认为这真的都不重要了。她做了剩下唯一能做的事——回到那堆病历表那里，拿起了另外一张。

接下来那个病人是个小男孩，比波比——克劳德还小，他被蛇咬伤了，看上去是毒蛇，是男孩在自家附近见过的八条毒蛇之一。那蛇随意且得意地在男孩的手上做了标记，就像在给卡通片里的角色起名一样，但过了一会儿，奇迹般地消肿了，还好没有毒。还有一个婴儿患有脚气病，罗西只模糊记得自己曾研究过这种病。有个自称五十岁但看上去却有八十岁的男人得了结肠肺结核，罗西很少见到这个病，但对帮罗西翻译的护士来说，这病非常常见。一个患有路德维希心绞痛的病人已经很久连简单的抗生素都没吃了，因此他感染了，需要做气管切开手术。

但是第一天上门的患者和之前一样，都患有腹泻和发热，之后每天情况也是如此，病人们都出现了脱水、消瘦和过度疲劳的症状。倒不是罗西以前在诊所没见过这样的病人，只是这里的病人病情太过严重，似乎伴有其他的并发症，事实证明确实如此。从这些病人身上可以看出，他们患上了本来可以预防的疾病，而且病情持续恶化。本来可以治愈的疾病却在这里无药可医，本来不算昂贵的治疗费用对他们来说却难以接受，医生无法对模糊不清的症状做出正确的判断，从而导致误诊和误治。这里的病人不是因为流感病毒而患上发热，也不是因为像美国那样高考将至、大学申请即将截止或者曲棍球教练不讲道理地布置任务而精疲力竭。他们的疾病是由在耳边一直叫个不停却不见踪影的蚊子引发；由不干净的水源和细菌滋生的食物导致；或者因为买不起鞋子造成。他们得不到足够的医疗援助，仅有的医疗资源也被误用或滥用。在这里，这些因素相互作用：营养不良导致身体虚弱、无法抵抗细菌，腹泻夺去了身体的肌肉、脂肪和储存的能量，发烧又使病人无法进食。那么，是什么让病人如此消瘦、恶心、疲倦？有谁能回答吗？

仅仅在第一周，罗西就见识了二十一种不同症状的痢疾；看到了孩子们被地雷炸烂的手——这些小孩看到草地里有反光的东西就会去捡，而炸伤之后，他们要花三天时间穿过丛林才能到达诊所。到目前为止，她在这里看到的上呼吸道感染患者比当医生以来见过的患者加在一起都要多。她看到了她以前一直看到的事情——生病的孩子如何折腾自己的父母，年老的父母又如何影响自己的孩子。一些患者患上了蚊虫、地雷、细菌引发的疾病，却因为恐惧、焦虑、束手无策而落得这样的结局。这里没有像熟悉自家厨房一样所熟悉的医疗设施和工作人员，她没有舒适的急诊室，里面有CT扫描仪、核磁共振机，还幸运地有超声心动图。但她具备那些最重要的技能：不慌张地做出反应，毫无预兆地开始行动，拥有冷静的头脑和双手，在极端压力下表现出温和慈悲。

第一天，26床睡了一家七口，他们家最小的孩子冲进了一团看上去已经燃尽了但实际并未完全熄灭的灰烬中，这团火每晚都在他家门前熊熊燃烧。这些灰烬就像罗西在一本图画书中看到的雪一样，那本图画书在急救和家庭支援包裹里。这个孩子有二级或三级烧伤，伤口还感染了，他很疼，要用很长的时间来恢复，但这就不是罗西担心的事了。

这位父亲竟然会说英语，是她一天中见到的所有病人中说得最好的。罗西仔细地解释了如何保持伤口的清洁，如何使用药膏，还有如何更换绷带。她问他还有没有什么问题。"有的，"他说，"我哪里做错了？"

"您什么意思？"

"如果我不每晚生火，蚊子就会来，就会带来疟疾；如果我不在每天早上第一道曙光出现时就去田里干活，我就没法养活家人；如果我带着女儿一起去田里，她就没法学习，也不能去奔跑玩耍；如果我不让她读书，她就永远不会有更好的生活。但正因为她看了书，才以为灰烬就是雪。不管她是否烧伤，我们都要用火来驱赶蚊子和疾病。我哪儿错了？"

罗西回顾了他的故事，她也不明白："你没有犯错。"她告诉他，事实上，这比他女儿的遭遇更可怕。

"我肯定哪里错了。"他说。

在第一天结束的时候，罗西已经忙得晕头转向了，她试着去思考，去接受这位父亲要平衡和解释的东西。"为人父母就是这样的，"她竭力装出一副医生的样子，"选择越困难，就越难碰到好的选择。"

"这儿有那么多不好的事。你可以保护孩子免受伤害，但那也只能让他们免受一部分事情的伤害。"

"哪里都是这样的。"这话没错，但在这个地方却体现得更加真实，"你也不能永远保护孩子，你们家做得很好了。她的烧伤会愈合，总有一天她也会看到真正的雪。你把机会留给了她，救了她，你做得非常好。"

罗西第一次换班时，发现早上和下午已经过去了，夜幕降临，她还发现人群——那些耐心等待的病人们、家人们，还有那些不知在耐心等待什么的人们——都散了。他们去其他医生那里了？去其他医院了？伤口愈合后给送回家了？还是只是送回家了？罗西不知道，她想不到他们都去了哪里，更难想象的是，他们是否都能得到照顾，罗西太累了，实在想不出来了。她要去找到克劳德，去看看他第一天怎么度过的。他看到这里已知的、未知的和旋涡一样的事情后，是不是也对这里感到既熟悉又陌生。他还好吗？

罗西迈开步子，走向那棵她停放自行车的树，发现在这里她缺少的不仅仅是机器、实验室、药店和无菌床上用品，她还缺少佩恩的陪伴。这里没有像威斯康星那样的候诊室，哪怕有，佩恩也不会在这里，等着给她讲故事，等着听她讲故事。在他写了一天的散文、她看了一天的病人后，在漫长的一天结束时把她带回家，这样他们就可以聊聊天，在一起。这里只有一堵湿漉漉的墙、无数尖叫的昆虫和一个女儿——儿子——还找不着了。这实在是个糟糕的"交易"。

新　手

　　克劳德在诊所的第一天从吃早餐开始，而这所谓的早餐像个笑话，它们看起来像是撒了草屑的被稀释过的面团，中间还打了个生鸡蛋。也许是因为它的气味，也许是这怪异的早餐本身，克劳德看到它们后，感觉自己头昏眼花。经历过这么多事情，克劳德其实已经没什么食欲了，他觉得自己可能再也不会饿了，但他试着吃了一点点，因为他不想让大家伤心。现在他知道了泰国人会吃活的小虾，他知道在买鸡蛋时最好要敲一敲，哪怕它们是生的，哪怕这只是个玩笑。

　　无数人想要见见罗西，想对她表达感谢，夸赞她，然后再把她带走。"别担心，"一个脸颊和鼻子上都涂着白色涂料的女人对罗西说，"我们会照顾好你的孩子。"罗西并不担心克劳德，她甚至都没有转过头看这个女人。"那么，"那个女人戴着顶破烂的草帽，眯眼看着克劳德，"我们这一天都要做什么呢？"

　　克劳德不知道。

　　"你妈妈帮了我们很多忙，也许你也能帮我们不少呢。"

　　克劳德反应了一下才明白，他被带去的那座建筑是一所学校。一般学校里会有教室、课桌、白板、电脑、艺术课题、堆砌如山的作业和运动场。但这个地方只有一个脏兮兮的前院，放着一堆蒙着灰的旧轮胎，还有一间敞着门的大房间，里面有一个破破烂烂的书架，上面堆满了从文件夹里散落出来的文件、一堆旧书，还有一沓卷边的带着水渍的英文卡片。学生们大多比克劳德小，他们中有很多都坐在又薄又破旧的油毡上。听说这里原来开满了风铃草和毛茛，但现在都已不见踪影。他们聚成一个个小群体在聊天，或者蜷缩起来靠着墙打盹，又或是在坐着发呆。在美国，如果克劳德敢坐在学校的地板上发呆，他会被批评不专心学习，但他知道，眼前这所学校的现状没办法改善。

"你来教？"这个脸上涂了涂料的女人问。

这是什么意思？这个女人不会以为他是个老师吧，即使人们能预想到这个千疮百孔的房间，也想不到一个十岁的孩子会是一个老师。他们会让他来教课吗？"不是，"克劳德猜，"我不会教书。"

显然这是一个错误的答案，因为那个女人笑着摇了摇头，她说："你坐在这里，我来带学生，你教英语。"她离开了，几分钟后带着三个梳辫子的小女孩和一叠图画书回来，小女孩们脸上都挂着微笑。女人对女孩们说了些什么，听起来不像泰语，但克劳德也听不懂，她们看着他，咯咯地笑了起来。即使都跑到泰国了，大家仍在嘲笑他。克劳德知道她们为什么会笑自己，他知道自己很奇怪，他那凹凸不平的脑袋很难看，粗糙的衣服更难看。他每次走路或坐下来时，每次交叉起双腿或者站起来时，都要先想想怎么做，仿佛他已经忘了自己的习惯性动作，甚至连他也会嘲笑自己。但他和她们至少有了一个共同点。

"准备好了吗？"那个脸颊上涂了涂料的女人对他笑了笑。这个问题里似乎包含了很多内容：他需要的东西都有吗？他知道自己应该做什么吗？他需要水吗？需要其他支持吗？比如零食、教学计划，或者是其他计划？

"准备好了。"这似乎并不是对以上问题的真实回答，就比如大家问克劳德饿不饿，他虽然觉得自己再也没有食欲了，但还是回答"还好"。

"你很好。"女人眨了眨眼，"开始读吧，你知道接下来要怎么做。"

克劳德并不知道。

"你的长袍在哪儿？"克劳德还没来得及给他腿上的书分好类，其中一个叫米娅的女孩问。克劳德松了一口气，显然她会说英语，但他不懂她的意思。

"我的长袍？"

"你是和尚，对吧？"

"和尚？"

"嗯？我觉得你们管这个叫'新手'？"

"我不是一个和尚，我是个女……是个孩子。"克劳德觉得自己脸都红了。如果玛尔妮·艾莉森和杰克·欧文把他的生活毁了，他还是不知道他到底是谁,那克劳德还要怎样才能认清自己呢?但小女孩们似乎没有注意到他的异样。

"但是你的脑袋是——"用红头绳绑着辫子的那个小女孩叫道,她在寻找着合适的词,"赤裸的。"克劳德想知道在他来之前,是谁在教这些女孩英语,为什么她们会说"赤裸的"这个词,她们不可能从图画书里学来这个词。

"我以前头发又长又黑,就像你们一样。"他说得很慢,因此她们能听懂,"但是我来这儿之前把头发剪了。"

"为了当和尚?"

"不是……"

"因为太热了?"

"也不是。"

"你想要隐藏?"第三个小女孩洁雅说。

正是如此,"是的,我想要隐藏。"

"为什么呀?你那么漂亮。"

在克劳德的家乡,人们不会称赞一个男孩"漂亮",漂亮是指女孩的。她们这么说可能是因为语言问题,而不是因为觉得他是女孩子,不是吗?

"我很……生气。"克劳德解释不太清楚,但是这些小女孩竟全都理解了。

"哦,生气,"她们脸上挂着大大的微笑,握着克劳德的手以表同意,"生气是个好理由。"

她们问着克劳德的生活,这是个学习英语的好方法,克劳德也没有比这更好的主意了,但他还是打住了她们的提问。克劳德还没回答那些问题之前,她们不能问很多问题,即使他愿意说出答案,她们也听不懂,即使他知道答案,他也没有回答。不管怎样,他不想去想那些答案,甚至是那些问题。

他想起了潘克俱乐部三年级时很痴迷的折纸算命师。一个下着雨的周六下午,阿姬的叔叔给她们展示了怎么叠算命纸,很快,所有的作业单、家庭作业还有家庭通知都被折成正方形,越折越小,直到每个平面上都有可以选的颜色、字母或者秘密符号,打开每个角,里面都有一个终极问题。拿在手上，它在你的拇指和食指之间呈一个鸟嘴形，你打开，合上，张开，合上，打开，合上，又张开，按照算命师指定的次数来，最后，你要回答由折纸神抽出的问题。

克劳德终于得到了一张纸——这所学校本来就没什么东西——并在纸的正中间写了四个问题。他让洁雅做第一个算命人。他本来打算自己先当算命人的，但女孩们很兴奋，所以他努力按捺住自己，老老实实地坐在座位上。克劳德记起了当八岁小女孩时的感觉。

第一个问题问了米娅，"你长大了想成为什么？"

"来世吗？"米娅回答。

克劳德想了一分钟才明白她问的是什么。"今生。"克劳德解释道。他重新问："如果你能随便挑的话，你成年之后想做什么工作？"

米娅看起来似乎从未考虑过这个问题，"我的选择？"

"任何工作，"克劳德张开双手比画了一下，"任何你想的。"

米娅在思考着答案，"你长大了想干什么？"她问克劳德。

波比。这个答案一瞬间就闯进了克劳德的大脑，他长大了想成为波比。他知道假如杰克·欧文听到这个答案，会觉得连棒球播音员听起来都比这个更实际些。如果以后不能成为波比，克劳德根本无法想象长大后的样子。这是他和那些扎辫子的小女孩们的另一个共同点：他们都想象不到长大后的样子。

没有人——包括这些学生和克劳德——能回答出这个问题，因此他们问了第二个问题："你在学校最喜欢的科目是什么？"这是潘克俱乐部成员曾经互相问过的问题，尽管她们早就知道答案了。

"什么是科目？"

"比如说数学、阅读、美术或其他课程。"

她们都茫然地看着他，因此克劳德换了种问法："你最喜欢学校的哪个部分？"

道恍然大悟地露出了微笑："哦，我们爱学校。"她好像代表了所有人，"第一次。"

"这是你们第一次上学？"她们已经八岁了，怎么可能才上学？

"我爸爸病了,所以我们从很远的地方来到诊所,后来他去世了,我很伤心。后来我就住在了这里,在这里上学,我很开心。"道接替了米娅的角色成了算命人,她的手指敲打着桌子。

克劳德觉得有风从自己湿湿的脖子后面吹过,但周围的空气是凝固着的。他总是听大人说,人们看到那些漂亮、令人赞叹或者视如珍宝的事物时,往往会震惊得喘不上气。这件事虽然也让他喘不上气,但它和人们所描述的恰恰相反。她们的生活在这里毁灭,却又在这里得到了转机。上学不只是给了她们一线希望,而是给了她们一片希望的天空。克劳德已经念到五年级了,但即使是他也能看出这所学校对道而言是一个奇迹,如果不是成了孤儿,她甚至连学也上不了。克劳德想了想自己的生活状态,觉得这是他一生中听到的最不公平的事情,但是,道、米娅和洁雅都点头微笑,好像道对于"你在学校最喜欢的科目是什么"的回答就像科学或社会研究一样。

很久以前的一个雨天的下午,波比第一次叠了算命纸。阿姬的叔叔把手指伸进纸底下撑开并转动它,唱了一堆无意义的词。他承诺让算命纸变成真正的魔法,它会告诉她们真正的命运,揭露真正的秘密。第一次轮到波比撑的时候,她的手抖得很厉害,几乎控制不了鸟嘴。她害怕自己在数完数字、颜色、字母、符号后,打开算命纸时那上面会写着"她有男性生殖器",当然,阿姬的叔叔只是在逗小孩而已。虽然波比只有八岁,她也一直知道这只是个玩笑。但是打开那张纸之后,上面写的内容比"她有男性生殖器"更让波比生气。

克劳德没有其他地方可去,因此他就一直在学校待到很晚。那个脸颊上涂着涂料的女人让他把扫帚洗干净,克劳德觉得这是在浪费时间,虽然他也觉得脏扫帚是没法把地板扫干净的。他终于回到宾馆时,屋里却空无一人。他感到现在应该很晚了,仿佛都到了新的一天,但他的妈妈还没回来。他刚打开电脑,消息提示音就响了,克劳德希望佩恩看到坐在电脑面前的是他儿子而不是妻子时不要太失望。

相隔十五个时区,闪烁的信号跨越海洋连接到了泰国,佩恩看到女儿出现在屏幕上时,他屏住了呼吸。她那光溜溜的头、宽松的衣服、肿胀的红眼圈似乎要烧穿他的电脑屏幕。她看起来瘦小、难过，又疲惫不堪，可尽管如此，她还是他的小姑娘。她可以跨越半个世界彻底改变自己，但在佩恩眼里她还是自己的女儿。佩恩记得她第一次成为波比时，自己怎么都用不对代词，他现在又有了那时的感觉。她变回了男生，换回了克劳德的名字，举止奇奇怪怪，这些都不过是她的伪装而已。佩恩还是可以从他身上看到波比的影子，波比并没有消失。

"在诊所的第一天怎么样？"佩恩觉得这个问题挺无聊，仿佛他在问上学怎么样，或者她有没有写完家庭作业。更糟的是，他现在没什么想法，所以他没有问自己最想问的问题。

"没意思。"克劳德有些生气。

佩恩提高了音调："你做了什么？"

"她们让我教书。"

佩恩很开心，问："教什么？"

"给小孩子教英语。"

"多好啊！"佩恩在心里疯狂感谢东南亚，"波……克劳德，这对你和这群孩子来说都是一份礼物啊，你一定是个好老师。"

"她们以为我是个和尚。"克劳德说。

"是吗？为什么？"

"因为我没头发。"克劳德用小手摸着自己的光头。

"她们还小，"他的爸爸说，"她们只是很困惑。"

"女孩子可以当和尚吗？"克劳德还低着头，眼睛盯着键盘看，"还是说她们知道我是个男孩子？"

"我不知道，"佩恩说，"我不是很了解佛教的和尚。"

"我觉得可能……"克劳德的声音慢慢小了。

"什么？"

"没什么，太蠢了。"

"我赌她们一定不知道。"

"我觉得这就像是你在科学课上做了一个实验，只要你成功了，结果就是好的。"

佩恩眉头紧锁道："她们认不出来？"

"我想既然她们都还是小孩子，以前也从未见过我，如果她们说我是个男孩，我就应该是个男孩，但如果她们觉得我是女孩，那么也许……"克劳德的声音又变小了。

他的爸爸在地球的另一端，小心翼翼地说："你知道，你是男孩还是女孩是你一生中非常重要的问题。不仅仅是你有这样的疑问，在我们国家，这是我们每个人出生后遇到的第一个问题。有人生了孩子，我们首先会问，是男是女。认识新朋友时，我们会马上告诉他们我们的性别。在咱们这里，哪怕是那些对自己性别很确定的人，也会一直思考性别的问题。但在泰国，你的小学生们可能先关注到了其他东西。"

"什么东西？"

"嗯，也许他们看见白人感觉很新奇，你可能是她们见过的第一个美国人。也许你比她们认识的大多数人都更有钱，也有很多她们从未想过的特权。她们对你肯定还有很多疑问，因此最关心的问题并不是你是男是女。"佩恩在想象着给克劳德的身份标签重新排序，脑海里出现了一个类似于显示列车出站和进站的分屏。这些学生在注意到克劳德的性别之前，就给他贴上了"外国人""白人""美国人""健康""富有"和"完整的人"这些标签，这也很正常。佩恩看着分屏上的纸片不停地转着，直到它们显示出了"孤独""寂寞"和"迷失"。"亲爱的，你看到了什么？"这是佩恩真正想知道的事情之一，但他不太敢问。

克劳德想到了和这些孩子们度过的这天，这些没有未来或者未来不可预知的孩子们。"我什么也没看见，"他告诉他的父亲，"我的未来是未知数。"

正骨专家

罗西也在为那些无法预料的事情所困扰。所有人都说克劳德在学校表现很好,他耐心又温柔。学校工作人员不够,克劳德的加入无疑使学校多了一个得力干将。他给那几个学生当老师,她们从没见过像他这种来自遥远国度、充满异国情调的人。但是克劳德在学校时,罗西还在工作,因此她看不见他的镇定和风度。她知道,学校的学生教给克劳德的一定同克劳德教给她们的一样多,因为哪怕这里的孩子们见识少,她们也比一个受到过度保护的十岁的跨性别小孩所能看到的世界要多。每天她从诊所回到家时,克劳德都睡着了,所以罗西根本不知道他是怎么学习、成长或改变的。她在早餐时哭了,更糟糕的是,还担心着不能谈这事,这些举动使克劳德皱眉,还噘着嘴生气。

她当然以为克劳德会心痛,会悲伤,也预料到他会受到冲击——在这片陌生土地上遭遇到的文化冲击,以及五年来第一次变回男孩的性别冲击,还有发现自我的冲击,以及突然间在泰国成为一个光头英语教师的冲击。但她也预料到,既然他们已经在这里有几周了,那么过去的一切将开始消逝,至少会有那么一点点。泰国是如此美丽,这里有这么多的奇迹,但是如果克劳德还是很痛苦,也许是时候离开了,也许把他带来这里就是一个错误。"亲爱的,你讨厌这里吗?"

"我讨厌这里,我哪里都不喜欢。"克劳德头也不抬地说。不知为何,他觉得和罗西在一起比他在教室里还要糟。他知道罗西只是想帮助他,但也许他和自己的小学生有更多的共同语言。他知道罗西爱他胜过一切,但不知怎的,这只会让他哭得更厉害。

罗西很温柔地问:"我们该回家吗?"

克劳德马上抬起头望着她,忧虑的脸上写满了恐慌:"不,妈妈,不要,我们不能回家。"仿佛他们的土地被四处劫掠的游牧部落控制了一样,仿佛他们的星际空间舱在着陆时坠毁了。

罗西没料到这事。

但是，善于处理不可预料的事情是罗西的特殊才能之一。比如在家时，他们从来都不用去杂货店。罗西看看食品储藏室，里面有四盒只剩些渣的不同种类的意面、半袋糙米、四罐芸豆、三条金枪鱼，还有一袋已经过期了的风干西红柿和一些剩菜剩饭。菜谱里三分之二的东西她都没有，但她会用脱脂牛奶代替奶油，橄榄油代替黄油，扁豆代替牛肉，西兰花代替新鲜菠菜，红辣椒片代替蘑菇，但没有什么能代替新鲜鼠尾草叶子（因为说真的，谁会用新鲜的鼠尾草叶子做饭）。不出家门，她就能做出烤宽面条调味酱。

事实证明，这项技能——她并非从多年急诊科的经验、高级训练、在教学医院度过的十年半的时光里学来的——让她在这个诊所里至关重要。诊所里没有"菜谱"所需的"原料"，谷歌也搜不出来代替的方法，甚至凭她多年的经验和她重要的医学直觉也找不出替代方案。罗西看着一个巨大的储藏柜，里面没什么东西，只有一些发霉的设备和不可靠的药品，她却想出了一些可行的办法。

有时候还真的很管用。

她用棕榈叶和椰子壳做了一个伤员隔离区，用一个塑料苏打水瓶做了一个吸入器，她还以美国食品药品管理局禁止的各种方式开药。

直到第二周，诊所才来了个骨折的病人。这挺奇怪的，因为骨折很常见，到处都是骨折的人，罗西刚开始松了口气。这名骨折的妇女怀孕了，看上去都快要生了，她坐在一辆手推车里，她的丈夫推着车，夫妻俩都满脸通红，喘不过气来。罗西觉得情况可能很糟，在她之前的医疗经历中，产科的成功治疗率是最高的。而在这里，大多数人都在家里生孩子，只有在有并发症的时候才会去诊所，一般还会因为在路上耽搁而错过最佳治疗时间。罗西满心恐惧地来到这个孕妇身边，这个病人抓着自己圆圆的肚子，摇了摇头，跟K说着什么，K向罗西转述："孩子得保住，脚踝不要了。"罗西才注意到她的支撑腿又青又紫，脚踝肿得和大腿一样粗。"她从水牛上掉下来了，"K解释道，"坐在那么大个……很难保持平衡的。"这个女人咧嘴一笑，然后扮个鬼脸，又抓住自己的肚子。

罗西检查了她的瞳孔和脉搏，听了她的心跳和孩子的动静，这个女人试着扭动脚指头。"我们扶你起来去做 X 光检查。"在罗西意识到这个女人完全不可能"起来"前，话已经从嘴里说出来了。"X 光？"他们的确应该有个 X 光仪器，虽然可能是个破旧古老的仪器，但有总比没有好。没有 X 光仪器，这诊所要怎么经营下去？来这里已经两周了，但罗西从未见过 X 光仪器，只是听人提起过在哪个楼里见过一个，但也可能根本就没有。

"K，我想问问 X 光照片……"

从汽车修理工到助产士，K 还有其他的特殊才能，她还是罗西的医疗兵。罗西来的第二天，诊所主任就是这么介绍她的："这是你的医疗兵，K。"仿佛罗西还不认识 K，还从未和她一起"救"过一辆卡车，见证一位病人病逝，也没有一起接生过一个孩子一样。罗西还没有意识到她有了或者需要一个医疗兵，也不知道这间诊所里的医疗兵，甚至医疗兵本身到底是干什么的。事实证明，医疗兵除了不做罗西的工作外，其他什么都干，甚至有时候也担任罗西的角色。K 负责给病人们打针，检查病人的呕吐物、血液和粪便，这些可以体现出很多东西。她给病人护理伤口，给予他们关怀，耐心地照顾着他们。她还当起了翻译，给病人们解释预后①是什么，什么时候该吃什么药，怎么清洗伤口，怎么止血，怎么给婴儿补充水分，哪种发烧可以放任不管，哪种发烧应该来看医生。K 把英语翻译成泰语、泰北方言和各种泰国方言，以及缅甸语和克伦邦②方言。她把罗西这个严厉、说话难懂的医生翻译成是个亲切、让人安心的护士。把注意事项传达给病人们时，K 表达得清楚又准确，语气也十分温和，能让人重拾信心并平静下来。罗西觉得 K 至少读过护理学校，但是 K 是进不了护理学校的，因为她连高中都没有毕业。

K 也是她的理疗师、社工和安保特遣队。一个父亲带着孩子来到诊所，但后来这位父亲去世了，K 安慰这个小女孩，给她找住处，让她穿合体的衣服，送她去上学。有个老师来诊所抱怨自己的假肢不太合适，虽然能走路，

---

① 预后：指预测疾病的可能病程和结局。它包括判断疾病的特定后果，如康复，某种症状、体征和并发症等其他异常的出现或消失及死亡。

② 克伦邦：缅甸邦名。

但是不能长时间地站在教室前面。K和修复科一起对他的假肢进行了一番改造，这样他就既能站着，也能走路，还能耐心地坐着思考怎么让孩子们听话。一名妇女声称自己从一个水箱上摔了下来，而真相是她丈夫发现她又怀孕后生气打了她，于是K赶走了她丈夫，但给她的七个孩子都找了睡觉的床。K从未念过理疗学校或社工学校，也没有学过武术，但她的知识储备相当惊人，几乎是一本活着的百科全书。她从罗西之前的那些医生那里学习，从那些只待了几周、几个月或者几年的医生那里学习，通过观察、经历和了解病人的需要来学习。罗西向K寻求建议远远多于K向罗西学习，罗西虽然经受过更正式的训练，但从未针对这种环境做过训练。同威斯康星州大学医院项目比起来，K更了解蠕虫和蛇咬伤，她根据病人的症状，更清楚什么可能在其体内产了卵。当然，她还会修索瑞·拉尔夫，她还有双灵活、敏感、长满老茧、像守护神一样珍贵的手。罗西花了很久才渐渐发现K其实有很多面，就像沉积物一样，一层一层的。就像地表的条纹一样，在经历过风雨的洗刷之后，K所剩的硬如磐石。

"没有X光。"K笑着回答。一起工作了两周之后，K被罗西的所有请求逗乐了，就好像罗西在问诊所里有没有人能揣测人心。

罗西把病人从推车里挪到床上。她想起自己用X光意外地检查到波比的那一晚——好吧，克劳德，快形成了的受精卵克劳德，在子宫里的克劳德——那还是几年前在威斯康星急诊室里。在这里，罗西常常觉得，如果你看不清事物的全状（包括内部），那最好就不要用眼睛看了。来泰国之前，罗西并不习惯闭着眼睛进行诊断，但现在这法子总比去"杂货店"强，尤其这里还没有杂货店。她把手放在病人的腿上，感受腿部的状况，她用手指轻轻按压，感受到了骨折，感觉到了扭曲和错位的地方。她用温柔的手指描绘出了X光片，仿佛随着时间的流逝，一根一根的骨头在影像里就拼接了起来。这真的意义非凡，没有X光片她也能看清楚。几周之后，她就有更先进的音叉和听诊器来检测骨折，但她目前只能这么做。幸运的是，罗西不费力地就能感受到骨头的情况，而不幸的是，骨头错位很厉害，也许坐着手推车来诊所使得原本骨折的地方错位得更厉害了，只打石膏是远远不够的。

罗西知道接骨这门手艺古代就有了，她也知道，在以前通常都是理发师和铁匠治骨折，而医生们觉得治疗骨折有失身份。她也知道为什么要找铁匠和理发师来做这个：找铁匠是因为你需要一个强壮的人来把骨头重新排列好，免得开始接骨时周围肌肉也会错位；找理发师是因为你生活在中世纪，还把事情完全搞砸了。

K在照顾一个被抬上梯子的病人，所以罗西只能自己来。这女人的丈夫根本不会说英语，罗西拽着他的肩，让他站在他妻子的头后面，这样他的手臂就能搭在她的肩膀上。罗西回到了木托盘的另一端，双手轻轻捧着女人的脚踝。病人喘着粗气，怕是凶多吉少。罗西让她和她丈夫做了五次深呼吸，她自己也深呼吸了五下，之后她拼命地拉着女人的脚踝，病人和丈夫都尖叫起来，但随后骨头接好了，孩子也保住了。这里没有髓内针，问都不用问就知道没有。她甚至都不需要X光片就知道该如何接骨，她用布、一段树枝，还有用椰子壳做的盘子固定住了女人的腿。只要在棕榈树上能找到所需的东西，就可以准备治疗病人了。

泰国的病人也知道在没有药的情况下应该怎么做：如果没有抗生素软膏，那么可以用蜂蜜来防止烧伤感染；把干的木瓜种子碾成粉末可以去除肠道蠕虫；用玉米须做的茶可以消肿，现在就是这样做的，这也是唯一的方法。在泰国工作几周后，罗西也开始使用这种技能，与其说是在棕榈树上找药物，不如说在以前未曾注意过的地方寻找。在这几周的时间里，克劳德也成了克劳德2.0。

罗西还没天真到以为碾碎些什么植物，提取或者直接吃点什么草药就能帮助克劳德正常地生活在世界上。但是，如果她都能在没有药物、医疗设备或无菌床的情况下治疗病人，那么也许克劳德的问题也能用另一种方式来解决——她和佩恩目前能想到的方法之外的另一种选择。他们原本想到的两种方法中，一种方法要面对手术、副作用、擅作主张的决定、生活被完全打乱；而另一种方法却要对抗痛苦、忍受身体的排异反应，这痛苦也无异于脱水或者服用了治疗脱水的灌肠剂。但这个全新的方法既不是完全依赖于医疗干预，也不是完全避开它，这个办法的关键是要用"棕榈叶"当治疗药物，来帮助波比和克劳德找到自己在这个世界上的路。罗西还不知道这个办法具体是什么，她正在努力地寻找它。

口述传统

    克劳德在学校待了三个星期，他头上长出了两厘米长的棕色绒毛，班里的孩子也从三个增加到七个，再到十个，再增加到二十五个。脸上涂着涂料的那位女士（是校长？老师？秘书？还是镇长？）在第一天向他保证："你在这里会很好。"这话显然她自己也不相信。克劳德慢慢明白，他们先把米娅、道、洁雅送过来，因为这几个孩子比较好教。她们表现良好，英语也不错，其实并不需要追着一个十岁的美国人学习他自己都没什么把握的技能。克劳德就是想教这样的学生。校长、老师、秘书、镇长诺加解释说，她们是最不需要上课的人，她一开始就把她们送过来，是不想让新来的老师太痛苦。这个孩子甚至还不是一个青少年，也没有接受过任何训练，但她很快就忘了这个顾虑。

    "我不知道怎么教英语。"克劳德有点慌乱，他的班级规模翻了一番，然后又增加了一倍。

    "你讲英语就好了。"诺加给他一个国际通用的"这不是问题"的眼神。

    "是的，我会讲英语，但我不知道怎么教别人，就是把英语教给别人。"

    "没人知道，"诺加挥了挥手，准备去看其他的学生和课程了，"你怎么学的？"

    "教英语吗？"

    "说英语。"

    "哦，我不记得了，我那会儿还是一个婴儿。"

    "那你就当他们的妈妈吧。"诺加建议，"你学英语是从听、说、读开始的，他们也可以这样开始。"

    最初的三个孩子安静地坐着，恭敬地听着课，现在这二十多个孩子则在座位上不停地扭动，用一种克劳德听不懂的语言咯咯地笑着说话。克劳德想说英语让课堂严肃起来（就是他们要学的语言），但根本没用。之前那三个孩子都很乐意让克劳德给她们读那几本旧书,而现在这些新来的学生却抱怨(至少克劳德是这么理解他们的行为)他们已经读过很多回这些书了。在教英语的过程中,克劳德觉得这些孩子已经从《鹅妈妈童谣》①"打扫干树叶"那一册中尽可能地扩大了自己的词汇量,他们的词汇量已经够了。他觉得像"小土墩""凝乳""公鸡地狱"和"豌豆粥"这样的词根本不会出现在日常英语会话中,至少他自己到目前还没遇到过。最初的三个孩子都是小女孩,她们喜欢克劳德的上课方式,不管他上课节奏如何,她们都喜欢。但现在新来的孩子里至少有一半是男孩,虽然克劳德以前也是个男孩,但就像他爸爸编的故事一样:远得遥不可及,都是假的,是编的。克劳德觉得那些小男孩很吓人,因为他不知道怎么跟他们说话,如果他们发现他也是一个男孩怎么办?

"给我们讲个新故事。"一个让克劳德头大的小男孩要求道。

"什么故事呢?"

"新故事。"

"我不知道什么新故事。"克劳德说。

"讲个老故事吧,"洁雅说,这时的她就像个老朋友,"一个新的老故事。"

"我不知道有什么新的老故事。"给他们讲故事而不是读故事,这也可以吗?这也算学英语吗?

"给我们讲你最喜欢的故事吧。"有人说。克劳德正准备说他什么故事都不知道,突然想起自己知道一个故事。

"嗯,我知道一个故事,这是一个很长的故事,讲的是一个叫格林沃尔德的王子和一个叫斯蒂芬妮公主的午夜仙女的故事。"

"哦哦。"孩子们喊道,这显然是在告诉他"请继续吧"。

于是克劳德从格林沃尔德历险记的开始讲起,他只有通过推理、耳濡目染来慢慢地填满它前面的情节,就像填满退潮时沙滩上的洞一样。因为格林沃尔德的故事开始的时候克劳德还没有出生,他知道父亲创造了格林沃尔

---

① 《鹅妈妈童谣》被誉为"世界童话文学链条的头一环",是最早的为儿童所乐于接受的童话作品集。

德，母亲才因此愿意跟父亲出去约会，这也成了童话故事的一部分。格林沃尔德比克劳德大十岁，所以他不得不编一些情节，补上他能补的那些部分，猜不出的他就只能自己编。编故事真累人，这些年来，当克劳德想让爸爸和其他爸爸一样给他们读一本书时，他不知道爸爸有多辛苦。

诊所的孩子们有很多问题："格林沃尔德"是什么意思？格林沃尔德最后一次回来当王子是什么时候？为什么他以前从来不看盔甲里面的东西？既然他本来就是王子，那怎么又不想当王子呢？克劳德也不知道答案，他得去问他父亲，然后再回答他们。

"好了，现在轮到你们给我讲个故事。"克劳德对他们说，讲故事很难，他需要休息一下。他想，不管怎么说，讲故事也是练习英语的好办法。

"一个新的故事吗？"道问。

"一个古老的故事，"克劳德说，"一个经典的故事，童话故事。"

他们就这样开始交换故事，克劳德每天都会给他的学生讲一个美国童话，他的学生每天都会给他讲一个泰国或缅甸的童话。他给他们讲《美女与野兽》，他们给他讲两只小鸟转世后变成了公主和农夫的故事；他讲了《小美人鱼》，他们讲了一只兔子的尾巴被一条长舌头的鳄鱼咬掉了的故事；他讲了《灰姑娘》，而他们竟然也有类似的故事，克劳德甚至都不敢相信，只是在他们的故事里，死去的母亲送了灰姑娘一条鱼，根本没有出现仙女教母，而且王子爱上她是因为她的树而不是她的鞋。

"他为什么喜欢她的鞋？"他们很疑惑。

"不是说王子喜欢她的鞋，而是他喜欢她的全套衣服，这就是为什么灰姑娘不想让王子看到她穿着脏旧的衣服。"

"她为什么忘记穿鞋了？"

"她没有忘记穿，它只是掉下来了，而当时她没有时间回去捡它。"

"停下来捡鞋子要花多长时间？"

克劳德觉得这个问题问得好，这是讲得通的。他们跟他解释，一条会说话的鱼被吃掉了，然后转世变成了茄子，然后又变成了月老树，在克劳德看来也讲得通。

佩恩一大早就打电话过来了，但有时罗西已经去诊所了。泰国的白天并不仅仅是西雅图的夜晚，而且西雅图还在昨天呢，泰国就到第二天了。这里电话信号时有时无，所以大多数时候他们通过无线网络保持联系。克劳德和他的兄弟聊天很方便，因为他们都熬夜，但他的父母联系起来却很麻烦。不过，有时他也很高兴能一个人霸占爸爸，他这辈子都没怎么和爸爸独处过，他绕了大半个地球才找到这样的机会。

佩恩很遗憾这些天早上都和罗西错过了，但他也很高兴能和他最小的孩子单独相处一段时间。"你好吗，宝贝？"

"好啊，爸爸。"

"真的吗？"

"真的。"这话有时是假的。有时克劳德想，他们也许不会永远待在泰国，而且很可能他的父母也不会觉得只让他读到四年级半就够了，除非他忘掉过去，否则他还可能会过上以前的生活。波比有朋友，但克劳德没有朋友；波比有天赋，而克劳德什么都做不好；波比是正常的，但是克劳德永远都是个怪物。他已经能够预想波比明年上初中的样子，之后上高中，再之后和阿姬一起去上大学。有一天，波比会有一份工作，然后当妈妈，最后变成一个像卡梅洛一样的老太太——吸烟，在湖里游泳，喝杜松子酒和补酒，逗孙子们开心。波比的未来一片光明，克劳德却一无所有。他甚至不能想象克劳德现在的生活，即使他现在就在看着电脑屏幕角落那个小框里的自己。

但有时他的确过得不错，因为他刚才预想的那些波比的生活都不可能存在了，这对他也算是一种安慰。克劳德不可能有那样的生活，波比也不会有，阿姬也不会有，五年级也不会存在了，西雅图也不存在。上个月，他还在担心他们在健康课上放的那些愚蠢、令人尴尬的电影，可它们也不会存在了。有时候世界上似乎只剩下丛林和那座都算不上是个建筑的学校，还有那些父母被虫子咬死的小孩子，说不准他还能以某种方式帮上点小忙。在这里，他是谁并不重要，甚至对他自己来说也不重要了。"真的，"他对父亲说，"我没事。"

"我想你，宝贝，"佩恩说，"我想和你们在一起。"

"我知道。"克劳德表示同意，"爸爸，你可能都不信，泰国也有灰姑娘，虽然看上去和我们的故事完全相同,但其实完全不一样。"

"当然啦。"佩恩虽然表现得若无其事,但哪怕隔着不稳定又缓慢的无线网络,他也看到了他孩子思想的火花,他女儿思想的火花。自那件事发生后,第一次出现了一丝希望的微光,能看到它就仿佛是上帝的恩赐,就仿佛绝境中透着光明的一条口子。他们相隔太远了,佩恩无法伸手拥抱这珍贵的火焰,用双臂搂住这个珍贵的孩子,这个珍贵的女孩。

于是他只得在电话里正经地给他解释:"这就是童话的作用。"

"是吗?"

"在世界上所有地方,人们将这些故事不断更新,重新讲述和构想,这是口述传统,这也是为什么这些故事能够无穷无尽地流传下去。"

"我觉得是魔法让故事变得无穷无尽,那个魔法盔甲。"

"嗯,当然,它也起作用了。"

"我在给他们讲格林沃尔德的故事。"

"你在讲?"

"对啊。"

"哦,波比,克劳德,宝贝,我太……"佩恩的声音戛然而止,他没把剩下的话说完。

"故事里还有很多我都不知道的事情,因为我从来没听过开头,或者是我忘了。"

"这是你的故事,宝贝,你不仅仅要把故事传递下去,还要编出自己的故事。随着时间的推移,故事会变化,会变成新的东西,但新旧元素都会在故事里出现。"

"哦,"克劳德突然又闷闷不乐起来,"就像我一样。"

"没错,"佩恩为那珍贵的火焰而惊慌失措,"和你一模一样,这是一件多么美妙的事情。为什么改变会让你悲伤?"

"因为改变并不意味着不同,"克劳德说,"它意味着毁灭,为什么一件事不能一直保持不变呢?"

"有些事情是一成不变的,比如不管发生什么,我们都会一直爱你。"佩恩觉得,有时隔着半个地球说某些话要容易多了。不是因为隔着电脑比面对面交流更容易,而是因为远距离的爱虽然会让你心痛,但也能让你清醒。把你的孩子送到七千英里外的丛林里歪打正着地证明了这一点。"但有些事情会改变,因为它们是好事,它们自然而然地改变,因为时间在流逝,你也不会想阻止它们。"

"我会的。"克劳德哭了起来,然后感到很难为情,因为既然他现在是一个男孩了,他就不能再哭了。

"有些事情会发生变化,因为我们试图阻止它们发生。"佩恩压低了声音,然后垂下了眼睛。

"这是什么意思?"

"噢,宝贝,我想之前发生的事情是我的错。"自从他们离开后,佩恩就一直在想这件事。他一遍又一遍地想,玛尔妮·艾莉森是一个更好的替罪羊,也许本来也是她错得更多一点,但是佩恩后来才意识到,当时秘密其实已经处于危险边缘了。"我想也许我们等了太久太久才告诉大家你的特别之处,我们想把你当成个秘密,可是我们为什么要把这么棒、这么了不起的你当秘密呢?"

"所以学校里其实没人在想你裤子里有什么。"佩恩得承认这是说服他把秘密公之于众的一个很好的理由。他突然想起自己五年级时,自己在课间休息时坐到了未干的油漆上,他当时觉得自己会在放学前尴尬地死去,但孩子们只在想他裤子上粘的是什么东西,甚至他们可能连这个都没想过。佩恩有了新的想法,关于一些旧事物的新看法,这很重要。"你和学生互相讲故事真有趣,我在想我们俩也这么做吧。你知道我喜欢童话的哪一点吗?"

"所有的东西?"

"没有,嗯,是的。但我最喜欢的是,童话让魔法如此简单,童话中的人不需要经历痛苦。当灰姑娘变成公主时,她并没有受伤,而且很容易,速度也很快。魔杖一挥,精灵的尘土一撒,转眼间完美的公主就出现了。这种转变是迅速而完整的,没有人会回想她之前的样子,魔法抹去了她过去所有的痛苦,也许她今后会永远幸福快乐。"

"听上去真好。"克劳德擦了擦眼睛。

"是很好。"佩恩眼睛里充满了泪花,他努力让自己的声音保持稳定,因为这些话很重要,"伟大的故事都有魔法,但这些都不是真的,也不可能发生,我甚至对这些魔法不满意。"

"我想要魔法。"

"我不想要。"佩恩摇了摇头,"我不想抹掉你的过去,你是个完美的孩子,你是我见过的最聪明的三岁小孩。我也不想抹掉你的转变,你是如此特别,如此勇敢。在这个艰难的世界里,你大声宣告了你是谁,你想成为谁,这真让人振奋。我真为你骄傲,波比,我不想再假装你是一个普通人了。我想爬上你的炮塔,向全城喊出你的非凡。"

克劳德想象着他的父亲像哥斯拉一样紧紧抓住炮塔的屋顶,对着天空咆哮着喊出波比缓慢而令人振奋的转变。他真庆幸自己在泰国。

第二天在学校,克劳德又接着讲这个童话,但已经不再是他父亲的童话故事了。他已经介绍过了所有人物,如果现在不用这些角色,他会觉得有点丢脸,因此故事里的人物都没有变。

"斯蒂芬妮公主有很多朋友,大家都知道她是个公主,但谁也不知道她还是个午夜仙女,她不让她们知道。"

"为什么?"克劳德的学生们无法想象一个酷酷的午夜仙女是什么样,而且为什么不让任何人知道。

"她很难为情。"克劳德解释道。

"为什么?"

"因为她的朋友中没有一个是午夜仙女,她是唯一的一个。"

"为什么这不能让她感到特别呢?"

"因为太奇怪了,"克劳德说,"还让人恶心。如果她的朋友们知道她是一个真正的午夜仙女,他们会感到恶心的,所以她隐瞒了自己的身份。但有一天放学后,她们在学校里闲逛时,斯蒂芬妮的翅膀在她们眼前突然张开了。斯蒂芬妮公主非常难过,哭着跑开了,但是她的朋友们追上了她,他们完全理解她。"

"没什么大不了的,斯蒂芬妮,""灰姑娘"向她保证,"我也一直都是这样。如果我迟到了,我的鞋子、衣服、车——哇——突然间它们都像是成了别人的,我甚至都认不出我自己了。"

"我也是,""小美人鱼"阿里尔说,"我向你发誓,我以前是条鱼。"

"是吗?"斯蒂芬妮非常感激她的朋友们,她又感动得哭了起来。

"嗯,有一半是。"

"你应该看看我被大灰狼吃掉之前的样子。""小红帽"说,"你会讨厌我的,我那时是个多么脆弱的小家伙,我在采花时遇到了麻烦,真逊。"

"发生了什么?"斯蒂芬妮吸了吸鼻子。

"我被吃掉了,就是这样。后来我长大了,我知道我要变聪明、变坚强,后来我掌控了局面。"

"怎么做的?"

"我去锻炼了。""小红帽"笑了笑,甩了甩她的肱二头肌。克劳德还给大家演示了一下,全班人都咯咯地笑了起来。"我有一个私人教练,我把她的电话号码给你。"

克劳德的学生们点点头,他们都很开心。

于是,斯蒂芬妮公主的所有朋友都知道了她的真实身份,他们都爱她,只有一个人例外——她的邻居公主。

"但这不是斯蒂芬妮的错。"克劳德的学生集体反对道。

"变成一个午夜仙女并不是她的错,"克劳德承认,"她错在她撒谎了。"

"她之前必须得保密。"学生们坚持说。

克劳德摇了摇头:"邻居公主什么秘密都跟斯蒂芬妮说,所以她觉得她们之间没有任何秘密。"

"每个公主、每个人都有秘密。"道说。

"是的。"克劳德想哭,他在想自己有没有见过当着全班人的面哭泣的老师,"但有些秘密是秘密,而有些是谎言。"

"每个人内心都有另一个人。"米娅坚称。她觉得不告诉邻居公主不算撒谎,因为斯蒂芬妮隐瞒秘密是人之常情。

"不管斯蒂芬妮公主怎么劝,她就是消不了气。"克劳德继续说,"她想解释,想说对不起,但邻居公主并不在意,所以斯蒂芬妮不得不对她施魔法。"

"把她变成了青蛙？"一个小男孩猜。

"把她变成臭臭的大巨人怪物？"另一个孩子猜。

"不，不，不，"尽管克劳德觉得这些主意都还不错，"斯蒂芬妮挥了挥魔杖，把那个愤怒的邻居公主变成了一个善解人意的邻居公主，她不再介意，也不生气了，她仍然爱着斯蒂芬妮，而且会一直爱着她。"

克劳德深吸了一口气，把故事停在这里似乎挺好的，于是他就结束了故事，但他的学生们看上去仍心存疑虑。

"这不像是魔法。"洁雅抱怨道。魔法应该像是让人变形的魔咒，而不是改变某人的想法。

"这还不够。"道抱怨道。她觉得坏脾气的邻居公主应该得到某种实际的惩罚。

"这不可能。"那个建议把她变成青蛙的男孩抱怨道。他觉得魔法虽然不太可能把人变成两栖动物，但这仍然比阿姬原谅波比的秘密更可信。

但是克劳德感觉更好了，他意识到这就是他父亲这些年一直在做的事情——给孩子讲故事不是为了娱乐，而是用故事去装点他们的世界。你自己写的角色不会像现实的人那样让你失望，如果你能讲述自己的故事，你就能自己选择结局。只去做自己从来就没有用，但是如果你真的做了自己，就必须成为你要成为的那个人。

裤子下面

漫长的一天结束后，罗西和 K 一起去了食堂。她们安安静静地坐在塑料桌椅边吃饭聊天，这些后院的桌椅都是半个地球外的一群大学生在杂货店买的。罗西希望能搜到手机信号或有台电脑，这样她就能联系到佩恩。她也急切地想要回到被她带进丛林的那个孩子身边，大家都说，那个孩子在教室里创造了奇迹，罗西像雨滴渴望落入大海一样渴望知道这些奇迹的细节。K 的女儿和儿子还有丈夫都在家呢，她家里的食物比诊所自助餐厅里的好得多，这个餐厅每天要给五百位病人和他们的家属提供食物，但罗西和 K 还是每天晚上都静静地在这里坐在一起，有时说说话，有时吸着热茶里冒出的刺鼻的蒸汽，一言不发。

罗西给 K 讲了西雅图和她在山上的家，她所在的私人家庭诊所，威斯康星州和威斯康星大学医院的急诊室，他们在麦迪逊的农场，她的一大家子，还有她和佩恩恋爱的故事、他们编的故事、她的妹妹，还讲了她在所有重要事情上所做的努力。K 也告诉了罗西自己的故事：她原本在泰缅边界的诊所里当医师，长期在艰苦的条件下做着有意义的工作，家里的两个儿子和两个女儿年纪太小了，不能离家那么长时间；丈夫是缅甸籍士兵，在战争里受伤太严重，难以治愈，他们听人说这个诊所可以帮到他们，就艰难跋涉了三周，穿越丛林来到这里；最后确实帮上了忙，但并没有治好她丈夫，这里的人雇用了 K，让她能够自食其力，这样其实也不错。她还讲了罗西他们飞到这里之前，那场在缅甸持续了数月、让她丈夫受伤的战争；还有她在泰国北部度过的童年，那时她还没有和叔叔穿过边境线（后来过来了，原因 K 没有详说）。罗西觉得那是又穷又难以想象的童年，K 却将它描述得色彩斑斓，充满无限可能。

她们刚认识时，对彼此的了解都仅限于表面上的细节，就像是粗糙的草图，而不是精确的肖像画，像是自传而不是回忆录。她们相处的时间太短了，还不足以成为亲密的朋友——尽管事实上，罗西离开以后她们仍一直保持着联系——因为她们都是母亲，所以彼此之间一下子就建立了一种神奇的联系，罗西对这种联系再熟悉不过了。哪怕 K 和她隔了大半个地球那么远，生活也截然不同，她们却可以坐在一起，轻松地聊天，分享情绪。K 能理解为什么她带着十岁的孩子进了疟疾丛生的丛林而不是留在家里。她知道当孩子身上发生无法言说的事情时，罗西能尽多大的努力帮他们躲开灾祸。她能看到罗西经历的恐惧、受到的威胁、如何分配精力、她的辛勤付出，以及孩子在她身边过得多么艰难，他们有多不在乎她的工作，他们是多想一直黏着她。K 也能体会到孩子们早上醒来的样子，他们咿呀学语，蹒跚学步，衣服换了一件又一件，还有他们在世界上的每一分每一秒是怎么生活的。即使在这些时刻，在世界上某个地方，有的孩子排出的大便里有上千只小寄生虫，有的孩子因为发烧而发抖，而你也诊断不出原因，有的孩子卡在她妈妈的盆骨处没有出世。

罗西的问题虽然无礼又随意，但并不过分，也没偏离主题。"我能问一下你的孩子吗？"她用筷子胡乱夹了一口清汤面吃，味道就像她妈妈做的丸子汤。

K 疲倦的脸变得开心起来。

"怎么？"罗西问。

"怎么？"K 咯咯笑，"你是问，我是怎么有的孩子？"

罗西脸红了，点了点头，专心地吃面条，想了想 K 在这几周向他们隐瞒的真相，梳理了一下这里面层层叠叠的关系。

"因为你注意到了……我跟克劳德很像，我们都不认同自己的性别。"

罗西的眼镜被热气腾腾的汤弄得雾气腾腾，她看不清 K。"没有，我的意思是，是的，我注意到你……跟克劳德很像，但我不知道你注意到了克劳德的不同。你是怎么知道的？"

"我也不知道自己是怎么知道的。"K 沾沾自喜地笑笑，"他在这个身体里不舒服，他比外表看起来的要更加难受。"

"他是这样的，"罗西说，"她。"

"他在家里叫什么名字？"

"波比。"

"波比,"K 重复,"好名字。"

"你呢?"罗西问道。

"那些是我们收养的孩子,我们本来没这个打算。我和刍斋结婚了,但并不是正式结婚,你懂吧?我们觉得自己不会有孩子,我俩也都无所谓。那时我们那里在打仗,我们没有去打仗,但逃离不了战争。我们很穷,国家也支离破碎,所以我们两个能相依为命就挺好了。但在这里的第一个月,男人带着难产三天的妻子来到这里求助,妻子失血过多而死,男人就这么离开了,孩子活了下来,被我带回家,于是就和我们一起生活。我们这里的每一个婴儿都需要家,但我们不能把所有的婴儿都带回家。"

罗西放下勺子,吸了口气,感觉自己根本无法想象她说的这些事,然而这个人就坐在她对面。"你是一个奇迹。"

"我吗?"

"是的。"

"为什么这么说?"

"你离开家乡,离开你的家庭,在这里工作,在这种环境当中,年复一年,这里没有足够的医学训练、设备和物资。你把这些需要家的孩子带回自己家里,让他们成为你的孩子,而你却在遭受耻辱,成为……"罗西的声音逐渐变小了。

"变性人[①]。"K 说出这个词,轻松得仿佛在说"玩具猫"一样,"这就是 'K' 代表的意思,即具有女性特征的男子,你们那里怎么形容这个?"

"跨性别者。"罗西的声音小得自己都听不见,她不知道自己为何这么小声。

"但我没有真的遭受屈辱。"K 补充道。

"噢,不,我不是说——"罗西说,但是 K 马上接话了。

"我不像克劳德那样。泰国有很多的变性人,这也不是什么很重要的事。我们都是佛教徒,相信因果报应,相信命,相信还有另外的选择。"

---

① Kathoey(泰国变性人),英文首字母为 K。

"是吗?"这是罗西在旅行中遇到的最令人惊讶的事情,比那个临产时才来的孕妇,还有直接从大象身上摔下来的女人还让人惊讶。

"这是佛教徒的信仰。"K耸耸肩,"上一世是上一世,这一世是这一世,下一世又是另外一辈子了。不管上一世发生了什么让我变成这样,这都不是我的错,每个人都明白这个道理。我和我的灵魂,在死之前会有很多身体,一些是男性的,一些是女性的,一些两者皆有,那么好吧,没人关心我的裤子底下有什么。"

"什么……"临床医生罗西和讲礼貌的罗西在作战,临床赢了,因为她有太多疑问了,"如果你不介意我问的话,你裤子底下是什么呢?"

"跟索瑞·拉尔夫一样,我有所有的'原装部分'。"K笑了。罗西觉得她这个双关用得真好。"曼谷的很多诊所都能做变性手术,但主要是给外国人做的。许多人妖都选择顺其自然,手术改变了哪些部分并不重要,灵魂才重要。怎么动,怎么穿衣,怎么爱,怎么做自己才重要。就像波比一样,我是女性的灵魂,所以对我自己,或者刍斋或者儿女和其他人而言,我裤子底下有什么都不重要,你懂吗?"

罗西点点头,无言以对。哪怕用母语谈论这件事情也是很困难的,更不要说用别人的语言了。"所以你只要……"只要什么?她自己都不知道在问什么。

但是K点点头:"我在北清迈长大,那地方甚至都算不上是城镇,是乡下的农场。我的堂兄就是人妖,所以我从小就觉得变性人没什么的。在学校里面,大一点的学生中也有变性人,她们给我展示了她们的生活、头发和衣服。如果你想的话,可以吃点激素,但是不要吃太多,刚刚好就行。我觉得波比不也是这样吗?"

"不是。"罗西摇头,严厉地告诉自己不能在这个女人面前哭,这太不合适了,这个女人刚和她一起花了一个下午的时间把弹片从一个六岁孩子的身体里取了出来。"不一样。所有人都很在乎克劳德的裤子——波比的裤子底下是什么。很多人都介意,万一有人知道了,他就不安全了。现在还没人知道,万一他们哪天发现了,那就更糟了。"

"为什么要保守秘密呢?"

"我从未学过要保守秘密,但我看到过保守秘密的恐惧,我看到了秘密被发现时风暴将会降临。但是不知怎的,我还是犯了同样的错误。"

"犯错误很正常,这意味着你学到了,你在补救。"

"我不知道怎么做。"罗西说。

"中道①。"

"我们那里没有中间的道路。你要么是男人,要么是女人,没有夹在两者之间的选择。你要么顺从,要么躲避。如果不顺从规则,那你就是错了。如果你穿得像个女孩,那你就要成为一个女孩,一直都要是女孩。如果你身体的某个部分不是这样,那就不行。"

"中道不仅仅是指男女性别的中间,中道还指生活,就是和那些让你觉得痛苦的事情、不接受你的人在同一世界的生活之道。"

"你是怎么做的?"

"你要记住,所有事情都是变化的。"

"所有的什么?"

"一生。你的一生永远不会结束,永远不会消亡,你永远在追求,却永远追求不到。生活就是变化,所以你还没到达,这没关系。对你、波比和所有人来说都是这样。不懂我们的人会变化,那些害怕的人也在变化。因为改变是生命,没有以前,也没有以后。你生活在变化之中,在其间。"

"那要怎么做?"

"你用一生去不断学习,不断尝试,你就会找到中道。这一生,下一世,你会找到自己的道路。"

罗西不知道自己能不能等那么久。K笑道:"你知道释迦牟尼的故事吗?"罗西摇头。

"释迦牟尼就像你和克劳德,就像所有人。他的故事就是讲变化的,从不知道到知道,从无知到觉悟。但觉悟是漫长的,觉悟需要一段漫长而艰难的时间。如果不这样做,就不能觉悟。释迦牟尼在最后一世之前有许多次轮回,在最后的一世,他是王子。你知道吗?"

---

① 佛教用语,所说道理,不堕极端,脱离二边,即为中道。

罗西知道，她知道所有关于王子的故事。

"宫殿里避难所般的生活让人对贫穷、疾病、老年、死亡一无所知。然后他到外面的世界去学习这些，然后他去帮助别人，这是很重要的部分。一旦他学到了这些，学会了倾听和讲述，他就能给予别人帮助。他离开家，离开皇宫，不再做一个王子。"罗西点点头，这部分听起来很熟悉。"他了解世界和人民，他用冥想去了解。他放弃了所有的食物、水和房子，但是他的身体太闹腾了，无法平静下来，所以他又学会了这一点：太多和太少都一样糟糕。他教书，讲述他的故事，帮助人们看清真相，他说要善良、宽容、诚实、分享；他说一切都会变化，不要烦恼，他说的就是中道，他觉悟了。这就是这个故事：从错误中学习、改正并讲述给他人，从不知道到知道，即使是佛也是如此。你明白了吗？"

"我还是不明白。"罗西说。

"时候未到。"K说。

星期一的颜色

佛像无处不在,尽管不是处处都有,但也比克劳德预想的多太多了。佛的无处不在令人烦恼,因为按规矩你不能把脚尖对着他,但你永远不知道他会在哪里突然出现——食堂里有一尊佛像,教室里有两尊,收纳中心有三尊,候诊室里有一尊。克劳德在旅馆里已经看到五尊了,在骑自行车去诊所的路上,他们经过了七尊。一天下午他们进城,克劳德数了数,他那天总共看到了十五尊佛像。佛像藏在山的拐弯处,或山顶附近,要么在树丛中。克劳德的学生试图解释与佛像有关的所有东西:他是神而不是上帝,是王子、老师、提醒者、道路。克劳德喜欢佛的地方是他看起来像个女孩。

他们去了清迈后,克劳德才知道是去拿诊所的供给,罗西多争取了几天休假,于是他们准备多待几天。K告诉他们清迈是泰国第二大城市,所以克劳德提前做好了心理准备,像去曼谷时一样。但清迈一点都不像曼谷,这里有花园、公园和山脉,还有一家安静的树顶餐厅和一家有舒适大床的酒店,小旅馆里可没有这些。还有一个市场,人们可以在此购买生活用品,不会有动物在水桶或笼子里悲惨地盯着你看。这里到处都是鲜花、水果摊和自行车道,还有一个鱼疗中心,可以坐在一个水族馆的长椅上,数百条温泉浴鱼会过来咬你的小腿和脚。

但清迈最多的还是"wat",意思是寺庙。城里有三百多个"wat",克劳德很肯定他们每一所都看见了。他们的导游诺克解释说,这些寺庙就在所有建筑物的中间,它们在你要去的餐馆、银行或杂货店旁边。不管你去哪儿,都能看见,这样寺庙就可以当一个提醒者,它们想提醒你佛无处不在。也许他不是上帝,但是为什么有那么多他的雕像呢?每座寺庙都有许多佛,大量的佛,造型各异的佛,还有佛的图画和壁画、佛的故事。还有那些形态各异的佛像:头顶朝着天空燃烧着火焰的佛;散步、冥想、坐在蛇身上或与动物交谈的佛;看起来像在打盹的佛;眼睛都垂下来(因为在别人面前看到自己很重要，诺克解释道)，耳朵生得很长的佛（是为了倾听和观察，也因为长耳朵有长寿的寓意）。克劳德摸了摸自己的耳朵，但判断不出它们到底有多长。

但最先吸引到克劳德的既不是佛像的眼睛，也不是他的耳朵，而是他的手指，准确地说，是他的手指甲。它们又长又匀称，优雅地提起，经常被涂成金色。佛的双手静静地放在膝盖上，轻松而整洁，轻轻张开，就像他在询问，真诚地关心你的情况，就像他准备招待你用点心或喝茶一样。他就像一个女孩。佛像戴着珠宝，扎着头发，他们嘴唇饱满，微笑隐秘，眼神害羞，颧骨高耸，鼻子精致，还有像燕子一样掠过的眉毛。

有些佛像有柔软的小腹，有些佛像的两腿之间有两个三角，也许那是他外套的底部。有些佛像是侧躺着的，头靠在手上，如果他们能说话，他们仿佛会说：“来吧，把一切都告诉我。”就像过夜聚会上波比的朋友。有一个佛像穿了件拖地的金色镶珠礼服，闪闪发光的钻石纹织物把佛陀柔和的曲线勾勒出来。他头上盘了一个黑色向上的发髻，却低着头，眼睛温柔地注视着这件礼服。佛像有长而圆的大腿、平滑的肩膀、喇叭状的臀部和窄窄的腰，还有一双精致的脚，双手像耐心的鸟儿一样稳稳地放在身体两侧。有时，佛像头顶上是平的，就像雕刻他的石头一样，有时他的长袍、衣服或腰带似乎藏了更多的东西，因为无论佛像的材质、姿势、表情或服装是什么样，他都看起来像个女孩。

克劳德想问：佛祖不是上帝，但在所有的故事中，他绝对是一个男人，不管怎么样他都是男人。但他长得不像男人，佛应该要明白这点。

诺克说：“佛祖平和、温和，不具攻击性，所以看起来像女性。”

"佛祖在开悟前有许多生命和身体。"

"没有什么是属于你的，甚至连你的身体也不属于你。"

这些话都没有真正回答这个问题，然而有一点是明确的，那就是佛出生时是男性，有一天他剪掉了所有的头发，开悟了，最终看起来像个女人。但这样的开悟好像还不够，佛似乎还觉得，世上的事情和现实的肉身都只会短暂存在，真正重要的是如果你善良诚实，宽恕能解决一切。这就是为什么克劳德和波比后来无论变成了什么样，都终生成了佛教徒。

他们在清迈的最后一天是国王的生日,整个城市和国家都在庆祝。人们在广场上分发免费的食物,把橘子塞到克劳德的手上,还给了他一串鱼丸和一碗香甜的奶油南瓜汤。在克劳德所能看到的地方,大家都穿着黄色的衬衫和裙子、黄色的帽子和披肩,还有黄色的鞋子和黄色的围巾。

"为什么大家都穿着黄色的衣服?"克劳德冲着诺克大喊,这样诺克才能在诵经的声音中听得到他说话。

诺克朝他笑了笑,他一笑就表明他糟糕的英语理解能力又要让他犯错误了,因为这里没人和克劳德一样无知。"这是星期一的颜色。"

"什么?"

"黄色。"

"黄色是什么?"

"是星期一的颜色。"

"星期一竟然有一种颜色?"

"每天都有一种颜色。"

"是吗?"

"当然啦。"

"但今天是星期三啊。"

"今天虽然是星期三,但国王是星期一出生的,所以他的颜色也是黄色。你是哪天出生的?"

"六月七号。"

"是星期几?"

"哦,"克劳德说,"我也不知道。"

诺克不相信他不知道,问道:"那你怎么知道你的颜色呢?"

克劳德不知道他自己的颜色。

"他生日是哪天?"诺克问了罗西。

"六月七号。"

"星期几?"诺克耐心地重复了一遍。

"不知道。"

"去查查,"诺克建议道,"这很重要,你的生日决定了你的颜色和你的佛位。"

"佛位？"克劳德和罗西一齐问道。

"国王的佛位是星期一，寓意是驱散恐惧，姿势是站着，一只手举起来，或两只手举起来。"克劳德一直以为这种姿势的佛像是表达"我懒得理你"的意思。这种佛像看起来像是要做一个三连拍的动作，再加上一句"不管你说什么，姑娘，我不想听"。但很明显（并不明显，克劳德惊讶地想），这个姿势有更多爱心和慷慨的寓意。佛在消除恐惧，有时这个姿势也表示去阻止风暴或愤怒的大海，有时它在呼吁和平，代表虽陷入绝境但仍坚持战斗，提醒人们选择平静，选择爱，顺其自然。

那天晚上吃完晚饭后，他们又回到了鱼疗中心。用手机上网查了之后，克劳德发现，他和泰国国王一样都是在星期一出生的。

"真的十分有意义。"他的母亲动动脚趾，好让那些鱼靠上来。

"什么？"

"你的颜色是黄色。"

"为什么？"

"在咱们家，如果不知道未出世的孩子是男孩还是女孩，就把育儿室涂上黄色的漆。"克劳德的目光依旧盯着鱼，罗西不知道说这个是好是坏，但她还是继续说了下去，这是个很不错的机会，可以给这个话题开个头，"你在黄色育儿室里待的时间比谁都长。"

"黄色育儿室？"

"麦迪逊家里的育儿室。你那时太小了，很可能都记不起来了。我们把房间涂成了黄色，想生个女孩。"

"什么时候的事？"克劳德想知道，但他的母亲似乎没有听见他的话。

"我也很喜欢这个'消除恐惧'的寓意。"罗西噗噗地赶着鱼，试图打破这空闲下来的沉思。在这一天所有的惊奇和混乱中——金色的寺庙和丰富的佛像、欢乐的庆典者、用自己的肉喂养这些饥饿的鱼，唯有"消除恐惧"才让她平静了下来，它就像玻璃一样光滑而清澈。佛祖消除了恐惧，驯服了可怕的东西，不是用隐藏、封锁或埋葬它们的方式，也不是把它们当成秘密，而是通过提醒自己和其他人选择爱，选择坦率和思考，保持冷静。也许解决问题也不止那两个方法，有比隐藏或背叛、止步不前或让人心碎、男或女、对或错以外更广泛的可能性，也许有一条中道——所有方法之外的方法。

罗西终于明白，他们之前所做的选择都是出于恐惧。佩恩对魔法转变的狂热追求是因为恐惧，罗西坚持要他们等等看，让孩子自己选择也是因为恐惧。他们需要消除恐惧，她、佩恩、克劳德和波比都需要，因为他们不能再生活在恐惧之中了。但其他人也都需要消除恐惧，因为所有麻烦都出在这里——讨厌的五年级的孩子，暴力的大学生，无知的玩伴，在杂货店里粗鲁地看着你的人，没抓住重点的学校管理者和"树篱敌人"（霸权主义）的支持者，还有广阔世界里未开化的人，他们恰恰是最恐惧的人。他们需要消除恐惧，要平息他们世界里的海潮和风暴。而要消除他们恐惧的人正是罗西，她不能再退缩了，她都等不及了，她必须迅速做出反应。孩子毕竟才十岁，这件事还没有那么恐怖，事实已经摆在她面前了，也愈加清晰了，这个方法并不能让迷路的孩子走出森林。这个孩子，这个温柔的孩子，他还很小，还是这个世界的新人。这条路很艰难，需要有人帮助他，佩恩不会选这个方向并为它铺路，但是罗西不能坐以待毙，眼看着事情发生。还有其他的方法，只是不容易找到，也不容易实施，但是罗西不怕，她很久以前就把愿望清单上的"容易"这个词删掉了。

"这是一条中间的道路，亲爱的。"罗西说。

"我走不了中道。"克劳德的腿在温水中画着八字，试着用和母亲一样的语气说话。

"为什么呢？"

"因为没有中间的道路可走。"克劳德低声抱怨，"我只有两种选择，甚至可以说没有选择，因为哪一个都选不了。哪怕你说了一部分真话，那也是撒谎。哪怕你身体只有一个小小的愚蠢的部分是男孩才有的，你也永远不可能成为一个女孩。"

"听上去都没错，确实如此。"罗西把手伸出水面，握住他的手，"但我觉得正是因为中道是正确的路，所以它才很难走。"

"为什么?"

"因为它是看不见的。"

"就像在童话故事里?"

"不,"他妈妈对着鱼说,然后抬头看着他,"事实上,是有点像童话故事。路上有一个岔路口,看似只有两种选择,看似我们的任务是要找出应该走哪条路,向左还是向右,向前还是向后,是要走更远还是要走更安全的路。但实际上,做选择并不难,难的是我们要找到真正的方法,那就是你必须沿着没有路的树林径直往前走。"

"为什么听起来不那么平和呢?"克劳德快成个佛教徒了。

罗西不知道,她说:"也许从长远来看是好的呢?也许需要时间验证。也许选了平和容易的路,结果会截然不同。"她想到人都要花一辈子的时间去成长,长成一个完整的人。她想起多年前的一天,她和佩恩一起把育儿室涂成黄色,这是周一的颜色,这种有两种含义的颜色:一是驱除恐惧,二是不知道宝宝的性别。"我能告诉你一个秘密吗?"

克劳德的眼神从鱼身上挪开,抬起了头。

"我想念波比。"罗西朝他微笑。

克劳德一阵沉默,然后开了口:"可当你拥有波比的时候,你不想念克劳德吗?"

"我不是这个意思,"罗西小心翼翼地说,"我叫你克劳德是因为你让我这么喊你。但对我来说,你叫什么名字、你的头发是什么样子、你是我的女儿还是儿子都不重要,因为无论如何,我一直只看到的是'你'。对我来说,你永远都是同一个孩子,我美丽发光的孩子,我的宝贝。你变成了波比,但你从未停止过成为克劳德。你又变回了克劳德,但你从未停止过做波比。是男孩还是女孩,是波比还是克劳德,对你和这个世界来说是这么不同,但对我来说是一样的,一直是这样,我甚至分不清他们。"

"一直是这样?"

"现在我知道克劳德和波比有多大的不同了,但我想的肯定和你想的不一样。我想念波比,不是因为我想念我那快乐、坚强、欢笑的小女孩,而是因为我想念我那快乐、坚强、欢笑的孩子,但克劳德是一个失落的伤心的孩子。我们来到这里后,我才意识到,不是波比是女孩或克劳德是男孩的问题,他们都既有男生又有女生的部分,他们都有自己炫耀和隐藏的东西。可波比是快乐的孩子,而克劳德是伤心的孩子,波比是那个适合你又让你感到舒服的人,克劳德是那个在形状怪异的洞里气恼的孩子,因此很容易在两者之间做出抉择。"

"但你说过这很难,而且无论如何你都要在树林里开垦出一条路,你还说中间的道路是看不见的。"

"因为波比是那个快乐的孩子,所以我觉得波比是穿过树林的唯一方法。你必须要成为波比,尽管这很难。并不是因为你变成了波比,家里才出问题的,而是错在变成波比的过程太容易了,但其实变成波比并不容易,我们要做的是帮助你成为波比,这很难。"

"我从来没有说过变成波比很难。"克劳德双臂交叉在胸前,罗西不知道他是挑衅还是在拥抱自己。"我不怕。"

"也许变成波比并不难,"罗西承认道,"但一直做波比很难。暂时会有些复杂,你要做一些艰难的决定,但我们会帮助你,你要重返一些艰难的道路,但不会那么糟糕。做波比永远都不会是件轻松的事,但我认为还是比做克劳德轻松多了。幸运的是,波比像海洋一样强大。"

克劳德和波比晃掉了腿上的温泉鱼,去了洗手间。洗手间就正好在走廊里,然而这里有三个房间:有一个标志上画着一个穿着裤子的蓝色小人;还有一个标志是一个穿着裙子、发型可爱的红色小人;另一个标志是两个标志的合体,这个小人左半边是穿着裤子的蓝色的腿,右半边是穿着裙子的红色的腿。克劳德和波比站在那里看了老半天,确定这不是一个玩笑,确定他们看懂了这些标志。看似不可思议,但它就在眼前,这是他们人生中第一次看到一扇正确的门。

里面就是一个卫生间——水槽,厕所,甚至还有卫生纸,普普通通,没什么特别。但它是一个奇迹。

结　尾

　　罗西回到诊所的第一天十分漫长。她和克劳德努力重新用波比这个名字，因为这个名字代表着希望，是这个孩子真正的意愿。尽管前一天夜里才回来，但罗西第二天比往常更早地去了诊所。一名怀了双胞胎的孕妇很快就生下了第一个孩子，但生第二个孩子时过程既艰难又漫长。罗西骑上自行车回去时，看了看手机，已经是凌晨一点了。有十五个佩恩的未接来电，七条消息，全都是同一句话：打电话回家。她马上打回家，但没有通。她举起手臂，往各个方向挥动她的手机，但都没有信号。尽管她觉得那张湖蓝色的塑料桌子承受不住她的体重，但她还是站在诊所门口招待处的这张桌子上找信号。桌子摇摇晃晃的，但手机依然没有信号。手机举得越高信号才越好，这是真的吗？还是某个疯狂的都市传说？罗西还没来得及想到树上可能会有什么猛兽——她都急疯了，顾不上去考虑可行性——就把手机放在了流动护理中心旁边的那棵树（可能是金合欢树）的第一根树枝上。

　　她想，宾馆里有无线网络。

　　她想，佩恩会给克劳德——波比——打电话，波比知道发生了什么。

　　她从树上跳下来的时候摔到了膝盖，膝盖一直流血。她用比平时快两倍的速度踩着踏板，车子发出嘎吱嘎吱的声音，她的大腿就像是要飞出去一样。七分钟后，当她上气不接下气地回到宾馆时，发现无线网络被关了，而波比睡得很熟。

　　一开始她松了一口气。如果是坏消息，波比不会先睡觉，而是会等她回来告诉她。可她又紧张了起来，如果是很坏的消息，非常不好的事情，佩恩不会打电话跟波比说，而是会等着和她说。

　　这将是一个漫长的夜晚。

　　罗西清理完膝盖的伤口，又检查了很多次无线网络，最后只得无奈地爬上了床。她先想到的是卡梅洛，卡梅洛六十多年来一天要抽一包烟，也许是她出事了，罗西还没有准备好。拜托，她请求佛祖、黑暗、丛林、任何力量：我还没有准备好，我不能失去我的母亲，我只有她了。

然后罗西想到了她离开的那个家，很有可能是家里哪个男孩出事了。即使是在美国，年轻人也不能避开所有的危险。比如一场来势汹汹的咳嗽病，来得如此之快，可能是其他疾病的预兆；比如致命的肿瘤；比如一场毫无征兆的灾难性的过敏反应——这可能是对她往威斯康星学校里送果冻花生酱三明治的报复。可能是一场事故——汽车、自行车、滑板、楼梯、拳头——有无数种排列，有太多可能了，或者他们做了不该做的事。作为一个母亲，她竟隔他们有半个地球那么远，这全是她的错。药品、饮料、枪支、赌博，他们只不过是十几岁的男孩，不过是愚蠢冲动的孩子，她心里很清楚。

或者是她生命中的另一个男孩出事了，没有佩恩，她没法活下去。这个猜测又简单又让她害怕。

罗西一晚上没睡着，想着可能死去的母亲，想着可能患病、流血、有勇无谋、过敏的儿子们，想着她生命中的至爱注定成为邪恶的怪物。她在想他们，也忍不住地想起了那个无名氏——她死在自己的手上时还是个孩子，血淋淋的她，被打得浑身是伤、骨折，被枪杀，被羞辱，被抢劫，她还那么年轻。你必须要做自己，对吗？你必须得做自己，但有时这样会毁了你。她想，她忍不住想，想起了尼克·卡尔卡特蒂和那个矛盾的事实：无论你走得多快、多远，你都逃不开暴力。有时你可以避开，但有时你躲不过。她把尼克视作证明，每次她试图逃脱暴力，差一点就要成功时，"尼克们"就会摧毁她所有的努力。在彻夜无眠的这一晚，她对这一点心知肚明。她试图把无名氏看作陈年旧事，恐惧早已过去，谢天谢地，她也知道这件事的确是过去了。太阳终于升起来的时候，罗西离开了毫不知情、还沉浸在香甜梦境里的波比，她让K开车送她去有工作电话的城里。她只能浅浅地吸几口气，像尘土一样轻，像耳语一样轻。

西雅图现在是下午。佩恩正忙着工作，在大家放学回家之前，他还想再憋出几段话。他在电话里懒洋洋的，有些分心，罗西觉得这不是他应该有的态度。

"佩恩!"罗西在嘶吼,心碎又绝望。

"罗西!"听到她的声音,佩恩很高兴。

"怎么了?"

"什么怎么了?"

"没事儿吧?"

"一切都很好呢,何止好啊,我还有事要告诉你呢。"

"天哪,佩恩,你吓死我了。"

"怎么了?"

"你打了十五个电话,发了七条消息,七条消息啊,但什么事儿都没说。我以为你出事了,我以为妈妈或者孩子们出事了,我以为发生了很可怕、很糟糕的事。"

"我只发了一条消息。"

"我收到了七条啊。"

"有时候信号断断续续的,所以它就会重发。"

"我不能呼吸了。"

"深呼吸。"

"我都没法呼吸,还怎么做深呼吸?"

"叫医生来。"

"我就是医生。"

"叫其他医生。"

"我不在诊所里头,我得到镇上才能给你打电话。现在是早上六点,我在一家 7-11 便利店外面的公用电话亭。店里可能会有卖口香糖的,我一会儿要买一些。"

"罗西,我要告诉你一件事。"

罗西停下来做了深呼吸,在知道是什么消息之前,她要先尽情享受这一刻,因为不管发生了什么,一切都会好起来的。她的母亲很好,她的孩子们都很好,佩恩也没事,克劳德——波比——还在宾馆里睡觉,也很好,所以并没有发生什么不好的事。波比需要对自己做一些"修复",生活不就是要修修补补的嘛,而且这些事不像预防癌症和车祸,或让十几岁的男孩相信他们不会永生,或者是回到过去阻止愚蠢的事情发生,这些事她可以做到。他们必须看到那条无形的道路,在丛林中开辟道路。他们必须找到、需要、创造不同的卫生间和不同的生活,要去走中间的道路,但这并非易事。简单平和也许带来的结果恰恰相反,因此在简单和困难之间很好做出选择。

"我把书卖出去了。"佩恩觉得这句话像泡泡一样从嘴里冒出来。

罗西本来松了口气,现在又喘不上气了:"哦,佩恩,我的爱人。"

"你能相信吗?"

"不,不是,我是说能,我想说是怎么做的?"

"什么怎么做?"罗西仿佛能看见佩恩,他穿着牛仔裤和T恤,光着脚,一只手拿着笔记本,一只手拿着铅笔,在月亮上空的太空飘浮。她比索瑞·拉尔夫更抱歉,因为她没能在那里去见证和分享这种喜悦。"因为我是个天才作家,所以我把书卖出去了。我是个写散文的摇滚明星,我还是个即将出书的作家。"

"我应该多离开你几回,你取得了如此多的成就,我根本不知道《烦书》已经快完成了。"

"不是《烦书》,是童话故事《格林沃尔德和斯蒂芬妮公主历险记》。明年秋天,罗西,你就能在附近的书店买到啦。"

"《格林沃尔德和斯蒂芬妮公主历险记》,是儿童读物吗?"

"不是,我是说是,也算是,出版商们会跨市场销售的。他们觉得父母会读给孩子听,父母自己也会看,他们喜欢书里的玄妙之处和暗喻,觉得这本书很有吸引力,适合所有人看。"

"但它还没有结局。"

"有结局了。"

"有了吗?"罗西很惊讶,感觉自己心都要碎了。她在格林沃尔德的创造之初就在了,她跟随他走过了漫长的岁月,经历了传奇和挫折、考验和胜利,去过了宫殿和海岸、家和远方。她看到他经历了大大小小的变化,她见过他所有的自我,她比任何人都爱他。"我错过了结局?"

"你怎么会错过结局呢?"佩恩疑惑道,"没有你,这个故事是不会结束的。书虽然有一个结尾,但并不是最终的结局,这只是一个停止点,一个暂停。你知道格林沃尔德的故事占这本书的多少吗?百分之一,百分之一中的百分之一,格林沃尔德的大部分都是你的,只有很小很小的一部分是别人的。格林沃尔德和斯蒂芬妮目前暂时有一个结局,对其他人来说也是结局了,就这样了。"

"这是什么?"

"什么是什么?"

"什么叫暂时有一个结局?"

"你得买书才能看到。"

"我就和作者住在一起。"

"现在还不行,回家吧,我给你讲整个故事。"

几个小时后,那个出现了腹泻、体重减轻和严重的胃痉挛症状的五岁小女孩吐出了一条一英尺长的虫子到水桶里,她看上去很得意。她一句英语也不会说,只是不停地指着自己,再指着虫子,然后再指回她自己,张着嘴笑着。她的母亲也不会说英语,但她也在做着同样的事情,在女儿和虫子之间疯狂地来回做着手势,但她的脸上有着和女儿相反的表情。她不是在用罗西知道的语言尖叫,但罗西清楚地知道,小女孩吐出了一条虫子,这让她妈妈十分恐惧。如果她们能说同一种语言,罗西就会把她的手放在女人的肩上以表示同情:哦,那些偷偷藏在我们孩子身体里的东西,它们伺机而动,给了孩子数不清的伤害,它们渴望自由,这使我们惊恐万分。

母亲想带着女儿回家了,但女孩显然想把这只虫子带回去当宠物。罗西听着K调解这个母亲和女儿间的争吵,看着K一本正经地演示着,在专门用来排便的灌木丛中上厕所一定要穿鞋,在洗来自这片土地上的食物时,也要洗手。罗西的眼睛涌出了泪水,她怎么能放弃这一切呢?

前一天晚上刚生了双胞胎的那个女人去见了那个和尚。山里的寺庙就像英国乡村小镇上的小酒馆一样,能满足大家的各种需求。因为第二个孩子出生的时间太长了,所以这对双胞胎实际上生日不一样,一个是周五晚上出生的,另一个是周六凌晨出生的。母亲眼泪汪汪,虚弱不堪,罗西站在旁边安慰她和这个和尚：两个孩子都很健康，她虽然失血过多，但只要吃几天菠菜和红肉，就能下地走路了。然而，通过K"联合国式"的同声传译，她知道了女人并不是在担心这件事。

"我会留着星期五出生的孩子，"母亲哭着对和尚说，"我要把这个星期六出生的孩子送给你，星期六出生的婴儿很固执，他们不听话。我家里还有三个孩子，我只能再养得起一个了，我只能养乖的孩子。"

"我明白了。"和尚和蔼地点了点头，然后说，"这个孩子现在是我的了。"罗西非常吃惊。

"谢谢您。"这个母亲哭着说，她抓着和尚的手放在自己的额头上，"谢谢您，谢谢您。"

和尚把一捆树枝浸泡在一锅水里，然后用它把水洒在了婴儿和母亲的身上。他说了许多罗西不懂的事情，那个母亲哭得更厉害了，而K只是点了点头。然后和尚告诉母亲："我为这个孩子祝福，也和他说过话了。他会是一个好孩子，永远都乖乖的，我想知道你是否愿意为我照顾他，我保证他会是个好孩子。"

"好的，哦，好的。"母亲抽泣着说，"谢谢您，谢谢您，我很荣幸为您照顾他，我们会把他当自己孩子养的。"

驱逐恐惧，罗西想。选择平和和冷静，而不是去战斗。

"我得回家了。"和尚离开后罗西对K说。

"是因为今天早上的坏消息吗？"K担心地问道。

"不，是好消息。"

"啊，这是个更好的理由。"

"我必须回家了，但我会很快回来的。"

"你要搬到丛林？"K咧嘴一笑，这个问题荒谬得像个笑话。

但是罗西确实正经考虑过这件事，她知道搬家或逃离解决不了导致自己失眠的那些问题。从麦迪逊到西雅图是一场声势浩大的搬家运动，但这阵势根本比不上从西雅图搬到遥远的泰国北部。丛林也许给医生提供了一个好地方，甚至对佩恩来说也是个写书的好地方，但很难做到在这里养孩子，送他们上大学，保证他们的安全，让世界接纳他们。她知道孩子们脱口而出的事情通常都很令人恐惧，但把这件事说出来而不是掩藏着，就会有好结局。家里还有许多没做完的事情，但躲起来，把秘密埋得更深不是解决问题的方法。

罗西也知道，他们需要她在这里，而且，她也需要他们。

在这里，他们需要更多的医生、更多的老师、更熟练的双手、更有创意的想法、更多 CT 扫描仪和超声心动图都无法比拟的直觉。他们也需要更多的其他类型的教师，克劳德——波比——在课堂上表现得像个天生的老师。罗西不知道谁学到了更多，是学生们还是她的孩子，但显而易见，双方都学到了很多。她想象着自己其他的孩子们可以在这里做些什么：本可以教授技术和创意，罗可以用他谦逊的性格陪伴和安慰病人们，瑞吉尔和俄里翁可以帮忙挖、建造、挪动、修那些隧道、战壕、屋顶、雨水桶、厕所和门廊，那些生病的孩子会很喜欢"瑞吉尔和俄里翁秀"。

罗西也需要他们：一是因为他们在这里，她就永远不用离开；二是因为他们在这里做的每一件事都提醒着罗西——她属于急诊室。她知道她不能搬到这儿来，她也不能一直待下去，但她可以回来。她不能整年都在这里工作，在离家较近的地方也有诊所和病人需要她。

波比不可能是克劳德，她也不可能藏起来，如果罗西他们不能完全计划好波比在二十年后的生活，那就不需要做计划了。到了该做决定的时候，他们可以一起做出艰难的决定，与此同时，他们可以拥抱当前和美好的事情。他们可以去留心每个人所经历的困难，而不仅仅是波比的困难，可以去了解全世界所有人的困难，知道他们是谁，他们需要什么，他们能怎样用自己的力量帮助那些神秘不可知的生命。他们的生活将会变成一个完全不同的童话故事，魔法变少了，更多模糊不清的未来变多了，"很久以前"的开头和"快快乐乐地生活在一起"的结尾变少了，中间的过程变多了，这是一条中间路线。与此同时，他们要活在未知之中，必须活在未知之中，也必须去帮助和他们住在一起的人。说出他们的故事，驱逐恐惧，顺其自然，并根据需要做出修改。

罗西去给蛔虫女孩做检查，这样她就可以下班回宾馆了，然后就可以开始打包回家了。

第四部分

PART FOUR

曾　经

　　格林沃尔德穿着斯蒂芬妮公主的衣服站在镜子前，想象着如果有人知道会怎么样。不久之后，大家都知道了他多年来一直保守的秘密。他想起了女巫给他豆子的那一刻；想起了他和罗伊德共进晚餐时，斯蒂芬妮来到餐厅的样子；想起了他见到女巫之前的生活，那时他还只是格林沃尔德。他只能大概地描绘出当时的样子，他知道那段日子是真实存在的，但就是再也不相信它曾存在过。

　　他想起和仙女们在一起的那个晚上。那一晚，他的生命真正开始了，那是斯蒂芬妮公主出生的日子。女巫急不可耐地想要编出一条咒语，嘴里却说出了另一句：他白天是格林沃尔德，晚上是斯蒂芬妮公主。起初，这是一个令人憎恶的诅咒。连通格林沃尔德两个不同身份之间的路就在树林里，树根交错，泥泞不堪，杂草丛生，每天这样来来回回地走，真让人受不了。

　　因此他开辟了一条道路，他发现自己知道怎么成为一个公主，因为他知道如何成为一个王子，尽管这两者有细节上的差别，但相同点比不同点要多。不管他是什么身份，他都要让他的星星感受到爱和尊重，感受到它们才能受到尊敬，同时减轻它们的负担，他也很擅长这个。他做了这么长时间的工作，从来没有因为他穿什么、叫什么而改变过。

　　但之后，路越来越难找到了。格林沃尔德觉得他得重新铺路，重新砍掉树根和树枝，重新填满坑洞，才能重新找回他的路。但已经没用了，因为他的两个世界已经越来越近了，几乎已经合并了，就像魔法一样。他谁都不能告诉，他和斯蒂芬妮公主已经融为一体了。

　　当他回想起与罗伊德的那次晚餐，他觉得是时候要向女巫坦白了，与女巫讲和要比生活在恐惧中好多了。因此有一天晚上，他剪掉了斯蒂芬妮公主的一根绿色头发——这是件多大的事呢？他也记不得了——第二天早上他带着那根头发来到了女巫的小屋里。

"谢谢你，格林沃尔德。"女巫看上去如释重负，放声大哭，"午夜仙女的头发能治我的关节炎，因为我的手太僵硬了，所以我捉不到午夜仙女，因为我没法捉到午夜仙女，所以我的手就这么僵着。有些事情哪怕是魔法，听起来也很愚蠢。"

"想要就找我呗。"格林沃尔德还没有发现女巫很痛苦，"真的，我有数不尽的午夜仙女的头发。"

"午夜仙女是不可能给我的，她们不会听我说话。起初我以为她们耳朵不大好，但不是的，她们只是太狂了。你试过和一个午夜仙女讲道理吗？"

格林沃尔德咯咯地笑了：她想太多了。

"啊哈，这就对了。"女巫看起来像是受到了惩罚，"我很抱歉，以前我失去理智时，竟把你伤得那么深。"

"没关系。"格林沃尔德安慰她。

"我去拿魔杖。"女巫花了一分半钟才从椅子上起来，她的骨头像光秃秃的树枝一样在风中嘎吱作响，"早几年前我就应该解除你的诅咒了，但我没理由这么做。这巫术真是太草率了，我现在年纪大了，也不会这种咒语了。"

她慢慢吞吞地走过那破旧的地板，离开了发出光和热的火焰，来到厨房锅架上挂着的数十个形态各异的魔杖边。格林沃尔德从未见过它们，有些上面有白帽子或者星星，有些缩成蜗牛壳的形状，或者像蛇一样盘着，或者两端像乱蓬蓬的头发一样有所磨损。"现在，我要先用哪一个呢？我不记得了。那好吧，就这个吧。"她试探性地用一根亮黄色的魔杖挥了挥，挥动幅度还没有她最长的手指那么宽，"现在，再次提醒我，我们要走哪条路。"

"哪条路？"格林沃尔德问。

"我们要失去格林沃尔德还是斯蒂芬妮公主？我忘了你原先是谁了。"

格林沃尔德从没想过会这样，他竟要失去一个身份。告诉女巫他最开始是谁就意味着承认他曾经是一个人，而不是两个，他简直无法想象。他知道答案——也许女巫也知道——但他自己并不相信。最重要的是，他不愿放弃，不愿放弃这两个身份。没有格林沃尔德，或是没有斯蒂芬妮公主，生活就毁了。他难以想象只有他们其中之一的生活会是什么样。

"我两……两个都……都想要，"格林沃尔德很惊讶自己说话竟然结巴了，"都要，格林沃尔德和斯蒂芬妮公主。"

"啊！"女巫并没有很惊讶，"人有时是这样的，不想放弃任何一个。每个化身都有它的价值。那这样就简单了，我只要解除咒语，你就可以来来回回地变身啦。"

"不是一个，"格林沃尔德摇摇头，"我是说两个，我两个都想要。"

"同时两个吗？"女巫震惊了，"你每个身份都很好，但是来来回回的太累了。"

"我知道，但是我不……我不知道怎么让你同时成为这两个，我甚至都不知道这是什么意思。"整整一个下午，他们都在女巫的小屋里讨论，看咒语和魔药的书，试了一个又一个奇怪的魔杖。最后，女巫温和又苍白的脸突然间豁然开朗："如果我们寻找在其间的路会怎么样呢？"

"在其间？"格林沃尔德很疑惑，"是不是巫婆们都会把在中间说成是在其间？"

"在其间可比在中间复杂得多，会有更多扭曲的线，层次也更多。"女巫透过阴冷的眼神朝着他微笑，"王子和午夜仙女的其间呢，是'既……又……'和'既不是……也不是……'，你明白吗？那是全新的、更多更好的。"

"一些在其间的东西。"

"完全正确。"女巫赞同，"我可以做到在其间，好吧，我可以把我这部分做了。"

"还有什么部分呢？"

"你自己努力的部分。"显而易见。

"难吗？"

"非常难。"

格林沃尔德闭上了眼睛，让自己坚强起来："告诉我吧。"

"就是说，"女巫又说了一次，"你必须把自己的秘密说出来。秘密让人孤独，会带来恐慌，就像那晚在餐厅里。你把这件事当成秘密，你就会变得歇斯底里，你就会觉得你是唯一一个喜欢自己的人，唯一一个两者都是又两者都不是的人，唯一一个每天在两个自我中开辟道路的人，但事实并非如此。当你独自保守秘密的时候，你就会害怕，但如果你说出来，你就拥有了魔力，还是双倍的魔力。"

"双倍的？"

"你会发现自己并不孤独，其他人也跟你一样，所有事情都是这么变好的。你来分享你的秘密，剩下的交给我就好。你只要分享秘密，就能改变世界。"

"没那么简单吧。"格林沃尔德觉得自己的两个肺在相互摩擦，都快要挤成一个了，"我不能分享我的秘密，这太难解释了，太难理解了，太复杂了。"

"当然啦，这就是生活。"

"那我到时候要怎么做？我要怎么分享我的秘密？我要说什么？"

"你的故事。"女巫毫不犹豫地说，"你要说出你的故事，我们必须这么做。"

"这不是魔法。"格林沃尔德说。

"这当然是魔法，"女巫说，"故事才是最棒的魔法。"

后　来

体育馆看起来焕然一新，波比简直都不敢相信，但这里闻起来还是和以前一样臭烘烘的。即使花环、心形蕾丝、小发光物和五彩纸屑的装饰让这地方看起来还不错，但这里闻起来还是一股臭袜子味儿，装饰成这样也没用。

刚开始，波比彻底拒绝了在情人节舞会上闪亮回归的建议。五年级的孩子去舞会简直太蠢了，他们甚至都还不是初中生呢。更何况已经好几个月都没人见过她了，他们可能都不会让她进去。波比的头发又长出来了，但还是很短，看着也很奇怪。如果她穿着裙子，在剪得乱七八糟的头发上戴着蝴蝶结出现在舞会上，那大家会认为她仍在很努力地做女孩，但又失败了，这可太惨了。

但是，舞会昏暗的灯光太诱人了，让人无法拒绝。本觉得一个穿裙子的男人，一个生理上是男性的女孩，或一个短头发、环游过世界还住过丛林的人已经够怪了，但最尴尬的是五年级情人节舞会本身，所有人都要盛装打扮，这让他感到特别不自在。本觉得这个晚上一定会让人不舒服、尴尬、蒙羞和紧张，波比刚开始还很不理解本为什么会这样想，谁会这样想呢？然后她明白了，不管波比以何种方式回归，她必然会让人感到不舒服、尴尬、羞耻和紧张。所以目前她面临的选择是，要在其他地方独自忍受这些不愉快，还是在舞会上和大家一起尴尬着？灯光和本的想法都让波比动摇。

波比回家的第一晚就敲了阿姬的窗，但自此之后的每个晚上，阿姬的窗帘都没有动静。显然，阿姬再也不想和她说话了。娜塔莉和金现在都知道了波比的秘密，她们对波比说了那天在食堂没说出口的话，她们说自己知道波比到底是谁，她们理解她，不论怎样都爱她，甚至会更爱她。她们说自己身上也有一些怪癖，有时候甚至连自己是谁都不知道。她们说自己根本不关心波比裤子里或者裙子底下是什么，不管有什么她们都不在乎。她们说"我们之间什么秘密都可以分享，哪怕是这件事"。

波比和她俩挤在一堵墙边，就像系死结一样。每个人都这样挤在墙边，很难想象这么挤还能在这里跳舞，但至少她们是挤在一起扭动着。

体育馆根本没有什么管理费，波比觉得这里只适合打篮球赛。但是天花板上挂着一堆一闪一闪的灯泡和不协调的镜子，昏暗的闪光像突然飞来的蝙蝠一样毫无预兆地将这个地方照亮，像闪电一样照在学生们的脸上，然后谢天谢地，它们又马上回到黑暗之中。波比偶尔会认出几张脸，闪光的时候，她们总是在盯着她看，但更多时候，波比只有个模糊的印象。我知道那个孩子来自……什么地方，好像波比消失了好几年，而不是好几个月，好像她自己已经变成一位老妇人，而其他人就像照片一样被定格在这个年纪，好像她已经是一个成年人，至少不是个孩子了，而她身边的所有人都还是晚上画眼影的五年级学生。

孩子们从人堆里走出来，偶尔在波比身边晃悠。"嘿，波比。"他们的语气既不烦人，也不是在道歉，既不凶，也不热情，甚至都没有震惊或好奇。"嘿。"波比小心翼翼地回答，害怕这是一个恶作剧，因为以前他们说"嘿，波比"时，要么是在嘲弄她，要么接下来会有更糟的事情发生。

然后波比看到了杰克·欧文，他正朝她走来。他本来懒散地靠着对面的墙坐着，然后他爬了起来，径直穿过了体育馆，走到她边上。所有人都看到了，体育馆里每只眼睛都看到了这一幕。也许世界上所有人都注视着他，但他像是没注意到一样，要不就是真的漠不关心，或者是装作漫不经心。

"嗨，波比。"

"嗨。"

"你回来了？"

她要怎么回答？她当然是回来了，如果没回来，他又怎么能对她问这个问题呢？"是的。"

"我听说你去了中国台湾。"

"我去了泰国。"

"哦，收到我的短信了吗？"

他一百万年前发的那条短信？在波比去泰国经历成长前他发的那条短

信？她看都没看就删了的那条短信？"收到了。"

杰克的问题都很奇怪，但至少波比有话可接。"我要再说一遍对不起。"杰克说。

波比现在却不知道要怎么回答了。没关系？不，有关系。我能理解你觉得我是一个让人恶心的怪人，也许事实本就如此，但我父母还是逼着我去上学，所以你能不能对我友善点？波比心里真这么想，但是并不打算这么说。现在波比宁愿他问刚才那些愚蠢的问题，因为她至少还知道怎么回答。

"嗯，你想跳舞吗？"

她不知道要说什么了。

她看着空荡荡的体育馆中央，没有人在跳舞。音乐声太大了，她都能透过鞋子感受到震动，但没有人跟着音乐扭动。杰克抬起头来，追随她的目光注视着这个空荡荡的假扮成"舞池"的篮球场，这是他一整晚（这个月、这一年、这一辈子、永远永远）以来第一次这样做。他咧嘴一笑，就像她三年级带着外婆来做展示和讲述时的同桌杰克·欧文一样，然后说："我们会是跳得最棒的那对。"

她怎么能拒绝呢？

波比跟着杰克·欧文来到舞池的时候，这首歌放完了，她闭上眼睛，希望梅内德斯先生不要再来一首慢歌了。她现在是一个女人了，她发现成年人都喜欢这种慢歌，就像两个孤独的灵魂一起勇敢面对荒野。有什么能比在社会现实的折磨下，放一些多愁善感的慢歌，做些亲密无间的动作更可爱的？别放了，她用心灵感应告诉了梅内德斯先生自己的想法。很幸运，慢歌结束了。但不是因为梅内德斯先生觉得不应该给这对孩子放慢歌，而是因为他自己的孩子已经预先排好了播放列表——除了打电话这个功能以外，他根本不会用自己的手机。

因此波比和杰克·欧文一起跳了舞。这是件很困难的事情，因为所有人都在看着他们。但其实也没有那么难。

只要脚往一个方向动，屁股往另一个方向动，手臂尽量放在身体两侧，眼睛盯着地面就行了。

杰克说："那么——"

"嗯?"

"泰国怎么样?"

"挺神奇的。"波比说,"我还教了小朋友呢。"

"真的吗?教什么?"

"英语。"

杰克看上去很震撼:"我是说,虽然我说英语,但我不知道怎么教他们。"

"你能搞定的。"

"我赌你一定是个好老师。"

"也许吧。你为什么这么肯定?"

杰克耸耸肩,又低下头,说:"因为你很友善,也很聪明,我还记得你二年级帮我写过关于海豚的报告。"

"你也很聪明啊。"波比说,其实她不知道要说什么好。别人夸你的时候,你也应该回同样的话。

"我是聪明,"杰克朝着自己的脚趾皱了皱眉,"但不是很友好。"

波比记得四年级的时候,在运动会 50 码[①] 短跑上,杰克让欧文·格雷格赢了,因为欧文的父母那时正在离婚。她记得三年级的万圣节派对上,阿姬的巧克力蛋糕掉地上了,杰克把自己的递给了她,甚至没有等她道谢就走了。"你很好。"波比说。

"但对你不好。"

波比耸耸肩道:"没有呢,一直都很好。"

"我真的很抱歉,波比,我真的、真的很抱歉。"

"我知道。"她说。

"你知道?"

"是的。"

"怎么知道的?"

波比抬起头看着他:"因为你刚才邀请我跳舞。"

这时体育馆里又放了首慢歌。杰克也抬头看了看她:"想喝果汁吗?"

---

① 约 45.72 米。

罗西和佩恩以光速回复了寻找舞会监护志愿者的邮件。然后，他们用两天两夜向他们最小的孩子发誓，不管发生什么，他们都不会和她说话，不会看她，不会给她拍照，不会告诉别人关于她的事情，不会站在她身边，不会给她提供食物和饮料。哪怕大楼着火了，他们也不会靠近她，而是让她找到自己的紧急出口，然后他们从另外一个出口出去。

然而，他们并没有说不跳舞。可以这么说，在波比最疯狂的梦里，都没梦见过自己跳舞，也没想过自己的父母会跳舞，但那只是因为她还在倒时差。在一个为情人节布置的小学体育馆里，放着俗气的慢歌，她的父母当然会去跳舞的。

当罗西把丈夫抱在怀里时，她好好地感受了他的气味，感受着握着他手的感觉，以及他永远属于她的感觉，那是一种确定和永远的感觉。她记起自己高中时没有男朋友，大学时候虽然有一个，但对自己很刻薄，这让她在医学院的第一年就确信自己不会再谈恋爱了。她也记得在初中舞蹈的时候，她的朋友们问她有没有喜欢的人，她说没有，而事实是她喜欢的男生选择了别人，她永远记得那时她背靠着墙的感觉。罗西觉得，如果自己命中注定的那个人是佩恩，永远是佩恩，确信无疑永远都只是她的佩恩的话，那她之前受过的这些苦都值了。

佩恩把妻子抱在怀里的时候，暗自提醒自己，他们在一个十岁孩子面前，"别碰她的屁股，别碰她的屁股，别碰她的屁股"。

"谢谢你回家了。"他轻声对她说。

"我真为你感到骄傲，佩恩。"罗西往后退了些，看着他的眼睛，"我的老公成了作家，我一直都相信你。"

"哄女人我最有一套了。"

"但我回来不是因为你的书出版。"

"我知道。"

"你心里不曾有什么疑问吗？"

"从来没有，但不代表我不感激你回来。"

"这么多年了，"她说，"是什么让你终于把它写下来了？"

"不是终于，"他把她拉近，"是时间。"

"为什么?"

"我们一直在童话故事里,罗西。从我们相遇的那一刻起,甚至从我们相遇的那一刻前,我们就拥有了这个完美的爱情故事,这个童话般的爱情故事。除了童话,还有什么能解释这件神奇的事情?但童话故事有结局,而且会很快结束,转变、得到爱和'幸福快乐地生活在一起'的结局一口气就全发生了。我们的童话很好,但它太小,容纳不下我们,容不下困难,也容不下以后要发生的变化和爱。故事里,没有什么是永恒的,但也没有什么会发生改变,魔法过后,就不会再有什么变化了。

"我们不能这么生活,无论如何我一直在努力,确保波比一直是个小女孩,保守波比的秘密。现在我知道,为了让她永远不会改变而去做变性手术,这没有任何意义。你离开后我才意识到这点。因此我反其道而行之,我把它写了下来,刻在石头上——把这故事发出去让所有人看到,它就是永恒的了。故事似乎结束了,有了一个固定的结局,消除了无限的可能性,停在了适当的地方。这个故事看起来已经定型了,但其实恰恰相反。我把它写下来让别人读,故事就会成长,把它定格在一个瞬间,它就可以穿越时间。这本书只是一个地基,就像我们的故事一样,我把它写下来,然后我们可以在它上面建东西。我们的爱,我们神奇的童话般的爱在支撑着这故事的其他部分,但这并不意味着孩子们就没法长大了,当然不是,故事为他们提供了一个可以成长的地方,这就是故事的作用。"

"这真好,作家老公。"

"谢谢你,医生老婆。"

"但你没回答问题。"

"什么问题?"

"所有的问题。"罗西说,"是要保守秘密还是公之于众?是吃阻滞剂还是让她度过青春期?做手术还是吃激素?让她做男孩或女孩,还是两者之间?是要现在行动还是以后再说?下个月还是明年?让她继续忍受五年级的讨厌鬼的欺负还是在海边家里的小塔楼里教她?是《烦书》还是童话?"

"确实。"

"什么确实?"

"故事的确没回答这些问题,但它开启了可能性,这比回答这些问题更好,它开启了我们从未见过的可能性,别人也未曾见过。故事给了我们保证,到需要做出决定的时候,我们已经建立了一个坚如堡垒的地方,我们可以在那里做决定。"

罗西安静了一会儿,然后又把脸埋到佩恩的肩膀上,这样波比就看不到她的喜悦了。"你敢相信她去跳舞了吗?"

"我当然相信。"佩恩紧紧地抱着她,"你知道比幸福结局更好的事情是什么吗?"

"什么?"

"幸福的过程。"

"你这么觉得?"

"所有的幸福都没有终点,所有的幸福都有足够的发展空间,还有什么比这更好的呢?"

"但需要一段时间。"罗西说。

"需要很长一段时间。"佩恩说。

波比其实不想站在这儿看她父母跳舞,所以她喝完果汁后要去上厕所,她告诉杰克她会很快回来。她想起了在清迈的鱼疗中心属于双性人的卫生间,还有在威斯康星幼儿园阿姨的卫生间,也想起了这么多年来她上游泳课时,或和潘克俱乐部一起去海滩时,或在夏令营去水池玩时,她换衣服用的那些卫生间里的小隔间。有时做波比很困难,也很复杂,但有时麻烦只存在于卫生间里。

当她从厕所的小隔间出来时,阿姬正靠在水槽边,双手藏在胳肢窝下面,紧握着拳头,波比也开始激动起来。阿姬很开心见到波比,她想波比可能要哭了。波比看到阿姬很紧张,她想阿姬可能要哭了,也有可能在生气,但阿姬是她全宇宙最好的朋友,所以也许她没有生气。在世界的另一端与贫穷、多病、无父无母的孩子们一起的经历,让波比对人性有了成熟的看法,这有助于她处理这种情况。阿姬是她在全宇宙最好的朋友,所以也许她根本不用去处理。

"嗨。"阿姬说。

"嗨。"波比想起了她们相遇的那天晚上,阿姬第一次敲她的窗子,那天晚上她们成了敌对的邻居公主。她们第一次对话也是以这样的方式开始的——"嗨","嗨"——害羞但充满希望,预示着未来有无数美好的事情发生。但波比不得不承认,"嗨"是一种非常普通的开展对话的方式,因此现在也许不是什么命中注定的重演,但在这个优雅的时刻,她感觉很好。

但马上她的咒语就被打破了,因为阿姬说:"泰国怎么样?"她的语气却透露出"我根本不在乎你会说什么"的意思。但阿姬跟着她进了卫生间,所以也许她有其他目的。

"很热,很疯狂,有些奇异。你怎么样?"

"郁闷,乏味,太无趣了。"然后,她冷笑着问,"你交新朋友了吗?"

"没有。"波比想起了她在泰国交的朋友们——那些小小的学生们,他们给她讲佛祖的一切,向她展示了学校如何改变你的生活,还有如何讲故事,如何爱你的家人,以及向她展示如何走向中间的道路并在其中生活的K。"你呢?"

阿姬哼了一声:"怎么你也能来这里了?"

"来学校?"

"女生浴室。"

"哦,我猜,"波比盯着她的脚趾说,"一年级时,我的父母就跟梅内德斯先生说了我的事,他说允许我进来。"

"你告诉了梅内德斯先生,不告诉我?"

"我没有,"波比弱弱地说,"是我爸妈不让告诉你。"

"也许你再也不能进来了。"

"一切都没有变。"

"一切都变了。"阿姬说,但语气不是刻薄,而是伤心。

"为什么?"波比不仅仅是伤心,她的心都快碎了。

"我们不能再做朋友了。"这就是为什么一切都变了吗?还是这就是变化的内容?

"为什么不能?"

"我们还怎么做朋友？"阿姬几乎要喊出来了，"我们还能在一起做什么？我们不能再一起过夜了，不能再聊之前聊的一切了，我们不可能是邻居公主，也不能一起表演戏剧了。"

"因为你再也不喜欢我了吗？"

"因为我再也不认识你了。"

"我也是，"波比哭了，"我还是以前那样，我们还可以一起演戏剧，一起当公主，也可以一起过夜。"

"我甚至都没有……"阿姬皱起眉头，看起来就像她在脑子里做长除法，"波比，如果我问你一个问题，你会告诉我真相吗？"

"会。"

"你发誓。"

"我发誓。"

"你是男孩还是女孩？"阿姬问。

"不是。"波比抬起头来望着她这个全宇宙最好的朋友，她想到了在泰国她给学生讲的童话故事，如果她能有魔法和一根魔杖，事情会变得很简单，"我都不是。"

"我不是这个意思。"阿姬做了个鬼脸，之后她的声音变得温柔起来，"那你是什么？"

"我不知道，我是其他东西。"

"还有什么其他的？"今天晚上，阿姬的语气第一次听起来像她要问问题。

"我是两者兼有。"波比忍不住笑了，就像魔法一样，阿姬也忍不住笑了。"但我比他们更多。"

"这是什么意思？"

"这很复杂。"因为阿姬对她笑了笑，波比几乎头晕目眩，她意识到阿姬非常想和她谈这一切，"我觉得我很复杂，这很难解释，我是个怪人。"

"你不是怪人，"阿姬说，"我才是怪人。"

"真的，"波比承认，"真的真的，那我猜我们都很奇怪，也许这就是为什么我们如此喜欢彼此吧。"

"我们年龄太大了,不能当公主了。"阿姬咧开嘴笑了起来,"从现在开始,我们可以成为邻居怪人。"

他们回家时,所有人都还没睡。

"爸爸妈妈跳舞了吗?"本一脸同情地问道。

"跳了。"

"哇哦!"他们齐声说。

"慢舞吗?"瑞吉尔问。

"是的。"

"哇哦!"

"爸爸摸妈妈的屁股了吗?"罗问。

"不要说'屁股',罗。"佩恩在找冰激凌。

"哇哦!罗,恶心死了。"俄里翁说。

"但他摸了,是不是?"

波比紧紧地闭上眼睛,她在想别的事。

"你妈妈的屁股真好看。"佩恩妥协了,他的声音从冰箱那边传来。

他们发出参差不齐又刺耳的"哇哦"的声音,这正是佩恩喜欢他们的地方。他在冰箱里找到了冰激凌,一些冻硬了的软糖,还有一些被盐水染成粉红色的樱桃。这些东西是发生灾难时能搜刮出来的所有补给了。

"你们今天晚上干了吗?"罗西开始切香蕉,至少要补充一点维生素。

"我们可以保持沉默。"本拿出了碗和勺子。

"淘气鬼。"他父亲说道。

"如果爸爸摸妈妈的屁股是你第一次参加学校舞会最尴尬的事,那你算幸运的了。"罗恭喜他的妹妹,"本扮成机器人去参加八年级万圣节舞会,他的两只假臂从他的机器人身体前面伸出来。邀请卡宴跳舞时,这两只假手在摸她,这是他第一次上二垒①,但他生生错过了,因为它们不是他真正的手臂。"

---

① 上二垒:指抚摸女性的胸部。

"那你还记得春季嘉年华时,阿历克·加格斯基要你把她的肩带什么的绑回去的事情吗?"本可以整晚都跟罗玩这个游戏,而且永远也说不完罗的尴尬事,"你开玩笑地把它绑到了彩虹气球上,当安迪·肯尼迪邀请她跳舞时,她把所有的装饰物和音响系统都拉了过来。"

"我们八年级的圣诞音乐会上,"俄里翁甚至没有从他正在撒的"纸屑"中抬起头,"每个人都必须穿白色上衣和黑色裤子,但是瑞吉尔穿了件黄色衬衫就去了。"

"这个故事和学校舞会有什么关系?"瑞吉尔脱下袜子,朝俄里翁的圣代扔去。

"这和你的尴尬时刻有关。"

"那件衬衫是白色的。"

"那是香蕉的颜色。"

"那是米黄色。"

"所以,瑞吉尔不得不借一件衬衫,但唯一有一件多余白衬衫的人是曼迪·奥拉基,而且那件衬衫前边的布料堆在一起,里面还有内衬,特别女孩子气,所以瑞吉尔穿上像有了胸一样。"

"她从哪儿弄来的这件衣服?"波比问。

"而且在《圣诞节的十二天》这首歌里,瑞吉尔只唱这句'两只斑鸠',他唱了十二遍,每唱一次,大家都大笑一次。"①

"唱了十一次。"本纠正道。

"唔,可那是在圣诞节的十二天。"

"唔,因为第一天只有'她在梨树上找到了一只鹧鸪'这句歌词,没有其他的词。"

"你怎么知道那是个女的?"波比问。

"因为男人不喜欢收到梨树上的鹧鸪这种圣诞礼物。"罗说。

"没人想要一只站在梨树上的鹧鸪当圣诞礼物。"波比说。

---

① 《圣诞节的十二天》是一首圣诞歌曲,描述了圣诞节十二天中每一天的故事,每一小节(每一天)后结尾(除了第一小节)都有一句"两只斑鸠"。

"你会在那里拆礼物吗?"本说,"你觉得不管他是男是女,这个人的愿望清单上会有十个跳跃的贵族①吗?"

罗西朝佩恩笑了笑,坐在厨房的桌子旁和家人一起吃冰激凌,听着他们不停地聊天,她真的心满意足。这些孩子,她的这一群孩子,他们可以长大,可以离开,他们可以也终将会成为全新的人,会改变,会慢慢成为真正的成年人,成为她认不出来、想象不到的人。人都在不断重塑自己。他们会经历奇迹,会改变,会创造魔法。但是他们是她的故事,是她和佩恩的故事,所以不管他们走多远,他和她会永远在这里。

"我不相信。"罗西对丈夫说。他们的孩子们正在对比挤牛奶的女工和游泳的天鹅的优缺点。

"什么?"

"这是你写的幸福结局。"

"我给你讲过的。"

"你是给我讲过。"

"但这还不是最终结局。"

"不是吗?"罗西冲他笑,控制不住地笑。

"差得远呢。"佩恩也止不住地朝着她笑。

---

① 十个跳跃的贵族:《圣诞节的十二天》里的歌词。